Tiempos de Jacarandas

BEATRIZ O'SHEA

Todos los derechos reservados.

No se permite la reproducción total o parcial de esta obra, ni su incorporación a un sistema informático ni su transmisión en cualquier forma o por cualquier medio, sea este electrónico, mecánico, por fotocopia, por grabación u otros métodos, sin el permiso previo y por escrito del autor. La infracción de los derechos mencionados puede ser constitutiva de delito contra la propiedad intelectual (Art. 270 y siguientes del Código Penal).

Copyright © 2023 Beatriz O'Shea

Título: Tiempos de Jacarandas

Edición publicada en junio de 2023

Diseño de cubierta: Alexia Jorques
Maquetación: Alexia Jorques

BEATRIZ O'SHEA

Tiempos de Jacarandas

*Un viaje apasionante a una Argentina floreciente
en un tiempo en el que todo podía suceder*

* * *

Decían los lugareños que a menudo se les veía tomar los caminos de tierra que se alejaban del pueblo, apoyándose él en un bastón con empuñadura de marfil y levantando las elegantes faldas de ella nubes de polvo a su alrededor.

Sus pasos solían conducirles hasta el molino *das Acías*, el antiguo molino de mareas, atravesando el pequeño bosque de abedules, donde, ocultos de las indiscretas miradas de los vecinos, caminaban muy cerca el uno del otro, rozándose las manos, con la brisa del mar enredada en sus cabellos y dejándoles en la boca un regusto a sal.

Por el pueblo no se dejaban ver mucho, sobre todo él, que a menudo prefería quedarse en la hermosa casa con vistas a la ría que habían construido a su regreso de Buenos Aires. Si algún curioso se asomaba a las rejas que cercaban el jardín, era fácil que divisara tras el seto las figuras de la pareja leyendo a la sombra de algún árbol, generalmente a ella, acomodada en uno de los bancos de piedra mientras él, a su lado, la escuchaba recostado sobre una manta de lona, y arrancaba alguna florecilla de tanto en tanto para hacerla girar entre sus dedos hasta posarla, al fin, sobre la falda de la mujer.

Habían acabado queriéndose, en eso coincidían todos los que los vieron a su regreso de América. «Con lo pálida que se la veía a ella cuando concertaron su matrimonio… ¡Y qué joven era entonces! Pero estaba claro que su destino era encontrarse. Estos mozos tuvieron mucha suerte de caer el uno en los brazos del otro, mucha suerte…».

En el pueblo los conocían como «los americanos».

PRIMERA PARTE
1883-1887

1

Teresa permanecía sentada en la pequeña silla de mimbre, con la espalda erguida y las manos entrelazadas apoyadas sobre su regazo. Llevaba el cabello recogido en un pulcro moño y había desplegado su falda alrededor de sus viejos zapatos. Con los ojos cerrados, trataba de controlar el agitado ritmo de su respiración y de deshacer el nudo que se había formado en sus entrañas. El llanto amenazaba con desbordarla. En su interior, la mujer que empezaba a ser trataba de apaciguar a la niña que todavía era. Nunca había estado tan nerviosa en su vida. Nunca se había sentido más sola y desamparada. Tenía dieciséis años y su vida estaba a punto de cambiar para siempre.

El bullicio que se colaba en el camarote era ensordecedor. Los pasajeros recorrían el estrecho pasillo en busca de la salida, golpeando distraídamente a su paso la puerta sin cesar, riendo y gritando, deseosos de abandonar por fin el barco tras la larguísima travesía. A ese ajetreo se unía la música de varias bandas que, desde el puerto, competían por agasajar a los viajeros haciendo sonar las canciones más populares de su querida España, el país que hacía pocas semanas habían abandonado y al que muchos de ellos, aunque aún no lo sabían, no volverían jamás. La tripulación, contagiada por la felicidad del ambiente, hacía sonar con insistencia la sirena del barco, contribuyendo así a la algarabía popular.

Cientos de viajeros cargados de bultos iban abandonando las entrañas de la nave para arremolinarse en la cubierta, frente a las barandillas de hierro, donde trataban de hacerse un hueco desde el que poder captar la primera imagen del que iba a ser su nuevo hogar. Los afortunados que tenían a alguien que los recibiera buscaban ansiosos esa cara conocida entre los miles de rostros que vociferaban y saludaban con entusiasmo. Aquellos a los que nadie esperaba trataban de encontrar entre la multitud alguna señal de la prometida prosperidad que los había arrastrado hasta aquel lejano lugar.

Ya en tierra firme, entre la muchedumbre, se podía distinguir una hilera de carretas esperando a que algún pasajero necesitara de ayuda para transportar su equipaje hasta su hotel o residencia. Encaramados a los vehículos, medio centenar de chicos jóvenes, de piel curtida y ánimo alegre, aguardaban su turno con las mangas y las perneras de sus ropas enrolladas y las camisas a medio abotonar, bromeando y compartiendo chismes e ilusiones. Con algo de suerte, esa tarde captarían a algún viajero de primera clase, siempre más generosos con las propinas. Y, con más fortuna aún, si su cliente no tenía un destino al que dirigirse, podrían recomendarles ellos mismos algún alojamiento cercano, lo que haría que la paga del hostelero incrementara algo más sus humildes ingresos. Si los astros se alineaban a su favor, esa noche alguno de ellos tomaría su primera cena caliente desde hacía varios días.

Delante de los jóvenes maleteros, otros mozos, más niños aún, saludaban agitando sus gorras en el aire. A sus pies custodiaban unos cestos repletos de fruta fresca y dulces que sabían que habrían escaseado durante los últimos días a bordo y que esperaban que los viajeros les compraran al desembarcar.

Algo más alejadas del gentío, aguardaban las diligencias que trasladarían a los hombres que desearan proseguir su viaje hacia el interior del país para trabajar en los campos, en la cría de ovejas o en la construcción del incipiente ferrocarril. Junto a ellas esperaban a llenarse otros carros más sencillos, equipados tan solo con unas bancadas de madera y guiados por viejos caballos de tiro. Eran los vehículos que llevarían a la mayoría de los viajeros, aquellos que, hasta que encontraran la forma de sustentarse, pasarían a engrosar las listas de huéspedes del popular Hotel de Inmigrantes de Buenos Aires.

Nuevos golpes en la puerta del camarote, esta vez con una cadencia rítmica, sacaron a Teresa de su ensimismamiento. Con los ojos muy abiertos y un puño tratando de contener su agitado corazón, acertó a preguntar:

—¿Quién es?

—¡Teresa, soy yo! —contestó la familiar voz de su hermano al otro lado de la puerta.

La muchacha se apresuró a abrirle el paso y el joven Manuel entró como una exhalación.

—¡Vamos, mujer, tienes que salir a ver el ambiente! —gritó excitado, con su vocecilla de hombre a medio hacer—. El muelle está que no cabe ni una mosca y la gente no para de gritar. Hay seis o siete bandas de música, todavía peores que las que tocaron el año pasado en la feria del ganado, ¿recuerdas? ¡Y desde algún lugar están disparando cañonazos! Cada vez que suena una explosión, la gente chilla todavía con más fuerza y lanzan al aire millones de minúsculos papelitos blancos.

Manuel hizo una pausa para tomar aire.

—Yo también estoy muy contento de que por fin hayamos llegado, la verdad, ¡pero esta gente parece que se volvió loca! —exclamó, antes de reparar por fin en la expresión desencajada de su hermana—. ¿Qué te pasa, Teresita? ¿Te has vuelto a marear?

—No, no es eso, tranquilo —contestó ella, queriendo evitar contagiar con su angustia a su hermano.

—Entonces, ¡vamos! Los señores de primera ya están empezando a desembarcar, y después de ellos vamos nosotros. Estoy deseando pisar suelo firme. Creo que, en cuanto lo haga, caeré redondo por el mal de tierra. ¿Te imaginas?

Manuel estalló en una nerviosa carcajada e inclinó su canijo cuerpecillo hacia delante mientras se sujetaba la barriga, como si tuviera miedo a que escapara de él. La ilusión le rezumaba por los poros de la piel, haciendo a Teresa aún más dolorosamente consciente de su diferencia de ánimo.

Pero Manuel no tenía nada que perder. Al contrario, el traslado a Argentina para acompañarla le había abierto un mundo de posibilidades. Atrás dejaba un futuro que solo le habría traído sacrificios y sinsabores. El pueblo no tenía nada que ofrecerle; la pequeña huerta que trabajaban sus padres no era ni siquiera de su propiedad y ya ninguno de sus empobrecidos vecinos podía contratar ayuda fuera de su propia familia. Hubiera tenido que marcharse a Vizcaya, o a Madrid, a pelear por un trabajo esclavo que se habría apoderado de su juventud, primero, y del resto de su vida después, a cambio de poder sobrevivir a duras penas. En cambio, en Argentina viviría en una buena casa, no le faltaría cada día qué llevarse a la boca y podría labrarse un futuro. E, incluso, si el esposo de Teresa era de naturaleza bondadosa, ella tenía la esperanza de que le permitiera estudiar, multiplicando así por mucho sus opciones en la vida.

Su esposo… Solo de pensarlo, un escalofrío recorrió la columna de Teresa haciéndole ahogar un sollozo.

—Venga, Teresita, ¡no seas aguafiestas!

Teresa se asomó por el ventanuco del camarote, tratando sin éxito de distinguir algo tras el grueso y sucio cristal. Si por lo menos pudiera verle antes de que él la viera a ella… Abrió el camafeo que colgaba de su cuello y volvió a mirar al hombre de la foto. Se le veía tan serio y tan mayor…

—No es tan mayor, tiene treinta y cuatro años —había replicado su madre cuando Teresa protestó al ver la foto por primera vez.

—Bien podría ser mi padre —insistió ella.

—Y esperemos que mire por ti igual que lo ha hecho él hasta ahora —zanjó la madre, enfadada por lo desagradecida que se estaba mostrando Teresa en aquel asunto.

El hombre de la fotografía no tenía mal aspecto. De hecho, el día que se la tomó, Eduardo Salcedo había visitado la barbería, había elegido su mejor traje y se había comprado un reloj para que todos en el pueblo pudieran ver lo que había prosperado. Durante la sesión con el fotógrafo posó serio, con la frente en alto y sujetando en una mano su recién adquirida joya. Aguantó la respiración tanto tiempo como el fotógrafo necesitó para que el resultado fuera perfecto y, cuando le entraban ganas de cambiar de postura o de rascarse el perfilado bigote, pensaba en la ilusión que le haría a su madre volver a verle tras más de quince años sin haberlo podido hacer. El resultado de sus esfuerzos fue el retrato de un hombre hecho a sí mismo, con una mirada que reflejaba toda la seguridad que le había aportado una vida labrada a base de esfuerzo y perseverancia.

Pero lo que Teresa percibió en la fotografía fue a un hombre mucho mayor que ella, con una mirada muy seria y un extravagante bigote que ponía de manifiesto lo poco que tenía que ver su mundo con el de aquel señor. Ella, que con sus recién estrenados dieciséis años no había salido de su comarca jamás.

Recibir la foto por lo menos sirvió para aplacar en parte su temor a que su futuro esposo le desagradara físicamente. Su rostro, aunque vulgar, no tenía las cicatrices y ampollas que sus traicioneros sueños se habían empeñado en atribuirle. Y, de tanto mirar la fotografía, Teresa había llegado incluso a perderle un poco el miedo a la acerada mirada del que estaba llamado a ser el padre de sus hijos.

—Vamos, Teresa —insistió Manuel, apartando a su hermana del ojo de buey—. Si, además, don Eduardo ya te dijo que tal vez no pudiera venir a buscarnos. Ya sabes que es un hombre muy ocupado y muy importante.

Eduardo había sabido cómo conquistar a la familia de Teresa. Primero fueron las cartas que les había dirigido el último año, en las que, con el fin de impresionarlos y de ir ilustrando a la que esperaba que fuera su futura mujer, les relataba con detalle todas las aventuras que vivía en ese país tan lejano. Después, con las cartas llegaron los envíos de dinero, que cubrieron los gastos de la familia e incluso les permitieron algunas pequeñas comodidades. Y, como colofón de su acercamiento, cuando decidió que le había llegado el momento de casarse, reclamó a la pequeña Teresa, en lugar de desposar a cualquier otra mujer de las que abundaban en aquellas latitudes.

Pero Eduardo siempre había tenido claro que la fortuna que estaba decidido a amasar debía permanecer en su familia. Por ello, su madre le sugirió que se casara con Teresa, la nieta mayor de su hermano Francisco, una muchacha joven y sana que le daría muchos hijos y pocas preocupaciones.

A todo el mundo le entusiasmó la idea. De la noche a la mañana, todas las jóvenes casaderas del pueblo comenzaron a envidiar a la pobre Teresa, su familia empezó a tenerla en consideración y el pequeño Manuel se dedicó con más ahínco a relatar, a todo el que le quiso escuchar, las múltiples bondades de su futuro cuñado. Teresa, en cambio, no podía evitar sentir como una losa aquella unión que no había buscado.

Cerrando de nuevo el camafeo, la joven reparó en que lo que acababa de decir su hermano era cierto. En la última carta que recibieron del tío Eduardo, de su esposo, horas antes de que embarcaran rumbo a Argentina, este les había adelantado sus disculpas por si no los pudiera ir a recoger al muelle de las Catalinas. Al parecer, su socio, otro español del que hablaba poco en sus misivas, estaría fuera de Buenos Aires esos días, y él debía por tanto hacerse cargo del negocio. Cuando leyó la carta, Teresa pensó que aquella no parecía la mejor forma de empezar un matrimonio y se estremeció al imaginar lo que el destino tendría preparado para ella. Pero se guardó su observación para sí; su dedo albergaba ya el fino aro de oro, ya no cabía echarse atrás.

Haciendo caso a su hermano se agachó para coger su maleta, que no contenía más que sus útiles de aseo, un par de vestidos que su marido le había indicado que se confeccionara para el viaje y unas fotos de la familia, también hechas a solicitud de él. En ellas, sus padres, tíos, primos y hermanos parecían tan atemorizados por la cámara que hasta a Teresa le resultaban difíciles de reconocer. Pero comprendía que aquellos retratos servirían bien para llenar el hueco de la ausencia en alguien que llevaba tanto tiempo añorando a los suyos.

Manuel, al ver la intención de su hermana de cargar con el equipaje, se adelantó a cogerlo él y comenzó a abrirse camino hacia el exterior.

Buenos Aires los recibió con un límpido e invernal cielo azul que parecía pintado a la acuarela. Cientos de gaviotas sobrevolaban el muelle, graznando excitadas, mientras jugaban con una fresca brisa que trataba de empujarlas de vuelta hacia el mar.

Teresa se ajustó el cierre de la capa que se había echado sobre los hombros antes de salir del barco. Apenas acababan de dejar atrás a su tierra del alma sumida en plena efervescencia estival, con esos días eternos y soleados en los que el mar se sosegaba, el cielo se teñía de añil y los prados se cubrían de flores. Y, sin embargo, allí, al otro lado del mundo, parecía que acabara de llegar el invierno.

—¿¡Dónde está tu gorra!? —le gritó a Manuel, en un impulso de ejercer su responsabilidad de hermana mayor.

Pero el alboroto que los rodeaba impidió que sus palabras llegaran a los oídos de su hermano, quien continuó abriéndose paso a empujones entre la multitud, tratando de alcanzar la pasarela que los conduciría a tierra. El muchacho estaba haciendo un esfuerzo sobrehumano para mantener su carga a pesar de los zarandeos que le propinaba la muchedumbre e, incluso, de tanto en tanto, se volteaba para confirmar que Teresa seguía detrás de él.

Cuando por fin pisaron tierra firme, se encontraron inmersos en un mar de reencuentros y emociones. Vieron a padres tratando de reconocer a los hijos que un día dejaron atrás, a mujeres que rompían en llanto tras recibir las malas noticias que nadie se había atrevido a comunicarles por carta y a muchachos que, después de mucho tiempo, volvían a abrazar a sus primos, a sus hermanos, a sus amigos.

Teresa descubrió por primera vez a personas de otras razas: hombres negros con el pelo cano, niños morenos de ojos rasgados y preciosas mulatas con la piel del color del café. Y escuchó maravillada los diferentes acentos que podían teñir su propia lengua, y la extraña forma en la que sonaban idiomas que jamás antes había oído hablar. El puerto de Buenos Aires era un apasionante crisol de razas, nacionalidades y circunstancias que la aturdían como la marejada que durante días había tenido que soportar en el barco.

De pronto, Teresa fue consciente de la ausencia de su hermano a su lado y lo buscó en su entorno, apurada. Por suerte no tardó en localizarlo. Se encontraba algo alejado de la muchedumbre, cargando su equipaje en una pequeña calesa. Dejando a un lado aquel mundo nuevo que acababa de descubrir, Teresa se abrió paso hasta él.

Cuando lo alcanzó, el joven que conducía el vehículo se quitó la gorra a modo de saludo.

—Don Eduardo ha enviado el coche para recibirnos —aclaró un sonriente Manuel, antes de ofrecerle la mano a su hermana con el fin de ayudarla a montar en el vehículo.

Tras escapar del tumulto que había provocado la llegada del vapor en el muelle, el cochero los introdujo en aquella ciudad rebosante de vida en la que todo el mundo parecía preso de una actividad frenética. Allá donde uno mirara veía hombres trajeados entrando y saliendo de los edificios administrativos, mujeres que exploraban los escaparates de los comercios valorando las últimas mercancías en llegar y jóvenes que, en mangas de camisa, desgastaban un par de zapatos tras otro en busca del golpe de suerte que les cambiara la vida.

Teresa y Manuel no podían evitar sentir algo muy parecido al vértigo al comprender lo diferente que era aquello de su pueblo, e incluso de Gijón, el puerto del que habían partido semanas atrás y que, hasta hacía pocos minutos, era lo más parecido que conocían a una gran ciudad.

A una orden del cochero, la calesa en la que viajaban comenzó a reducir su velocidad. Cuando finalmente se detuvo, el joven conductor abandonó su asiento de un salto y los invitó a bajar tras él.

Se encontraron frente a una casa de dos plantas de estilo colonial construida con gruesos muros de cemento blanqueado con cal. La fachada, sin adornos, solo se veía interrumpida por los profundos nichos que albergaban las ventanas. Sobre la puerta de entrada colgaba un cartel que decía: «Salcedo y Cía.».

—En el almacén de ramos generales Salcedo y compañía podrá encontrar todo lo que necesite para el día a día —declamó el joven conductor al ver que el cartel había llamado la atención de los hermanos—. Sombreros, pañuelos, paraguas, telas y hasta cecina y jamón. Y todo, de la mejor calidad.

Teresa agradeció el recital del muchacho con una sonrisa nerviosa y, cumpliendo sus indicaciones, le siguió, junto a Manuel, hacia el interior del local.

Una vez allí pudieron comprobar que el conductor no había mentido en la descripción que había hecho del negocio de Eduardo.

El almacén estaba abarrotado de toda clase de productos, todos ellos etiquetados y escrupulosamente ordenados en unas estanterías que llegaban hasta el techo del local. Los empleados, uniformados con chaquetillas azules, los estudiaban con atención desde detrás de unos altos mostradores de madera, sin poder disimular su curiosidad. Uno de ellos, que estaba encaramado a una larguísima escalera para poder acceder a las mercaderías más alejadas, se giró incluso peligrosamente sobre ella para poderlos acompañar con la mirada. Era evidente que la llegada de la esposa de Eduardo había levantado una gran expectación entre aquellos hombres. Teresa no se sintió nada cómoda siendo el foco de tanta atención; Manuel, sin embargo, desfilaba tras ella sin poder ocultar el orgullo que le producía sentirse en parte dueño de todo aquello.

Afortunadamente, no tardaron mucho en alcanzar la escalera que conducía hasta el piso superior, donde se encontraba la que sería su residencia. Ascendieron por ella y, antes de que el conductor tuviera tiempo de golpear la puerta que daba acceso a la vivienda, una mujer la abrió desde su interior y los invitó a pasar a un pequeño recibidor. Era morena, como las muchachas que Teresa había visto en el muelle, y tenía unos extraordinarios ojos verdes. Teresa se sorprendió por aquella prodigiosa muestra de mezcla racial y, pensando en que aquella mujer había tenido que ser muy bella en su juventud, se preguntó desde cuándo habría estado trabajando para su esposo.

Siguieron a la mulata por la casa mientras esta les mostraba las habitaciones: una amplia cocina forrada de azulejos, una pequeña sala que hacía también las veces de comedor y cuatro dormitorios, el de Eduardo, el que habían puesto a disposición de Manuel y dos más que, junto con un patio anejo al edificio, servían de almacén para la tienda.

Los pocos muebles que había eran muy sencillos, pero todos nuevos y de buena calidad, y tanto la habitación de Eduardo como la que ocuparía Manuel estaban equipadas con dos camas y un gran armario. En la casa de los padres de Teresa no había armarios, ni siquiera espacio donde ubicarlos.

—Querrán descansar del viaje —conjeturó la sirvienta, que miraba a Teresa con la misma curiosidad que esta a ella—. Les traeré agua para que puedan asearse. Y, si necesitan cualquier otra cosa, no duden en llamarme.

Antes de que se girara para marcharse, Teresa le preguntó:
—Disculpe, ¿cuál es su nombre?
La mulata se volvió sonriendo.
—Pueden llamarme Justa.

Eduardo impulsó, con fuerza algo desmedida, la puerta de salida del registro, y se precipitó por la escalinata que conducía a la calle. No había alcanzado el quinto escalón cuando tuvo que hacer un alto para abotonarse la chaqueta; la tarde se estaba poniendo desapacible. Aprovechó la pausa para colocar el estuche en el que llevaba los planos bajo su brazo y poder así buscar el reloj con la mano que le había quedado libre. Tiró de la cadena de oro, pero el artilugio parecía haberse enganchado en su bolsillo. Mascullando una blasfemia, tomó aire y palpó la cubierta de oro repujado. Efectivamente, la corona se había enganchado con un hilo. Atrapó la hebra entre los dedos y dio un fuerte tirón para romperla. Esperaba no haber causado un destrozo en el chaleco.

Rápidamente, ojeó la hora que marcaba la pequeña joya que se había permitido comprar unos meses atrás con el fin de lucirla en el retrato que más tarde haría llegar a su pueblo. En aquel momento, había creído que el reloj le daría un toque especial; un hombre importante debía saber administrar bien su tiempo. Tomarse la fotografía con él en la mano transmitiría el mensaje de que, además de tener posibles para permitirse esos lujos, era una persona que no tenía mucho tiempo que perder.

Eduardo devolvió rápidamente el reloj a su chaleco y echó a andar hacia los almacenes. Ya era casi la hora de la cena, y por el ajetreo que había podido apreciar antes de entrar en el registro, hacía un par de horas que el trasatlántico había arribado a puerto.

Por un instante se planteó subir directamente a su casa para saludar a los recién llegados, pero le urgía consultar unos documentos que tenía guardados en la caja fuerte de su despacho. Necesitaba confirmar que tenían dinero suficiente para cerrar la operación, de lo contrario no sería capaz de pegar ojo en toda la noche. Tenía esas sensaciones que le habían acompañado cada vez que había dado un paso importante en su vida: una necesidad imperiosa de que el tiempo corriera más deprisa, ese exceso de energía, casi eléctrica, que le impedía dormir, y un constante hormigueo en la punta de los dedos, que parecían quererle decir de ese modo que estaban listos para entrar en acción. Eduardo presagiaba que aquella operación iba a salir bien y que iba a marcar la diferencia para Diego y para él.

Las recién estrenadas aceras de la ciudad estaban atestadas de gente que aprovechaba para realizar las últimas compras del día. Eduardo observó a algunos de ellos, cargados hasta los dientes de paquetes envueltos en papel de estraza, y recordó que había prometido ir a la imprenta para averiguar el coste que supondría marcar los envoltorios del almacén con su nombre: Salcedo y Cía. Al principio la idea de Diego le había parecido una frivolidad, pero desde que este insistió en hablarle de la publicidad que rotular el papel supondría para el negocio y de cómo ese sencillo gesto los diferenciaría de sus competidores, Eduardo empezó a fijarse más en los paquetes que llevaba la gente. Y se dio cuenta de lo mucho que le gustaría saber dónde habían sido comprados todos esos artículos. Pero, finalmente, iba a tener que ser su socio el que, a la vuelta de su viaje, tomara las riendas de aquel asunto; él tenía cosas más importantes de las que ocuparse en lo que quedaba de semana.

Irritado por su lento avance, Eduardo saltó a la calzada y aceleró el ritmo, prestando atención para no colar un pie entre los adoquines que se habían instalado recientemente en la ciudad como consecuencia del plan de saneamiento puesto en marcha tras el último brote de fiebre amarilla. Las voces más conservadoras de Buenos Aires habían tildado la nueva distribución de las calles de un atropello a la ciudadanía, puesto que confinaba a los peatones a dos pequeñas franjas de terreno mientras que dejaba el resto de la calzada libre para que los escasos vehículos que circulaban entonces pudieran hacer uso de ella. Pero Eduardo estaba convencido de que en pocos años aquello cambiaría, y que todos esos políticos y opinadores que entonces criticaban la medida atravesarían pronto la ciudad con sus posaderas bien acomodadas en un vehículo a motor.

Al llegar a los almacenes, abrió la puerta con el mismo ímpetu del que había hecho gala poco antes en el registro, y atravesó los pasillos murmurando breves saludos a los dependientes que se cuadraban a su paso.

—Señor... —comenzó a decirle el encargado de los almacenes cuando le vio.

—Ahora no, Ferran, ahora no —le cortó Eduardo, antes de meterse en el despacho que compartía con su socio y cerrar la puerta detrás de él.

Echó un rápido vistazo a la impoluta mesa de Diego mientras se agachaba frente al dial de la caja fuerte para introducir la combinación que abriría su puerta. Todavía le sorprendía que jamás hubiera un papel en aquella mesa, cuando la suya de lo que carecía era precisamente de un solo centímetro libre.

Pasó las siguientes horas haciendo números hasta que, por fin, halló la respuesta que había ido a buscar. Entonces, se frotó los castigados ojos, cerró los libros de cuentas con delicadeza y descansó su mortificada espalda contra el respaldo de su sillón.

Sí. Aunque la inversión era muy elevada y suponía una fuerte apuesta, su plan de adquirir dieciséis mil hectáreas de terreno en la pampa argentina era viable. Ahora solo le quedaba convencer a Diego de que, una vez más, se jugara todo lo que tenía con él.

Era bien entrada la noche cuando, por fin, Eduardo pudo subir a su casa. En cuanto introdujo la llave en la cerradura, Justa se apresuró a abrirle la puerta.

—Buenas noches, Eduardo.

—Buenas noches, Justa. ¿Ya llegó? —preguntó, aun sabiendo la respuesta.

Justa no dudó acerca de a quién se refería.

—Sí, ya llegó. Te estuvo esperando todo el día y hasta bien entrada la noche, pero al final se quedó dormida en la sala y la obligué a irse a su cuarto.

—¿Al mío? —preguntó él, apurado.

—No, al tuyo no. Al del niño Manuel.

Eduardo tragó saliva. Justa había actuado bien. Él estaba muy nervioso y cansado, y Teresa tenía que estarlo también después de la larga travesía. Y conocerse en esas condiciones en el lecho matrimonial, probablemente no fuera la mejor idea.

—Justa.

—¿Sí?

—Recuerda que debes llamarme don Eduardo.

Justa reprimió una sonrisa.

—Claro, don Eduardo.

Eduardo escrutó el moreno rostro de la mujer antes de dejar escapar un suspiro de cansancio y poner rumbo hacia su dormitorio. En el camino se preguntó, una vez más, si debería prescindir de la mulata, pero, en el fondo, sabía que nunca sería capaz de hacerlo.

2

Teresa durmió sorprendentemente bien esa noche, la primera de los varios cientos que pasaría en Buenos Aires, y eso le sirvió para levantarse algo más sosegada.

La tarde anterior, cuando aquella mulata, Justa, prácticamente la había empujado hasta el cuarto de su hermano, se había sentido verdaderamente mal por no haber sido capaz de esperar despierta la llegada de Eduardo, y le asaltaron dudas sobre lo que él pudiera llegar a pensar sobre ella.

Pero esa mañana, mientras jugaba a identificar los ruidos que emitía aquella ciudad extraña al despertarse, tan diferentes a los de su pueblo, con el cuerpo entumecido por las largas horas de sueño y el sol colándose entre las contraventanas, Teresa se dio cuenta de que haber postergado su encuentro con Eduardo había sido lo mejor. Porque la oscuridad hace crecer nuestros miedos y preocupaciones hasta que llegan a parecernos inabarcables, pero, con la luz del nuevo día, las sombras se desvanecen y todo vuelve a adoptar su verdadera dimensión. Y, esa mañana, Teresa sentía correr de nuevo por sus venas la decisión que le había faltado el día anterior, y se sentía preparada para afrontar aquello que el destino le quisiera deparar.

Eduardo fue el primero en presentarse en el salón y, como le correspondía, ocupó la cabecera de la pequeña mesa de comedor. Justa había preparado un copioso desayuno en el que no faltaban los huevos, los panecillos dulces, el café y una generosa jarra llena del imprescindible mate.

El hombre miró su reloj, nervioso ante la incertidumbre de cuándo podría volver a su despacho. Había pasado gran parte de la noche trabajando en el asunto de la pampa, pero todavía le quedaba mucho por hacer.

Para tratar de distraerse, abrió el periódico del día. Captó su interés una columna en la que se comentaba uno de los temas más candentes del momento: la instalación en la ciudad de La Plata de un nuevo sistema de alumbrado eléctrico. Buenos Aires había descartado el proyecto para sus calles por considerarlo poco seguro y, al parecer, La Plata quería aprovechar la ocasión para adelantar a la capital y convertirse en la primera ciudad de América que se deshacía de los viejos faroles de gas. El periodista de La Nación se mostraba indignado con la decisión platense, y rebatía con energía que el nuevo sistema fuera a disminuir los incendios o a costar menos dinero a las arcas públicas que el alumbrado de gas. Eduardo se encontraba inmerso en esas diatribas cuando, de pronto, alguien carraspeó a sus espaldas.

Levantó la mirada del diario y se encontró con su nueva familia situada bajo el marco de la puerta de la sala, completamente inmóviles, como si formaran parte de un enorme cuadro. Teresa se veía algo mayor que en las fotos, a pesar de su escasa estatura, y a Eduardo le pareció bonita, aunque su mirada, clavada en el suelo de la sala, le impedía distinguir bien su rostro. A su lado, un muchacho de no más de doce años le observaba admirado, con los ojos agrandados y la boca a medio abrir. Probablemente aquella sería la única ocasión en su vida en la que Eduardo vería a su cuñado sin saber qué decir.

De golpe, parecieron pesarle todos los años que había pasado solo: los largos días trabajando en el campo sin nadie con quien compartir sus preocupaciones, las frías noches porteñas en las que se había abrazado a sí mismo en busca de calor y consuelo, y el denso silencio en el que encontraba la casa cuando Justa terminaba sus quehaceres diarios.

Fue repentinamente consciente de que todo aquello terminaría en el mismo instante en el que invitara a esa joven y desvalida pareja a sentarse junto a él. Y se sorprendió al ver cuánto le ilusionaba la idea, tanto que tuvo que tomar un trago del amargo mate para aclarar su garganta antes de ponerse en pie.

—Por favor, pasad. Sentíos en vuestra casa.

Apartó la silla que estaba a su derecha, invitando a Teresa a que la ocupara, y le dedicó una cálida sonrisa a Manuel.

—¿Qué tal fue la travesía?

Se inició con su pregunta una larga conversación que se prolongaría hasta la hora del almuerzo.

Eduardo quiso que le hablaran de su familia, de su añorada madre y de sus hermanas, y repasaron juntos las cartas que él había releído una y mil veces hasta que el desgastado papel casi se deshacía entre sus dedos.

Después, les pidió que le describieran el pueblo como si estuvieran paseando por él y, con los ojos cerrados, fue siguiendo el recorrido en su mente, regresando a las calles que le habían visto crecer.

Volvió a encontrarse en la laguna que había en la parte alta de la villa, donde de niño pasaba las tardes lanzando piedras a las ranas junto a sus amigos mientras los mosquitos se cebaban con sus tiernas pantorrillas. Regresó al atrio de la iglesia, en el que solía jugar a la pelota para fastidio del cura, al tiempo que los cánticos de sus vecinas más piadosas escapaban del interior del edificio. Bajó de nuevo la cuesta que conducía al puerto, corriendo tan rápido como le permitían sus piernas, como siempre hacía, aun a riesgo de romperse la crisma en un tropiezo. Y vio una vez más a su ría del alma, con los hombres faenando en sus botes, las redes de pesca tendidas al sol y los niños riendo y bañándose en las frías aguas que traía consigo la subida de la marea.

La que apenas abrió la boca en toda la mañana fue Teresa, pero a su esposo le gustaron sus maneras delicadas al comer, las tímidas sonrisas que le dedicó y cómo trataba de contener a su inquieto hermano menor. Su madre tenía razón; era una muchacha dulce y mansa con la que no sería difícil convivir.

Cuando terminaron el animado desayuno, Eduardo se levantó de la mesa.

—El deber me reclama. Tengo que ir al almacén y después al registro a recabar unos datos.

Manuel y Teresa se levantaron con él.

—Manuel, ¿tú qué tal te apañabas en la escuela?

Manuel agachó la cabeza y Teresa se le adelantó por primera vez en toda la mañana.

—En la escuela le iba bien. A veces se distrae un poco porque le gusta mucho hablar, ya le has visto. Pero es un chico muy listo.

Eduardo se quedó mirando a su mujer, sorprendido por ese arranque de decisión que había tenido. Vio cómo se le habían coloreado las mejillas y una chispa nueva le iluminaba los ojos. Le habían sorprendido esos ojos, de un azul grisáceo que no se advertía en la fotografía que le había enviado su madre. Enmarcados por unas pestañas tan negras como su cabello, le daban un toque especial a su rostro, por lo demás de formas redondas y sencillas.

Ella, consciente del escrutinio al que estaba siendo sometida, se ruborizó aún más y volvió a fijar su mirada en el suelo.

—Mañana a las ocho iremos a la iglesia de San Miguel, para intercambiar los votos matrimoniales —anunció entonces Eduardo, a quien el arrebato de ella parecía haberle recordado su intención de formalizar su unión ante la iglesia lo antes posible.

Teresa asintió.

—Manuel puede acompañarnos, aunque debido a su corta edad no podrá ejercer de testigo —continuó Eduardo—. Les he pedido que se nos unan con ese fin a Ferran, el encargado de los almacenes, y al doctor Rafael Estrada, un buen amigo mío. Me hubiera gustado poder contar con Diego, mi socio, pero como sabéis está fuera de la ciudad y cuanto antes zanjemos este asunto, mejor.

Teresa volvió a asentir y se obligó a mirarle y a sonreír con timidez.

Eduardo, satisfecho, terminó de reunir los documentos con la información del registro, y ya se disponía a dejar la habitación cuando la voz de Manuel lo detuvo.

—La verdad, don Eduardo, es que yo preferiría no seguir estudiando —dijo, mientras se removía como una lagartija—. Me aburro mucho en clase y ya sé leer y escribir. He pensado que podría servirle mejor en el almacén o hacerle de conductor. Creo que podría hacerlo bien; siempre me he entendido muy bien con los animales.

Teresa tuvo que morderse la lengua para no decirle a su hermano que si se entendía bien con los animales era porque a veces parecía uno de ellos. Solo esperaba que su desafortunada intervención no hubiera arruinado los planes que ella tenía para su futuro.

—No me llames don Eduardo, Manuel, que somos familia —lo reprendió Eduardo antes de volver al tema de su educación—. ¿Ya sabes hacer cuentas?

—El maestro nos las empezó a explicar el año pasado, y más de un reglazo me llevé por culpa de las sumas —confesó el muchacho, acariciándose el dorso de la mano al recordarlo—. La verdad, yo creo que no estoy hecho para eso; es complicadísimo.

—Eso es porque no se lo han sabido explicar bien. —Teresa volvió a vencer su timidez para defender su postura, aunque su mirada fue más cautelosa esta vez—. Manuel es muy inquieto, pero no es tonto. Y podría ser de más utilidad para tu negocio si supiera llevar las cuentas. Por lo que vi ayer en el muelle, estoy segura de que mancebos y conductores no faltarán por aquí, pero dudo que muchos sepan leer y escribir.

—No te falta razón —convino Eduardo—. Y en el futuro me podría venir bien alguien de confianza que me ayudara con los números, más ahora que tengo planes de expandir el negocio. —Se acarició el bigote, pensativo, antes de poner voz a sus temores—. Pero lo que no quiero es perder el tiempo y el dinero con Manuel, ni que se dedique a holgazanear por aquí.

—No lo hará, te lo prometo —se apresuró a decir Teresa—. Yo me aseguraré de que asista a clase y le ayudaré con las tareas para garantizar que aprende. Danos un año para demostrártelo, por favor.

Eduardo leyó la súplica en los ojos de su mujer. Concederle ese deseo, sin duda allanaría el camino entre ellos dos.

—De acuerdo —decidió, volviéndose hacia la entrada—. Tenéis un curso para probar que merece la pena que Manuel asista al colegio. Y quiero información puntual sobre sus avances.

Aunque ya no podía verla, Teresa asintió y, en cuanto Eduardo cerró la puerta de la casa detrás de él, Manuel dejó escapar un sonoro resoplido de fastidio.

Aquel día no volvieron a ver a Eduardo, y los dos hermanos decidieron dedicar la tarde a familiarizarse con su nueva casa y con el barrio en el que estaba ubicada. Descubrieron maravillados la cantidad de comercios que se amontonaban en aquellas calles: talleres de encuadernación, sombrererías, farmacias, confiterías y hasta una pequeña librería especializada en literatura italiana. Se aventuraron a ir hasta la Plaza de Mayo, donde pudieron admirar algunos de los edificios más relevantes de la ciudad, como la Casa Rosada, el edificio de Correos y el Teatro Colón, en cuya fachada un gran cartel anunciaba la actuación de algún cantante lírico. Recorrieron con cautela el edificio porticado que dividía la plaza en dos y que tenía aspecto de estar abandonado, y, a última hora de la tarde, exhaustos después de vivir tantas emociones nuevas, emprendieron el regreso a casa. Nada más entrar en ella, Justa le entregó a Teresa un paquete y una carta de Eduardo.

Teresa observó la caligrafía de su esposo y sintió una extraña emoción al ver cómo formaba su nombre. Las cartas que Eduardo había enviado a España iban siempre dirigidas a su madre, o a los padres de Teresa, y, si acaso, en los últimos tiempos, incluían en su interior algunas líneas dedicadas a ella. Pero siempre de forma que sus progenitores pudiesen verlas, como mandaba el decoro.

La joven recorrió con sus pequeños dedos los firmes trazos que había grabado Eduardo y pensó que ya solo quedaba ella, Teresa.

Se retiró a la habitación que la noche anterior había compartido con Manuel y abrió el sobre. En una nota, Eduardo le advertía de que regresaría tarde del trabajo, y le sugería que esa noche volviera a dormir junto a su hermano. Así, decía, al día siguiente estaría más descansada y podría disfrutar en las mejores condiciones posibles de su gran día.

Tras doblar de nuevo la nota con cuidado, Teresa abrió el paquete que la acompañaba. Contenía un vestido, su vestido de novia.

Esa noche, ya en la cama, mientras escuchaba la profunda respiración de su hermano, Teresa pensó en Eduardo. Rememoró lo amable que se había mostrado con ella y con Manuel durante el desayuno, y la forma en la que la había estudiado cuando ella se atrevió a pedirle que permitiera a Manuel asistir a la escuela. Teresa nunca había sentido sobre ella una mirada como aquella que, solo de recordarla, la hizo sonrojar. Y se durmió con la esperanza de que, con el tiempo, llegaría a acostumbrarse a aquel hombre que era ahora su esposo.

A doscientos metros de allí, Diego, el socio de Eduardo, se llevaba una larga pipa a los labios y volvía a sentir que se desvanecía por el efecto de la adormidera.

Haciendo un esfuerzo sobrehumano, logró entreabrir los párpados un instante para darse cuenta de que no veía nada. Sin embargo, la droga hizo que eso no le importara, como hacía con todo lo demás. Ni siquiera se dio cuenta de que la habitación estaba sumida en la penumbra porque él no había dejado entrar al empleado que debía prepararla para la noche.

Intentó humedecerse los labios, pero tenía la lengua seca y acartonada, al igual que el juicio. Ya no podía recordar qué día era, ni en qué lugar se encontraba, ni dónde había estado dieciséis años atrás. No lograba recomponer aquel rostro que lo atormentaba, ni escuchar los gritos que casi cada noche perturbaban sus sueños. Se sentía tan en calma que quiso sonreír, aunque solo logró que sus labios dibujaran una mueca extraña.

Ya del todo inconsciente, abrió la mano y el cordón de cuero que sujetaba se le escurrió entre los dedos hasta quedar colgando de uno de ellos, balanceándose a causa del peso del anillo que tenía amarrado a él.

3

Con la primera luz del alba, Teresa se deslizó de la cama y abrió el armario para volver a apreciar su vestido de novia. Era un traje de raso negro, de corte sencillo, adornado en el escote y en las mangas con un fino encaje del mismo color. Acarició el velo blanco que cubriría su rostro en la iglesia y sonrió.

Había creído que se casaría con uno de los vestidos que había traído consigo de España. No era que le importara hacerlo así; aquellas prendas eran mejores que las que habían usado para casarse todas las mujeres de su familia. Pero cuando Eduardo se había referido a su enlace el día anterior como a un asunto que deseaba zanjar lo antes posible, tenía que reconocer que se había sentido dolida. Un dolor que el detalle del vestido había aplacado al instante.

Justa apareció al poco tiempo de que Teresa se despertara y la ayudó a vestirse, peinarse y colocarse el velo mientras cruzaba con ella silenciosas miradas y sonrisas que pretendían infundirle valor.

Al bajar las escaleras del almacén, los empleados se agruparon alrededor de la novia y, entre tímidos aplausos, le desearon la mayor de las felicidades.

Ya fuera de la tienda, Eduardo la esperaba junto a un coche de alquiler con un ramo de flores en la mano. Pensó que Teresa se veía hermosa; tan emocionada, tan reservada, tan joven...

No tardaron en llegar a la iglesia, de fachada sobria y con una sola torre en un lateral que le daba un aspecto inacabado. En su interior, igualmente austero, los esperaban los dos testigos: Ferran y el doctor Estrada, ambos ataviados con sus mejores galas, muy diferentes entre sí. Mientras que Ferran vestía pantalón, chaqueta de algodón y una camisa que había comprado el día anterior en los almacenes a un precio especial, el doctor lucía un traje de lana negro de la mejor calidad con chaleco a juego y corbatín de seda.

La ceremonia no se extendió mucho y, al finalizar la misma, Eduardo besó la mejilla de su ya, definitivamente, esposa.

Cuando dejaron el templo, Eduardo invitó a los presentes a desayunar en un café cercano e hizo llevar del almacén una botella de buen coñac con la que brindar por su unión con Teresa. La suya fue una extraña celebración entre desconocidos que Eduardo, como el buen anfitrión que era, supo convertir en un agradable encuentro.

Al llegar el mediodía, el novio dio por finalizada la pequeña fiesta y acompañó a Teresa y a Manuel de vuelta a casa. Allí, cambió su atuendo por uno más cómodo y se excusó para marcharse a trabajar.

Teresa hizo lo propio con su vestido y, tras descansar un poco, aprovechó para escribir una carta a sus padres con el fin de ponerlos al día acerca de los últimos acontecimientos y de sus primeras impresiones sobre Buenos Aires. Al caer la tarde, decidió ir en busca de su esposo.

Bajó los escalones que comunicaban la casa con el almacén y recorrió este en busca del despacho de Eduardo. Los empleados de la tienda, inmersos en la realización de las últimas tareas del día, apenas le prestaron atención. Cuando por fin encontró la oficina, Teresa llamó a la puerta con los nudillos. Nadie contestó y, tras esperar unos segundos, la abrió.

El despacho de su esposo era una sala muy pequeña que no contenía más que dos mesas de trabajo con sus respectivos sillones y una robusta caja de caudales. Las paredes estaban desnudas, a excepción de una vieja fotografía enmarcada con unos finos listones de madera. Teresa, llevada por la curiosidad, se acercó hasta ella para observarla mejor. Tenía los bordes velados y la imagen era difusa, pero aún se podía distinguir en ella a dos muchachos jóvenes que, abrazándose con camaradería, posaban frente a un portón que le resultó familiar. El edificio estaba sin pintar y no había cartel que lo anunciara, pero no le costó reconocer la entrada de los almacenes en cuyo interior se encontraba en ese momento. Supuso que los jóvenes de la fotografía serían Eduardo y Diego, su socio, aunque la calidad de la imagen le impidió distinguir al uno del otro. Pensó que la apertura de los almacenes debió de haber sido un momento muy importante para ellos, tanto como para que decidieran inmortalizarlo.

Apartando su mirada de la fotografía, Teresa se volvió hacia los escritorios. El más cercano a ella estaba repleto de documentos mientras que el otro parecía sin estrenar. Ladeó la cabeza para ver mejor los papeles que había en la primera mesa, tratando de averiguar qué asuntos eran los que tenían tan ocupado a su esposo. Al parecer, Eduardo estaba revisando un contrato relacionado con la compra de unos terrenos: «De una parte, don Eduardo Salcedo García, natural de Figueras, Asturias, reino de España, y don Diego Álvarez Fernández en calidad de socios de los almacenes Salcedo y Cía., y de otra parte don Wenceslao García Bustelo, abogado…» En ese punto, Teresa interrumpió la lectura.

El resto de los documentos que había en la mesa estaban relacionados de algún modo con el acuerdo: las escrituras del terreno al que hacía referencia el contrato, el informe que el banco había emitido sobre la operación y las actas de nacimiento de Eduardo y su socio. Teresa ojeó la información de la primera y reconoció en ella, emocionada, los nombres de sus tíos. A continuación, desplazó suavemente el documento para ver el segundo certificado. En él constaban la fecha de nacimiento de Diego, que al parecer era cuatro años posterior a la de Eduardo, y los nombres y apellidos de sus padres. Sin embargo, en el espacio reservado a su lugar de nacimiento, Teresa se sorprendió al ver escrita la palabra «desconocido».

—Disculpe, señora. —Teresa se sobresaltó y levantó su mirada hacia el muchacho que acababa de aparecer en la puerta del despacho—. Me envía don Ferran para ver si necesita algo.

—No —respondió ella, avergonzada por haber sido sorprendida fisgoneando—. De hecho, ya me marchaba. Solo vine para ver si mi esposo cenaría esta noche con nosotros.

El muchacho la miró con curiosidad y Teresa extendió una mano hacia él.

—Mi nombre es Teresa —dijo, esperando a que el chiquillo aceptara su saludo—. ¿Cuál es el tuyo?

—Juan José, aunque todo el mundo me llama Juanjo.

Teresa sonrió.

—¿Trabajas aquí?

El chiquillo asintió con un gesto.

—¿Desde hace mucho tiempo?

—Desde hace seis años.

Teresa calculó que por aquel entonces el muchacho debía de ser un crío. ¿Sería habitual que su esposo empleara a niños en su negocio?

—Serías muy joven en ese momento —observó.

—Lo era —respondió el niño, mientras una sombra atravesaba su mirada—. Don Eduardo y don Diego me hicieron un gran favor permitiendo que me quedara a pesar de ello.

Teresa lo miró en silencio, invitándole a explicarse.

—Mi madre acababa de fallecer —aclaró el chico—, y yo me había ido a vivir con mi abuelo, que era un borracho que no tenía ninguna intención de cuidar de mí. A veces, el viejo simplemente desaparecía durante días y entonces yo me buscaba la vida como podía para no morirme de hambre. Al principio, me acercaba hasta las barracas para ver si conseguía trabajo transportando la carga de algún barco o ayudando en los saladeros o en las curtiembres. Pero había demasiada gente ofreciendo sus servicios por allí, hombres hechos y derechos, no como yo, que era un crío. Y enseguida me di cuenta de que pasarme el día esperando a ver si la faena alcanzaba para todos era una pérdida de tiempo.

»Así que empecé a subir hacia este barrio, donde me parecía que la gente tenía más dinero. Mendigaba por las calles y los comercios. En los almacenes Salcedo siempre tenían algo para mí, aunque fuera algún producto estropeado que a ellos ya no les resultara de utilidad.

»Un día, mientras esperaba en la tienda a que me trajeran una sombrilla a la que se le habían roto varias varillas, vi cómo a un cliente se le caía la cartera al suelo. El hombre no se dio cuenta de su descuido; ni él, ni el dependiente que lo estaba atendiendo. La tentación fue demasiado grande para mí, así que, tras asegurarme de que nadie más estuviera mirando, me agaché para coger el billetero mientras hacía como si me estuviera colocando bien el zapato.

Juanjo, que había recitado esta última parte de corrido y sin despegar los ojos del suelo, los levantó entonces para cruzar su mirada con la de Teresa.

—Ya sé que no está bien hecho y le juro que nunca en mi vida había robado nada antes de aquello —se justificó, al intuir el reproche en sus ojos—. Bueno, salvo alguna pieza de fruta o un trozo de pan de vez en cuando... Pero tenía seis años y estaba muy solo.

Teresa asintió y Juanjo retomó su relato.

—El caso es que, en aquel momento, cuando me encontraba agachado para tomar la cartera, Ferran me levantó del suelo tirándome de una oreja y me arrastró hasta el despacho de don Diego. Y este, tras escuchar lo sucedido, resolvió llamar a mi abuelo.

»El viejo se plantó aquí apestando a cantina; casi no se tenía en pie. Aun así, en cuanto don Diego le contó lo sucedido, tiró de su cinto y, sin dejar de tambalearse, empezó a pegarme con él en la espalda.

Teresa se llevó una mano a la boca para ahogar un gemido.

—Don Diego nos separó como pudo e, interponiendo su cuerpo entre nosotros, le preguntó a mi abuelo cuánto tendría que pagarle para quedarse conmigo. Nunca en mi vida olvidaré ese momento... Mi abuelo se puso como una fiera y, con el rostro todo colorado, le llamó pervertido, degenerado y no sé cuántas cosas más. Pero, en cuanto don Diego abrió la caja fuerte, el viejo olvidó todos sus recelos y, tras tomar el dinero, desapareció de mi vida para siempre.

Teresa miró hacia la caja fuerte, imaginando la escena que había tenido lugar allí mismo unos años atrás. Y tuvo que carraspear para aclararse la garganta antes de volver a hablar.

—¿Y desde entonces trabajas en el almacén? —logró preguntar.

—Sí, soy aprendiz —contestó el muchacho con orgullo—. Me está permitido dormir con los demás en la tienda y me dan de comer, y hasta un pequeño sueldo que don Diego me está reservando para cuando sea más sensato.

Teresa sonrió ante la explicación de Juanjo e imaginó que sería la que el propio Diego le había dado a él.

—¿Y no vas a la escuela?

—No, ¡qué va! Yo nunca he ido a la escuela —respondió el chico, como si Teresa acabara de preguntarle una estupidez.

Ella le observó un instante; el muchacho se había ganado su simpatía.

—¿Sabes? Tengo un hermano de tu misma edad. Tal vez te gustaría venir mañana a casa a jugar con él un rato.

Los ojos de Juanjo se iluminaron y asintió con decisión.

Fuera del despacho, los empleados, liberados ya de sus uniformes, se afanaban en dejarlo todo preparado para que al día siguiente el negocio volviera a funcionar. Casi todos ellos dormirían esa noche en el propio local, repartidos entre los mostradores y el frío suelo embaldosado.

A última hora de la tarde de ese día, con Manuel ya acostado y sin saber cómo entretenerse mientras esperaba a su esposo, Teresa descubrió unas escaleras que subían desde la cocina hasta la azotea del edificio; una gran terraza que abarcaba toda la planta del inmueble de la calle Piedras.

Al salir al exterior, le robaron el aliento el frío de la noche y la grandiosa luna llena que iluminaba la ciudad y que se reflejaba en el Río de la Plata, haciéndolo brillar como si su cauce estuviera verdaderamente hecho de aquel preciado metal.

No quedaba ya ni un alma en las céntricas calles de Buenos Aires, que serpenteaban a sus pies iluminadas por los sobrevivientes faroles de gas.

La visión de esa ciudad tan inmensa hizo que Teresa se sintiera muy pequeña. Trató de imaginarse lo que habría sentido Eduardo al llegar a ella solo, con apenas un par de años más de los que ella tenía entonces. Cómo habría tenido que pelear, sin nadie en quien apoyarse, para lograr todo lo que había conseguido en la vida. Y cómo, también, se sentiría extraño ahora al tener, después de tantos años, a una desconocida a su lado.

Y comprendió que Eduardo ya había hecho mucho por ellos, y que ahora era su turno de mostrarse a la altura de las circunstancias.

Así que, sin darle más vueltas, se dirigió hacia su dormitorio a esperarlo.

Sin embargo, su esposo no durmió en casa aquella noche. Los plazos para comprar el terreno de la pampa estaban próximos a expirar y Diego estaría de regreso al día siguiente, por lo que Eduardo prefirió quedarse en el despacho para preparar la reunión que iba a mantener con él. Su socio nunca le había dicho que no a nada antes, pero la envergadura de ese nuevo proyecto superaba todo lo que habían hecho hasta entonces con creces y en un mundo que les era muy ajeno. Eduardo esperaba su rechazo inicial y quería estar listo para el contraataque.

—¿Y para qué diablos necesitamos nosotros un terreno en zona de indios? —preguntó Diego, tal y como había esperado Eduardo, cuando por fin le pudo contar sus planes a la mañana siguiente.

—Los negocios con Europa están moviendo muchísimo dinero, Diego, y esto no ha hecho nada más que empezar —contestó con fervor.

A Diego la propuesta le parecía descabellada, mucho más propia de él mismo que de su siempre reflexivo socio.

Se llevó una mano a los ojos y los presionó, tratando de librarse del dolor de cabeza que le habían producido los excesos de los últimos días. Eduardo había achacado su mal aspecto al cansancio del viaje, del que se suponía que acababa de regresar, y él había preferido no sacarlo de su error. De haberle anunciado que volvería de San Nicolás unos días antes de lo previsto para perderse en el opio y el licor, como hacía cada año en esas fechas, Eduardo no se lo hubiera permitido.

—Pero la cría de ovejas no es lo nuestro, nosotros tenemos los almacenes —arguyó—. Compramos y vendemos, con poco riesgo, como tan bien me explicaste hace años cuando me propusiste abrir la tienda.

—Lo sé, lo sé. Y el negocio de los almacenes va muy bien, no te estoy proponiendo dejarlo. Al contrario, sigo pensando en su expansión. Pero al lado de esto otro, los beneficios que nos da son insignificantes.

—¿Y qué diablos sabemos nosotros del campo? —preguntó de nuevo Diego mientras se ponía en pie, nervioso por la determinación que veía en los ojos de su socio.

—No me negarás que algo sabemos —contestó Eduardo, invocando viejos recuerdos con la esperanza de ablandar a su amigo.

—No fastidies, Eduardo. ¡Una cosa es deslomarte en los cultivos de sol a sol y otra, muy diferente, dirigir una plantación de dieciséis mil hectáreas! ¿Pero cómo se te ha ocurrido una locura así?

Eduardo contuvo una sonrisa, anticipando la reacción de su socio a la respuesta que le iba a dar a su pregunta.

—La semana pasada estuve comiendo con nuestro viejo amigo Guido.

Diego se echó las manos a la cabeza y liberó una carcajada mientras se dejaba caer de nuevo en su sillón.

—Hombre, el gran Guido tenía que haber sido —dijo al fin.

—Escucha y calla —le pidió Eduardo, incorporándose hacia él para atraer toda su atención, dispuesto a aprovechar que la tensión entre ellos parecía haber disminuido un tanto—. Guido me contó que el negocio ya no está tanto en la lana como en los cereales. La vieja Europa necesita maíz y quieren empezar a probar también con el cultivo de otras clases de grano. Y ya sabes que Guido sí conoce bien el campo.

—Bueno, si ahora a cazar a la hija de un hacendado se le llama conocer el campo…

—Podríamos diversificar el negocio; tener algo de ganado y plantar trigo para asegurarnos un mínimo de ventas mientras probamos en una zona reducida con lo del maíz —insistió Eduardo, ignorando el comentario de su socio.

Diego comenzó a jugar con unas tarjetas que había sobre su mesa mientras decidía cómo poner en palabras lo que realmente le estaba preocupando.

—¿Y cuál es tu plan? ¿Trasladarte a la pampa con tu recién estrenada mujercita? —preguntó, al fin.

Eduardo observó a su amigo en silencio. Diego no había recibido bien la noticia de su matrimonio con Teresa y él comprendía el motivo. Su socio temía que la presencia de su mujer le hiciera revivir hechos de su pasado que había querido dejar atrás. Y, además, recelaba de que la muchacha se fuera a interponer entre ellos dos, arrebatándole la única familia que le quedaba. Por ello, no dejó que sus palabras lo hirieran, y le concedió a cambio unos segundos para que se serenara.

—Creo que con esto daríamos el gran salto. Es la oportunidad que llevábamos años esperando, Diego —dijo finalmente.

—Yo ya no esperaba nada más —murmuró su socio, arrepentido por las injustas palabras que le acababa de dirigir.

Le debía todo a Eduardo, hasta su propia vida. Él era como su hermano, todo lo que le quedaba en este mundo. Y daría cualquier cosa por él. Pero embarcándose en ese negocio pondrían en peligro todo lo que con tanto esfuerzo habían logrado. Y su futuro también. Y si las cosas finalmente se torcían en Argentina, él no tenía a dónde regresar.

—Nosotros no tendremos que hacer nada —insistió Eduardo—, y por supuesto que seguiré viviendo en Buenos Aires. Al parecer hay empresas que se encargan de gestionarlo todo y luego te mandan un giro cada seis meses con los beneficios. Ellos reclutan a los trabajadores, supervisan las cosechas, establecen las relaciones comerciales y hacen todo lo que sea menester.

—Y hasta se ocuparán de mantener a los indios a raya —añadió Diego con sarcasmo.

—Pues sí, supongo que de eso también. De hecho, la zona todavía no es segura y, al parecer, tienen escaramuzas con ellos cada poco tiempo. Pero, en cualquier caso, ese no es nuestro problema.

—No, claro, no es nuestro problema.

—No, no lo es. Es problema de los argentinos. Este país nos ha acogido y nos ha dado grandes oportunidades, pero tampoco nos ha regalado nada. Nosotros siempre seremos españoles, y bien sabes que a ellos les gusta recordárnoslo también.

—Y una de las maneras en la que lo hacen, si no me equivoco, es no vendiéndonos sus preciados lotes de tierra —apuntó Diego—. ¿Cómo vas a conseguir que te den uno siendo extranjero?

—No se lo compraremos a la República. El gobierno está compensando con tierras a los militares que participan en la conquista del desierto, pero estos no tienen ningún interés en ellas. Prefieren venderlas y obtener dinero contante y sonante a cambio. Y algunos grandes terratenientes están aprovechando para deshacerse de parte de sus lotes también. El nuestro no sé de dónde proviene exactamente, ni tampoco me importa un carajo, si te soy sincero.

Diego se tomó un último instante para reflexionar.

—¿Y dónde dices que está ese futuro terreno nuestro? —preguntó finalmente, haciéndole ver a su socio que había dado su brazo a torcer.

Eduardo hizo un gesto de triunfo y se relajó al fin en su sillón.

—Está en el partido de Benito Juárez, más allá de Tandil —respondió sonriendo, agradecido de que Diego hubiera aceptado embarcarse en una nueva aventura con él.

4

Tras la reunión, Diego necesitaba tomarse una copa. Sentía que la burbuja de seguridad que había construido a su alrededor durante los últimos años se resquebrajaba por momentos y eso le daba un pánico atroz.

Dejó a Eduardo perdido entre mapas, cuentas y anotaciones y se marchó del despacho decidido a beberse toda la ginebra del Club Español si era necesario con tal de apaciguar un poco su alma.

Casi tropezó con Juanjo al salir, que lo esperaba en la calle como un cachorrillo deseoso de atención.

—¿Qué pasa, muchacho? Por poco logras que te pise —le echó en cara, malhumorado.

El niño se colocó sobre las despegadas orejas la gorra que el propio Diego le había regalado antes de emprender su viaje.

—Me enteré de que habías vuelto y quería saber cómo te había ido —se disculpó.

Diego leyó en sus ojos una súplica porque no le rechazara y se vio a sí mismo, de niño, reflejado en aquella mirada.

—Voy a acercarme al Club Español. ¿Me acompañas hasta allí y te lo cuento por el camino?

La sonrisa de su joven amigo lo dijo todo, y Diego le puso una mano sobre el hombro para atraerlo hacia sí, en un gesto de camaradería.

Pensó que al menos alguien se interesaba por el resultado de su viaje; Eduardo ni siquiera le había preguntado por él.

Había pasado más de un mes desde que partió hacia San Nicolás de los Arroyos, una ciudad que se encontraba a orillas del río Paraná, a seis días a caballo desde Buenos Aires. Se había trasladado hasta allí para visitar los negocios de un tal Terrasson, un industrial francés que había transformado un antiguo saladero en una nave frigorífica, una de las primeras que se habían puesto en funcionamiento en la República.

El francés llevaba también varios años intentando transportar carne congelada en buques frigoríficos a Europa y decían que estaba próximo a alcanzar su objetivo.

La posibilidad de importar y exportar productos perecederos congelados le había resultado muy interesante a Diego y había creído que podía tener alguna aplicación en su propio negocio. Y, además, aquella excursión le había brindado la excusa perfecta para quitarse de en medio unos días y postergar el momento en el que habría de conocer a la esposa de su socio, a la que sin duda Eduardo le hubiera presentado la misma noche de su llegada a Argentina si hubiera tenido ocasión.

Podría haber realizado el viaje de forma más segura en el coche de postas que iba a la ciudad de Rosario, pero no tenía la menor gana de aguantar a otras siete personas en un recinto tan pequeño durante tantos días, así que decidió poner a prueba su nueva berlina, algo que, por otro lado, llevaba tiempo queriendo hacer. Los caballos y, de un tiempo a esa parte, cualquier vehículo que sirviera para transportarse, se habían convertido en una de las mayores aficiones de Diego. Además, al no estar sujeto a los estrictos horarios de la diligencia, podría conocer con tranquilidad algunas poblaciones del camino que, más allá de basar su existencia en su ubicación estratégica entre las ciudades de Buenos Aires y Rosario, estaban desarrollando una gran actividad en torno a industrias, plantaciones agrícolas e incluso centros religiosos.

Finalmente, el trayecto resultó tan enriquecedor como había esperado, un preludio de lo que sería su estancia en San Nicolás.

Tras una semana de viaje, una caravana de carretas le anunció la proximidad de la ciudad. Traían mercancías de Buenos Aires y Montevideo y, tras hacer una parada en San Nicolás de los Arroyos, probablemente seguirían su camino hacia el interior del país o hacia Paraguay.

El carruaje de Diego tuvo que reducir su velocidad para ajustarse a la de ellos pero, como no tenía ninguna prisa, se entretuvo observando las colosales ruedas de sus carros y sus vigorosos caballos criollos, que parecían capaces de mover el mundo ellos solos.

Pronto fueron apareciendo a su alrededor decenas de fábricas, edificios alargados casi todos, con altas chimeneas y costuras en sus muros que evidenciaban que habían ido creciendo y ampliando sus instalaciones con el paso del tiempo. En aquella próspera ciudad industrial se producían desde repuestos agrícolas a jabones, féculas o fideos, así como cualquier otro producto que la mano del hombre fuera capaz de arrancar a las entrañas de esas tierras fértiles.

Debía de ser mediodía cuando, por fin, la berlina de Diego enfiló la céntrica calle del Comercio con dirección al hotel Balcón del Paraná. El sol había hecho su aparición por primera vez aquel día, algo que él quiso interpretar como un buen presagio y que sus huesos, agotados ya después de tantos días de viaje, supieron agradecer. A pesar de ello, en la calle no había un alma.

Diego dejó a su cochero haciéndose cargo de la berlina y se adentró en el hotel. Cuando logró que sus ojos se acostumbraran a la oscuridad del interior del edificio, distinguió que se hallaba en un pequeño recibidor que estaba ocupado casi en su totalidad por un mostrador de madera. Detrás de él, un joven que probablemente había sido descartado como empleado en las fábricas del camino por su falta de vigor, le tendió la llave de la que sería su habitación los siguientes días y le indicó cómo acceder a ella.

—Quisiera tomar un baño antes de almorzar —pidió Diego e, ignorando el gesto de desgana del empleado, enfiló la escalera de piedra gris buscando al fin un poco de descanso.

La habitación, pulcra y sencilla, albergaba detalles que revelaban la participación de una mujer en su decoración, como el tarro con flores frescas que Diego encontró sobre el escritorio. Recordó entonces que la persona que le había recomendado el hotel también le había dicho que este había pertenecido a un inmigrante catalán y que, tras la repentina muerte de este, había quedado a cargo del establecimiento su viuda, oriunda de San Nicolás.

Se desprendió de algunas prendas de ropa para esperar más cómodamente el balde que le serviría de bañera y se dispuso a escribir una nota al señor Terrasson con el fin de anunciarle su llegada y de asegurarse de que le pudiera recibir al día siguiente.

Tras una reparadora noche y un copioso desayuno, un repuesto y vigoroso Diego salió del hostal con la primera luz del día y se dirigió hacia el puerto en busca de la nave de Terrasson. Hacía un frío cortante, más aún según se aproximaba al río, pero aquello, en lugar de amilanarle, le hizo sentirse más vivo.

La fábrica resultó ser mucho mayor de lo que había esperado, pero lo que más llamó su atención fue el altísimo techo que descubrió al entrar en ella. De él colgaban tuberías pintadas en diferentes colores, respondiendo a algún extraño código que escapaba a su entendimiento. En un nivel inferior al de los tubos, todavía lejos del alcance de la mano de un hombre, cientos de cadáveres de ovejas pendían de unos rieles de hierro, enganchados a ellos por unos imponentes garfios dignos de la peor de las pesadillas. Los animales parecían formar un macabro ejército a punto de echar a andar. A su lado, aupados en mesas de madera y provistos de hachas y machetes, los empleados de la planta procedían a descuartizar los cuerpos, agrupando luego las distintas piezas en unos contenedores que, una vez llenos, otros trabajadores se encargaban de trasladar hasta una sala contigua que quedaba fuera del alcance de la vista de Diego.

Todo allí parecía funcionar con un orden estudiado y una limpieza escrupulosa. La mayor parte de los operarios cubrían sus cabellos con un higiénico gorro y vestían camisas blancas y unos gruesos delantales de cuero. Otros pocos, los menos, lucían batas blancas encima de sus ropas y parecían estar encargados de supervisar al primer grupo.

Diego trató de anunciar su presencia a cuantos hombres se cruzaron por delante de él, pero no logró que nadie le prestara la menor atención hasta que, al fin, un muchacho que iba haciendo anotaciones en una libreta le miró con extrañeza y le señaló un perchero en el que había unas cuantas batas blancas desocupadas. Él se apresuró a cubrirse con una de ellas y, casi al instante, apareció a su lado un hombre de escasa estatura, cabello blanco y largos bigotes terminados en punta.

—El señor Álvarez, supongo. Soy Eugenio Terrasson, antiguamente Eugène Terrasson —bromeó con un marcado acento francés, mientras se ajustaba unas gafas redondas que iluminaban aún más su chispeante mirada.

Terrasson echó a andar invitando a Diego a que le acompañara.

—Esto que está usted viendo es la sala de despostada, donde descuartizamos a los animales. Tenemos dos líneas: una de bueyes y otra de ovejas. ¡Oiga, usted! —gritó de pronto a un empleado—. ¡La sierra, utilice la sierra!

El señor Terrasson hizo un gesto de impotencia y continuó mostrándole la planta a Diego, intercalando sus explicaciones con un millar de órdenes dirigidas a su tropa de operarios, sin perder en ningún momento el hilo de la conversación.

No hacía falta ser un observador muy avezado para advertir la gran activación que recorría el cuerpo del francés; la misma que parecía afectar a toda la plantilla de la fábrica.

—He oído decir que está preparando un envío a Europa —dijo Diego, elevando la voz para hacerse oír por encima del bullicio que había en la nave, convencido de que era aquella expedición la que tenía tan nervioso al señor Terrasson.

—Sí —respondió este con orgullo—. La Elisa será la primera fábrica en hacer llegar carne congelada a la Gran Bretaña. En el puerto tenemos ya un barco frigorífico esperando a ser llenado. Tenemos que lograrlo antes de que lo intenten los ingleses de The River Plate Fresh Meat, de la localidad de Campana.

Diego volvió a elevar la voz para agradecerle al hombre que le hubiera atendido en un momento tan relevante para su negocio.

—Está usted viviendo un hito en la historia de la Argentina, de la Gran Bretaña y del comercio internacional —convino el francés, entusiasmado con la complicidad de Diego—. Lo que no entiendo es cómo no viene el mismísimo presidente de la República a presenciarlo. Se diría que sus preferencias estén del lado inglés, algo que tampoco sería de extrañar teniendo en cuenta la cantidad de dinero que los súbditos de su majestad tienen invertido en este bendito país.

Visitaron la sala de máquinas, que por el momento funcionaban con carbón.

—Esto cambiará pronto. Estoy trabajando con un compatriota suyo para instalar una central eléctrica que nos brindará una energía más limpia. En cuanto el buque Médoc logre trasladar con éxito nuestro primer envío de carne congelada, espero recibir fuertes inversiones extranjeras y mejorar con ellas nuestro proceso productivo. —Terrasson estaba pletórico—. Vayamos al muelle, le mostraré mi barco.

No solo le enseñó el barco frigorífico, donde un gran número de ingenieros velaba por su buen funcionamiento, sino que también le invitó a montarse en una barca de recreo de su propiedad, en la que, con el impulso de los fuertes brazos de dos jóvenes remeros, remontaron el río Paraná con el fin de ver sus famosas barrancas, unos despeñaderos escarpados que dotaban a aquella zona de un aspecto singular.

Por el camino, se cruzaron con los pesqueros que volvían de faenar río arriba y, por un momento, la mente de Diego se vio invadida de agridulces recuerdos. Fueron las risas de unas lavanderas las que lo trajeron de vuelta del pasado; mujeres alegres y jóvenes que conocían a los remeros de su embarcación y trataban de llamar su atención desde la orilla, haciendo pasar a los hombres un rato incómodo frente a su patrón, quien, para su fortuna, estaba tan inmerso en las explicaciones que le iba dando a Diego, que no se apercibió de nada más.

En resumen, la visita de ese día fue todo un éxito y el señor Terrasson resultó ser un entregado y apasionado anfitrión que insistió en que Diego volviera a visitarle al día siguiente para continuar enseñándole todos sus emprendimientos.

Diego regresó al hotel contagiado de su energía y revitalizado tras el agradable paseo por el río. Y, cuando sus ojos se adaptaron de nuevo a la mortecina luz de la recepción, pudo distinguir en ella a una bella y elegante mujer que parecía estar explicándole algo al recepcionista. Adornaba su cabeza con un sombrero, lo que indicaba que, o bien acababa de llegar, o bien se disponía salir del establecimiento. Por debajo del mismo se apreciaban unos deliciosos bucles cobrizos que acariciaban la fina piel de su mandíbula.

—¿Señor? —la oyó decir de pronto, mientras le estudiaba con gesto de extrañeza.

Diego comprendió que se había quedado tan absorto apreciando la suave curva de su cuello que se había perdido lo que fuera que ella le hubiera dicho.

Se presentó con galantería y vio cómo ella, tras identificarse como la propietaria del hotel, también le estudiaba apreciativa.

—¿No se dispondrá a salir? —se atrevió a aventurar Diego—. Para mí sería un placer acompañarla y, de paso, conocer un poco mejor la ciudad.

Ella pareció sopesar su respuesta, consciente de que si aceptaba estaría admitiendo su interés por el español. Pero lo cierto era que le interesaba, y mucho, con su porte gallardo y algo salvaje, y profundamente varonil.

—Entonces, ¿finalmente no va a necesitar que le preparen el baño, señor? —los interrumpió el recepcionista. Diego le había dado orden al marcharse de que tuvieran la tina preparada a su regreso.

—El baño puede esperar —respondió, molesto porque el joven se mostrara solícito precisamente en ese instante.

La dama ocultó una sonrisa y tomó del mostrador la sombrilla con la que protegería su fina tez del sol.

—Vayámonos —aceptó, tomando el brazo que le estaba ofreciendo Diego.

Amalia Ribelles tenía que ir al banco a depositar unos ingresos. Siempre lo hacía a esa hora, antes de que los vecinos de San Nicolás se encerraran en sus casas, para no tener que vérselas con algún malhechor. Se había convertido en una mujer fuerte, obligada a valerse por sí misma, sola en la batalla por sacar adelante el hotel tras la muerte de su esposo. Ni siquiera había podido contar con la ayuda de su cuñado, quien, en vista de que no podría erigirse en propietario del hotel o de ella misma, no solo le había negado su apoyo, sino que se había entretenido esos últimos años en ponerle miles de obstáculos en el camino, esperando que tropezara con alguno de ellos para podérsele echar encima como el buitre carroñero que era.

Pero Amalia, tras realizar grandes sacrificios y derramar ríos de lágrimas de rabia e impotencia, había conseguido saldar hasta la última deuda que tenía su difunto marido. No le quedaba nada más que el hotel, pero tampoco nada debía y se sabía dueña de su destino.

Ese aplomo era el que la empujaba camino del banco en días alternos, con el bajo de su falda removiendo el polvo de la calle aún sin adoquinar y la frente bien alta para que la reconocieran todos los ojos que, ocultos tras las ventanas de los edificios, seguían sus pasos.

Diego parecía incapaz de controlar su mirada, que a cada rato se desviaba hacia su acompañante. Amalia superaba en estatura a la mayoría de las mujeres, algo que él, también particularmente alto, agradecía. Sus rasgos eran robustos y marcados, su mandíbula ancha y su cuerpo vigoroso, endurecido por su afición a montar a caballo. El mismo instinto que Diego poseía para seleccionar a los mejores equinos, y que tan buena fama le había granjeado en el Hipódromo de Palermo, le indicó que se encontraba ante un extraordinario ejemplar de mujer.

Tras ingresar el dinero en el banco, Diego invitó a Amalia a merendar en una confitería cercana al hotel. Necesitaba pasar algo más de tiempo con ella para averiguar si el deseo que creía leer en sus ojos era real o no era más que un reflejo del suyo propio.

Pidieron unos pasteles que él no llegó a probar y con los que ella se limitó a jugar con sus finos dedos. Y a la tercera vez que Amalia se rozó los labios con ellos, Diego no fue capaz de contenerse más.

—¿Quieres volver al hotel? —sugirió sin disimulo.

Y ella no dijo que no.

Cuando llegaron al Balcón del Paraná, Diego le pidió al recepcionista la tina que había rechazado una hora antes y esperó pacientemente en ella a que Amalia lograra burlar a sus empleados y se deslizara dentro de su habitación, de la que ya no saldría hasta el amanecer.

En la penumbra del cuarto, la blanca piel de Amalia brillaba entre gotas de agua y sudor. Diego se perdió en su cabello castaño y recorrió con sus labios la constelación de pecas que adornaban su bella piel.

Ella también dio rienda suelta a su pasión. Llevaba dos años viuda y hasta esa tarde no había encontrado ningún hombre que despertara en ella el más mínimo interés. Además, era consciente de que no tendría a Diego para siempre, así que se lanzó decidida a arrancarle el máximo placer a aquel encuentro y a todos los que le siguieron durante los días que el español permaneció en su casa.

La vida era deliciosa en San Nicolás. Durante el día, Diego visitaba alguna industria, navegaba por el río o simplemente salía a montar a caballo por el campo. Por la noche, esperaba en su habitación a Amalia, quien, al caer la tarde, aparecía puntualmente con su cena y le iba sirviendo plato tras plato mientras él aprovechaba cada acercamiento para irla despojando de su horquillas y de su ropa. Por culpa de aquellas distracciones, Diego nunca llegó a probar el postre.

Pero él tenía su vida en Buenos Aires y, tras casi tres semanas de ensueño, tuvo que aceptar que había llegado el momento de regresar a ella.

—No te pediré que te quedes —le amenazó Amalia, luchando por contener las lágrimas cuando, una mañana, antes del amanecer, él le anunció su partida.

—No podría aunque quisiera —respondió Diego, sin dejar de acariciar el cuerpo desnudo de ella.

—¿Volverás?

—No lo creo, al menos no en un tiempo largo —admitió él—. Pero tal vez puedas venir tú a visitarme a Buenos Aires.

No había sido su intención herir el orgullo de la viuda de Ribelles, sin embargo, esta respondió:

—Puede que lo haga, siempre que no encuentre la satisfacción en algún otro huésped del hotel.

Divertido por su ocurrencia, Diego volvió a envolverla entre sus brazos, decidido a ayudarla a olvidar su enfado y a hacerla suya por última vez.

—Entonces, ¿el viaje ha sido interesante? —insistió Juanjo, liberándose del abrazo de Diego para adelantarse unos pasos y poder voltearse hacia él.

—Mucho —contestó Diego, pensando en qué parte del mismo podría entretener al niño—. Están consiguiendo grandes avances en naves y barcos frigoríficos, y parece que pronto podremos exportar carne congelada junto a los cereales de Eduardo.

Juanjo rio, aunque no había comprendido el comentario de los cereales, y Diego pensó que si la aventura agrícola y ganadera en la que se iban a embarcar salía bien, tal vez, en el futuro, Eduardo encontrara de alguna utilidad lo que él había aprendido en ese viaje.

—Además —continuó—, el señor Terrasson ha resultado ser un personaje muy inspirador. Quiere construir una línea de ferrocarril para unir las tierras que posee en Santa Fe y Córdoba, está comprando barcos para transportar lo que produce y hasta ha puesto en marcha una pequeña destilería de ginebras y licores, puesto que dice que no solo de carne vive el hombre.

Le guiñó un ojo a Juanjo, quien volvió a reír con complicidad.

—¿Y has traído algún licor de esos contigo?

—Sí, claro que he traído —contestó Diego, recordando la única botella que había consumido, junto a Amalia, en la penumbra de su habitación de San Nicolás—. Los dejé en casa antes de venir a ver a Eduardo.

Desde su llegada a Buenos Aires, dieciséis años atrás, Diego siempre había vivido en hoteles, aunque la calidad de estos había ido en aumento al ritmo de su nivel adquisitivo. Ahora ocupaba una *suite* en un establecimiento próximo a los almacenes, una especie de apartamento que disponía de cocina propia y de un pequeño balcón. Eduardo siempre insistía en que se comprara una casa y dejara de vivir como si estuviera de paso, pero a él le resultaba muy cómodo no tener que preocuparse por las tareas del hogar, y el saludo que los empleados del hotel le dirigían cada día le hacía sentirse menos solo.

—¿Y me dejarás probarlos? —tanteó Juanjo, insistiendo en el asunto de los licores.

Diego le dirigió una mirada amenazadora que pareció servir al pequeño como respuesta.

—¿Y, a ti, qué tal se te ha dado por aquí sin mí? —preguntó, cambiando de tema, al tiempo que le daba un golpe a la visera del niño, haciendo que cayera sobre sus ojos.

Juanjo se apartó de él y se quitó la gorra con un gesto de fastidio. No le gustaba nada que le hicieran rabiar, por más que el artífice de la broma fuera su idolatrado Diego.

—Muy bien. He hecho un nuevo amigo —refunfuñó.

—Ah, ¿sí? —se interesó Diego—. ¿Y quién es?

—Manuel, el hermano de doña Teresa, la esposa de don Eduardo.

Diego sabía que, por su propio bien, lo mejor sería dejar ahí el asunto, pero la curiosidad pudo con él.

—¿Los has conocido? —preguntó, fingiendo desinterés.

—Pues claro, ¿no te acabo de decir que somos amigos? —se burló Juanjo, feliz de que Diego le hubiera dado pie a vengar su agravio tan pronto.

—¿Y? —preguntó este, ignorando la broma del muchacho.

—¿Y qué?

—¿Que cómo son? —se impacientó Diego.

—Pues Manuel es muy simpático. Me está enseñando a jugar a las canicas.

Diego asintió.

—¿Y Teresa?

—No sé —contestó el niño, encogiéndose de hombros—. También es simpática, supongo, aunque es una chica.

—¿Aunque es una chica? —repitió Diego, confundido.

—Sí, ya sabes. Las chicas son todas un poco raras —respondió el crío, arrancando una carcajada a su acompañante.

Más tarde ese día, Eduardo compró un ramo de flores para Teresa y la invitó a dar un paseo por la ciudad. Quería celebrar el éxito de su conversación con Diego y pasar algo de tiempo a solas con ella, sin la presencia de su hermano menor.

Al principio, no sabía cómo iba a hacer para que fuera tomando confianza con él, y la diferencia de edad entre ellos se le hacía demasiado notable. Pero en el paseo que dieron por Buenos Aires, ella mostró una gran curiosidad por todo lo que los rodeaba, haciendo que la conversación fluyera con facilidad.

Eduardo contestó pacientemente a todas sus preguntas, o al menos a aquellas para las que conocía la respuesta. No pudo explicarle, por ejemplo, el motivo por el que la sede del gobierno era de color rosa. Que aquello despertara la curiosidad de su esposa le pareció particularmente extraño, y no supo decidirse entre si considerarlo propio de una mente muy simple o, por el contrario, una genuina muestra de inteligencia. Se preguntó si esto último le agradaría y terminó respondiéndose que le daría igual, siempre que no se volviera en su contra.

Eduardo le habló también a Teresa del terreno que iba a adquirir en la pampa y de la conversación que había mantenido aquel día con Diego al respecto. Teresa se interesó entonces por su socio y por el modo en que se habían conocido, y él le respondió vagamente que había sido en una residencia para inmigrantes. Pero quiso aprovechar la ocasión para hacerle entender a Teresa el importante lugar que Diego ocupaba en su vida y el gran apoyo que habían supuesto el uno para el otro en el pasado.

Motivado por el éxito del agradable paseo, Eduardo invitó a su mujer a cenar en una taberna que solían frecuentar inmigrantes españoles deseosos de compartir las últimas noticias de su tierra ante un buen plato de garbanzos, unos chorizos argentinos o una frasca de vino peleón. Eduardo, uno de los españoles más veteranos en aquellas tierras, conocía a muchos de los comensales y se los fue presentando a Teresa con una satisfacción contenida.

Teresa se sentía como si de la noche a la mañana se hubiera convertido en otra persona, en una joven cosmopolita que paseaba del brazo de su marido por una floreciente ciudad, cenaba fuera de casa y se codeaba con todos aquellos extraños que parecían apreciar a su marido y que la habían acogido con cordialidad. Se sentía tan animada que se atrevió incluso a probar el vino que, aunque no le gustó nada, se acabó tomando a sorbitos para no estropear el momento.

Probablemente esos tragos fueron los que más tarde la ayudaron a dejarse llevar en la alcoba por las ávidas manos de su marido.

Eduardo no tuvo que fingir su deseo por ella, ya que, aunque era una muchacha menuda, sus curvas eran generosas y poseía todavía el olor y el tacto suave de la juventud. Fue con ella todo lo considerado que el vino y el cansancio le permitieron y, cuando quedó satisfecho, cayó rendido en su lado del lecho.

Cuando el ritmo de la respiración de Eduardo le desveló que se había quedado profundamente dormido, Teresa sonrió aliviada. Ya había pasado uno de los momentos que más le habían preocupado desde que inició aquel viaje y al final no había resultado tan terrible como sus amigas del pueblo habían vaticinado.

Con mucho cuidado de no despertar a su marido, se puso el camisón y se acurrucó en el otro extremo de la cama, dispuesta a descansar.

5

El colegio elegido por Eduardo para inscribir a Manuel fue el de El Salvador, una escuela que la española Compañía de Jesús había abierto en la ciudad quince años atrás, de filosofía humanística y religiosa y con una clara vocación de ayuda a los demás.

Una vez que la decisión estuvo tomada, Eduardo, Teresa y Manuel acudieron a visitar el centro. Mantuvieron una breve audiencia con el padre rector de la institución, quien se interesó tanto por el aspecto espiritual de la familia Salcedo como por la capacidad de Eduardo para colaborar económicamente con las numerosas iniciativas que llevaba a cabo el colegio. Tras la reunión, otro sacerdote los guio a través de unas imponentes galerías sostenidas por arcos escarzanos hasta el lugar donde se encontraban las aulas, en las que en ese momento se impartían enseñanzas de química, griego y cosmografía; la biblioteca, extraordinariamente bien nutrida con ejemplares de todas las disciplinas imaginables; y la capilla, de forma alargada y flanqueada por coloridas vidrieras que impedían ver el exterior, previniendo de ese modo que los estudiantes se distrajeran del culto. No visitaron la huerta, ni los cuartos en los que dormían los alumnos, ni tampoco el ala que ocupaban los jóvenes maestros jesuitas, pero nada de eso les hizo falta para hacerse una idea del poder de la institución.

Tras finalizar el recorrido, abandonaron el edificio envueltos en un reflexivo silencio. Manuel caminaba cabizbajo, como si sus hombros cargaran ya con el peso de todos los conocimientos que iba a tener que adquirir, abrumado ante lo que se le venía encima. Eduardo sonreía satisfecho con la elección que habían hecho, y pensaba que allí convertirían a su cuñado en un hombre de provecho, esperaba que para sus negocios. Y Teresa… Teresa no se quitaba de la cabeza la escuela de su pueblo, un recinto que parecía una cuadra, y que de hecho albergaba en su interior a varias docenas de animales cuando el clima se recrudecía.

Recordaba cómo había acudido a aquel pequeño edificio cada día hasta su noveno cumpleaños, a pesar del olor a estiércol, desbordada de ilusión y ávida de aprender lo que el maestro le quisiera enseñar.

Teresa destacaba de entre la veintena de niños de todas las edades que asistían a clase en el pueblo, no solo por su gran motivación, sino también por su incipiente inteligencia. Al contrario que su hermano, ella sí que aprendió pronto a sumar y restar, y leía todo lo que caía en sus manos que, salvo raras excepciones, eran periódicos atrasados que le conseguía su maestro.

Hubiera dado media vida por seguir estudiando, pero en casa necesitaban ayuda y su padre no veía la necesidad de que aprendiera tantas cosas, mucho menos aún siendo mujer. Y Teresa acató su decisión sin rechistar, como siempre hacía.

Durante un tiempo, siguió acudiendo a la escuela antes de que las clases dieran inicio para que el maestro le pusiera algunas cuentas, le diera algo para leer o, simplemente, le contara lo que iba a explicar ese día en clase. Pero, a pesar de su juventud, Teresa percibió cómo el profesor cada vez la recibía con menos entusiasmo, esperando que al fin se diera por vencida y sucumbiera a su destino. Y acabó por creer que si todos estaban de acuerdo en que no necesitaba aprender más, quizá no les faltara razón. Así que, un buen día, simplemente enterró sus sueños y dejó de aparecer por allí.

Ese era el motivo por el que la joven había puesto todas sus esperanzas en su hermano menor. Quería que Manuel disfrutara de las oportunidades que ella no había tenido, convencida de que, aunque entonces él quizás no lo viera, algún día comprendería las ventajas de haber podido acceder a una buena educación.

Y esa fue también la razón por la que se ilusionó tanto el día que recibieron la carta del rector en la que los informaba de la admisión de Manuel en la escuela. Su emoción llegó hasta tal punto que no dudó ni un segundo en salir a buscar a Eduardo para compartir su alegría con él.

Bajó los escalones que conducían a los almacenes de dos en dos, como si fuera una cría, y cuando alcanzó la puerta del despacho de su esposo, acalorada por la carrera, abrió la puerta sin detenerse a llamar siquiera.

Diego, que llevaba una hora en el interior de la habitación esperando la llegada de Eduardo y empezaba a preguntarse dónde se habría metido este, se sobresaltó cuando la puerta se abrió de golpe y una muchacha muy joven y sonriente asomó por ella.

No pudo evitar devolverle el gesto; sin embargo ella, al verle, cambió su expresión a una de desconcierto.

—Disculpe, ¿no está Eduardo? —preguntó.

Diego se sorprendió de que la joven le dedicara un trato tan cercano a su socio.

—No, parece que ha salido —contestó, mirando a su alrededor—. ¿Puedo ayudarla yo en algo?

—Pues, no lo sé —contestó ella, dibujando una nueva sonrisa en sus labios, esta vez más discreta—. ¿Tal vez si fuera tan amable de decirme quién es usted?

Diego se quedó callado, pensando en qué respuesta darle a aquella muchacha que tenía aspecto de secretaria. Se le ocurrió que tal vez Eduardo había contratado por fin a una en su ausencia, y que no se lo había dicho para, de algún modo, vengarse de su falta de involucración en el negocio. «No», se dijo. Eduardo no era tan retorcido como para hacer eso.

Se planteó entonces decirle a aquella joven que ese no era el modo de personarse en un despacho, sin llamar previamente a la puerta y sin presentarse después, y prácticamente exigiéndole que lo hiciera él. Pero la cría no parecía actuar con mala intención, y él estaba deseando saber qué relación la uniría con su socio. Así que, finalmente, solo se levantó para saludarla con educación.

—Soy Diego Álvarez, para servirla.

Teresa observó sin reparo al socio de su marido y no pudo evitar compararle con él. Eran más o menos de la misma estatura y, por lo tanto, considerablemente más altos los dos que ella. Y ambos tenían el cabello y los ojos oscuros como el carbón. Pero el hombre que Teresa tenía delante en ese momento era mucho más intimidante que su esposo. Tenía la espalda más ancha, los brazos más fuertes y un aire de peligrosa seguridad. Llevaba el cabello revuelto, sin el gel que utilizaban todos los hombres de su clase, y este era tan abundante como el de sus cejas, lo que hacía oscurecer todavía más su mirada. Al contrario que Eduardo, Diego no llevaba bigote, ni barba, lo que dejaba sus desnudas mejillas a la vista y hacía resaltar su boca.

Teresa carraspeó y se esforzó por no reflejar cuán impresionada se sentía por él, aún más por el hecho de habérselo encontrado sin estar su esposo presente.

—Diego —dijo, obligándose a acercarse a él—. Por fin te pongo rostro.

Diego se sorprendió de nuevo porque la joven utilizara con él la misma familiaridad con la que había tratado a Eduardo segundos antes.

—Soy Teresa.

El socio de Eduardo no pudo evitar reflejar su conmoción. ¿Cómo no se había dado cuenta antes? Llevaba días rehuyendo a aquella mujer, y en un solo segundo en el que había bajado la guardia, ella se había colado en su vida y, lo que era todavía peor, había despertado su simpatía. Teresa no parecía en absoluto la peligrosa mujer que se había empeñado en imaginar, sino más bien una joven e inocente muchacha con pinta de no haber roto nunca un plato.

—Teresa —repitió, como si él también llevara tiempo queriendo conocerla.

Se acercó hasta ella y, tomando su mano, la besó.

Teresa se quedó un instante observando el contraste que ofrecían sus dedos: los de ella menudos y blancos como el algodón, los de él largos y morenos, más atezados aún después del viaje del que acababa de regresar.

—Estaba buscando a Eduardo para decirle que han admitido a mi hermano en el colegio de El Salvador —dijo, por no quedarse callada.

Diego asintió mientras liberaba las pequeñas manos de la mujer de su socio.

—Es una noticia estupenda, enhorabuena —respondió, aunque no sabía muy bien a qué colegio se refería Teresa.

—Sí, lo es. Por lo que he podido saber, se trata de un centro muy exigente. Espero que mi hermano pueda incorporarse a él lo antes posible. Ya casi estamos en septiembre y, si se retrasa, le costará más coger el ritmo de sus compañeros —añadió, consciente de lo poco que le interesaría el asunto a aquel hombre.

—No deberías preocuparte demasiado por eso. Según tengo entendido, el curso escolar comienza después de las fiestas de Navidad. —Teresa lo miró sorprendida—. De todos modos, no es mala idea inscribir ya a tu hermano, para que se vaya acostumbrando a la escuela.

Teresa sonrió y, sin saber qué más añadir, paseó su mirada por la habitación. Al toparse con la caja fuerte, recordó su primer encuentro con Juanjo.

—El otro día conocí a un muchacho, Juanjo, en este mismo lugar. Me dijo que erais amigos.

Diego recordó la curiosa opinión que le había merecido Teresa al crío y sonrió.

—¿Tú tienes hijos? —preguntó entonces ella.

El socio de Eduardo negó con un gesto.

—¿Y estás casado?

Volvió a negar.

—¿Pero tendrás familia aquí, en Argentina?

Aquello comenzó a inquietar a Diego.

—No, no tengo a nadie aquí.

—Vaya —respondió ella. Le resultaba extraño que ningún conocido de Diego hubiera seguido sus pasos hasta allí tras saber de su éxito, como le había sucedido a Eduardo, y a tantos otros igual que a él—. ¿Y de dónde eres?

—Bueno, esto empieza a parecer un interrogatorio —protestó el hombre, tratando de mantener la sonrisa.

Teresa se sonrojó. Solo había pretendido ser amable. Dirigió una rápida mirada hacia la puerta, buscando la forma de escapar de aquella situación tan incómoda.

—Llevo una hora esperando a Eduardo —dijo entonces Diego, como si le hubiera leído el pensamiento—. No sé dónde puede andar, ni cuándo regresará.

Ella asintió.

—En ese caso, será mejor que le vea en otro momento.

Diego afirmó con un gesto, y se acercó hasta la puerta del despacho para despedirla.

—Tienes que venir un día de estos a comer con nosotros, para que podamos conocernos mejor —propuso entonces Teresa, sin atreverse a mirarlo a los ojos.

—Claro, lo haré en cualquier momento —le aseguró él, sin la menor intención de cumplir su palabra—. Ha sido un placer conocerte, Teresa.

—Igualmente —respondió ella, levantando esta vez la mirada.

Cuando se separaron, ambos se quedaron un rato pensando en su encuentro, y en lo equivocada que estaba la imagen que habían tenido hasta entonces del otro.

Pocas semanas después de recibir la carta del rector, Manuel ingresó en el colegio de El Salvador. Como era natural, se incorporó al grupo de los extranjeros, casi todos hijos de españoles que habían nacido ya en América. Los demás chicos, descendientes de familias criollas bien posicionadas, se dedicaban en general a ignorarlos, salvo unos pocos a los que habían inculcado en sus casas la idea de que aquellos inmigrantes no deberían tener derecho a competir con ellos de igual a igual y que gustaban de recordárselo a Manuel y a sus amigos de tanto en tanto. Así que, tras un par de peleas y alguna llamada a Eduardo por parte del director, el proceso de integración de Manuel se dio por finalizado.

Fue en esa época cuando Teresa comenzó a sentirse mal. Inicialmente, achacó su indisposición al cambio de estación, ya que la primavera había hecho acto de presencia en Buenos Aires en pleno mes de septiembre, tiñendo de violeta las jacarandas que bordeaban los paseos. Pero, tras un par de semanas en las que sus síntomas no solo no remitieron, sino que se vieron agravados por unas persistentes nauseas, Eduardo decidió que había llegado el momento de que la revisara su amigo Rafael Estrada. Le preocupaba que su mujer hubiera traído consigo de España alguna enfermedad que fuera a desgraciarles la vida, aunque su familia se había caracterizado siempre por tener buena salud.

El doctor Estrada se presentó a reconocer a Teresa tan pronto como pudo, que fue un martes por la mañana, poco después de que Eduardo se hubiera marchado a trabajar. Tras hacerle varias preguntas sobre sus hábitos, le pidió a Teresa que se tumbara y procedió a palpar su vientre con la mirada desenfocada.

Teresa sintió cómo se relajaba al ritmo de la fuerte respiración del doctor y aprovechó su examen para estudiar ella a su vez la frente despejada, los ojos pequeños y redondos y las carnosas mejillas del hombre que había actuado como testigo de su boda. Percibió la gran serenidad que transmitía el médico, y le agradó que su esposo le contara entre sus amigos.

Cuando por fin Rafael terminó sus precisos pero delicados movimientos sobre el cuerpo de Teresa, le palmeó el brazo con cariño y le dijo, sonriendo:

—Bueno, muchacha. Parece que nuestro querido Eduardo va a perderse la gran noticia de su vida: estás embarazada.

Al principio Teresa creyó no haberle entendido bien, pero poco a poco fue repasando todo lo que había sentido las últimas semanas y, volviendo su mirada hacia su cuerpo, posó una protectora mano sobre su abdomen. Un hijo. ¿Cómo no lo había pensado siquiera? A pesar de que apenas se veían durante el día, había dormido con su marido todas las noches, y esos mareos matutinos, ese sentimiento de angustia, no podían tener otra explicación.

Pasó todo el día analizando sus sensaciones y su cuerpo, tratando de vislumbrar alguna variación en las formas de su vientre, sus senos o sus caderas. No vio ninguna, pero las náuseas volvieron a hacer su aparición durante la tarde y la convencieron de que debía comunicarle la buena nueva a Eduardo.

Su marido pareció trastornarse con la noticia. Eduardo no había sido consciente de cuánto deseaba ser padre hasta que se imaginó a aquel bebé destinado a sucederle.

Durante los meses que siguieron, colmó de regalos al niño no nacido, y hasta envió una carta a su familia en España en la que les anunciaba la noticia y les enviaba dinero para que la celebraran con ellos.

Teresa se sentía dichosa por ser la fuente de tanta alegría y albergó la esperanza de que aquel hijo la uniera definitivamente a su esposo.

Seis meses y veintinueve días más tarde, Teresa dio a luz a un varón.

El parto fue largo y doloroso, y en varios momentos el doctor Estrada dudó de si la joven madre y su criatura lo superarían. No fue hasta casi veinticuatro horas después de haber roto aguas, con Teresa al borde del desmayo y el doctor tratando de abrir camino al bebé con sus propias manos, que el cuerpo de la joven cedió y la cabeza de su hijo asomó al mundo.

A un grito del doctor, Justa corrió a recoger de sus manos a la pequeña criatura y él se dispuso a suturar el útero de Teresa, a quien la vida parecía querer escurrírsele del cuerpo.

Teresa tardó varios meses en recuperarse del alumbramiento, tanto física como anímicamente. Se sentía tan afligida que, aunque no se lo confesó a nadie, horrorizada por lo que aquello suponía, ni siquiera tenía ganas de estar con su hijo. Se escudó en su recuperación para permanecer largas horas tumbada en la cama donde, cuando nadie la veía, sollozaba en silencio.

Echaba de menos a su familia e imaginaba cómo habrían recibido la noticia de su fallecimiento si no hubiera podido superar el parto. También se planteaba con frecuencia cómo habría reaccionado Eduardo a su muerte. Probablemente se habría vuelto a casar, quizá incluso con alguna de sus amigas del pueblo. Se preguntaba si hubiera lamentado su pérdida, si lo hubiera hecho alguien acaso. Haciendo un repaso de su corta vida, tenía la sensación de que su paso por el mundo había sido en balde.

Fue Justa la que, una tarde, logró traer a Teresa de vuelta del oscuro rincón en el que andaba perdida.

—¿Cómo llamarán a la criatura, si no es atrevimiento? —le preguntó aquel día, mientras acunaba al bebé entre sus brazos.

Teresa contestó con desgana:

—Eduardo, como su padre; Juan, como el mío, y Santiago, como el patrón de nuestro pueblo.

Justa siguió meciendo al pequeño.

—Justa, ¿usted cree que nuestros nombres determinan quiénes somos? —preguntó Teresa, distraída, mientras jugaba a enrollarse en el dedo un lazo de su camisón una vez tras otra.

Justa sonrió y le pidió permiso a Teresa para sentarse en una silla que alguien había colocado para ella junto a la ventana de la habitación. Durante un rato, siguió arrullando al niño mientras canturreaba una nana que Teresa no conocía, tratando de hacerle dormir. No había contestado a la pregunta de Teresa, pero esta tenía todo el tiempo del mundo, y la visión a contraluz de aquella mulata vestida de blanco acunando a su bebé le producía un profundo sosiego.

—Mi nombre de bautismo es Guillermina —dijo por fin la negra, con su voz grave—. Se lo debo a mi padre, Guillermo Casado del Val, hijo de un latifundista afincado en la provincia de Catamarca. Mis abuelos eran esclavos en una de sus plantaciones, dedicada al cultivo del árbol del quebracho colorado, del que se extrae el tanino que después se utiliza para el curtido de cueros.

Justa interrumpió brevemente su discurso para mecer al pequeño Eduardo y tomar aliento.

—Mi madre, Nelva, nació después de que se declarara en Argentina la libertad de vientres, lo que significaba que, aunque sus padres fueran esclavos, ella sería libre automáticamente cuando se casara o cumpliera dieciséis años.

»Desde que esa ley entró en vigor, los amos trataban de evitar que sus esclavas se quedaran embarazadas, ya que, además de inutilizarlas para el trabajo duro durante un tiempo, ellos se veían durante años con la responsabilidad de mantener a unas criaturas que ya no les pertenecían. Y, aunque los hijos de las esclavas solían trabajar para ellos hasta que obtenían su libertad, al parecer, aquello no les salía a cuenta.

»Pero el caso de mi abuela era distinto. Ella era la nodriza de la familia Casado del Val y sus embarazos garantizaban el suministro de leche para los niños de la casa grande. Así que, mientras siguiera criando a los hijos de la señora, a mi abuela le estaba permitido tener su propia descendencia. Y vaya si la tuvo: nueve pequeños libertos, la menor de las cuales fue mi madre.

»Cuando nació, la llamaron Nelva y se crio feliz, correteando entre los árboles de la plantación, con unos padres que la amaban y que, como al resto de sus hijos, le transmitieron desde pequeña lo especial que era, puesto que estaba destinada a ser libre.

»Los hijos de los amos le tenían un gran cariño a mi abuela, que había sido su ama de cría, y a menudo se escabullían de la casa grande para visitarla. Uno de ellos era mi padre, Guillermo.

»Desde que nació mi madre, Guillermo, que entonces tenía seis años, no se separó de su lado. Le gustaba observar a aquella muñequita de piel morena y suave, tan bonita y tan risueña, que parecía reconocerle cuando iba a visitarla. Guillermo decía que los ojos de Nelva eran como dos estrellas en medio del cielo oscuro que era su rostro.

»Nelva dio sus primeros pasos agarrada a los pequeños dedos de Guillermo, y fueron sus brazos los que la auparon cuando trepó a un árbol por primera vez. Compartió con ella sus juguetes, le fabricó una caña para que pudiera acompañarle a pescar al río y la enseñó a leer. Guillermo adoraba a la pequeña Nelva, casi tanto como ella a él.

»—¿Por qué cuando la gente se hace mayor ya no trepa a los árboles? —le preguntó ella en una ocasión, mientras descansaban de sus juegos a la sombra de un mistol, observando cómo el sol se colaba entre sus ramas y arrancaba a sus hojas destellos dorados.

»—Porque la gente mayor es aburrida —sentenció él.

»—Pues cuando yo sea mayor, seguiré subiendo a los árboles —aseguró entonces la niña—. Y tú lo harás conmigo, ¿verdad?

»Guillermo sonrió y dijo:

»—Cuando seas mayor ya no querrás vivir aquí porque, como siempre te gusta recordarme, serás libre.

»Nelva se quedó pensativa.

»—Tú también lo serás y eso no hará que te marches —reflexionó—. Así que yo tampoco me iré a ninguna parte.

»Cuando Guillermo cumplió catorce años, su padre lo envió a estudiar a Córdoba. Regresó a Catamarca un año después, a pasar el verano, pero para entonces ya no era el mismo. Permanecía mucho tiempo en la casa grande, encerrado en la biblioteca o hablando de asuntos serios con su padre y sus hermanos. Nelva, que entonces trabajaba en la cocina de la casa, intentaba escaparse de vez en cuando para encontrarse con él. Pero su amigo no quería perder el tiempo con una cría de ocho años y ya no le dedicaba más que alguna tierna carantoña de vez en cuando.

»Los años se sucedieron y, mientras que la pequeña Nelva se pasaba la vida esperando a que llegara el siguiente verano, Guillermo se fue convirtiendo en un hombre. Una vez que terminó el colegio, continuó estudiando ciencias y se transformó en un digno Casado del Val.

»Guillermo cada vez pasaba menos tiempo en la finca y, el verano en que terminó los estudios, sus padres le regalaron un viaje al extranjero. Cuando se volvió a encontrar con Nelva, esta había cumplido ya quince años.

»—Vaya, Nelvita, has cambiado mucho desde la última vez que te vi.

»Y es que mi madre era ya una mujer, y una mujer muy hermosa. Contaba con varios pretendientes entre los trabajadores de la plantación, jóvenes que le habían pedido incluso matrimonio. Pero ella no había aceptado el cortejo de ninguno de ellos; su corazón siempre había tenido un solo dueño.

»—¿Te bañarás un día en el río conmigo, como cuando éramos críos? —bromeó él, tratando de sacarle los colores a la chiquilla, consciente de lo impropio que resultaría hacer algo así siendo, como eran los dos, ya casi adultos.

»Pero Nelva, en vez de achantarse, le dedicó una insinuante sonrisa que resultó ser una clara declaración de sus intenciones.

»Ese momento marcó el inicio de una silenciosa guerra en la casa grande. Guillermo empezó a requerir la presencia de la joven para cualquier nimiedad: que le trajera un poco de agua fresca, que abriera las cortinas para dejar entrar el sol, que le sirviera un café, que cerrara de nuevo las cortinas para evitar el calor… Y, por supuesto, solo aceptaba que le atendiera ella.

»—Hijo, no sé qué manía te ha entrado ahora con Nelvita, pero ve olvidándote de ella porque este invierno cumplirá los dieciséis —le llegó a advertir su madre, a quien el juego de los jóvenes no había pasado desapercibido.

»Nelva, por su parte, acudía cada día más temprano a la casa, recién aseada y luciendo en el cabello pequeñas flores que arrancaba del jardín. Cada vez que en la cocina sonaba la campanilla, sonreía tratando de adivinar cuál sería la nueva petición de Guillermo, y no se molestaba en esconder su enfado si alguna otra sirvienta acudía al llamado antes que ella.

»Una vez con su antiguo amigo, le servía dulcemente, tarareando alguna canción, y trataba de inhalar su familiar aroma cuando se aproximaba a él. En una ocasión, se atrevió incluso a rozar su mano, provocando que él derramara el té que le acababa de servir.

»La tensión entre ellos dos fue creciendo hasta que, una noche de luna llena, mi madre oyó que Guillermo planeaba salir a dar un paseo después de cenar. Entonces, se apresuró a colgar su delantal y echó a correr hacia el río.

»Cuando Guillermo llegó hasta él, un chapoteo atrajo su atención. Se acercó hasta el agua y descubrió a Nelva bañándose en camisón a la luz de la luna.

»Guillermo se quedó tan impactado por aquella visión que ni siquiera pudo disimular su presencia. Y mi madre, consciente de la atracción que ejercía sobre él, salió lentamente del agua, con el camisón empapado pegado a su piel de ébano.

»—Pareces una diosa, Nelva. Eres preciosa —acertó a decir él, antes de estirar su mano para tocarla.

»Aquella noche, a la luz de la luna, y con la corriente del río amortiguando sus suspiros, hicieron el amor por primera vez. La primera de muchas a lo largo de ese verano.

»Pero las vacaciones tocaron a su fin y llegó la hora de que Guillermo regresara a la ciudad. Y, aunque Nelva esperaba de él alguna promesa que la retuviera en la finca una vez cumplidos los dieciséis, la declaración de amor no llegó.

»—Volveré en abril, hablaremos entonces —le prometió él.

»Tres meses después, mi madre tenía ya la certeza de que yo crecía en su interior, pero decidió ocultar su embarazo hasta hablar con Guillermo, convencida de que él se alegraría con la noticia tanto como ella y de que después pediría formalmente su mano. Porque, al fin y al cabo, ella era ya una mujer libre.

»Sin embargo, el rostro de mi padre al recibir la noticia no reflejó el sentimiento que mi madre esperaba.

»—No es posible, ¿cómo he podido ser tan estúpido? ¿Qué dirá mi padre de esto?

»—Tu padre lo entenderá —le aseguró ella—. Todos han sido testigos de cómo ha ido creciendo nuestro amor. Estoy segura de que le hará feliz saber que va a tener un nieto.

»Guillermo decidió hablar en primer lugar con su madre. Acudió a su habitación como cuando de niño cometía alguna travesura, ojeroso y consumido por la culpa.

»—¿Y cómo sabes que esa criatura es tuya? —preguntó ella cuando supo la causa de la inquietud de su hijo.

»Mi abuela no dudaba de que lo fuera, pero un Casado del Val no reconocería jamás al hijo de una liberta. Guillermo solo necesitaba una excusa para no hacerlo, como la habían necesitado tantos hombres de la familia antes que él, y desde luego que ella le ayudaría a encontrarla.

»—Sé que no hubo otro antes que yo —declaró él, avergonzado.

»Su madre emitió un suspiro, incómoda por tener que tratar un tema tan íntimo con él.

»—Está bien. Puede que la chiquilla llegara a ti siendo virgen —admitió con frialdad—. Pero desde que se entregó a ti ha podido relacionarse con muchos otros hombres más, igual que hizo contigo. Hay que reconocer que la niña es hermosa, y me consta que no le faltan pretendientes. No sé por qué habrías tú de hacerte cargo de un niño que no sabemos si es tuyo.

»Guillermo sabía que su madre le estaba ofreciendo una salida para que pudiera seguir adelante con su vida. Casarse con una mujer de color era del todo impensable y el solo hecho de admitir su paternidad supondría una mancha en su reputación.

»—Te marcharás inmediatamente a Córdoba para no volver a

verla más —decidió su madre por él—. En cuanto lo hagas, le pediré a tu padre que firme su carta de libertad. Deberá abandonar la hacienda de inmediato.

»La mirada de Guillermo reflejaba la terrible culpa que sentía.

»—No te preocupes, hijo mío, tú no eres responsable de nada —sentenció la madre, magnánima—. Esa muchacha solo pretendía cazarte, y el tiro le ha salido mal.

»Al día siguiente, obligaron a mi madre a abandonar su casa. Mi abuela lloró amargamente, sabedora de que no volvería a ver a su hija nunca más.

Eduardito se removió inquieto en el regazo de Justa y la mulata lo incorporó un poco para que estuviera más cómodo.

—Cuando nací, mi madre me puso de nombre Guillermina —continuó—, el nombre de mi padre. Ella nunca perdió la esperanza de que él fuera un día a buscarnos; algo que, por supuesto, él no hizo jamás.

»Con quienes sí nos encontramos años más tarde fue con otros libertos de la plantación de los Casado del Val, que fueron quienes nos relataron la conversación que mi padre y mi abuela habían mantenido el día anterior a que expulsaran a mi madre de la plantación.

Justa levantó la mirada hacia Teresa, aunque ya apenas la podía distinguir en la penumbra.

—Como ve, debe andar con cuidado, doña Teresa. El servicio siempre se entera de todo.

Teresa sonrió ante la advertencia de Justa.

—Tuvimos una relación muy difícil, mi madre y yo —siguió la mulata—. Ella encontró trabajo en una plantación cercana a la de los Casado del Val. No quería alejarse mucho, por si Guillermo la intentaba encontrar. Allí la explotaban de sol a sol, pero no se atrevió a protestar jamás. Yo, en mi ignorancia, le echaba en cara que, para vivir de ese modo, de nada nos había servido ser libres.

»Al final, terminé marchándome de su lado y el día en que lo hice decidí cambiarme el nombre. No quería cargar toda la vida con el recuerdo de un cobarde. Resolví que me llamaran Justa, en honor a Justo José de Urquiza, el hombre que abolió definitivamente la esclavitud en Argentina.

Tras permanecer unos segundos en silencio, Justa se levantó para dejar a Eduardito, que se había sumido en un plácido sueño, en su cuna.

—Así que no, señora —dijo, sin apartar su mirada del niño—. No creo que nuestros nombres determinen lo que somos. Lo que sí pienso es que es responsabilidad nuestra cambiar lo que no nos gusta de nuestras vidas.

La habitación volvió a quedarse en silencio y Justa se fue aproximando a las lámparas de aceite que había distribuidas por ella para irlas prendiendo. Cuando, finalmente, la luz volvió a iluminar la estancia, la sirvienta se acercó al lecho de Teresa.

—Con su permiso, voy a dejarla descansar y a preparar la cena. Volveré más tarde a traérsela.

Sin embargo, esa noche, después de muchas cenando en la cama, Teresa se arregló y acudió al salón para tomar la última comida del día junto a su familia. Tras reflexionar largamente acerca de la historia de Justa, había llegado a la conclusión de que necesitaba darle un sentido a su vida, y de que nadie podía hacerlo por ella.

6

Los Salcedo habían sido invitados por Diego a presenciar las célebres carreras del Hipódromo de Palermo. El socio de Eduardo llevaba un tiempo colaborando con el Jockey Club de Buenos Aires en la elaboración de un nuevo reglamento de competición y en la creación del *Stud Book*, el registro de los caballos de sangre pura. Había sido contactado para ello directamente por el club; su mágica habilidad con los caballos había llegado a oídos de algunos de sus socios y estos habían querido comprobar si lo que se decía de aquel español era cierto. Y, al final, lo que aquellos hombres descubrieron fue todavía mejor de lo que esperaban: que la capacidad de Diego no tenía nada que ver con la brujería, sino con un profundo conocimiento de la anatomía y el comportamiento de aquellos animales.

Debido a su interés común por los caballos, Diego había llegado a entablar una buena relación con varios de los relevantes miembros de aquel club que pretendía mejorar la raza caballar y al que solo se podía acceder si se era miembro de la aristocracia porteña. Y había tenido la idea de presentarle a Eduardo a sus influyentes amigos, pensando que, en algún momento, aquellos contactos podrían serle de utilidad.

Teresa, que estaba muy nerviosa por aquella salida tan alejada de su rutina habitual, quedó eclipsada por el ambiente que se respiraba en los aledaños del hipódromo. Cientos de carruajes pugnaban por ser los primeros en aproximarse a la puerta, formando largos atascos y provocando, en muchos casos, choques y trifulcas entre los cocheros. Muchos de los asistentes a las carreras apuraban a sus acompañantes para acceder a tiempo al recinto, mientras que otros se detenían a cada paso con el fin de saludar a sus conocidos, entorpeciendo la circulación de los demás. Entre todos ellos se abrían paso decenas de vendedores cargados hasta los dientes de guías con información sobre las carreras, parasoles y cucuruchos rebosantes de cacahuetes.

Eduardo ayudó a su mujer a descender del coche. Teresa se había confeccionado para la ocasión un vestido en línea con la moda porteña: de organza blanca, ceñido en la cintura y sin polisón. Se sentía muy extraña en aquel ambiente y vestida con aquella ropa.

Una vez que su mujer hubo alcanzado el suelo, Eduardo se cubrió la cabeza con un sombrero de copa, a cuyo uso le obligaba la etiqueta, y, tomando a Teresa del brazo, comenzó a avanzar con ella hacia la entrada del hipódromo.

Fueron directos al lugar de la tribuna en el que habían quedado con Diego.

—¡Justo a tiempo! —los saludó este al verlos llegar—. Tienes un aspecto estupendo, Teresa.

Teresa le agradeció el cumplido con una tímida sonrisa. Él también estaba muy elegante, con un sombrero que cubría su negra cabellera y una levita que se ajustaba sobre sus hombros a la perfección.

El socio de Eduardo les entregó sendos prismáticos un instante antes de que una detonación diera inicio a la carrera. A un tiempo, las gradas estallaron en gritos y los caballos se lanzaron a galopar por la pista con los ollares dilatados, mientras los *jockeys*, encaramados a ellos, los azuzaban con sus fustas.

Para sorpresa de Teresa, apenas unos minutos más tarde, todos habían cruzado la línea de meta. El público volvió a vociferar entonces con entusiasmo, para después pasar a comentar los detalles de la carrera y hacer el recuento del dinero que habían ganado con las apuestas.

Diego aprovechó la pausa para guiar a Eduardo y a Teresa hacia una zona donde se estaba sirviendo un tentempié para los asistentes más ilustres.

Allí les presentó a parte de la comisión directiva del Jockey Club: el senador Carlos Pellegrini; Eduardo Casey, un rico estanciero que gracias a sus contactos se había hecho con más de un millón de hectáreas de terreno en la pampa; el general Eudoro Balsa, y el prestigioso abogado Nicolás Jáuregui, a quien Eduardo tenía un interés especial en conocer, y que iba acompañado de su joven esposa, una mujer muy hermosa que tenía aspecto de estarse aburriendo sobremanera.

Mientras Eduardo iniciaba una conversación con aquellos hombres, Diego descubrió cerca de allí la presencia de su amiga Elvira Gayol y no quiso dejar pasar la oportunidad de presentársela a Teresa. Sabía de la dura experiencia que había supuesto para la mujer de su socio el parto de su primer hijo y aquello había despertado en él una pizca de remordimiento por no haberla recibido mejor a su llegada. Así que había tomado la decisión de tratar de hacer algo para que se sintiera mejor; al fin y al cabo, Teresa era la mujer de su mejor amigo.

—Acompáñame un momento —le dijo en un aparte.

Ella lo siguió con curiosidad.

—¡Hombre, mi queridísimo Diego! —exclamó la mujer a la que se habían aproximado nada más verlos—. ¡Qué alegría encontrarte!

Teresa sonrió ante tan sincera muestra de afecto, y se preguntó quién sería aquella señora, menuda y regordeta, que vestía con un traje de rayas negras y blancas y con una sombrilla a juego que la hacían destacar sobre todas las demás. Estaba segura de no haberla visto antes, de lo contrario, la recordaría.

—Teresa, te presento a mi querida amiga Elvira Gayol, la mujer más influyente de Argentina —las presentó Diego.

—¿Cómo de Argentina? ¡Querrás decir la mujer más influyente de América! —bromeó Elvira, antes de reír con estridencia—. Es un auténtico placer conocerte, Teresa.

Teresa correspondió a su saludo y tuvo la impresión de que la mujer le hacía a Diego un gesto de reconocimiento.

—Tienes que venir a visitarme pronto —le dijo entonces a este—. Mi vida es terriblemente aburrida sin ti.

Diego rio.

—Dudo que tú sepas lo que es el aburrimiento, querida. Pero iré. Ya sabes que, para mí, tus deseos son órdenes.

La mujer volvió a emitir una risa escandalosa mientras golpeaba amistosamente a Diego con su abanico. Y, tras cruzar algunas frases más con él, se alejó de allí.

Diego, en vista de que parecían haber perdido a Eduardo entre la multitud, guio a Teresa hacia una zona más tranquila, pero desde la que se podía seguir apreciando el ambiente festivo del *turf*.

—Quería hablarte de Elvira. El otro día lo estuve haciendo con ella de ti —le reveló a Teresa cuando se detuvieron.

Ella lo miró con curiosidad. Al parecer, no había imaginado el gesto de aprobación de la mujer cuando Diego las presentó.

—¿Le has hablado de mí a esa mujer?

Diego se tomó un segundo para ordenar sus ideas.

—Elvira es una de las periodistas más importantes de América; cuando antes mencioné su influencia, no bromeaba. Trabaja para varios periódicos de distintos países, entre ellos de España. Y a la vez está metida en un millón de asuntos más. Esa mujer siempre tiene nuevos proyectos en mente.

Teresa seguía las explicaciones de Diego con atención, aunque sin la más remota idea de a dónde quería llegar.

—Desde hace un tiempo, Elvira colabora con la Sociedad de Beneficencia Española en Buenos Aires. Tiene pensados un buen número de planes para ayudar a los españoles que llegan a Argentina. Quiere poner en marcha cursos, ayudarlos a buscar trabajo… Pero lo que no tiene es tiempo para hacerlo. La última vez que nos vimos me confesó que necesitaba ayuda y yo le dije que tal vez a ti te pudiera interesar.

No añadió que Eduardo le había hablado tiempo atrás de lo implicada que estaba Teresa en la educación de su hermano; «obsesionada» era la palabra exacta que había utilizado él.

Teresa no sabía qué decir. Nunca se había planteado hacer algo así. De hecho, nunca se había planteado hacer nada que no fuera cuidar de su familia. Pero lo cierto era que disponía de mucho tiempo libre y la idea de dedicarlo a ayudar a los demás de pronto le pareció cautivadora. Se dijo que tal vez aquello fuera lo que había estado buscando para sentir que su vida tenía una razón de ser, pero, al mismo tiempo, dudó de si a Eduardo le parecería bien que se involucrara en ello.

Diego casi podía ver la tormenta que acababa de desatar en la mente de Teresa y se esforzó por contener una sonrisa.

—Podría organizarte una reunión con Elvira —propuso—. Te la presentaría como Dios manda y ella podría hablarte de sus proyectos con tranquilidad. Pero tendrá que ser a mi vuelta de San Nicolás.

—¿San Nicolás?

—San Nicolás de los Arroyos —aclaró Diego—. Estoy organizando un nuevo viaje allí. De hecho, también quería hablar de eso contigo. Me gustaría llevarme conmigo a Juanjo y a Manuel, si a ti te parece bien.

Teresa también prefería consultar aquello con Eduardo antes de darle una respuesta a Diego, por lo que aprovechó para preguntar:

—¿Cómo está Juanjo?

Sabía que durante su convalecencia, y coincidiendo con un nuevo brote de cólera, Diego se había llevado al muchacho a vivir con él.

—Bien, está muy bien. Estoy valorando comprarme una casa y que se quede a vivir definitivamente conmigo.

Teresa le miró sorprendida.

—El doctor Estrada cree que sería beneficioso para él —se justificó Diego—. Para evitar una recaída.

—¿Juanjo ha estado enfermo? —se sorprendió Teresa.

—Algo así —respondió Diego, torciendo el gesto—. Cuando se publicaron las primeras noticias sobre el nuevo brote de cólera, sufrió una fuerte crisis nerviosa. Hace años, Juanjo perdió a su madre a causa de esta enfermedad y el doctor cree que, de algún modo, su reaparición ha podido hacerle revivir todo lo que sufrió entonces. El pobre chiquillo enloqueció. Estaba convencido de que esta vez íbamos a morir todos. Lo ha pasado realmente mal.

Diego la miró un instante, dudando si debería extenderse en sus explicaciones, y algo le dijo que la mujer que tenía frente a él aquel día hacía tiempo que había dejado atrás a la muchacha que había conocido en su despacho un año antes.

—Las circunstancias de la muerte de su madre fueron muy duras. Ella trabajaba en un burdel. —Diego volvió a recorrer el rostro de Teresa buscando alguna reacción a sus palabras, pero, si la habían impresionado, lo supo disimular muy bien—. Hace ocho años, un marinero enfermo contagió a una de las prostitutas que trabajaban con la madre de Juanjo. Fue en el momento en que el cólera estaba en pleno auge. La ciudad se encontraba sumida en el caos, en la casa de aislamiento no cabía un alma y los sepultureros se veían obligados a enterrar los cadáveres de dos en dos, e incluso de tres en tres si los cuerpos eran pequeños. La gente caía enferma como si fueran moscas. Así que, cuando las autoridades tuvieron noticia del contagio en el prostíbulo, no dudaron en ponerlo en cuarentena y abandonar a aquellas mujeres a su suerte.

»Como era de esperar, estas se fueron contagiando unas a otras sin descanso. El encierro resultó ser una trampa mortal; habría sido más compasivo que las hubieran fusilado a todas el primer día. Pero, claro, nadie quería poner en riesgo a la población por unas simples mujeres de mal vivir.

Teresa miraba a Diego con sus grandes ojos grises llenos de conmiseración.

—Juanjo tenía entonces cinco años. Cuando supo que su madre estaba enferma, comenzó a ir al burdel cada día para estar con ella. Desde el otro lado de la puerta, ella le cantaba canciones y le contaba cuentos y le prometía que todo iba a salir bien.

»Recuerdo que la prensa se hizo eco del caso de las prostitutas y no había día en que no le dedicaran varios artículos. El asunto llegó incluso a ocupar alguna portada. A la gente le atraía aquella historia que provocaba una morbosa mezcla de espanto y de sentido de la justicia divina. —Diego sonrió con tristeza—. Cuando por fin las autoridades entraron a por los cadáveres de las mujeres, se encontraron con que las paredes del burdel estaban llenas de marcas. Eran de las uñas de las prostitutas; las habían hecho en sus desesperados intentos por escapar de allí.

En ese punto de la historia, Teresa dejó escapar un lamento y Diego pensó que había llevado sus explicaciones demasiado lejos.

—Por eso Juanjo lo pasó tan mal cuando volvió el cólera —concluyó—. Y Rafael cree que estaría mejor viviendo conmigo que en el almacén. Por mucha estima que allí le tengan, el doctor dice que el chico necesita una figura que le dé seguridad. Y la verdad es que yo siempre me he llevado muy bien con él y le tengo mucho aprecio. Y tengo que reconocer que durante estos meses que ha estado viviendo conmigo, el muchacho ha hecho un esfuerzo tremendo para no ser un incordio.

Diego sonrió y Teresa lo hizo con él, comprendiendo lo que aquello le habría costado al pobre Juanjo, siendo tan inquieto como era.

—También he pensado en contratar un profesor, con la esperanza de que todavía pueda hacer algo con él —confesó Diego.

Al ver que Teresa no decía nada, levantó los ojos hacia ella y la descubrió observándole con admiración.

—No me mires así, Teresa —le rogó, avergonzado—. Esto es algo que tendría que haber hecho hace mucho tiempo. Solo espero que no sea demasiado tarde.

—Nunca es tarde para algo así, Diego —respondió ella con convicción—. Juanjo es un buen chico y estoy segura de que sabrá aprovechar esta oportunidad. Ojalá alguien hubiera hecho algo así por muchos de nosotros.

Diego arqueó las cejas sorprendido, y aliviado al ver que el foco de atención se alejaba de él.

—Sí, a mí me hubiera gustado estudiar —reconoció Teresa, encogiéndose de hombros—. Pero, al parecer, llegué a aprender todo lo que necesita saber una mujer.

—Ni se te ocurra repetir eso delante de Elvira —rio Diego, más relajado ya—. No te imaginas la reprimenda que tendrías que sufrir si no por parte de esa mujer.

Una semana después de su regreso de San Nicolás, Diego convocó a Teresa y a Elvira Gayol en su nueva residencia del barrio de Balvanera. Finalmente, se había decidido a comprar una vivienda de estilo colonial; una casa que se distribuía en torno a un gran patio, compensando de ese modo la ausencia de jardín y creando una agradable sensación de recogimiento.

El salón en el que las recibió tenía un aspecto muy masculino, con macizos muebles de madera de palisandro y escasos elementos decorativos. Sin embargo, ese día alguien había distribuido por la estancia jarrones rebosantes de flores frescas y Diego había ordenado disponer para sus invitadas un fino mantel de hilo y un bonito juego de café de porcelana. Al verlo, Teresa sonrió para sus adentros, convencida de que esa reunión era algo totalmente excepcional en aquella casa.

Cuando Teresa llegó a la cita, Elvira debía de llevar ya allí un tiempo y había empezado a dar buena cuenta de los bizcochos y alfajores que poblaban la mesa mientras Diego la ponía al día de alguna de sus aventuras. Al verle charlar con su amiga de un modo tan distendido, Teresa pensó que el socio de Eduardo tenía un aspecto muy diferente al habitual. El viaje parecía haberle sentado muy bien.

—Diego, debo darte las gracias por haberte llevado a Manuel con vosotros —le dijo nada más verle—. Ha vuelto entusiasmado. No deja de hablar de la cacería de ñandúes en la que participasteis.

Diego rio.

—Bueno, más que participar, fuimos unos observadores privilegiados —contestó, volviéndose hacia Elvira para explicarle lo sucedido—. El señor Terrasson, el industrial de los frigoríficos del que te hablé, ha diseñado un carruaje con unos bancos sobre el techo, en el lugar donde habitualmente se coloca el equipaje, para poder seguir desde allí las sesiones de caza.

—Parece una persona muy interesante, ese francés. Tal vez la próxima vez que vayas a San Nicolás deba acompañarte yo también para conocerlo —bromeó Elvira.

—Te entusiasmaría. Ahora hospeda en su casa a un joven violinista que al parecer sufre una rara enfermedad. Se trata de un niño prodigio que estudió en París y que ha dado conciertos por todo el mundo. Es un auténtico placer oírle tocar y una verdadera lástima pensar que no podrá compartir su talento mucho tiempo más.

Elvira saboreó su explicación junto a otro alfajor.

—¿Y qué decías que os encontrabais cazando?

—Ñandúes, unas aves parecidas a los avestruces. Como ellos, alcanzan altísimas velocidades y nosotros íbamos casi volando detrás en el carruaje de Terrasson. Podéis figuraros lo que disfrutaron los chicos con la aventura.

Diego dirigió una divertida sonrisa a Teresa, que se la devolvió con complicidad. Se diría que la mujer de su socio al fin le había perdido el miedo. Diego pensó en lo diferente que era Teresa de su querida Amalia, la viuda regente del hotel de San Nicolás de cuya pecosa piel había vuelto a disfrutar esos días, una vez que consiguió hacerse perdonar por su larga ausencia.

—¿Y para qué cazan eso? —se interesó Elvira, obligándole a apartar su mirada de Teresa.

—Para comer. Los gauchos valoran mucho su carne —aclaró.

Elvira puso una mueca de desagrado, que borró al terminar con el último alfajor.

Habituada como estaba a no perder mucho el tiempo, la periodista se limpió a continuación las manos en una de las pequeñas servilletas de hilo y dio por finalizados los prolegómenos de la reunión, pasando a introducir a sus amigos en la labor que realizaba la Sociedad de Beneficencia Española en Buenos Aires.

—La Sociedad nació hace ya más de treinta años para ayudar a los españoles que han llegado a estas tierras y encuentran dificultades para salir adelante, así como a los hijos de estos. Digamos que es una especie de institución caritativa. Pero no creáis que los motivos que la mueven son exclusivamente altruistas, para nada. —Elvira negó y las carnes de su rostro acompañaron el gesto—. Al resto de los españoles que estamos establecidos aquí no nos interesa que nuestros compatriotas se vean envueltos en delitos y escándalos, puesto que esto afectaría a la reputación de todo el colectivo.

La mujer hizo una pausa para darle un sorbo a su té y Teresa aprovechó para mirar de reojo a Diego, que parecía seguir el relato de su amiga con atención y sin la menor intención de marcharse.

—Hace siete años inauguramos el Hospital Español, que presta a los beneficiarios de la Sociedad asistencia facultativa y medicamentos gratuitos, y en el que colabora de forma altruista nuestro amigo común el doctor Estrada, quien, por cierto, habla maravillas de ti, querida.

Diego miró a Teresa, que asintió complacida y aclaró que el cariño que le profesaba el doctor era mutuo. Estaba muy concentrada en el tema que les ocupaba y muy hermosa.

—Desde la Sociedad, también prestamos servicios de sepultura y funerarios para los inmigrantes que no pueden costeárselos; algo que, aunque suena menos atractivo, es muy valorado por la municipalidad, a la que ahorramos con ello un buen dinero. Y, por último, que es donde entramos nosotros... —fue a rematar Elvira, frotándose las manos con anticipación y con un brillo de entusiasmo en su mirada—, la Sociedad trata de facilitar la ocupación de sus beneficiarios.

A Teresa le gustó verse incluida en el proyecto de la periodista. Por primera vez en su vida, sentía que estaba haciendo algo importante, que su existencia cobraba sentido. Miró sonriente a Diego, ya que al fin iban a tocar el tema que los había llevado hasta allí, y creyó ver en sus ojos la misma emoción que ella sentía.

Elvira continuó:

—Hasta ahora no se ha hecho demasiado en este aspecto, pero en el futuro será crucial. Durante los últimos meses se ha detectado un incremento en el número de personas que se deciden a cruzar el Atlántico, y especialmente en el número de mujeres que vienen hasta aquí solas y sin tener a nadie que se haga cargo de ellas.

Elvira hizo una pausa para asegurarse la máxima atención de sus compañeros y Diego se alegró de no haberse marchado de allí. Las charlas con aquella mujer siempre resultaban de lo más estimulantes.

—De cada diez españoles que desembarcan en Buenos Aires hoy en día, dos son mujeres. Algunas vienen a reunirse con sus maridos e incluso traen a sus hijos con ellas, pero muchas otras viajan solas con la idea de labrarse un futuro en este país. Y algo tendremos que hacer con ellas.

Elvira volvió a callar.

—¿Algo como qué? —preguntó Teresa, intrigada.

—Como acogerlas, darles formación y proporcionarles una colocación honrada. ¿Has estado alguna vez en un conventillo, Teresa?

Teresa negó.

—Pues tal vez sería interesante que empezáramos por ahí. Si de verdad quieres ayudar a esta gente, primero tienes que conocer su realidad. Si a una mujer que ha llegado sola, sin dinero ni nadie que la proteja, la metes en un conventillo, lo mejor que le puede pasar es que acabe ejerciendo la prostitución.

Teresa, consciente de que Diego la observaba, trató de mantenerse imperturbable.

—¿Y cuándo podemos visitar uno? —preguntó, decidida.

Elvira rio. Le gustaba aquella joven. Diego sonrió también, sintiendo cierto orgullo por Teresa.

—Si te parece bien, podríamos ir mañana por la mañana y de paso te mostraría también las instalaciones de la Sociedad.

Teresa asintió.

—Muy bien —convino Diego, levantándose para dar por terminada la reunión—. Entonces, ¿a qué hora salimos mañana?

Las dos mujeres le miraron sorprendidas.

—¿No creeréis que voy a permitir que os metáis solas en esos ambientes? —preguntó él, indignado.

Las instalaciones de la Sociedad de Beneficencia se encontraban dentro del recinto ocupado por el Hospital Español, un edificio de estilo *art nouveau* jalonado con varias cúpulas y con una decoración excéntrica. Teresa se preguntó si la singular mujer a la que habían ido a buscar allí esa mañana no habría intervenido también en el diseño del mismo. Elvira los esperaba en el vestíbulo.

—¿Cómo está mi pareja favorita? —preguntó con entusiasmo al verlos llegar.

Diego tomó a Teresa del brazo para hacerla avanzar hasta su anfitriona.

—Querida Teresa: veo que has sobrevivido a un viaje a solas con este truhan —bromeó la periodista, arrancando una carcajada a Diego y provocando que Teresa liberara delicadamente su brazo, temerosa de estar dando una impresión equivocada a quien los pudiera observar.

Elvira continuó hablando, ajena a su incomodidad.

—Bien, pues están ustedes en el célebre Hospital Español. Si sois tan amables de seguirme, os mostraré sus secretos.

Recorrieron juntos los interminables pasillos del edificio y Teresa y Diego pudieron comprobar cómo todo su personal parecía conocer a Elvira, quien iba intercambiando frases con muchos de ellos, demostrando un profundo conocimiento de los problemas de la institución. «Estamos organizando una nueva colecta para conseguir otra ambulancia», le prometió a uno de los médicos. «Hay una nueva cocinera cuyos guisos he aprobado personalmente», le garantizó a un enfermo que se había acercado para quejarse del menú. Y, cuando nadie más podía escucharla, apremiaba a Diego y a Teresa para que avanzaran más deprisa: «Vamos, o no me dejarán salir nunca de aquí». Elvira era como un pequeño volcán rebosante de energía, siempre a punto de entrar en erupción.

Su siguiente parada tras recorrer el hospital fue un conventillo ubicado en el humilde barrio de la Boca. En el trayecto hasta él, Teresa aprovechó que Diego y Elvira se habían enfrascado en una animada conversación para estudiar aquella cara tan diferente de la ciudad que se descubría ante ella.

Al tiempo que se alejaban del centro, las calles parecían estrecharse por momentos y, sin embargo, cada vez había más vida en ellas. En cada esquina se veían grupos de hombres charlando, sin nada aparente que hacer, y muchos niños que a esa hora tendrían que haber estado en la escuela, corrían al paso del carruaje, descalzos y sucios, riendo con alborozo.

Se cruzaron a su paso toda suerte de animales, que por allí campaban a sus anchas, y vendedores con productos de todo tipo: alimentos, artículos de hojalata, cestos de mimbre... Vieron aguadores que venían de llenar sus tinajas en el río, afiladores que arrastraban unas enormes piedras de amolar, lecheros que ordeñaban a las vacas en plena calle y hasta escritores que, sentados a un lado de la calzada, se ofrecían para redactar cualquier clase de documento a sus clientes. Muchos de estos comerciantes anunciaban sus servicios a pleno pulmón o agitando en el aire unas pequeñas campanillas que atraían a clientes y curiosos y que se sumaban a la peculiar banda sonora de aquellos barrios.

—¿Qué lleva ese hombre? —preguntó de pronto Teresa sorprendiendo a sus acompañantes, que casi se habían olvidado de su presencia.

Diego se acercó a ella para ver a qué se refería.

—Pajaritos —respondió—. Son pájaros entrenados para hacer acrobacias.

Teresa contuvo la respiración al ver el despejado rostro de Diego tan próximo a ella y se sorprendió preguntándose cómo sería su tacto.

Finalmente, llegaron a su destino. Se trataba de un edificio en forma de U con dos alturas y varias decenas de habitaciones. El centro de la U lo ocupaba un patio en el que, al parecer, se desarrollaba la vida de la comunidad. En él las mujeres cocinaban sobre pequeños hornillos o lavaban la ropa en grandes cubos comidos por el óxido, mientras que los niños jugaban descalzos sobre un suelo insalubre, plagado de insectos e inmundicia. Apenas había hombres; a esas horas debían de estar todos recorriendo la ciudad en busca de algún trabajo que los alejara, a ellos y a sus familias, de aquel oscuro agujero.

Teresa se aproximó inconscientemente a Diego, quien posó una de sus grandes manos en su espalda para infundirle valor.

Elvira se acercó a un grupo de mujeres que hablaban en español.

—Buenos días —saludó—. Soy Elvira Gayol, compatriota suya, periodista y miembro de la Sociedad de Beneficencia Española.

Las mujeres asintieron con reconocimiento; todas ellas se habían beneficiado en algún momento de la ayuda que brindaba la Sociedad.

—Necesitamos que alguien nos haga de guía para que mis acompañantes y yo podamos entender cómo se organizan ustedes aquí.

Una de las mujeres del grupo se secó las manos en el delantal que cubría su falda y, tras cruzar unas palabras con una anciana que estaba sentada cerca de allí, se dirigió hacia ellos. Mientras lo hacía, la vieja les dedicó una sonrisa desdentada, y Teresa se lamentó porque una mujer tan mayor tuviera que vivir en unas condiciones tan penosas.

Elvira echó a andar y Diego, Teresa y la mujer a la que habían reclutado la siguieron.

—Los conventillos son edificios de propiedad privada —comenzó a explicar la periodista—. Muchos de ellos, como este en el que nos encontramos, son de la época en la que Argentina era una colonia española; de ahí su aspecto exterior. Aunque, evidentemente, han sido adaptados para poder alojar en ellos a cuanta más gente mejor. Sin embargo, en la actualidad se están levantando por todo Buenos Aires nuevos inquilinatos que, lamentablemente, carecen de la calidad constructiva de estos. Se trata de barracones de madera y chapa que apenas se sostienen en pie y cuyas condiciones de salubridad son todavía peores que las de aquí. Y, por supuesto, tanto en estos como en aquellos, los inquilinos han de pagar una renta.

La mujer que los acompañaba se quejó entonces de la elevada cantidad de dinero que les costaba habitar un cuartucho húmedo y carente de luz y ventilación.

—Y, encima, no nos dan recibos de pago, para podernos echar cuando quieran con la excusa de que no hemos liquidado la renta. Y nos amontonan en las celdas de cualquier manera.

—¿Y no hay nadie que organice esto? —preguntó Elvira.

—Sí. Hay un hombre, un italiano, que distribuye las habitaciones y que supuestamente también se encarga de la seguridad aquí dentro. Todo previo pago, por supuesto.

—Y ese italiano, ¿cumple al menos con la parte de mantener el orden? —se interesó Elvira.

—Los robos y abusos se dan igual, pero, si no pagas, son él mismo y sus secuaces quienes se encargan de hacerte ver que sería mejor hacerlo.

Siguieron caminando, asomándose a algunos cuartos que estaban ocupados por camas destartaladas, espejos ennegrecidos y maletas viejas y gastadas que delataban el origen viajante de sus inquilinos. En algunas paredes había recortes de periódicos que pretendían dotarlas de cierta humanidad al tiempo que ocultaban el moho. El olor allí dentro era nauseabundo, al igual que en los pasillos, que apestaban a orines.

—En cada habitación viven hasta seis adultos y familias de más de diez miembros si hay niños en ellas —seguía explicando la mujer.

En cuanto vio la ocasión, Teresa se asomó al patio en busca de un aire más limpio con el que llenar sus pulmones. Pero el vapor de las cocinas se elevaba hasta ellos y eso, unido al calor que comenzaba a apretar en aquel lugar tan falto de ventilación, convertían la atmósfera en una densa masa imposible de respirar. Teresa se llevó una mano a la boca tratando de contener una arcada, un gesto que llamó la atención de sus acompañantes.

—Creo que ya hemos visto suficiente —determinó Diego, dando la visita por finalizada—. Salgamos de aquí.

Tomó a Teresa del brazo y la ayudó a alejarse de aquel lugar, mientras Elvira se despedía de la mujer que les había hecho de guía y le daba una propina por su colaboración.

La vuelta en el carruaje fue silenciosa y los ánimos muy diferentes a los del trayecto de ida. Diego y Elvira se interesaron en varias ocasiones por el estado de Teresa, atenciones a las que ella respondió con evasivas. Sin embargo, tenía muy clara cuál era la causa de su malestar.

Tras devolver a Elvira al Hospital Español, Diego y Teresa se dirigieron a los almacenes. Cuando el carruaje se detuvo frente a su puerta, Teresa posó una mano sobre el brazo de él.

—Espera un segundo, por favor.

Diego se volvió hacia ella.

—Creo que estoy embarazada de nuevo, de ahí mi indisposición —confesó—. No me asustan la pobreza ni la enfermedad, Diego. Tú sabes bien de dónde vengo. Cualquiera de nosotros podría haberse encontrado en la situación en la que está esa pobre gente y quiero ayudar.

Ante la determinación que mostraba Teresa, Diego asintió.

—Por favor, explícaselo a Elvira —rogó ella.

—Elvira no pondrá ninguna traba para que colabores con ella, sino todo lo contrario. El problema será tu marido, Teresa. De hecho, no entiendo cómo Eduardo te ha dejado venir hoy, sabiendo de tu estado. Estos lugares están infestados de todo tipo de enfermedades —se molestó Diego.

—Eduardo no sabe nada de mi estado aún —susurró Teresa.

Diego se la quedó mirando en silencio.

—Entonces, habla con él —le pidió y, tratando de suavizar sus palabras, añadió—: De todos modos, esos lugares descomponen a cualquiera.

Teresa se esforzó por sonreír.

—Supongo que la visita de hoy te habrá traído muchos recuerdos —dijo.

Diego la miró confundido.

—Eduardo me contó una vez que os habíais conocido en una residencia —aclaró ella—. Imaginé que habría sido en algún lugar así.

Se quedó mirando a Diego, esperando una respuesta por su parte, pero él solo acertó a decir:

—Sí, algo así.

Aquel día Teresa no se atrevió a seguir preguntando, pero, de algún modo, tuvo la impresión de que tras la escueta respuesta de Diego se escondía una larga historia.

7

Al día siguiente, Diego decidió dar un paseo hasta los almacenes. Se había quedado un poco intranquilo tras la conversación que había mantenido con Teresa la tarde anterior y quería asegurarse de que todo estaba bien con su socio. Tal y como esperaba, encontró a Eduardo en su despacho, con la cabeza inmersa en sus libros de cuentas.

—Veo que no has perdido la vieja costumbre de madrugar —le dijo desde la puerta, a modo de saludo.

—No lo hago por costumbre —contestó Eduardo—; lo hago porque sé que a estas horas no voy a cruzarme contigo.

La respuesta le arrancó una sonrisa a Diego, quien se aproximó a su amigo para darle una palmada en el hombro antes de tomar asiento y orientar su silla hacia él.

—¿Viste a tu esposa anoche?

Eduardo levantó la cabeza de los libros y frunció el ceño.

—¿Vas a interesarte ahora por mi vida privada? —dijo.

Diego se rio sin ganas, pensando si de hecho no se habría involucrado ya demasiado en ella.

—¿Qué tal os fue ayer, en vuestra visita a los conventillos? —preguntó Eduardo, en lugar de contestar.

—Bien —respondió Diego, tratando de averiguar si aquello significaba que su amigo no había hablado con Teresa a su regreso—. Tu mujer pareció sorprenderse de que nunca hubiera estado en uno.

Eduardo le miró sin comprender.

—Dice que en una ocasión le dijiste que nos habíamos conocido en una residencia, aquí, en Argentina.

Su amigo pareció más sorprendido aún.

—¿Eso le dije? No lo recuerdo.

—A mí también me extrañó, cuando precisamente no fuimos a una porque tú te negaste.

—De eso sí que me acuerdo bien —rememoró Eduardo, recuperando la sonrisa—. Tenía miedo a caer enfermo. Y aun hoy creo que no me faltaba razón. En cualquier caso, ¿qué le respondiste a Teresa?

—Nada. Me quedé callado como un bobo.

Diego se hundió en su silla y Eduardo comenzó a golpear suavemente el filo de la mesa con su pluma mientras pensaba en la situación.

—¿Qué le diremos si vuelve a preguntar? —se le adelantó Diego.

—No lo sé. ¿Que nos conocimos en La Favorita?

Diego asintió. La Favorita bien podía considerarse una residencia.

Pensó de nuevo en Teresa y en el motivo que le había llevado hasta el almacén aquella mañana. Creía que si Eduardo hubiera sabido que iba a ser padre de nuevo, se lo habría dicho nada más verle, pero, aun así, insistió en el tema. También pretendía averiguar si la mujer de su amigo se encontraba mejor.

—¿Entonces, no has visto a Teresa desde que regresamos?

Eduardo lo miró con suspicacia. Bastante tenía con aguantar que su mujer ocupara su tiempo en asuntos que no fueran su hijo, su casa o sus negocios, como para tener que admitir ante Diego que su relación con ella no era todo lo fluida que debería ser.

Sin embargo, no hizo falta que dijera nada; Diego dedujo la respuesta de su silencio.

—Deberías hablar con ella —le aconsejó—. Es una buena mujer.

Eduardo desvió la mirada y se obligó a concentrarse de nuevo en sus documentos.

Y Diego se quedó mirándole en silencio, tratando de reconocer, detrás de aquel ridículo bigote que se había dejado crecer, al muchacho con el que había compartido tantas penurias durante su etapa en La Favorita.

Habían pasado dieciocho años desde que fueron reclutados en Buenos Aires junto a otros cien hombres bajo las promesas de trabajo abundante y buenas pagas. Lo primero se cumplió pronto, lo segundo se hizo esperar algo más.

Partieron de la ciudad en una larga caravana de carretas, escoltados por gauchos armados dispuestos a defenderlos de los posibles malones, los inesperados ataques que los indios perpetraban contra los invasores blancos.

Durante varios días, sus ojos no vieron más que una extensa llanura salvaje que parecía no tener fin. De vez en cuando, alguna carreta del grupo se desviaba de la ruta para dejar a parte de los hombres en alguna de las estancias, cuya existencia ni siquiera se intuía desde el camino principal. Distribuían a los trabajadores en función de lo que sabían hacer, pero a Eduardo y a Diego nadie les había preguntado por sus habilidades. No debían de tener muchas esperanzas puestas en aquellos dos españoles escuálidos que todavía no habían terminado de desarrollarse. Eduardo acababa de cumplir dieciocho años, Diego no tenía los quince aún.

Cuando llegaron a una de las últimas paradas del viaje, pasado el río Saladillo, muy cerca ya de la frontera con las tierras habitadas por los indios, uno de los capataces los hizo bajar de la carreta junto a dos franceses.

—Aquí os quedáis vosotros, con el gran jefe Gordon —les dijo, mientras los miraba como si deseara añadir algo más.

Sin embargo, no lo hizo. Se volteó, escupió al suelo y volvió a montarse en su caballo. Al grito de otro de los hombres, la caravana se puso de nuevo en marcha dejando una gran nube de polvo tras de sí.

Los cuatro jóvenes peones ya empezaban a creer que estaban destinados a morir abandonados allí, en medio de la nada, cuando apareció el tal Gordon a caballo. Era un escocés estereotípico, de cuerpo inmenso y tez sonrosada, que se protegía del sol con un sombrero de paja que, de no ser por el miedo que transmitía su presencia, les hubiera resultado divertido. Pero aquel hombre no tenía la gracia por ningún lado.

—¿Habéis trabajado antes en una estancia? —preguntó con un acento endiablado.

Los cuatro negaron asustados y el escocés juró algo en gaélico. Se diría que la respuesta no había sido de su agrado.

El jefe Gordon vivía en una casucha de adobe con una mujer india y dos niños pequeños, sin duda hijos suyos. Poseía un viejo buey, un puñado de gallinas, tres cerdos y una pequeña plantación de judías. Todo lo demás era campo virgen.

Durante ese verano, los cinco hombres se deslomaron preparando la tierra para la siembra. La limpiaron de matojos y pedruscos, allanaron el terreno y esparcieron el estiércol que serviría de fertilizante. Gordon se pasaba el día azuzándolos e incluso los golpeaba si su esfuerzo no le parecía suficiente, algo que era habitual. Eso sí, en su favor había que decir que él trabajaba como el que más.

—No sé cómo tiene fuerzas para acostarse con la india después —se admiraban los franceses.

—Fuerzas y valor —bromeaban los españoles a su vez, haciendo referencia al lamentable estado de aseo de la mujer y sus hijos.

Aunque la limpieza de ellos cuatro también dejaba mucho que desear. Pero el agua escaseaba en aquella finca y la poca que les daban la destinaban principalmente a calmar su sed.

La india cocinaba cada día para ellos y también les servía, con la cabeza gacha y los pies descalzos, moviéndose sigilosa a su alrededor como si fuera un fantasma. Nunca la oyeron hablar.

—Yo creo que el escocés le ha cortado la lengua para que no se queje —conjeturó Eduardo en una ocasión.

Los demás se miraron horrorizados; no les habría extrañado nada que aquello fuera verdad. Por si acaso, desde ese día se esforzaron aún más por no provocar la ira del patrón.

Cuando terminaron la siembra, el jefe Gordon fue al almacén más cercano y compró maderos, herramientas y varias botellas de whisky.

—Construiremos un cobertizo —explicó.

De ese modo, la rutina de los jóvenes se interrumpió por unos días, en los que cambiaron sus labores agrícolas por la construcción de un granero que serviría para resguardar el cereal desde el momento de la cosecha hasta que lo llevaran al almacén para su venta.

Sus jornadas siguieron siendo agotadoras. Trabajaban de sol a sol y, aunque pareciera imposible, al finalizar el día sentían los músculos tan doloridos como los primeros días que laboraron en el campo.

En esa ocasión, Gordon no los acompañó en el trabajo. Se pasaba el día a las puertas de su casucha, sentado sobre un cráneo de vaca, bebiéndose una tras otra todas las botellas de whisky que había comprado en el almacén. El alcohol, cuando no le hacía dormir, le volvía más violento, y aprovechaba la menor excusa para golpearlos, a ellos, a los niños o a la mujer, con lo primero que alcanzara a coger su mano.

Uno de aquellos días, la india tuvo la mala fortuna de derramar un poco de caldo sobre la mesa que utilizaban para comer. Aquello bastó para que Gordon se pusiera en pie y, de un empujón, lanzara a la mujer contra el suelo. El caldero con la sopa caliente cayó con ella, abrasándole sin duda la piel. Pero aquello no debió de parecerle al jefe castigo suficiente, puesto que continuó propinándole golpes sin piedad, a pesar de lo cual ella siguió sin pronunciar ni una palabra.

El escocés estaba tan borracho que tampoco podía hablar. Solo se oían aquellos golpes secos, cayendo uno tras otro sobre la pobre india como si lo hicieran sobre un saco de heno.

En un momento dado, Eduardo sintió a su lado un movimiento y volvió la vista hacia Diego, justo a tiempo de advertir cómo este agarraba con firmeza su tenedor y se abalanzaba sobre el escocés. Eduardo alcanzó a ver la mirada enrojecida y cargada de ira de su amigo, y supo que lo mataría.

—¡Diego, no! —gritó, antes de lanzarse a detenerlo.

Uno de los franceses, intuyendo también lo que iba a suceder, se tiró con él, y gracias a ello lograron apartar a tiempo a Diego del borracho y a este de la mujer.

Tras unos momentos de gran tensión, Gordon salió tambaleante hacia el granero y, a mitad de camino, se desplomó. Los cuatro amigos se miraron entre ellos, hasta que al fin uno de los franceses se decidió a acercarse al enorme cuerpo de su patrón.

—Está inconsciente —constató—. Esperemos que mañana no

recuerde nada de esto.

Afortunadamente, así fue. O, al menos, eso les hizo creer el escocés. Pero para Diego aquel incidente fue el empujón que le faltaba para decidirse a marcharse de allí.

—No permitiré que nos vuelva a poner un dedo encima, por Dios que no lo haré —juró, consumido por la rabia.

—Si nos vamos ahora, no nos pagará nada —trató de tranquilizarle Eduardo—. No tendrá dinero hasta después de la cosecha. Ya queda poco más de un mes para eso y, después, te prometo que nos iremos. Pero no podemos tirar por la borda estos ocho meses de trabajo aquí, Diego.

Finalmente, Eduardo consiguió convencerle y las semanas siguientes se les hicieron a todos eternas. Diego estaba siempre vigilante, tanto que apenas lograba dormir, y Eduardo hacía todo lo que podía para alejar a Gordon de su amigo, lo que, a decir verdad, tampoco le costó demasiado esfuerzo. Se diría que el escocés tenía el mismo interés que Diego en no cruzarse con él.

Cuando por fin terminó la cosecha, el jefe no dudó en aceptar la renuncia de los españoles.

El día en que Eduardo y Diego se marcharon, sus compañeros franceses los acompañaron hasta el camino donde los recogería el dueño del almacén.

—¿Estáis seguros de que preferís quedaros? —les preguntó Diego por enésima vez.

—Sí —contestó uno de ellos—. Más vale malo conocido que bueno por conocer —bromeó, aludiendo a uno de los muchos refranes que los españoles les habían enseñado durante el tiempo que habían compartido en la finca.

Los cuatro sonrieron; habían llegado a hacerse buenos amigos.

—Mucha suerte —deseó el otro francés, tendiéndoles su mano.

—La misma para vosotros —respondieron ellos, emocionados.

Los dos amigos se alejaron de aquella finca desgraciada pensando en lo que les depararía el destino.

Eran muy diferentes de los muchachos que habían bajado del carromato meses atrás. En ese tiempo, Diego había alcanzado a Eduardo en estatura y los cuerpos de ambos se habían ensanchado y fortalecido con el trabajo.

También por dentro estaban más curtidos; ahora sabían lo despiadada que podía llegar a ser la vida y lo duro que les iba a resultar abrirse camino en aquella tierra sin ley.

A la estancia San Ignacio llegaron abatidos y con la paga de Gordon escondida en un calcetín.

La finca parecía mucho mayor que la del escocés y, por lo que les había dicho el dueño del almacén donde compraba este, allí siempre andaban faltos de mano de obra.

—¿De dónde sois? —les preguntó el estanciero nada más verlos—. Españoles, ¿verdad?

—Sí, señor. Asturianos —confirmó Eduardo.

Diego le dirigió una mirada significativa.

—Yo soy de Zumárraga —dijo el patrón—. Del País Vasco. Iñigo Uriarte.

Tras intercambiar unos saludos, se hizo el silencio entre ellos. Un silencio que hablaba de añoranzas y que, de algún modo, les hizo sentir que tenían algo en común, que se correspondían.

—Anda, buscaos un hueco en la leñera —cedió Uriarte—. Acaba de finalizar la esquila, que es lo que más trabajo da, pero ya encontraremos algo en lo que ocuparos. Eso sí, no esperéis que os pague demasiado, que os estoy haciendo un favor.

Y no solo no era mucho lo que cobraban, sino que, en lugar de dinero, por cada día trabajado les entregaban unas fichas que solamente se podían canjear en la pulpería que había en la hacienda, una pequeña tiendita que tenía un poco de todo y bastante de nada. Les habían dicho que cuando se marcharan de la estancia podrían cambiar las fichas sobrantes por dinero, pero, tras permanecer un par de semanas allí, Eduardo calculó que a ese ritmo no les sobraría nada.

—No me extraña que siempre anden buscando trabajadores, con lo mal que pagan. Nos iremos de aquí en cuanto podamos —le dijo a Diego—. Ahora no es buena época, porque no es temporada de cosecha, ni de esquila, pero en marzo levantamos el campamento.

En aquella hacienda, además de a cultivar maíz, se dedicaban a la cría de ovejas y de vacas. De estas últimas obtenían leche, las utilizaban para arar y como medio de transporte y, cuando ya no servían para nada de eso, las mataban para obtener carne, sebo y cuero. A Eduardo y a Diego les encargaron ayudar con los animales, algo que les resultó mucho más gratificante que dejarse los riñones en el campo, aunque las jornadas de trabajo fueran igual de largas.

También la estancia era más agradable que la del escocés, y se veía que estaba cuidada con esmero. La casa de los patrones era una construcción de ladrillo de una sola planta, rodeada por un porche de madera que protegía a sus habitantes de la lluvia y del sol. A su lado estaban construyendo otro edificio, destinado a alojar a la familia del primogénito de don Iñigo, que recientemente se había desposado con la hija de otro latifundista de la zona.

—Los he mandado de luna de miel a España, y, con la excusa de la obra, mi mujer y mis otros dos hijos se han ido también —les explicó orgulloso don Iñigo, a quien de vez en cuando le gustaba buscar a sus compatriotas en las cuadras para charlar con ellos.

Eduardo, impresionado, se imaginó regresando algún día a su pueblo él también, cargado de regalos, con el único fin de visitar a los suyos. Su madre, emocionada, le enseñaría la casa que habría construido gracias al dinero que a lo largo de los años le habría enviado él y cubriría de besos a sus amados nietos americanos. Pasearía por el pueblo con su esposa, contándole miles de anécdotas de su infancia y mostrándole todo lo que habría prosperado aquello gracias a la generosidad de los emigrantes como él. O tal vez su esposa ya conociera el pueblo; quizás, incluso, fuera de allí también. En cualquier caso, iría con ella cogida del brazo y todos los vecinos los saludarían con admiración.

Con la ilusión renovada, los dos amigos se dispusieron a trabajar duro mientras esperaban a que llegara el mes de marzo para marcharse de allí y buscar un lugar en el que les pagaran mejor.

Sin embargo, cuando el momento de presentar su renuncia llegó, un grupo de nueve hombres, con las camisas remangadas y unas tijeras recién afiladas colgando del cinto, apareció en la estancia. Entre ellos había dos indios, ataviados igual que los demás.

—Es una comparsa, vienen a esquilar a las ovejas —les aclaró una de las mujeres que solía cocinar para ellos a cambio de un puñado de fichas al mes—. Os gustará verlos trabajar. Algunos esquilan hasta quince animales al día.

—¿Y ese trabajo se paga bien? —se interesó Eduardo.

—En función de lo rápido que sea cada esquilador; se paga por vellón.

—¿Y no sabe a cuánto se paga el vellón?

—Pues eso depende. En algunas estancias, como en esta, se paga con latas de esquila, que son unas fichas parecidas a las que os dan a vosotros, pero que valen cinco veces más. En San Ignacio se entrega una lata por vellón.

—¿Y en las otras estancias, cómo lo remuneran?

La mujer se encogió de hombros y siguió dándole vueltas al guiso.

—Con animales, supongo.

—¿Y nunca con dinero? —insistió Eduardo.

—No es lo habitual. Pero a estos hombres les da igual, porque cuando termina la temporada se vuelven a sus granjas y allí el dinero no les sirve para nada. Prefieren cobrar en especie.

Siguiendo el consejo de la mujer, una tarde, tras terminar su faena, Diego y Eduardo fueron al cobertizo donde trabajaban los esquiladores a verlos hacer.

Se quedaron impresionados por la destreza que tenían. Cada uno de aquellos hombres se valía él solo para tumbar a un animal y, con una rapidez asombrosa, introducía la tijera para separar la lana de la piel de una forma limpia y precisa.

Eduardo contó las ovejas que esquilaba cada uno de ellos durante el tiempo que se dedicaron a observarlos y calculó que a ese ritmo superarían fácilmente las quince ovejas al día que les había dicho la mujer. Hizo una cuenta rápida en su mente y decidió que tenían que aprender a hacer aquello. Diego y él no tenían más oficio que el de trabajar el campo y dar de comer a los animales; si aprendieran a esquilar, sus opciones se multiplicarían.

Esa noche, Eduardo le contó su plan a su amigo y, a primera hora del día siguiente, se acercaron los dos a la casa de Uriarte con la intención de reunirse con él.

El hombre los invitó a pasar a su despacho, que estaba lleno de elegantes muebles que parecían fuera de lugar, como si los hubieran sacado de otra casa de mayor tamaño. Probablemente procedían de la vivienda de algún antiguo colono venido a menos; en los mercados de la zona era fácil encontrar piezas así.

Los dos muchachos se quitaron las gorras, por respeto a su patrón, y se anduvieron con cuidado de no manchar nada con sus sucias manos. Mientras esperaban a que don Iñigo los atendiera, Eduardo no pudo evitar echar un vistazo a los papeles que había sobre su mesa. Pudo distinguir que eran libros de cuentas en los que se detallaban peonadas, arreglos, suministros y víveres. Y comprendió que aquel lugar se gestionaba como si fuera una empresa, y que así debía ser para que todo marchara bien.

Por fin, don Iñigo puso su atención sobre ellos y les preguntó por el motivo de su visita.

—Nos gustaría aprender a esquilar —explicó Eduardo.

La mente de Uriarte, habituada a tomar decisiones rápidas y a buscar su beneficio en todas ellas, pensó si le podría interesar que aquellos dos aprendieran el oficio.

—Está bien —aceptó finalmente—. Pero, a cambio, después de la esquila tendréis que continuar trabajando para mí una temporada más.

Los muchachos se miraron de reojo antes de aceptar el trato. Por la renuencia de don Iñigo a dejarlos ir, se diría que no estaba tan claro que fuera él el que les había hecho un favor al acogerlos allí. En cualquier caso, los dos amigos abandonaron la casa del patrón con las mangas ya remangadas y dispuestos a entregarse a su nueva labor.

Un mes después de aquella escena, uno de los indios de la comparsa terminaba de pelar a la última oveja de don Iñigo con unas tijeras que habían sido afiladas por Eduardo; la temporada de esquila en San Ignacio había finalizado.

Eduardo y Diego habían llegado a aprender bien el oficio e incluso habían esquilado ellos solos a medio centenar de animales. Antes de irse, los miembros de la comparsa quisieron pagarles su parte, pero ellos se negaron. Lo que habían ganado gracias a aquellos hombres no tenía precio.

—Y ahora, ¿volveréis a casa? —le preguntó Eduardo al mayor de ellos, que era quien parecía comandar el grupo.

—Todavía no —respondió este—. Aún quedan muchas ovejas por esquilar en la pampa. En casa no nos esperan hasta final de año.

Diego y Eduardo se miraron y, tímidamente, Diego le preguntó si los podrían acompañar.

El jefe de la cuadrilla apenas tuvo que pensar su respuesta. Aquellos jóvenes todavía no estaban muy entrenados, pero empezaban a hacer buen uso de las tijeras y la comparsa solo tendría que trabajar en una o dos estancias más para compensar sus salarios. Además, los muchachos habían demostrado ser nobles y siempre estaban dispuestos a ayudar. Y en las comparsas, que tanto tiempo pasaban alejadas de sus casas, eso era algo que se sabía valorar.

—Está bien —concedió, colocándose la tijera en el cinto.

Y, de ese modo, Eduardo y Diego se dispusieron a terminar la temporada con ellos.

Recorrieron distintas estancias y perfeccionaron el oficio hasta que a sus compañeros les llegó el momento de regresar junto a sus familias.

—Y vosotros, ¿qué vais a hacer ahora? —les preguntó entonces el viejo.

—Volveremos donde don Iñigo —respondió Eduardo.

Era lo que habían acordado con el patrón. Al año siguiente se unirían de nuevo a la comparsa y tratarían de buscar una hacienda mejor.

Y así sucedió. Tras otro verano caluroso, las ovejas recuperaron su pelaje y en el mes de marzo nueve hombres circunspectos, con las camisas remangadas y las tijeras prestas en la cintura, aparecieron en San Ignacio, donde Eduardo y Diego los recibieron con familiaridad. Se unieron a ellos para pelar a las ovejas de don Iñigo y después los siguieron a dos estancias más hasta que, finalmente, una fresca mañana de abril, llegaron a La Favorita.

Al poco tiempo de tomar el camino que marcaba el inicio de la finca, Diego y Eduardo vieron un gran arco blanco con una virgen esculpida en la clave y algo les dijo que aquel lugar era diferente a todos los que habían visitado antes.

—Veinte mil ovejas en majadas de dos mil animales. Y casi diez mil cabezas de ganado bovino —dijo el jefe de la comparsa al verlos estudiar el arco, embelesados.

Diego y Eduardo se miraron. Su comparsa no sería capaz de esquilar veinte mil ovejas ni en seis meses trabajando a pleno rendimiento.

—No lo haremos solos. De hecho, si no me equivoco, debe de haber ya otras ocho comparsas esquilando ahí adentro —los tranquilizó el viejo, con media sonrisa en el rostro.

Aparte del arco de la entrada, no encontraron más que tierra virgen en varios kilómetros a la redonda. Tuvieron que adentrarse mucho en la dehesa, donde las crecidas hierbas casi cubrían las patas de sus caballos, para empezar a ver a los primeros bueyes pastando libremente en el campo.

—Los bueyes son los mejores jornaleros que se pueden encontrar —bromeó otro esquilador—. Van comiéndose las hierbas más altas y duras, preparando el pasto para cuando lleguen las ovejas.

A pesar del cansancio del viaje, Diego se alzaba sobre los estribos a cada rato, tratando de ver más de aquella próspera hacienda.

—¿Los animales están solos? —preguntó.

—No, de seguro hay varios hombres cuidándolos. No andarán muy lejos de aquí. De no ser así, los indios ya se los habrían llevado.

Eduardo miró a los dos aborígenes que viajaban con su comparsa. Solo los diferenciaba del resto de los hombres del grupo su tez oscura con reflejos aceitunados. Vestían los mismos ponchos y bombachos que sus compañeros y no lucían otro accesorio que sus herramientas de trabajo. También llevaban el pelo corto, como los hombres blancos, desoyendo la creencia de su pueblo de que al cortarse el cabello perdían la sensibilidad que tan buenos rastreadores había hecho de ellos.

El jefe de la comparsa les había contado que a aquellos dos indios los había criado su esposa después de que se quedaran huérfanos tras una incursión militar en su poblado. Lo que a Eduardo no le había quedado claro era si el adoptarlos había sido una obra de caridad o si el jefe de la comparsa había participado en la ocupación de sus tierras y los muchachos eran la forma en la que el ejército le había compensado por ello. En cualquier caso, aquellos dos aborígenes nunca decían nada cuando se mencionaba a los de su raza. De hecho, no decían prácticamente nada jamás.

Tras una larga cabalgada, por fin vieron aparecer a lo lejos un conjunto de pequeñas edificaciones.

—¿Y qué es aquello? —preguntó Diego, poniéndose de nuevo en pie, provocando un relincho de protesta en su agotada montura.

—Es el casco de La Favorita, donde viven los propietarios y los empleados de la finca.

Una gran cerca rodeaba el núcleo central de la estancia. A lo largo de ella, varias atalayas de madera de más de diez metros de alto servían para vigilar la aparición de posibles enemigos. El capataz se adelantó para hablar con uno de los vigilantes, que ya estaba informado de la llegada del grupo y les indicó hacia dónde se tenían que dirigir.

El casco parecía un pequeño pueblo, con varios galpones de distintos tamaños; medio centenar de viviendas de adobe y paja, donde residían los empleados fijos de la estancia; una pulpería, bastante mayor que la de San Ignacio, y hasta una herrería y una carpintería propias. Frente a la pulpería había una pequeña plaza donde a esa hora varias mujeres estaban tejiendo matras, las burdas mantas de lana que los gauchos ponían bajo las sillas de los caballos a la hora de montarlos. En la distancia, se veía la casa del estanciero, una magnífica mansión rodeada de palmeras que se asomaba a un gran lago. Eduardo y Diego estaban deslumbrados.

El jefe de los esquiladores se aproximó al primer empleado que encontró y dijo:

—Buenos días. Venimos a la esquila. Nos han dicho que preguntemos por Guido Napolitano.

Guido era, como su apellido indicaba, un joven de Nápoles; un italiano abierto y jovial que llegó a la vida de Diego y Eduardo como un soplo de aire fresco. Se convirtió en su primer amigo en Argentina y en su gran aliado en La Favorita. Era un hombre de confianza del patrón, don José Briolini, un criollo descendiente como él de italianos. Guido parecía estar metido en todos los asuntos, aunque nadie sabía decir cuál era exactamente su ocupación.

Tras un mes y medio esquilando ovejas sin descanso, a Diego y a Eduardo les llegó el momento de seguir a su comparsa hasta la siguiente hacienda. Pero el italiano, que se había encariñado con ellos, se resistió a dejarlos ir.

—Estamos buscando a alguien que eche una mano en las caballerizas —le dijo a Diego, a sabiendas de que eso le atraería. Había quedado más que claro que aquellos animales eran su debilidad—. En un año aprenderías de caballos aquí más que en toda una vida en cualquier otro lugar —le tentó.

Diego desvió su mirada hacia Eduardo; no aceptaría el trabajo si se tenía que separar de él.

—Briolini quiere hacerse con diez mil cabezas de ganado más este año —añadió entonces Guido—. Estoy seguro de que encontraremos alguna ocupación para Eduardo también.

Tras hablar del asunto en privado, los dos amigos acordaron quedarse por un tiempo en la hacienda, dando comienzo a una etapa muy tranquila en sus vidas, casi podría decirse que feliz.

Tal y como prometió Guido, Diego aprendió mucho de sus compañeros, unos hombres que parecían haber nacido sobre una montura. En esa época, además, Briolini firmó un acuerdo para abastecer al ejército de caballos en varios puestos fronterizos y, con el fin de mejorar su caballeriza, hizo llevar desde España ejemplares de sangre pura, por lo que Diego no hubiera podido soñar un lugar mejor en el que estar.

Eduardo, por su parte, seguía faenando en lo que podía, sin dejar de hacer cuentas y planes de futuro.

La comunidad que vivía en la hacienda estaba muy organizada y era bastante bien avenida. Los únicos que no tenían trato con los demás eran los vigilantes, que hacían las veces de justicieros, aplicando castigos a los que contravenían las normas y requisando los objetos prohibidos, como las armas y el alcohol.

Apenas había mujeres y niños. Los últimos, en cuanto tenían edad suficiente para trabajar, eran enviados a la casa del patrón, o a alguna otra hacienda donde fueran de mayor utilidad. Las mujeres servían también en la casa grande y, en alguna rara ocasión, ayudaban a los hombres con los cerdos o en la esquila. Una de estas últimas era Justa, una preciosa mulata de ojos verdes que tenía enamorados a todos los peones de La Favorita.

—A todos menos a mí —se jactaba siempre Guido, aunque sus ojos seguían los felinos movimientos de la negra igual que los de todos los demás—. Yo no quiero para mí a una mujer que haya calentado las camas de otros antes que la mía.

Y es que por todos era sabido que Justa era la amante de uno de los policías de Briolini.

—Y del yerno del patrón, también —aseguró un día el italiano, mientras los tres amigos observaban cómo se acercaba la mujer desde la casa del jefe, moviendo las caderas al ritmo de sus pasos.

Llevaba un amplio vestido que en su día había sido blanco y que tenía los bajos teñidos por la tierra del camino. Un delantal marrón lo ceñía a su cuerpo, marcando su pecho y su cintura.

Justa pasó por delante de ellos con la frente alta y sin mirarlos siquiera, y ellos guardaron un silencio reverencial.

—Lo del yerno del patrón te lo has inventado —susurró Eduardo en cuanto la mujer se alejó lo suficiente como para poderlos oír.

—De eso nada. En la casa grande lo saben todos —insistió Guido, haciéndose el entendido.

—Si fuera verdad, el bestia de su novio ya la habría matado —insistió Eduardo, que no quería admitir que la mujer con la que soñaba pudiera hacer algo así.

—El novio es el que se la metió en la cama al yerno del patrón a cambio de que le hiciera vigilante.

Los tres amigos observaron cómo la mulata entraba en la pulpería.

—Pues, a pesar de todo, a mí no me importaría que se metiera en mi cama también —confesó Diego que, al igual que Eduardo, por aquel entonces todavía no había estado con ninguna mujer.

—¿No te importaría? —repitió el italiano, con el acento más marcado de lo habitual y mirando a su alrededor para asegurarse de que nadie le oyera—. Pues también se rumorea que por un par de latas de esquila se deja hacer de todo.

—¡Eso es mentira! —protestó Eduardo, enfurecido, mientras le propinaba un empujón al italiano.

Diego sujetó a Eduardo y, conteniendo la risa que le había producido el subido tono de la conversación, les dijo a sus amigos que no merecía la pena pelearse de ese modo por una mujer.

Para el cumpleaños del patrón se celebró una fiesta en la casa grande que se alargó varios días. El último de ellos, Briolini quiso hacer también partícipes a sus trabajadores. Mandó que asaran para ellos varias vacas y ovejas, y abrió la hacienda para que se les unieran los peones de las estancias vecinas. Ese tipo de acciones acrecentaban su buena fama como patrón y hacían que los hombres se pegaran por trabajar en La Favorita.

Como en otras ocasiones, los gauchos animaron aquel encuentro con sus guitarras, y todos cantaron y bailaron a su son.

En el centro de la fiesta alguien había colocado un retrato de Briolini, decorado con cintas de colores.

—A don José Briolini de La Favorita, el patrón de la más bonita —recitaba uno de los jornaleros frente al retrato, mientras los demás lo jaleaban entusiasmados.

Diego y Eduardo aplaudían desde un rincón, disfrutando de la fiesta, cuando Guido se acercó a ellos.

—Amigos, venid, tengo algo para vosotros.

Los condujo a una de las casitas donde había varios hombres reunidos, entre otros, la temible pareja de Justa. La vivienda, como las de los demás trabajadores, constaba de una sola habitación, ocupada casi en su totalidad por una gran chimenea. Las blanquecinas paredes estaban cubiertas de lazos de cuero y boleadoras, los útiles de trabajo de aquellos rústicos vaqueros.

—Tomad —dijo Guido, ofreciéndoles un cuerno de vaca—. Bebed.

Eduardo se acercó el cuerno a la boca y los efluvios del alcohol le hicieron toser. Sorprendido por el contenido del peculiar recipiente, miró a sus amigos que, riendo, le animaron a probarlo. Tras tomar un trago, Eduardo volvió a atragantarse y, limpiándose la boca con la manga de su camisa, le pasó el cuerno a Diego.

Permanecieron mucho rato en la casa, donde bebieron hasta sentirse aturdidos, y Diego y Eduardo regresaron a la fiesta más animados aún que al principio.

La noche había caído ya en el poblado y los trabajadores de las demás haciendas comenzaban a marcharse en sus viejos carros, cansados y con los estómagos llenos de la opípara cena.

Varias antorchas alumbraban a los más rezagados, y algunas parejas aprovechaban sus sombras para bailar más cerca de lo que habitualmente les estaba permitido.

—Voy a aliviarme —anunció Diego en un momento dado, antes de alejarse renqueante ante la divertida mirada de Eduardo.

A los pocos segundos de perder a su amigo de vista, una voz femenina le preguntó al oído:

—¿Te ha gustado la fiesta?

Eduardo levantó la mirada para encontrarse con los verdes ojos de Justa, que destellaban con la lumbre de las antorchas. La muchacha le sonrió, y la ebria mirada de él se quedó atrapada en sus carnosos labios.

Sin decir nada más, Justa tomó a Eduardo de la mano y lo alejó de la fiesta, conduciéndole hacia una zona que estaba cubierta de matorrales. Una vez que estuvieron allí, ocultos de las miradas de los demás, se abrazó a él y le besó en los labios. Eduardo se quedó paralizado, y Justa, divertida por su evidente falta de experiencia, se separó un poco de él y, tomándole las manos, las guio hacia su pecho.

En ese instante, Eduardo oyó el ruido de una rama quebrándose en la cercanía y el alcohol se evaporó de golpe de su cerebro. Otra rama siguió a la primera, acompañada, esta vez, de un susurro ininteligible. Eduardo, presintiendo que algo malo estaba por suceder, cubrió la generosa boca de Justa con una de sus manos y la arrastró con él hacia el suelo, justo a tiempo de ver cómo una veintena de indios pasaba sigilosamente a su lado.

Nada más superar los matorrales en los que se encontraba la pareja, los guerreros se pusieron de pie y echaron a correr mientras emitían unos aullidos aterradores. Iban directos hacia la muchedumbre, agitando sus boleadoras en el aire, produciendo con ellas un silbido que hacía erizar la piel. Eduardo no tuvo duda de que se encontraban ante las mismísimas huestes del diablo.

La incursión de los indios fue tan rápida que los hombres de la hacienda no tuvieron tiempo de reaccionar. Cuando por fin lograron hacer uso de sus armas de fuego, los atacantes enfilaban ya el camino de vuelta a su guarida con un buen número de los purasangres que había comprado el patrón con ellos.

Los hombres de la casa no tardaron en llegar para hacer el recuento de las pérdidas. Las mujeres que aún quedaban en el campamento no podían parar de llorar.

—¡Hacedlas callar! —ordenó el yerno del patrón a sus hombres con desprecio—. Las han dejado aquí a todas, deberían de estar agradecidas.

Y así era. Habitualmente los malones solían cobrarse también víctimas humanas, ya fuera para causarles la muerte y lucir sus cabelleras como triunfos o, en el caso de las mujeres, para convertirlas en esposas de sus guerreros, haciendo que el prestigio de estos aumentara por tener una mujer blanca a su lado.

Sin embargo, en aquella ocasión se habían limitado a vaciar la pulpería y las cuadras, como si supieran dónde se encontraba exactamente lo que habían ido a buscar. Ni siquiera se habían acercado a la residencia del patrón, donde aquel día se concentraba la inmensa mayoría de los vigilantes.

Don José interrogó personalmente a sus hombres y, junto al olor del licor, pudo detectar también el de la traición.

—¡Napolitano! —llamó, montando en cólera.

—¿Señor? —contestó Guido, muerto de miedo.

—¿Quién ha osado traer alcohol a mi casa?

Aparte de por la tendencia al vicio y a la vagancia de los jornaleros, según él especialmente de los negros y los indios, Briolini tenía terminantemente prohibido el consumo de alcohol a sus trabajadores precisamente para no verse indefenso ante un eventual ataque como el que acababan de sufrir.

Guido miró a su alrededor. Lo cierto era que no sabía quién había sido el responsable.

—No lo sé, don José. Estaba en una de las cabañas. A nosotros solo... A mí solo me invitaron a dar unos tragos —dijo, con lágrimas en los ojos, evitando mirar a los españoles.

Don José, aunque estaba profundamente enfadado con Guido, le conocía lo suficiente para saber que no tenía valor para ocultarle la verdad.

—¿Quiénes estaban en esa cabaña cuando entraste?

Guido, sin poder contener el llanto, comenzó a recitar los nombres de todos los hombres que habían encontrado al llegar a la casa. Temía el castigo del patrón, que podía ir desde unos azotes hasta la misma muerte, pero no más que el de los hombres a los que iba delatando. Sabía que con cada nombre que pronunciaba estaba dando una palada para abrir su propia tumba. La suya era la viva imagen de la desesperación.

Tras el interrogatorio, el patrón se llevó de allí a todos los implicados, incluido a Guido. Eduardo y Diego se quedaron con los demás en el poblado; su amigo no los había delatado.

Pasaron varios días sin que nadie supiera qué suerte habían corrido los detenidos. En la estancia nadie se atrevía a hablar del tema, pero aquellos silencios llevaban el nombre de todos sus compañeros desaparecidos.

Eduardo, una vez que se hubo recuperado del miedo y de la resaca, fue a buscar a Justa para tratar de aclarar algo que lo reconcomía por dentro.

—Dime que no has tenido nada que ver con todo esto —le exigió, apretando los dientes, cuando la encontró.

La mujer le miró sorprendida. ¿Qué podía tener ella que ver con un ataque de los indios?

—Vamos, Justa, no te hagas la inocente. Tu hombre lo sabía, por eso emborracharon a los demás. ¡Porque se habían puesto de acuerdo con los malditos indios!

La negra abrió sus ojos verdes en un gesto de asombro. Diego, que estaba viendo la escena desde lejos, se acercó hacia ellos.

—Eduardo, no creerás... —comenzó a decir Justa.

—Me sedujiste para apartarme de los demás y que fueran todavía más débiles, ¿no es así?

—No, Eduardo, no lo es, te lo juro. Yo solo quería acercarme a ti —aseguró desesperada.

—¿Por qué? —preguntó Eduardo, tomándola de los hombros.

Justa no contestó. Tenía los ojos inundados de lágrimas y la barbilla le temblaba sin control. Eduardo clavó sus dedos en la piel de la mujer y Diego se acercó más a él, preparado para intervenir si perdía el control.

—¿Por qué, Justa? —insistió su amigo—. ¿Por qué a mí?

En ese momento la mulata se derrumbó.

—¡Porque ya no aguanto más esta vida! —sollozó—. Necesito salir de aquí, y pensé que tú me ayudarías. Cuando os vi por primera vez me pareció que erais buenos muchachos y creí… creí que yo podría gustarte. Y que, si te seducía, tal vez me llevarías contigo al marcharte. Solo quiero irme lejos de aquí, pero tengo miedo de hacerlo sola. Tengo miedo de que él cumpla sus amenazas, de que si me voy me encuentre y me mate.

La mujer cayó de rodillas y siguió llorando, con la cara oculta entre sus manos. Estaba harta de malos tratos, harta de que los hombres dispusieran de su cuerpo a su antojo, harta de todo.

Tras unos instantes, Eduardo miró a Diego. No sabía si creerla. Su amigo, consciente de lo que estaba pensando, asintió, dándole a entender que él sí confiaba en las palabras de Justa. Entonces, Eduardo se alejó de allí, cabizbajo.

Tras verle marchar, Diego se dejó caer al lado de la mulata y se quedó acompañándola hasta que se calmó su llanto.

Dos semanas después del malón, Guido regresó al campamento. Eduardo y Diego fueron a visitarle a su cabaña tan pronto como se enteraron de que había vuelto. Se lo encontraron tumbado de medio lado, junto a un balde con agua y un cuenco con comida que le había llevado alguna de las mujeres.

—Me azotaron con un látigo de nueve colas, como si fuera un esclavo. Y me tuvieron aislado en una celda hasta hoy —explicó el italiano, humillado, con la esperanza de que aquella imagen borrara de las mentes de todos el cobarde comportamiento que había tenido la noche del cumpleaños del patrón.

—¿Y los demás? —se atrevió a preguntar Eduardo.

Guido negó con la cabeza. No sabía qué había sido de ellos, y no se había atrevido a preguntar.

—¿Está muy mal? —se interesó por su parte Diego, señalándole la espalda.

—Peor que mal —rio Guido, emitiendo después un quejido al sentir cómo se le abrían de nuevo las carnes—. Justa me ha estado limpiando las heridas. Me dijo que más tarde me traería un emplasto para que cicatricen bien. Creí que habían sido mis alaridos los que os habían anunciado mi vuelta.

Los españoles se quedaron en silencio, tratando de imaginar el terrible aspecto que debía de tener la espalda de su amigo.

—Gracias —dijo al fin Eduardo.

—Vosotros no tuvisteis nada que ver con aquello —negó Guido, que se sentía demasiado culpable por lo ocurrido como para que nadie le agradeciera nada—. Fui yo el que nos metió en la boca del lobo.

—Eres un buen amigo, Guido —insistió Diego—. Nunca olvidaremos lo que hiciste la otra noche por nosotros.

Poco tiempo después de aquel episodio, comenzó a llegar a la estancia un número inusual de gente en busca de empleo. Al parecer, un nuevo brote de fiebre amarilla, de una virulencia sin precedentes, había estallado en la capital provocando aquel éxodo.

—Ya son más de cinco mil los muertos —relataban los recién llegados—. Todos los edificios públicos han cerrado, incluidas las escuelas. Los inmigrantes se amontonan en los consulados tratando de regresar a sus países de origen y el gobierno no deja que ningún barco se acerque a la costa. La gente se está marchando en masa de la ciudad, convencidos de que se acerca el día del juicio final.

Allí, en la hacienda, por el momento no había enfermado nadie. Aun así, el patrón, en vista de que el número de visitantes iba en aumento, hizo llamar a un médico. Tras reconocer a todos los empleados de La Favorita, este le recomendó a Briolini que mantuviera a los recién llegados aislados del resto hasta asegurarse de que estaban completamente sanos.

—La llegada de tanta mano de obra hará que nos acaben bajando la paga a todos —auguraba Eduardo.

Inicialmente, Diego y Guido creyeron que aquello era una exageración, que el patrón no iba a cambiar a hombres experimentados como ellos por peones inexpertos así como así. Sin embargo, las carretas no dejaban de llegar, y el italiano llegó a temer que, cuando por fin terminaran de sanar sus heridas, ni siquiera quedara faena para él.

—Ya se elevan a nueve mil los muertos, cinco de cada cien habitantes. Las autoridades no dan abasto para enterrarlos y la gente sigue enfermando —decían los últimos en llegar.

Una tarde, los capataces reunieron a los ciento cincuenta trabajadores que vivían ya en la estancia y, como había predicho Eduardo, les informaron de que, para poder acoger a tantos jornaleros, iban a tener que ajustar las pagas.

Inmediatamente, Eduardo llamó a Diego.

—Nos vamos —le anunció.

—¿A dónde? —preguntó este.

—A Buenos Aires.

Diego le miró con estupefacción.

—¿Acaso te has vuelto loco? ¿No habrás contraído tú la fiebre esa? —dijo, estirando una mano hacia la frente de su amigo, como si pretendiera comprobar su temperatura.

Eduardo rechazó su gesto de un manotazo. Nunca en su vida se había sentido con tanta vitalidad como esa noche.

—Llevamos ya cuatro años trabajando en el campo y se avecinan malos tiempos por aquí. Ha llegado la hora de marcharnos.

—¿Pero a Buenos Aires, precisamente? ¿Es que acaso quieres morir? —insistió Diego.

—Ya has visto la cantidad de gente que se está yendo de la ciudad. Deben de hacer falta miles de trabajadores allí. ¡Es el momento de intentarlo! —respondió Eduardo.

—¿Pero es que no entiendes que si se marchan es por algo? ¿Y si enfermamos nosotros también?

—No tenemos por qué. Nos mantendremos alejados de las zonas donde haya más enfermos, por precaución, y pondremos en marcha algún negocio con los ahorros que hemos ido juntando. Hay que irse, Diego, hazme caso. Tengo una corazonada.

Diego cerró los ojos, sabiendo que cuando a Eduardo se le metía algo entre ceja y ceja no había quien le hiciera cambiar de opinión. Y si su amigo se marchaba, que lo haría, él no pensaba quedarse atrás. Así que, como siempre terminaba haciendo, se rindió a los deseos de Eduardo. Viajarían en el primer carromato que regresara a la capital.

Esa misma noche fueron a contarle sus planes a Guido, haciéndole prometer que no los compartiría con nadie más.

—Yo también me voy con vosotros —decidió el italiano, sin dudarlo, y se puso en pie para juntar sus escasas pertenencias en ese mismo momento. No podía seguir allí por más tiempo, soñando cada noche que los vigilantes de Briolini regresaban para llevarle al infierno con ellos.

Con la ayuda de una de las mujeres, en los días siguientes los tres amigos cambiaron sus fichas por dinero y, después, solo les quedó esperar.

La mañana de su marcha, se encontraban ya instalados en el carro que los llevaría de vuelta a la ciudad, cuando un grito los hizo volverse. Era Justa, que corría hacia ellos con la falda remangada y un hatillo colgado a su espalda. Cuando alcanzó el vehículo, se detuvo jadeando y miró suplicante a los tres muchachos. Tras un instante de duda, Eduardo le tendió su mano y la ayudó a subir.

8

—Estos son los expedientes de los españoles que se encuentran actualmente en el Hotel de Inmigrantes o que han pasado por él en el último mes; empezaremos por ellos.

Elvira puso un fajo de papeles sobre la mesa que acababa de asignar a Teresa. Ella se quedó mirándolos, sin saber muy bien qué hacer.

—¿Qué ocurre? ¿Te preocupa algo? —le preguntó la periodista desde su escritorio, observándola por encima de sus anteojos con curiosidad.

Teresa tomó aire.

—La verdad, Elvira, es que no sé si soy la persona más indicada para esto. Yo no sé nada acerca de... nada. ¿Qué voy a poder enseñarles a estas personas?

Elvira la miró fijamente antes de ponerse en pie y acercarse hasta ella.

—¿Cómo que no tienes nada que enseñarles? ¿Pues qué crees que necesitan aprender, a hacer fórmulas químicas?

Teresa calló, consciente de que la periodista no esperaba una respuesta por su parte.

—Lo primero que tienes que entender es que lo que necesita esta gente es amparo. Es saber que no están solos, que nosotras los vamos a ayudar. Tenemos que ofrecerles la seguridad que no tienen y el abrazo que echan en falta. ¿Tú sabes abrazar, querida?

Teresa sonrió.

—Eso me parecía. En cuanto a su preparación, el destino de ellas es trabajar en el servicio doméstico, y el de ellos es hacerlo en el comercio o en el campo. Nuestras mujeres serán niñeras, cocineras, limpiadoras... Y de eso sabes tú mucho más que yo —afirmó, reconociendo el origen humilde de Teresa sin juzgarlo—. Respecto a los hombres, tendrás que embaucar a tu esposo y a Diego, que son los expertos en mercadeo, para que nos echen una manita con eso. Y estoy segura de que tampoco te costará mucho persuadirles de que lo hagan.

Sin saber bien por qué, Teresa se sonrojó.

—Lo de encontrarles después trabajo a nuestros estudiantes ya es otro asunto —siguió la periodista, ajena a la turbación de Teresa—. Para ello tendremos que reunirnos con algunos miembros de la generosa colonia española y explicarles nuestros planes. Puede que nos cueste convencerlos de que colaboren; nunca les gusta hacerlo si quien se lo sugiere es una mujer. Pero no olvidemos que a ellos también les interesa conseguir trabajadores a los que no tengan que formar desde cero.

Todo lo que decía Elvira tenía sentido para Teresa, que realmente deseaba que sus planes funcionaran y poder aportar algo a aquella desinteresada iniciativa.

La periodista volvió a tomar asiento en su mesa y Teresa cogió el primer expediente del montón. Al abrirlo se encontró con la partida de nacimiento de una mujer. Aquello trajo a su mente la de Diego, que había encontrado junto a otros papeles de su esposo en el despacho del almacén al poco tiempo de su llegada a Buenos Aires. Recordó que entonces le había llamado la atención que estuviera incompleta.

—Elvira —llamó—. ¿Tú sabes de dónde es Diego?

—Es de Asturias, como vosotros, ¿no? —respondió esta, distraída.

—Sí, eso creo —dijo Teresa, aunque no recordaba que nadie lo hubiera mencionado jamás—. En una ocasión vi su acta de nacimiento, estaba entre los papeles de Eduardo.

—¿Y? —preguntó la periodista.

—No ponía nada —respondió Teresa, encogiéndose de hombros.
Elvira levantó la mirada.
—¿Cómo que no ponía nada?
Teresa negó.
—Eso es imposible.
—Decía «lugar de nacimiento desconocido» —matizó Teresa.
—No puede ser. El certificado de nacimiento contiene la información del registro, y es muy extraño que se desconozca el lugar de nacimiento de alguien. —Elvira se quedó pensando un momento—. Es cierto que Diego no habla mucho de su familia, pero, aunque no la tuviera, ha tenido que nacer en algún lugar. Nunca he visto un certificado como el que dices, y te garantizo que, entre mis investigaciones periodísticas y el trabajo en la Sociedad de Beneficencia, he tenido miles de ellos en mis manos.

Teresa se quedó reflexionando un instante. Estaba segura de lo que había leído, pero cabía la posibilidad de que aquel papel no fuera un documento oficial. Quizás Elvira tuviera razón.

—Me habré equivocado —aceptó, aunque no estaba del todo convencida de ello.

Elvira regresó a sus papeles y Teresa retomó el expediente que había abandonado y se puso a trabajar.

Pocas semanas después de aquello, Teresa comenzó a impartir las clases en la escuela. A Elvira y a ella no les hubiera venido mal poder contar con un poco más de tiempo para organizarse, pero, aun sin él, todo estaba saliendo bastante bien. Elvira había conseguido que el Patronato Español les cediera un edificio cerca del Hotel de Inmigrantes para impartir sus cursos y, tras un arduo tira y afloja con la Comisión de Inmigración Argentina, que inicialmente pretendía que incluyeran en sus clases a inmigrantes de otros países, habían logrado que la organización informara de los cursos solamente a los inmigrantes españoles que se alojaban en el hotel.

Decidieron arrancar la escuela con una formación destinada a mujeres, a quienes Elvira consideraba en una situación más vulnerable. El curso tendría una duración de algo más de un mes y en él las alumnas aprenderían, entre otras materias, costura, cocina, plancha y cuidados del bebé. Teresa tenía pendiente hablar con el doctor

Estrada para ver si alguno de sus alumnos podía impartir las clases de puericultura. La idea había surgido de ella, y Elvira enseguida se había mostrado de acuerdo en que aquello daría un gran prestigio a la escuela.

Tras varias semanas de formación, el resultado estaba siendo asombroso. Las mujeres se mostraban muy ilusionadas e implicadas en su aprendizaje, y varias benefactoras de la Sociedad de Beneficencia se habían puesto ya en contacto con Teresa para trasladarle su voluntad de contratar a alguna de las muchachas en cuanto terminaran el curso.

—Y, como podéis ver, gracias al almidón la camisa queda perfectamente planchada —concluyó Teresa un día, mostrando una prenda a las mujeres que se habían formado en semicírculo frente a ella—. Pero debéis recordar añadir suficiente agua a la mezcla o la ropa quedará tan tiesa que podrá mantenerse en pie sola.

Las alumnas rieron la broma.

—¿Y los calzones también hay que almidonarlos? —preguntó una de ellas con picardía.

Todas estallaron en una gran carcajada. Teresa, en cambio, se esforzó por ocultar su sonrisa. Aquellas mujeres debían aprender a ser más discretas si querían trabajar en una buena casa.

—La ropa interior —puntualizó—, también se planchará. Y, de hecho, para algunas prendas íntimas sí que utilizaremos una proporción mayor de almidón, pues en este caso nos interesa que se mantengan bien firmes y conseguir un mayor volumen. Esto sucede, por ejemplo, cuando queremos dar más cuerpo a las faldas. Pero eso lo veremos en la próxima clase; por hoy, hemos terminado.

Teresa estiró su dolorida espalda, dando por concluida la lección. Estaba cansada. Aunque el segundo embarazo le estaba resultando mucho más llevadero que el primero, ya empezaba a sentirse bastante pesada.

Las mujeres comenzaron a recoger sus papeles, unos esquemas con los conceptos básicos que estudiaban en clase y que Teresa se encargaba de elaborar para ellas cada noche. Teresa se sentó en su mesa a esperar a que se marcharan, justo a tiempo de ver cómo la puerta del aula se abría y asomaba por ella la cabeza de Elvira. Su amiga le dijo algo que no pudo escuchar, por lo que le hizo un gesto invitándola a que se acercase.

—¿Tienes un momento? —preguntó Elvira cuando alcanzó su mesa.

—Claro —respondió ella, poniéndose en pie de nuevo para estar a su misma altura.

Elvira miró a su alrededor con el fin de asegurarse de que nadie escuchaba lo que iba a decir.

—Tenías razón respecto a Diego. —Teresa la miró sin comprender—. Su certificado de nacimiento; está incompleto.

Teresa se quedó observando a su amiga. Parecía inquieta, e intuyó que tenía algo más que decir.

—El certificado está emitido por el consulado de España en Buenos Aires y firmado por el embajador que representaba a España entonces, en el año 1871. En el expediente consular hay un documento adicional en el que dos personas atestiguan la identidad de Diego.

Elvira volvió a hacer una pausa en su discurso y Teresa se preguntó si su evidente incomodidad se debería a la gran estima en que tenía a su amigo.

—Una de las personas que firmó dicho documento fue tu esposo, Eduardo Salcedo.

Teresa frunció el ceño.

—Pero Eduardo conoció a Diego en Buenos Aires, no podía saber quién era antes de llegar aquí.

Elvira no respondió.

—¿Y quién fue el otro testigo? —quiso saber Teresa.

—Un tal Bernardo Álvarez, en calidad de primo carnal.

—Creía que Diego no tenía familia en Argentina.

—Yo también —respondió Elvira con determinación. Si su instinto periodístico no le fallaba, en aquel documento no había una palabra de verdad.

—Es extraño —receló también Teresa—. Tal vez debería preguntarle a Eduardo qué significa todo esto.

Elvira cambió el peso de su cuerpo de una pierna a otra.

—Haz lo que creas conveniente —dijo.

Teresa trató de entender lo que la periodista le quería decir con eso.

—¿Crees que no debería tratar este asunto con Eduardo? —preguntó.

—No lo sé —respondió Elvira angustiada, dudando de si ella misma podría seguir adelante sin saber cuál era la verdad sobre su amigo—. Conozco a Diego desde hace más de diez años y nunca he tenido motivos para dudar de su honradez, ni de su sinceridad. Quiero pensar que si Eduardo necesitó falsear su declaración fue por exigencias burocráticas y no porque tuvieran algún motivo oculto para hacerlo.

Teresa la miró preocupada. Ella no se había atrevido a llegar tan lejos como Elvira en sus pensamientos. ¿Qué razones secretas podían haber movido a Eduardo y a Diego a falsificar un documento oficial?

—Seguro que todo esto tiene una buena explicación —aseveró, pensando de pronto si habría hecho mal involucrando a Elvira en aquel asunto.

Elvira Gayol no dejaba de ser una de las periodistas más incisivas del momento. Si su esposo tuviera algo que ocultar, no habría sido muy buena idea alertarla acerca de ello.

Teresa comenzó a recoger sus pertenencias tratando de evitar que su amiga advirtiera su incomodidad. Pero Elvira pareció hacerse eco de su cambio de actitud y se alejó un paso de ella.

—Vuelvo al despacho, tengo que hacer algunas gestiones —dijo.

Teresa se esforzó por dedicarle una sonrisa. Sin embargo, Elvira no se marchó todavía.

—Yo quiero a Diego como a un hermano, Teresa. Más incluso que a mis verdaderos hermanos de sangre —declaró, muy seria.

Teresa entendió que lo que estaba tratando de decirle con eso era que estaba de su lado.

—Yo también —aseguró a su vez, aunque no tuviera tan clara la naturaleza de sus sentimientos hacia el socio de Eduardo.

Sin embargo, a Elvira debió de parecerle suficiente ya que, tras hacer un gesto de entendimiento, se marchó.

Teresa la siguió con la mirada, estudiando su paso acelerado y su llamativo vestido. Tras ella, comenzaron a irse también las primeras alumnas, alegres y alborotadas. Y, entonces, lo vio aparecer al otro lado de la puerta, donde se quedó algo apartado para dejar salir a las mujeres. Se había quitado el sombrero y las despedía con su gentileza habitual. Ellas le devolvían el saludo encantadas; no se veían muchos hombres como aquel en esa parte de la ciudad.

Teresa terminó de recoger sus materiales, preguntándose qué habría llevado al socio de su esposo hasta allí. Cuando por fin se acercó a la puerta, él le quitó de las manos los papeles que cargaba.

—Deberías hacerle caso al doctor y cuidarte un poco más —la reprendió.

Teresa suspiró, agotada. Lo último que necesitaba en aquel momento era una regañina.

Todos estaban preocupados por ella. El doctor Estrada la visitaba a menudo, inquieto porque se hubiese quedado en estado habiendo transcurrido tan poco tiempo desde que, con tanta dificultad, alumbrara a Eduardito. Temía que el cuerpo de Teresa no estuviera suficientemente recuperado para soportar tanto esfuerzo de nuevo y a ella, en el fondo, también le preocupaba. Ese era precisamente el motivo por el que prefería acudir cada día a la escuela, donde estaba distraída, a quedarse en casa dándole vueltas a lo que podría pasar.

—¿En qué puedo ayudarte, Diego?

Diego captó el mensaje; a Teresa cada vez le gustaba menos que le dijeran lo que tenía que hacer.

—¿Qué sucede? ¿Acaso no puedo venir a visitar a una amiga? —se defendió, sonriendo, al tiempo que le ofrecía a Teresa su brazo para que se apoyara en él.

Ella lo aceptó y se arrepintió inmediatamente de sus palabras.

—Lo siento, Diego. Quizás esté un poco nerviosa últimamente. ¿Tú cómo estás? ¿Y Juanjo? Hace mucho que no le veo.

—Bien, entretenido con sus clases —respondió Diego, animado—. Se le dan sorprendentemente bien los números. Leer le está costando un poco más, pero hay que reconocer que el muchacho está haciendo un gran esfuerzo.

Teresa se alegró de oír aquello. También Manuel estaba aprendiendo mucho en su colegio, aunque él, al contrario que Juanjo, prefería las asignaturas de letras, lo cual tampoco era de extrañar.

Cuando salieron del edificio los rodeó una fría neblina, a través de la cual Teresa pudo divisar las carretas que estaban apostadas frente al cercano Hotel de Inmigrantes. Sabía que pertenecían a los promotores de los conventillos, que esperaban captar allí nuevos clientes para sus abusivos negocios. Después de lo que había visto en ellos el día que los visitó con Elvira y Diego, a Teresa le recorría un escalofrío cada vez que se cruzaba con aquellos hombres.

—Sube a mi berlina, te llevaré a casa —dijo Diego, haciéndole una seña al cochero de Teresa para que se marchara sin ella.

Teresa se sentó junto a Diego sin rechistar, aunque con bastante dificultad debido a su abultada cintura.

Mientras Diego se concentraba en poner en marcha el carruaje, Teresa le observó en silencio. Le relajaba verle tomar el control del vehículo, con los gestos firmes y seguros de sus grandes manos.

Una vez que estuvieron en movimiento, Diego se volvió hacia ella.

—En realidad, he venido porque Eduardo me ha invitado a almorzar con vosotros, y se me ocurrió que sería una buena idea pasar a recogerte y, de paso, decirte que Elvira y tú podéis contar con Ferran, el encargado de los almacenes, para diseñar e impartir el curso de comercio para hombres.

Teresa le dirigió una esplendorosa sonrisa al tiempo que juntaba sus manos frente a ella.

—¿De verdad? —preguntó—. ¡Eso es fantástico! Pero no tenías que haberte molestado en venir hasta aquí solo para decírmelo. Debiste enviar a alguien a que me informara de ello.

—¿Y perderme esa exultante sonrisa tuya? —replicó él, haciéndola sonrojar—. Ni loco.

—Entonces, ¿Eduardo está de acuerdo con que nos ayude Ferran? —insistió Teresa.

—Ahora ya sí. Pero cuando le saqué el tema esta mañana no tenía ni idea de acerca de qué le estaba hablando.

Teresa le miró un instante. Sabía que Diego le estaba echando en cara que no le hubiera dicho nada de aquel asunto a Eduardo y, aunque reconocía que tenía parte de razón, se revolvió diciéndose que él tampoco parecía la persona más indicada para reclamarle sinceridad, teniendo en cuenta que ni siquiera tenían muy claro ya quién era. Sin embargo, se reconvino rápidamente por pensar así de Diego, y desvió su mirada hacia la calle para no tener que responder a su reproche.

Diego observó el perfil de Teresa y se sintió terriblemente impotente. No podía entender cómo Eduardo y ella eran incapaces de hacerse felices el uno al otro, con lo fácil que les podría haber resultado. Su amigo era un buen hombre, un hombre noble al menos, y Teresa era una mujer discreta, pero con un gran sentido del compromiso que podría hacer dichoso a cualquiera que se esforzara por conocerla un poco.

Cuando llegaron al apartamento de la calle Piedras, encontraron a Eduardo revisando su correo en la pequeña mesa del comedor.

—Hemos recibido carta de España —les anunció al verlos llegar, agitando unas hojas en el aire. Luego, empezó por calmar la inquietud que siempre provocaba en todos recibir noticias de los suyos—. Todo está bien por allí. Nos anuncian que en el próximo barco llegarán varios jóvenes procedentes del pueblo y sus alrededores. Diego, tenemos que ver si podemos echarles una mano empleándolos en los almacenes.

Diego asintió y, haciendo referencia a las tierras que habían comprado un par de años atrás en la pampa, dijo:

—Tal vez les podamos encontrar si no alguna ocupación en Benito Juárez.

Eduardo dejó la carta sobre la mesa con un gesto de fastidio.

—El maldito terreno de Juárez sigue sin prosperar, y no acabo de entender por qué. Tal y como dice la gente que están funcionando las cosas en el campo, nuestras tierras ya deberían estar dando suculentos beneficios.

—Apenas han pasado dos años desde que compramos la hacienda. Quizá solo necesite un poco más de tiempo para funcionar a pleno rendimiento —trató de tranquilizarle Diego.

—Dos años deberían de ser más que suficientes —insistió su socio, enfadado—. Según Guido, algo anda mal.

Diego miró a Teresa, quien aquel día le observaba de un modo extraño, y se preguntó si se habría disgustado con él por el comentario que había hecho acerca de Eduardo en el camino.

—Le das demasiado crédito a Guido —respondió, sin apartar la mirada de ella—. No olvides que desde hace diez años el único campo que ha visto nuestro querido italiano es el del jardín que tiene su suegro en la Recoleta.

Tras decir aquello, le guiñó un ojo a Teresa, tratando de hacerse perdonar por lo que fuera que hubiera podido hacer. Para su alivio, ella le respondió con una pequeña sonrisa.

—Y del pueblo... de vuestro pueblo —añadió, devolviendo su atención a Eduardo—, ¿hay alguna noticia más?

Este volvió a tomar la carta.

—Sí. Hay un hombre que me pide un préstamo para montar una fábrica de conservas. Se trata de Miguel Prieto.

Eduardo apartó la vista un instante de Diego para mirar a su esposa y, de nuevo, la volvió a posar en su socio. Los dos se quedaron observándose en silencio.

—Miguel es un muchacho que ha tenido una vida muy difícil —intervino Teresa, a favor de su vecino—. Perdió a sus padres y a su único hermano siendo muy pequeño. Todos en el pueblo se volcaron entonces en ayudarle, y Eduardo ha sido siempre especialmente generoso con él también.

Diego posó su mirada en Teresa, pero no dijo nada, y Eduardo se aclaró la garganta antes de hablar.

—Hay un par de personas más que nos piden dinero, uno de ellos para librar de la suerte a su hijo.

—¿Y qué le dirás? —preguntó Diego, pasados unos segundos.

—Que le prestaré con mucho gusto el dinero para que su hijo se escaquee del servicio militar a cambio de que nos lo mande a Argentina a trabajar.

Diego sonrió ante aquella respuesta tan propia de su amigo. Para Eduardo, una cosa era ayudar a sus paisanos y otra bien diferente contribuir a la vagancia de los demás.

—Y al otro muchacho, al de la fábrica de conservas, ¿qué le vas a contestar?

—Eso es otra historia —reflexionó Eduardo—. El hombre quiere trabajar y su planteamiento tiene bastante sentido. De hecho, creo que deberíamos aceptar, pero no solo para dejarle el dinero, sino para tomar parte activa en el negocio.

Diego frunció el ceño.

—Podríamos asociarnos con él y convertirnos a la vez en su principal cliente —se explicó Eduardo—. Nos vendría bien tener un proveedor propio para los almacenes, ¿no crees?

—Puede ser —respondió Diego, mientras estudiaba las implicaciones que aquello podría tener.

—Muy bien. Entonces, lo haremos. Pero tendrás que encargarte tú de ello. Yo tengo ya muchos asuntos entre manos y a ti estos temas se te dan mejor.

Diego fue a protestar, pero Eduardo lo atajó diciendo, con una mirada significativa:

—Tendrías que mantener cierto contacto con Miguel, para que el negocio no se nos vaya de las manos. Seguiremos hablando de ello mañana, en el almacén.

Esa noche, tras acompañar a Diego hasta la puerta de su casa, Teresa regresó al comedor con la idea de trasladarle sus inquietudes sobre él a Eduardo.

—Quería decirte que me parece muy generoso por tu parte ayudar a Miguel Prieto con la fábrica de conservas —comenzó, tratando de allanar el camino.

—Es un buen negocio —la cortó su marido.

Aquello estuvo a punto de hacer que Teresa regresara por donde había llegado y se olvidara del verdadero motivo que la había llevado hasta allí, pero sabía que si no trataba el asunto en ese instante con Eduardo, tal vez nunca reuniera el coraje suficiente para volverlo a intentar.

—Hay algo que me gustaría preguntarte —dijo, armándose de valor.

Eduardo levantó la mirada de sus papeles y Teresa sintió que se le aceleraba el pulso.

—He sabido que firmaste como testigo en el certificado de nacimiento de Diego.

Eduardo observó a Teresa durante varios segundos antes de preguntar:

—¿Y cómo lo has sabido?

—Me lo ha dicho Elvira. Fue al consulado a hacer una gestión y le pareció divertido buscar la información que tuvieran sobre Diego —inventó—. Le sorprendió que su partida de nacimiento estuviera incompleta.

Eduardo se tomó de nuevo un tiempo para contestar.

—Diego perdió toda su documentación nada más llegar a Buenos Aires. Durante mucho tiempo, aquello no tuvo ninguna importancia, pero cuando pusimos en marcha los almacenes y compramos este edificio, trató de obtener un duplicado de su certificado de nacimiento para formalizar el negocio. Entonces descubrió que la iglesia de su pueblo había sufrido un incendio un par de años antes y que los registros se habían perdido. La única manera de que le dieran un nuevo certificado con cierta celeridad era que dos personas testificaran que él era quien decía ser.

Teresa observó con extrañeza a su esposo.

—Pero tú no le conociste hasta que llegaste a Argentina, ¿no?

Eduardo se encogió de hombros.

—No había otra opción. Diego propuso dejarlo estar y que registráramos todo a mi nombre, pero yo me negué.

Teresa estudió el rostro de su esposo tratando de descubrir si le estaba diciendo la verdad, y tuvo la impresión de que Eduardo no le daba mucha importancia al asunto.

—¿Y quién fue el otro testigo? —preguntó.

—Un primo de Diego.

—Creía que Diego no tenía familia en Argentina —señaló.

—Y no la tiene —corroboró Eduardo—. Al menos ya no; hace años que su primo falleció.

El primo de Diego había muerto… Teresa pensó que aquello tenía sentido. Repasó toda la historia en su mente, en busca de algún detalle que se le hubiera podido pasar por alto, pero todo pareció encajar.

Eduardo casi pudo ver cómo la preocupación se desvanecía del rostro de su mujer.

—¿Y dónde nació Diego? —preguntó finalmente esta, con otra expresión ya en el rostro.

—En Valderrueda —respondió él, devolviendo su mirada a sus papeles—. Un pueblo de León.

9

El segundo hijo del matrimonio Salcedo resultó ser una hermosa niña a la que bautizaron con el nombre de su madre. La pequeña Teresita llegó al mundo un mes antes de lo previsto, impidiéndole a Teresa terminar de organizar la nueva formación para varones de la Escuela de Inmigrantes. Sin embargo, sí que tuvo el tiempo y la enorme satisfacción de ver graduarse a la primera promoción de empleadas domésticas de la escuela.

Aquel había sido un día muy emocionante. Tras agradecer a las estudiantes su implicación para lograr que ese primer curso hubiera sido todo un éxito, Teresa procedió a decirles con qué familia pasaría a trabajar cada una de ellas a partir del día siguiente.

Cada vez que nombraba a una de las muchachas, las demás la vitoreaban entusiasmadas y la felicitaban por su nuevo destino. No podían creer lo afortunadas que habían sido porque la Escuela de Inmigrantes se hubiera creado coincidiendo con su llegada al país. Lo que apenas unos meses atrás, cuando desembarcaron en Buenos Aires, se les había antojado como un futuro incierto y temible, les parecía ahora una oportunidad real de ganarse la vida. La escuela las había dotado de las herramientas que iban a necesitar para sobrevivir en aquel mundo nuevo en el que, además, ya no se encontraban tan solas. En la escuela, aparte de aprender mucho, habían hecho nuevas amigas a las que podrían recurrir en caso de necesidad. Ahora se sentían más preparadas y acompañadas y, para colmo, habían conseguido trabajo. Y no un trabajo cualquiera, sino que se habían ocupado en las mejores residencias de la ciudad.

Solo hubo una chica a la que nadie reclamó y que Teresa finalmente decidió contratar para su casa. Se trataba de una joven llamada Valentina, una muchacha dulce y delicada que Teresa creyó que podría serle de gran ayuda cuando naciera el bebé. Aunque las señoras que la habían entrevistado decían haberla descartado por su juventud, Teresa sospechaba que el motivo por el que la chiquilla no había encontrado colocación era que se veía demasiado bonita para que nadie la quisiera tener bajo el mismo techo que su marido y sus hijos. Pero ella no creía que Eduardo fuera a mostrar un interés especial por la niñera, no solo porque confiara en la fidelidad de su esposo, sino porque estaba casi segura de que Eduardo valoraba demasiado su tiempo como para perderlo enredándose con un miembro del servicio. Así que, cuando llegó al final de su lista, Teresa le ofreció que trabajara para ella y Valentina aceptó encantada. Y fue una inmensa suerte que lo hiciera ya que, a los pocos días de ello, Teresa rompió aguas.

El parto de Teresita fue tan complicado como el de su hermano, y durante días todos revivieron el miedo a perder a Teresa que habían sentido la primera vez.

El doctor Estrada lamentó que la medicina no avanzara con mayor rapidez y no poder contar con los medios y el conocimiento suficientes para beneficiar a Teresa con una transfusión de sangre como las que se estaban comenzando a realizar en Europa. Por momentos, tuvo la certeza de que perdería a su paciente, pero no contaba con algo que resultó determinante en aquella ocasión: que esa vez Teresa estaba decidida a sobrevivir.

Aun con ello, la debilidad la obligó a permanecer en cama durante semanas después del alumbramiento; una condena que superó gracias al trabajo relacionado con la escuela que le hacía llegar su querida Elvira Gayol.

Después de aquel segundo parto, el doctor Estrada fue muy claro con Eduardo:

—Tu esposa ha estado muy grave, realmente pensé que esta vez no lo iba a resistir. Debes cuidar de que se alimente bien y de que no haga grandes esfuerzos en los próximos meses. Y, por supuesto, tenéis que evitar un nuevo embarazo. En el próximo año, sin dudarlo, pero mi consejo es que Teresa no vuelva a pasar por esto nunca más. De lo contrario, no podría garantizaros que lo fuera a superar.

Teresa se reincorporó a su trabajo en la Escuela de Inmigrantes después de las fiestas navideñas, con Teresita a punto de cumplir medio año. Durante varias semanas, terminó de diseñar junto a Ferran, el encargado de los almacenes, un curso muy completo en el que enseñarían a los hombres materias como aprovisionamiento, elaboración de inventarios y apariencia y cuidado personal. La formación se completaría con unas prácticas en los almacenes Salcedo que habían podido organizar gracias a la generosidad de Eduardo y de Diego.

Siguiendo las recomendaciones del doctor Estrada, Teresa procuraba no realizar excesivos esfuerzos, y en muchas ocasiones trabajaba desde casa. Instalaba su pequeño despacho, como le gustaba llamarlo a Eduardo, en la mesa del comedor, mientras la joven Valentina entretenía a los niños con algún juego.

Uno de aquellos días, Teresa se encontraba distraída observando cómo Eduardito trataba de construir una torre con unos bloques de madera que su padre había mandado hacer para él. El pequeño balbuceaba ya sus primeras palabras, y su determinación para elevar las piezas arrancaba tiernas sonrisas a la bella Valentina. Esa tarde compartían el salón con Teresa porque Teresita estaba descansando en su habitación. La pequeña de la casa se estaba revelando como un bebé dulce y risueño que, además, había heredado los ojos grises de su madre.

En la mente de Teresa rondaba la conversación que había mantenido días atrás con Rafael Estrada. El doctor le había dicho que no podría ser madre de nuevo, arrancándole el sueño de verse rodeada de niños, tal y como siempre se había imaginado a sí misma algún día, y provocando a la vez que el vínculo que la unía a sus dos pequeños cobrara una dimensión más profunda. Se encontraba tan inmersa en aquellos pensamientos que no oyó el sonido del timbre. Al cabo de unos instantes, Diego se asomó a la habitación.

—Así que es aquí donde te escondes. He ido a buscarte a la escuela, evidentemente con poco éxito.

Teresa le sonrió. Llevaban varios días sin verse.

—No te habrá costado mucho dar conmigo; como ves, no andaba muy lejos.

Diego apartó una silla y se sentó a su lado. Desde allí se quedó mirando a Eduardito y a su niñera. En un momento dado, la gran torre que estaban construyendo se vino abajo, haciendo que el crío estallara en un sentido llanto. La joven niñera se apresuró a tomar al pequeño entre sus brazos para consolarlo y, dedicándoles a Teresa y a Diego una preciosa sonrisa a modo de despedida, se lo llevó de allí.

—Hoy hemos recibido los primeros informes de la fábrica de conservas que pusimos en marcha en vuestro pueblo, junto a Miguel Prieto —dijo entonces Diego—, y he pensado que no habíamos tenido ocasión de que me hablaras de él.

Teresa lo miró de reojo.

—¿De Miguel? ¿Y qué te gustaría saber?

—¿Cómo es? Cuando me hablaste de él la primera vez, afirmaste que era un buen hombre.

—Y lo es, por eso no has de tener cuidado. Es un hombre honrado. Reservado, pero de buen corazón.

—¿Tuviste mucho trato con él?

—No mucho. Él es algunos años mayor que yo. Coincidimos algún tiempo en la escuela, cuando yo era pequeña. Luego, Miguel dejó de estudiar y se puso a trabajar para ayudar a su tía, con la que vivía desde que se quedó solo. Lo hacían algo alejados del pueblo, en una pequeña vaquería, por lo que desde que dejó la escuela apenas lo volví a ver.

—Y a su hermano, ¿lo llegaste a conocer?

Teresa negó.

—Yo aún no había nacido cuando desapareció.

—¿Qué fue lo que ocurrió con ellos?

Teresa entornó los ojos.

—Al parecer, se trataba de una familia mal avenida. El padre bebía mucho y, cuando lo hacía, trataba mal a la mujer. Después, cuando ella murió tras dar a luz a Miguel, solo quedaron los niños para dar salida a la ira del padre.

»El mismo día en que este apareció muerto, el hijo mayor, Julián, desapareció para siempre. La policía sospechó que al padre se le había ido la mano con él y lo había acabado matando, y que, más tarde, al no poder con la culpa, había decidido acabar con su vida también. Miguel debía de tener tres o cuatro años por aquel entonces.

—¿El padre se suicidó? —se sorprendió Diego.

Teresa se encogió de hombros.

—Lo encontraron en su casa, tirado en el suelo, con un golpe en la cabeza y un cuchillo clavado en el pecho. Y con el pequeño Miguel llorando a su lado. Según decían, el pobre crío pasó varios días encerrado con el cadáver de su padre antes de que los vecinos se atrevieran a entrar en la casa para descubrir la causa de su llanto.

Diego tardó tanto en volver a hablar que Teresa pensó que ya había averiguado todo lo que quería saber sobre aquel triste asunto. Pero no fue así.

—¿Cuántos años tenía el hermano de Miguel cuando desapareció?

—Trece, o catorce tal vez.

—¿Y encontraron su cadáver?

Teresa negó con un gesto antes de decir que no.

—Es una historia horrible —acertó a decir Diego.

—Sí, muy triste —coincidió Teresa—. Por eso todo el pueblo se volcó con Miguel. Incluso Eduardo, que ya estaba en Argentina cuando se enteró de aquello, hizo siempre todo lo que pudo por él. Le enviaba dinero, le buscó trabajo... Yo creo que todo el mundo se sentía en parte culpable por no haber intervenido antes. Pero ¿qué podían haber hecho?

La pregunta de Teresa se quedó flotando en el aire, hasta que las risas de sus hijos aproximándose por el pasillo terminaron por hacerla desaparecer.

—Es una muchacha estupenda, ¿no crees? —preguntó Teresa cuando Valentina y los niños pasaron por delante de la puerta de la sala.

—¿Quién? —se extrañó Diego, volviendo a la realidad.

—Valentina, la niñera.

En ese momento, la joven se asomó a la puerta con Teresita en brazos para decirle a Teresa de que los niños iban a merendar y, tras dirigirle a Diego una discreta mirada, les regaló una nueva sonrisa y desapareció.

—Sí que lo es —no tuvo más remedio Diego que reconocer.

Eduardo hojeó el periódico que la secretaria de Nicolás le había entregado para amenizar su espera mientras le explicaba amablemente que el señor Jáuregui había salido a una reunión de emergencia. La mujer había reconocido a Eduardo de sus visitas anteriores al abogado y sabía que su jefe lo recibiría a pesar de no haber concertado previamente una cita con él.

El periódico trataba en su portada la muerte de Alfonso XII, el rey de España, que había sorprendido a todo el mundo unos días atrás. En ese momento, se había descubierto que el soberano llevaba años enfermo de tuberculosis, una circunstancia que se había mantenido en secreto por el bien de la monarquía y del país. El rey dejaba en el mundo dos hijas y una esposa embarazada, María Cristina de Habsburgo. Había una gran expectación con el resultado de ese embarazo ya que, si la reina daba a luz a un varón, este se convertiría en heredero al trono por delante de su hermana mayor, María de las Mercedes, hasta entonces princesa de Asturias. Un gran enredo que, en opinión de los monárquicos, no hacía más que ensombrecer los homenajes fúnebres que merecía un hombre tan relevante como había sido el rey Alfonso.

La secretaria de Nicolás llamó a la puerta y entró en el despacho con una jarra de agua y dos vasos, sacando a Eduardo de sus pensamientos.

—El señor Jáuregui ha enviado un mensajero para decir que no se demorará mucho más —informó, mientras hacía un hueco para la jarra en la sólida mesa de cedro del abogado—. Enseguida les traigo café.

Eduardo cerró el periódico y se acercó hasta la ventana para esperar la llegada de Nicolás. Desde allí pudo presenciar la trifulca que mantenían el conductor de un tranvía, a esa hora atestado de gente, y un hombre que había estado a punto de ser arrollado por sus caballos. Sin duda, el hombre tendría razón; aquellos tranvías circulaban como almas llevadas por el diablo.

—¿Has visto lo del rey Alfonso? —preguntó de pronto Nicolás a sus espaldas.

El abogado le dio un amistoso abrazo a Eduardo y ocupó su sillón, al otro lado de la mesa de su despacho.

Eduardo pensó que tal vez el asunto que había sacado a Nicolás de su oficina estaba relacionado con la muerte del monarca. Nicolás había trabajado durante años junto a un senador argentino y contaba con buenas amistades entre las principales autoridades del país. No sería de extrañar que aquellos hombres, o tal vez los de la embajada española, lo hubieran convocado a alguna reunión de emergencia por aquel motivo.

La secretaria de Jáuregui apareció de nuevo en el despacho para servirles el café y se volvió a retirar inmediatamente después.

—¿Nos afectará de algún modo la muerte del rey? —preguntó Eduardo.

Nicolás pensó en sí mismo, a quien sin duda podría afectar la deriva del gobierno de España. Si había grandes cambios, su influencia al otro lado del Atlántico podría verse mermada, y aquello le haría perder poder también en Buenos Aires. Pero a los empresarios españoles en Argentina como Eduardo Salcedo no creía que les fuera a afectar demasiado. Sus negocios estaban muy centrados en el Nuevo Mundo. Algunos estaban empezando a exportar productos a Europa, pero casi todas esas ventas se dirigían a los países del norte. Con España, lamentablemente, no había apenas relación. Durante un tiempo se habían importado de allí vinos a gran escala, pero los argentinos ya estaban puliendo sus propios caldos y habían ganado mercado frente a los del exterior. En definitiva, Nicolás creía que Eduardo podía estar tranquilo.

—Esperemos que no —contestó—. Cánovas y Sagasta han firmado un acuerdo para alternarse en el poder y garantizar la estabilidad política.

Eduardo asintió; él también estaba informado de aquel pacto entre conservadores y liberales.

—En cualquier caso, aquí estamos bastante resguardados de aquellos vientos. ¿Cómo está Teresa?

A Eduardo le sorprendió que Nicolás se interesara por su mujer.

—Muy bien. Está bastante recuperada del parto de nuestro segundo hijo, gracias a Dios. Te agradezco tu preocupación.

—Me alegra oír eso —respondió Nicolás con sinceridad—. Y a mi querida Isabel le agradará también. Está empeñada en que necesitamos contratar a no sé cuántas muchachas más de su escuela. Dice que le quitan mucho trabajo; como si ella hubiera hecho algo en su vida…

Eduardo sonrió, aunque en su interior se sintió algo abochornado porque su mujer se empeñara en trabajar fuera de casa en lugar de limitarse a disfrutar de su holgada posición económica, como hacía la bonita esposa de Nicolás.

—En fin, dejemos de hablar de nuestras mujeres y dime en qué te puedo ayudar.

Eduardo se aclaró la garganta y se incorporó en su silla.

—Pues mira, Nicolás. Lo que me sucede es que estoy cansado de pelear. Tengo la sensación de haber hecho mucho por este país y de no haber recibido ninguna ayuda a cambio. Y, según he podido averiguar, muchos de nuestros compatriotas son de la misma opinión. Al considerarnos extranjeros, no tenemos aquí ni voz ni voto, y las decisiones que toma la Administración no siempre tienen en cuenta nuestras necesidades.

Nicolás asintió.

—Pero ya sabes que solo podrás votar en Argentina si pides la carta de ciudadanía y renuncias a la nacionalidad española.

—No hablo de votar, todos sabemos que eso no sirve para nada. Hablo de cambiar la forma en la que funcionan determinadas cosas.

Nicolás lo alentó a explicarse.

—Llevo tiempo dedicándome a escuchar las quejas de nuestros amigos del Club Español, y dándole vueltas a la idea de que, si uniéramos nuestras fuerzas, tendríamos el poder suficiente para hacernos escuchar. Creo que es el momento de crear una asociación de empresarios españoles que pueda negociar en nombre y beneficio de todos.

Aquello captó la atención de Nicolás. Una agrupación como la que soñaba Eduardo podría llegar a acumular mucho poder.

—Y, además, impulsaría los negocios con España —añadió Eduardo, como si hubiese escuchado sus pensamientos—. Yo estoy decidido a intentarlo, pero no puedo hacerlo solo. Tú, en cambio, sabes moverte bien en ese mundo y, además, creo que podrías sacar buen rédito de tu participación en una institución de este calibre. Podrías incluso encabezarla, yo no tengo ningún interés en ello, y soy consciente de que hay otros hombres mucho más indicados para hacerlo que yo. Lo único que quiero es asegurarme una buena posición en la estructura organizativa, de forma que pueda beneficiar desde ella a mis negocios.

Nicolás asintió y, tras discutir con Eduardo algunos detalles, decidió que se embarcaría en aquel asunto con él.

—Déjame que hable con Juan Durán, el ministro embajador —comenzó a decir—. O, mejor, acompáñame tú mismo a verlo a final de esta semana. Así podremos trasladarle nuestros planes.

Eduardo abandonó el despacho de Jáuregui francamente satisfecho. Confiaba en que aquella asociación de empresarios que llevaba tiempo ideando le ayudaría a dar el impulso definitivo a sus negocios. Y, además, podría hacerlo sin llamar demasiado la atención. Al contrario que su amigo el abogado, Eduardo no necesitaba del reconocimiento de los demás.

De camino a casa, tomó otra decisión importante. Llevaba tiempo sopesando la compra de una vivienda en el barrio de Retiro. Aunque su familia ya no crecería más, entre el bebé recién nacido, Manuel, Eduardito y la nueva niñera que había contratado su mujer, apenas quedaba ya espacio para moverse en el piso de la calle Piedras. Y, además, estaba convencido de que un terreno en la zona norte de Buenos Aires no tardaría mucho tiempo en doblar su valor.

Si alguien le hubiera dicho veinte años atrás que acabaría viviendo en el lugar que tantas veces había recorrido con Diego para ganarse la vida, sin duda, lo hubiera tomado por loco.

10

El domingo 7 de marzo de 1886, el Club Español organizó una comida en Hotel de la Paix con motivo de la celebración del carnaval. Los invitados a la misma, vestidos de gala, eran recibidos bajo la cúpula del vestíbulo, lugar en el que la organización les hacía entrega de unas máscaras que se esperaba que utilizaran durante la fiesta.

El salón en el que se desarrollaba el convite había sido decorado con plumas de aves exóticas y paños dorados, tratando de emular las elegantes recepciones que tenían lugar en Venecia ante la proximidad de la cuaresma. Los camareros, ataviados con levitas y pelucas blancas, servían la comida en la vajilla de porcelana inglesa del hotel, y un pequeño grupo de músicos tocaban sus instrumentos de cuerda con los rostros a medio cubrir.

El ambiente estaba francamente logrado y los asistentes parecían estarlo pasando bien; sin embargo, Teresa ya deseaba marcharse. Estaba cansada tras más de un mes trabajando para instalar a su familia en su nueva residencia, una bonita casa de estilo francés, con dos plantas y el tejado en mansarda, que Eduardo había adquirido en una de las calles más céntricas del elegante barrio de Retiro.

Teresa buscó a su marido con la mirada y comprobó que continuaba con los mismos hombres con los que lo había visto la última vez, seguramente hablando de negocios. Se llevó la mano al rostro, tratando de disimular un nuevo bostezo, cuando Diego se acercó a ella.

—Me voy —anunció.

Teresa se apartó la máscara del rostro para verlo mejor.

—¿Tan pronto?

—¿Elvira no ha venido? —quiso saber él a su vez, mientras buscaba a la periodista por el salón.

—Elvira está en Cuba. Al parecer un amigo suyo, el director del Heraldo de Asturias, le habló de las dificultades que se estaban encontrando para poner en marcha el Centro Asturiano de la Habana. Según le dijo, son los propios inmigrantes españoles los que se oponen a la apertura del centro por miedo a que sus otras asociaciones pierdan poder, y necesitaba de un periodista valiente que denunciara la situación desde su semanario. Y ya sabes lo que le gusta a Elvira un conflicto...

Diego sonrió.

—Había prometido a los chicos acompañarlos esta tarde al barrio de la Boca, para que vieran actuar a las murgas del carnaval —dijo, para justificar su marcha.

Teresa asintió, y Diego volvió a observar a los asistentes a la fiesta, esta vez en busca de Eduardo. Lo localizó en un pequeño grupo, charlando animadamente con el abogado Nicolás Jáuregui y con un par de hombres más.

—Vente con nosotros —propuso de pronto.

Teresa lo miró sorprendida.

—Vamos, te gustará. Yo hablaré con Eduardo y le prometeré devolverte a casa sana y salva antes de que se haga de noche.

Tras una breve parada en Balvanera para recoger a Juanjo y a Manuel, el carruaje de Diego los dejó en el barrio de San Telmo. Desde allí se fueron abriendo camino a pie hasta la Boca, el lugar donde se concentraban las murgas de tanos y gallegos, que era como llamaban a los inmigrantes llegados a Argentina desde Italia y España.

Teresa estaba asombrada de ver lo diferente que era aquella celebración de la que acababan de dejar atrás en el hotel.

Por las calles de Buenos Aires miles de personas desfilaban a ritmo de candombe. Lucían toda clase de disfraces; unos a pie y otros encaramados a unos carros laboriosamente decorados. Desde los balcones, los vecinos lanzaban a la calle flores y serpentinas que los integrantes más pequeños de las murgas trataban de atrapar. Los corazones de todos los presentes parecían latir al mismo compás, el que marcaban los tambores, y las emociones se sentían a flor de piel. Todo parecía posible dentro de aquella fantástica locura que era el carnaval.

Diego, al sentir a Teresa un poco aturdida por el ambiente, la tomó de la mano con el fin de evitar que se perdiera entre la muchedumbre. Justo en ese instante, una mujer les salpicó un líquido con un pequeño frasco, provocando que Teresa se llevara asustada una mano al rostro.

—¡Tranquila, no es más que agua! —le aclaró Diego, antes de secarle la cara con sus largos dedos.

Teresa vio que, efectivamente, se encontraban en medio de una batalla de agua, y Diego la agarró con más fuerza, como si quisiera transmitirle que estaba segura a su lado.

Al tiempo que se adentraban en el barrio de los italianos, nuevos instrumentos se fueron sumando a los omnipresentes tambores: acordeones, trompetas, maracas y hasta cubos y cacerolas. Cualquier objeto parecía servir para que la música no dejara jamás de sonar. Juanjo y Manuel estaban también extasiados.

En una bocacalle se encontraron con un grupo de hombres ataviados con camisetas a rayas rojas y blancas, y con sus cabezas cubiertas con pequeños sombreros de paja. Arrastraban con ellos una especie de góndola a la que habían añadido unas ruedas para poderla hacer avanzar. Iban cantando canciones típicas de Italia con ese fervor que solo da la distancia. Al pasar por el lado de Teresa, uno de los jóvenes hincó su rodilla en el suelo y le dedicó una apasionada declaración de amor. Diego, divertido, se apresuró a informarle de que la señora estaba casada, y el joven, con un gesto de tristeza, se llevó las manos al corazón, fingiendo que se lo había roto. Diego se volvió entonces para decirle algo a Teresa, quien, a causa del alboroto, no lo logró entender. Pero, imaginándose que se estaría burlando del joven gondolero o de ella misma, se cubrió el rostro con la máscara que le habían dado en el hotel, justo a tiempo de que la ayudara a disimular el sonrojo que le hubiera producido el tono picante de la canción que venía entonando la siguiente comparsa.

De pronto, alguien chocó contra ellos, haciendo que Teresa se soltara de Diego.

—¡Hombre, pero si es mi querido primo! ¡Cuánto tiempo sin verte! —dijo el hombre que los había atropellado, notablemente ebrio, al tiempo que trataba de abrazarse a Diego.

Este lo rechazó de un manotazo y, volviendo a tomar a Teresa del brazo, la ocultó tras su espalda.

—¿Qué pasa? ¿Es que me vas a negar el saludo, Dieguito? —insistió el hombre, tambaleándose.

—Te confundes de persona —le advirtió este al borracho con un tono poco amigable y, tras apartarlo de un empujón, tiró de Teresa para escapar de él.

En ese instante, un proyectil voló sobre sus cabezas para estrellarse contra un grupo de hombres que iban disfrazados de limpiabotas.

—¡Un globo de agua! —vociferó uno de ellos en italiano—. ¡Lo han lanzado los turcos!

A un tiempo, los italianos extrajeron de entre sus ropas toda suerte de objetos punzantes, dando inicio a un feroz enfrentamiento con los inmigrantes turcos. Teresa alcanzó a ver el brillo que despedían los cuchillos al blandirse en el aire, justo antes de que Diego la alzara en sus brazos para alejarla de allí.

Salieron de la Boca a toda prisa, seguidos de cerca por Manuel y Juanjo, a quienes Diego ordenó que no se detuvieran hasta alcanzar el lugar en el que habían quedado con su cochero. Cuando llegaron a ese punto, ayudó a todos a entrar en la berlina y, antes de hacerlo él, le gritó al conductor que no parara hasta llegar a su casa.

Atravesaron la ciudad tan rápido como la multitud que había en sus calles les permitió. Juanjo y Manuel no dejaban de hablar entre ellos, comentando excitados todo lo que habían presenciado aquella tarde, deteniéndose con especial énfasis en la batalla que les había obligado a abandonar la Boca.

Diego, sin embargo, permanecía sumido en un profundo silencio.

—Diego —le llamó Teresa, preocupada—. ¿Quién era el hombre que se te acercó?

—No lo sé —respondió él, evitando su mirada—. Debió de confundirme con alguien más.

Teresa siguió observándole sin decir nada, pero no podía dejar de pensar en cómo aquel desconocido se había dirigido a Diego claramente por su nombre, y cómo se había referido a él como su primo.

Las tamboradas resonaban todavía en los oídos de Teresa cuando esa tarde, tras atravesar la puerta de Villa Salcedo, Valentina se acercó hasta ella con gesto de preocupación.

—Es la niña, parece que se ha resfriado —le dijo.

Teresa dejó en una mesa la máscara que aún sostenía entre las manos y subió rápidamente hasta la habitación de Teresita.

La pequeña estaba sentada en la cama, llorando desconsolada, con el rostro empapado en lágrimas, flemas y sudor. Teresa tomó sus manitas y las sintió muy frías. Sentándose en una butaca, acomodó a la niña sobre sus rodillas y comenzó a limpiarle la cara al tiempo que siseaba para calmarla.

—¿Cuánto tiempo lleva así? —preguntó.

—Desde después de cenar —contestó Valentina, frotándose las manos con inquietud mientras le rogaba a Teresa con sus dulces ojos azules que dijera algo que la tranquilizara.

Pero a Teresa no le gustaba el aspecto de la niña, ni el tono amoratado que iba cobrando su piel.

—Pide que traigan al doctor Estrada —ordenó—. Rápido.

Valentina abandonó corriendo la habitación.

Dos horas más tarde, Teresa abrazaba a su pequeña con desesperación. La niña, adormilada, ya no lloraba. Le había subido mucho la temperatura, su piel se había llenado de manchas rojas y el doctor todavía no había llegado. Teresa pidió entonces que fueran a buscar a su esposo al Club Español.

En cuanto Eduardo vio el aspecto de Teresita, ordenó que prepararan el coche para trasladarla al hospital.

—Allí podrán hacer por ella más que nosotros —dijo, arrancando a la pequeña de los brazos de su mujer.

Teresa puso una manta sobre la niña y siguió a Eduardo escaleras abajo. El fuerte latido de su corazón parecía haber sustituido en sus oídos a los tambores del carnaval, que tan lejano le parecía ya.

En la puerta del Hospital Español se cruzaron con el doctor Estrada, quien regresaba de hacer una visita en el otro extremo de la ciudad.

—¿Qué sucede? —preguntó, alarmado, al ver la preocupación en los rostros de sus amigos.

—Es Teresita —respondió Eduardo, mostrándole a la niña—. No está bien.

El doctor los hizo pasar rápidamente a su consulta. En cuanto dejaron a la niña en la camilla, Teresa comenzó a llorar en silencio.

Rafael, sin detenerse siquiera para quitarse el sombrero, comenzó a desnudar a la pequeña y procedió a estudiar sus pupilas, a presionar su piel y a palpar su cuello. Se detuvo en este, manipulándolo una y otra vez, con movimientos cada vez más apremiantes. Cuando sospechó lo que le sucedía a la pequeña Teresa, se volvió hacia sus padres con la mirada cargada de espanto. El grito de su madre fue desgarrador.

—Rafael, haz algo por ella, te lo ruego por Dios —pidió Eduardo, desesperado también.

El doctor salió de la sala en busca de otro médico con la esperanza de que este le dijera que estaba en un error, que aquel ángel no estaba condenado a morir en unas pocas horas sin que hubiera nada que ellos pudieran hacer para evitarlo.

Cuando regresó a la consulta, Teresa estaba junto a la niña, acariciando sus cabellos y susurrándole al oído palabras cargadas de amor. Eduardo permanecía a su lado, con el rostro demudado, arrullando también el pequeño cuerpo de su bebé.

El doctor que acompañaba a Estrada negó nada más ver a la niña y, con un gesto de condolencia, se volvió a marchar.

Aquella fue la noche más larga de sus vidas.

El doctor Estrada permaneció junto a ellos en todo momento,

limpiando el sudor de la frente de Teresita, humedeciendo sus pequeños labios y tomando su temperatura de tanto en tanto, en espera de que sucediera un milagro.

Teresa seguía abrazada a la niña, hablándole sin cesar. Le decía todo lo que harían cuando salieran de allí, la vida tan dichosa que le esperaba, y cómo ella estaría siempre a su lado, con el corazón colmado de amor por verla crecer feliz.

Eduardo no podía parar de rezar. Recitó todas las plegarias que sabía, le prometió a Dios hasta lo que no estaba en su mano cumplir y, en los momentos de mayor desesperación, se atrevió incluso a desafiarlo.

Pero nada de todo aquello sirvió. A las cuatro horas de haber ingresado en el hospital, la pequeña Teresita exhaló su último aliento entre los amorosos brazos de sus padres.

Teresa no quiso aceptar que su hija ya no respiraba. Siguió acunándola contra su pecho, acariciándola como si quisiera fijar para siempre en sus dedos el suave tacto de su piel, y tratando de vislumbrar ese pequeño rostro tan amado a través de sus párpados, enrojecidos e inflamados ya por el llanto.

Tuvo que ser Eduardo el que dulcemente le arrebatara a la niña de las manos; su esposa no hubiera permitido que lo hiciera nadie más.

En el momento en que Teresa sintió el frío vacío que la ausencia de su hija le dejaba en los brazos, supo que nada podría volverlo a llenar nunca más.

La pequeña Teresita murió sin haber llegado a cumplir su primer año de vida.

El infierno en el que se sumió Teresa tras la muerte de su hija parecía no tener fin. Ni la escuela, ni Eduardito, ni su esposo, ni Diego, ni Elvira… Nada ni nadie eran capaces de arrancarle del alma aquella pena devastadora, aquella culpa que la devoraba por dentro, aquel deseo de ser ella quien descansara bajo tierra y que su preciosa pequeña siguiera existiendo. Tenía el alma hecha jirones.

Por más que le repitieron que nada podía haber salvado a Teresita de su fatídico destino, ella no lo quiso creer. Se sentía culpable por no haber regresado a casa antes aquella noche, por no haber acudido a Villa Salcedo directamente desde el Club Español, por no haber mandado llamar antes a Eduardo. Sentía que algo en su interior se desgarraba al recordar cómo, el mismo día de la muerte de su pequeña, ella había estado disfrutando del carnaval, cómo se había dejado contagiar por la alegría de la gente, cómo había sentido correr por sus venas el ritmo de los tambores y cómo se había dejado adular por aquel joven italiano vestido de gondolero. Se le abrían las carnes al imaginarse a su pequeña mientras tanto en casa, indefensa y asustada, llamándola sin obtener respuesta y teniéndose que enfrentar ella sola a la muerte. Teresa sentía que le había fallado como madre, y no se lo podría perdonar jamás.

El funeral se celebró en la intimidad. El primer banco de la iglesia lo ocuparon Eduardo, Teresa y Manuel. Inmediatamente detrás de ellos se situaron el doctor Estrada y su esposa, Diego y una consternada Elvira Gayol. Aparte de ellos, acudieron a la misa algunos miembros del servicio y un puñado de amigos del matrimonio.

El silencio que reinaba en el templo antes de que la ceremonia diera inicio era sobrecogedor.

Manuel no soltó ni un instante el brazo de su hermana, que se sostenía en pie gracias a Eduardo y a él. En un momento dado, Teresa sufrió un desvanecimiento y estuvo a punto de caer, provocando un murmullo entre los asistentes, que sentían un inconfesable alivio por no encontrarse en su lugar.

Al terminar la ceremonia, el cielo se cerró sobre Buenos Aires y comenzó a llover sobre la ciudad de la plata como no lo había hecho hasta entonces en aquel caluroso verano que casi llegaba a su fin.

A partir de esa mañana, la existencia de Teresa se convirtió en una lúgubre sucesión de días a los que ella culpaba de quererla alejar de su pequeña en el tiempo. Los que la querían hicieron cuanto pudieron por animarla, pero, al final, la vida los empujó a todos con sus prisas y no tuvieron más remedio que dejarla atrás.

11

—Brindemos —invitó Eduardo, alzando su copa.

Nicolás Jáuregui, Diego, Manuel y él chocaron sus vasos y bebieron el caro champán francés. Manuel se atragantó con las burbujas, pero se esforzó por disimularlo frente a los demás.

Celebraban la publicación de la Real Orden del Ministerio de Estado que daba vía libre a la fundación de la Cámara Española de Comercio de la República Argentina. Se habían reunido para ello en el despacho de Nicolás, ya que, aunque hacía ya siete meses del fallecimiento de su hija, Teresa seguía muy afectada y no habían querido incomodarla con su pequeña celebración. Sobre la mesa del abogado, el periódico del día mostraba una fotografía de Alfonso XIII, el pequeño bebé que finalmente había usurpado el trono de España a su hermana mayor.

—A partir de la próxima semana comenzaremos las reuniones con los más de doscientos empresarios que han mostrado interés por formar parte de la cámara —avanzó Nicolás, más que satisfecho.

—Manuel ya está contactando con todos ellos para confeccionar la agenda de encuentros —añadió Eduardo con orgullo.

Manuel, que contaba ya quince años, estaba encantado de participar en aquel importante asunto, especialmente porque le permitía trabajar junto a un abogado de gran prestigio como era el señor Jáuregui. En algún momento de los últimos meses, había decidido que él también quería llegar a ser un hombre de leyes algún día.

—Nos llevará varias semanas recopilar toda la información que necesitamos y elaborar un plan de trabajo —continuó el abogado—. Os recuerdo que nuestro compromiso con Juan Durán, el ministro embajador, es constituir la cámara en abril del próximo año. El gobierno español está muy interesado en reanimar la economía y están creando muchas instituciones como esta, tanto en España como en el extranjero.

Todos asintieron y, tras acordar los pasos más inmediatos, Diego, Manuel y Eduardo dejaron por fin el despacho. Diego decidió acompañar a Eduardo y a Manuel a Villa Salcedo.

—¿Cómo sigue Teresa? —preguntó por el camino, para saber a qué debía atenerse cuando la viera.

Eduardo negó.

—Yo ya no sé qué más hacer por ella. El doctor dice que es normal, que tiene que pasar el duelo, pero yo no he visto prácticamente ninguna mejoría en estos meses. No hay nada capaz de sacarla de su apatía, absolutamente todo le es indiferente —dijo, con impotencia.

—¿Y no os habéis planteado tener otro hijo?

—Rafael lo ve demasiado arriesgado —respondió Eduardo, negando de nuevo.

—¿Y ella lo sabe?

Eduardo asintió algo incómodo. Nunca había llegado a tratar aquel asunto con su esposa. Dejó en manos del doctor Estrada que le comunicara la situación a Teresa poco después de su segundo parto, y desde entonces no había logrado reunir el coraje suficiente para afrontar el asunto con ella, mucho menos aún después de la muerte de Teresita. La inexistencia de aquella conversación cada vez le había ido pesando más, hasta el punto de que había dejado de visitar la habitación de su esposa por miedo a importunarla con un acto que ya no podría dar ningún fruto.

Cuando llegaron a la casa, Manuel se escabulló en busca de su sobrino, que estaba al cuidado de Valentina, y Eduardo le preguntó a una de las criadas por Teresa.

—Está arriba, en su salita —respondió esta—. Ha pasado todo el día ahí.

Eduardo miró a Diego.

—¿Te importaría adelantarte? Quisiera anotar algunas ideas para las reuniones de la próxima semana antes de que se me olviden. Enseguida os acompaño.

Diego asintió.

Encontró a Teresa sentada en la sala que daba paso a su dormitorio. Se trataba de una especie de mirador con un gran ventanal que se asomaba al jardín. La habitación era pequeña y, como si se tratara de una extensión del parque, tenía por muebles una mesita blanca con flores pintadas en ella y un pequeño sofá tapizado en verde musgo. Al parecer era ahí donde, últimamente, la esposa de Eduardo veía pasar el tiempo.

Diego se acercó hasta ella y le extendió unos sobres que había llevado con él.

—¿Qué es esto? —preguntó Teresa.

—Cartas.

—¿Cartas de quién?

—Cartas de inmigrantes. Te las manda Elvira. Al parecer tienen las señas incompletas o ilegibles, y nadie sabe qué hacer con ellas. Elvira ha pensado que lo mejor es abrirlas para ver si dentro hay alguna pista sobre a quién están dirigidas y tratar así de hacérselas llegar a sus destinatarios. Y está empeñada en que tú eres la persona más indicada para hacerlo.

Diego sonrió, pero Teresa no lo estaba mirando. Tenía la vista fija en los sobres, como si no se decidiera a tomarlos de sus manos.

—¿Y de dónde las ha sacado Elvira?

—De la Compañía Trasatlántica —respondió él, tomando asiento a su lado y dejando las cartas en el pequeño espacio que quedaba entre los dos—. Elvira los estuvo visitando hace unos días para convencerlos de que donen algunos pasajes para los españoles que desean regresar a sus casas pero que no tienen dinero para comprar el billete. Al parecer, los empleados de la naviera aprovecharon su visita para entregarle las cartas. No saben qué hacer con ellas; creo que tienen cientos.

Teresa le dirigió una mirada triste. El tono plomizo de sus ojos parecía haberse oscurecido desde que perdió a su hija.

—Elvira te echa de menos, Teresa. Todos lo hacemos.

Teresa desvió de nuevo su mirada y él le tomó la mano, tratando de retener su atención.

—Esa gente no tiene a nadie más que a vosotras, y Elvira no puede seguir más tiempo sin ti. Además de encargarse de las repatriaciones, quiere abrir un alojamiento para que las mujeres y los niños que llegan a Argentina no tengan que pasar por el Hotel de Inmigrantes, pero no puede hacerlo todo sola.

—Seguro que alguien más la podrá ayudar —replicó Teresa.

—Nadie con tu sensibilidad y tu dedicación. Yo te he visto trabajar en la escuela, Teresa, y sé que has puesto tu alma allí.

Diego hizo una pausa, mientras acariciaba la pequeña y delicada mano de ella.

—Nosotros también te necesitamos. Eduardo, tu hijo, Manuel, Juanjo, yo... Todos estamos perdidos sin ti.

Teresa volvió la mirada hacia él. Sus ojos, llenos de lágrimas, parecían estarle pidiendo auxilio a gritos. Diego dirigió una mano hacia su rostro. Recordó a la muchacha exultante de vida que había conocido en su despacho, a la mujer que había luchado con vehemencia por su hermano y por su legión de inmigrantes, a la Teresa que había reído durante la fiesta del carnaval, justo antes de que la desgracia irrumpiera en su vida anegándolo todo. Y, en un desesperado intento por traer a esa mujer de vuelta, se acercó a su rostro y la besó. Se detuvo en el suave roce de sus labios, donde el sabor salado de sus lágrimas se mezclaba con el dulce aroma de su aliento. Y, por un instante, pudo sentir cómo le inundaba la misma tristeza que a ella.

Diego se retiró lentamente, como si así pudieran llegar a creer que aquello nunca había tenido lugar, y, dejando las cartas desbaratadas sobre el sillón verde musgo, se marchó.

Antes de abandonar Villa Salcedo, se asomó al despacho de Eduardo.

—¿Y si intentas que venga su madre a verla? —sugirió, sin necesidad de nombrar a Teresa.

Eduardo miró a Diego, pensando en lo que acababa de decir. Tal vez no fuera mala idea. Ver así a Teresa cada día, aparte de romperles a todos el corazón, le estaba empezando a resultar asfixiante. Él también necesitaba superar la muerte de su hija, y la actitud de Teresa no hacía más que recordársela a cada instante.

—Y tú, ¿estarías bien? —preguntó.

—Me las arreglaré —respondió Diego.

Eduardo asintió.

—Diego —llamó, deteniendo a su amigo, que había comenzado a marcharse—. Ha vuelto a visitarme Bernardo Álvarez.

Diego recordó la última reunión que habían mantenido con aquel hombre, cuando este le fue a buscar pocos días después de su encuentro en la Boca. Ya entonces Eduardo y él habían compartido la sospecha de que el asunto no se quedaría ahí.

—¿Quiere más dinero? —imaginó.

Eduardo asintió.

—Tal vez sea el momento de dejar de pagarle y solucionar esto de alguna otra manera.

Diego repasó las opciones que habían barajado en muchas ocasiones, como la de enviar a aquel chantajista al centro del país o meterle en un barco rumbo a la India sin pasaje de vuelta, pero terminó negando con la cabeza.

—Quitarlo de en medio ahora podría complicar aún más las cosas y nos arriesgaríamos a que Teresa se enterara de todo. Y ambos sabemos que ahora no es el mejor momento para eso.

Eduardo, una vez más, aceptó la decisión de su socio. Aunque él hubiera optado por una solución definitiva, aquel asunto solo le concernía a Diego.

—Esta es mi penitencia, Eduardo —le explicó este—. Debo cargar con ella. No sería justo de otro modo.

Pocos días antes de la Navidad de 1886, doña Mariana, la madre de Teresa, desembarcó en Buenos Aires cargada de remedios contra la enfermedad de su hija: pasiflora, romero, espino y la mágica hierba de San Juan.

Iba tan decidida a sacar a Teresa adelante que logró ser la primera de los más de novecientos pasajeros en descender del barco. Solo se apartó un momento de su objetivo de llegar hasta la casa de su hija para abrazar a su pequeño Manuel, que había acudido al muelle a recogerla.

Recorrió con sus ásperos y callosos dedos el rostro de su hijo, reconociendo cada cambio que se había producido en él en esos tres años y medio de separación. A pesar de contar ya casi dieciséis años, Manuel rompió a llorar como un crío al verla, incapaz de soportar cuánto la había echado de menos.

Cuando llegaron a Villa Salcedo, la reacción de Teresa al encontrarse con doña Mariana no distó mucho de la de su hermano. Se abrazó a aquella mujer menuda y arrugada, y lloró amargamente hasta que se le secaron los ojos.

—Llora, mi niña, llora —repetía doña Mariana como una letanía, mientras le acariciaba el cabello a su hija—. Saca todo ese dolor que te ahoga, echa hasta la última lágrima que tengas. Así, tranquila, mi niña, tranquila. Ya verás como a partir de ahora todo va a estar mejor.

Teresa estuvo casi una hora desahogándose con su madre. De vez en cuando Justa, o alguna otra de las muchachas, acudían al jardín para ver si madre e hija necesitaban algo de ellas, y doña Mariana, sin soltar a su pequeña, negaba con la cabeza y las echaba a todas de allí.

Cuando por fin Teresa pudo separarse de ella, Mariana limpió las lágrimas de los rostros de ambas y dijo, con gran determinación:

—A partir de ahora, muchacha, esto se ha terminado. Debes volver a tomar las riendas de tu vida. Tienes un hijo precioso que te necesita cada día igual que tú me necesitabas a mí ahora, y un marido que está muy preocupado por ti y al que debes atender como se merece. Desgraciadamente, no puedes seguir haciendo como si la vida se hubiera detenido, porque no lo ha hecho, y si la ignoras, tarde o temprano vendrá a pedirte cuentas. No te niego que el camino vaya a resultar largo y difícil, pero yo voy a estar aquí, a tu lado, y te voy a ayudar a ponerte en pie cada vez que te caigas.

Teresa emitió un gemido, pero algo en su interior le dijo que su madre tenía razón.

A partir de aquel día, y de la mano de doña Mariana, Teresa fue dando pequeños pasos que la sacaron de su letargo. Le mostró a su madre los Almacenes Salcedo, que ocupaban ya dos manzanas completas de la calle Piedras, aprovecharon las cálidas tardes de verano para pasear por las nuevas avenidas de su barrio y llevaron a Eduardito a merendar a algunos de los elegantes cafés que habían ido abriendo sus puertas en la ciudad.

Cuando no estaba con Teresa o disfrutando de su nieto, la suegra de Eduardo se metía en la cocina de Villa Salcedo y se dedicaba a revolucionar al servicio, cambiándoles la forma de hacer las cosas o colgándose un mandil a su menor descuido para cocinar alguna de las sabrosas recetas de su tierra.

Teresa, mientras tanto, aprovechaba para ponerse al día como podía de todo lo que había ocurrido en su vida durante los últimos meses. Algunas cosas le habían pasado inexplicablemente inadvertidas, mientras que otras le habían sido ocultadas a propósito para no alterarla de más. Supo, por ejemplo, que Manuel se había visto envuelto en varias peleas fuera del colegio, y que Eduardo había tomado la decisión de involucrarle en algunos de sus negocios para alejarlo de las calles y mantenerlo ocupado. Desde entonces, el hermano de Teresa estaba ayudando a su esposo a poner en marcha la Cámara de Comercio Española en Buenos Aires y, al parecer, el trabajar junto a Nicolás Jáuregui había despertado además en él el deseo de estudiar leyes y convertirse en abogado. Por otro lado, Juanjo había vivido en ese tiempo su primer desengaño amoroso. La hija mayor de Ferran, Montse, de la que llevaba toda su vida prendado, lo había rechazado, y desde entonces el muchacho no quería saber nada de ninguna otra mujer. Y su pequeño Eduardito, que iba ya a cumplir tres años, se había convertido en un niño revoltoso y consentido que, según pudo observar, hacía con todos los adultos su santa voluntad.

Una tarde, poco después del primer aniversario de la muerte de Teresita, Teresa encontró a su madre en el jardín, observando cómo Eduardito jugaba con Valentina. Se acercó hasta ella y, tomando asiento a su lado, le sonrió. Doña Mariana, que no se perdía ni un detalle que concerniera a su hija, supo apreciar el color sonrosado de sus mejillas y el brillo que de nuevo asomaba en su mirada, y se preguntó si realmente estaría lista para volar.

—Estoy pensando en retomar mi trabajo en la Escuela de Inmigrantes —dijo entonces Teresa, confirmando la impresión que le había dado a su madre.

—Creo que es lo mejor que puedes hacer —la apoyó esta—. De hecho, yo también debería ir pensando en regresar a España.

Teresa la miró asustada. Sabía que ese momento tenía que llegar tarde o temprano; su madre no podía quedarse allí con ellos para siempre. Pero, aun así, le aterraba la posibilidad de no ser capaz de seguir adelante sin ella.

—Tú siempre has sido una chica muy fuerte, Teresa —dijo doña Mariana, como si le hubiera leído el pensamiento—. No me necesitas, ni lo has hecho nunca en realidad. Estoy segura de que, aunque yo no hubiese venido, habrías encontrado la forma de salir adelante tú sola.

A Teresa le hubiera gustado tener tanta confianza en ello como su madre.

—Había pensado en irme después del cumpleaños de Manuel —continuó doña Mariana, haciéndole ver a su hija que su marcha estaba decidida—. De ese modo estaría de vuelta en casa en junio, para la fiesta de San Román.

A Teresa se le hizo un nudo en la garganta ante la proximidad de esas fechas. Doña Mariana extendió su mano hasta rozar la de ella.

—Todo va a estar bien —le aseguró de nuevo—. Te lo prometo.

En abril celebraron conjuntamente los cumpleaños de Manuel y de Eduardito, al que adelantaron unos días la fiesta para que la pudiera disfrutar junto a su abuela. Organizaron una comida familiar en el jardín a la que, como era habitual, se sumaron Diego y Juanjo.

Fue una jornada agridulce, con aroma a despedida, que nadie parecía querer dar por finalizada. Por ello, a última hora de la tarde, improvisaron una partida de croquet en la que participaron todos menos doña Mariana, quien, desde un cómodo sillón de mimbre, los animaba al tiempo que, junto a Valentina, trataba de impedir que Eduardito robara las bolas del juego o arrancara los arcos que los jugadores habían enterrado en el jardín.

A mitad de la partida, con la sonrisa que le había provocado su último golpe todavía en el rostro, Teresa entró en la casa en busca de algo para merendar. No encontró a nadie en la cocina y, al asomarse a la zona donde se encontraban las habitaciones del servicio, oyó unos susurros provenientes del cuarto de la plancha.

Nunca fue su intención entrometerse, pero una de las voces que escuchó le resultó demasiado familiar como para no tratar de entender lo que estaba sucediendo.

—Esto debe terminar y tendrás que ser tú quién lo haga, Valentina —decía la voz de Diego—. Eres una muchacha joven y muy bonita, y tienes un gran futuro por delante. Si alguien llegara a enterarse de esta relación...

En ese momento, la puerta de la cocina se abrió y Teresa volvió rápidamente sobre sus pasos.

—¿Se le ofrece algo, señora? —le preguntó la cocinera.

Teresa se recompuso como pudo.

—Sí. Por favor, haga llevar al jardín unos emparedados y algo para beber.

Tras decir aquello, se dio la vuelta, tratando de aparentar una normalidad que distaba mucho de sentir.

Una vez fuera de la cocina, necesitó apoyarse un instante contra la fría pared del pasillo para calmar el agitado ritmo de su corazón. Y fue dolorosamente consciente de lo que acababa de descubrir: que Diego y Valentina tenían una relación.

No supo cómo reaccionar a ello. Se sentía muy alterada, y se dio cuenta de que aquello tampoco era normal. Valentina no era más que la niñera de su hijo y Diego era libre de relacionarse con cuantas mujeres quisiera. Sin embargo, no pudo evitar experimentar un agudo dolor donde había creído que ya no volvería a sentir nada nunca más.

Regresó a la fiesta tratando de disimular su alteración y tomó la determinación de que no intervendría en aquella relación. Aunque no estaba bien que el socio de su esposo se involucrara con una chica de su servicio, decidió que si Diego había sido capaz de encontrar al fin la felicidad al lado de Valentina, no iba a ser ella quien se interpusiera entre los dos, por más que aquello le produjera una inesperada desazón.

12

Tuvieron que ocupar dos carruajes para ir al muelle a despedir a doña Mariana; ni siquiera Juanjo se quiso perder la ocasión.

—Volveremos a España a visitarla —le aseguraba Eduardo a su suegra, tratando de alegrar el triste ánimo que reinaba en el puerto.

Teresa no dejaba de pensar en que aquella podría ser la última vez que viera a su madre.

—Me ha gustado mucho estar con vosotros —decía doña Mariana, acariciando el rostro de todos ellos—. Ahora ya no tendré que imaginar dónde vivís, ni cómo estáis, ni qué porquerías coméis.

Todos sonrieron. Hasta los miembros del servicio de Villa Salcedo la echarían de menos, a pesar de los quebraderos de cabeza que les había provocado la suegra del patrón.

—Hijo —dijo, acercándose a Manuel—. Te estás convirtiendo en un hombre del que me siento tremendamente orgullosa. Pero debes centrarte un poco más y dejar de pelearte con todo el que te quiera provocar. Haz caso de tu tío Eduardo, que él sabe mirar por ti. Y nunca te olvides de lo que te quiere tu vieja madre.

Manuel se abrazó a la mujer llorando. A pesar de que tenía la misma edad que Teresa cuando dejó España, doña Mariana pensó que, al contrario que entonces su hija, Manuel no era todavía más que un crío.

—Eduardo, querido. —Eduardo tomó la mano de su suegra—. Nunca podré agradecerte lo suficiente todo lo que has hecho por nosotros. Es una pena que la salud de tu madre no le haya permitido acompañarme en este viaje; le hubiera gustado mucho volverte a ver. Y sé que hubiera estado profundamente orgullosa de todo lo que has conseguido.

Eduardo besó la mano de doña Mariana, emocionado con sus palabras.

—Juanjo, pequeño. Sigue siendo siempre así de noble, y vigila a mi Manuel —continuó ella, y besó con afecto al chico antes de volverse hacia Diego—. Y tú, muchacho, cásate de una vez.

Todos rompieron a reír al oír aquello, dando un poco de alivio a la tensión que sentían. Algunos aprovecharon el momento para retener sus lágrimas, otros para dejarlas por fin escapar.

—Cuídalos mucho a todos, y a ti mismo también. ¿No te he dicho nunca que tu cara me resulta muy familiar?

Diego negó.

—Muy familiar —repitió doña Mariana, como si tratara de recordar algo.

El capitán del barco hizo entonces sonar la sirena, anunciando a los pasajeros que había llegado la hora de partir.

—Teresa, hija mía. —Teresa se abrazó a su madre—. Camina siempre hacia adelante, con la cabeza bien alta, y recuerda que la fuerza está dentro de ti. Te quiero con toda el alma, pequeña mía.

Tras decir aquello, doña Mariana se separó de ellos con mucho esfuerzo y se subió al barco sin volver la vista atrás.

Desde abajo, el pequeño grupo observó cómo el menudo cuerpo de la mujer desaparecía entre los cientos de pasajeros que ondeaban sus manos para decir adiós.

Teresa no podía contener el llanto y Manuel la abrazó ofreciéndole consuelo. Diego los observaba de cerca, atormentado por el deseo de estrecharlos entre sus brazos él también.

Tres semanas después de dejar a doña Mariana en el muelle, Eduardo recibió la noticia de que el barco en el que viajaba su suegra había atracado sin contratiempos en Gijón, y descorchó una botella de vino para brindar por ella desde Argentina.

—Yo también tenía la edad de Manuel cuando, en 1865, intenté venir a Argentina por primera vez.

Habían cenado todos juntos y Eduardo estaba un poco achispado a causa del alcohol. Era raro verle tan hablador.

Manuel y Teresa se volvieron hacia él con gran interés, mientras Diego esgrimía la excusa de que él ya conocía aquella historia para salir del comedor.

—Como sabéis, mi padre murió muy joven, y yo era apenas un crío cuando me quedé a cargo de mi madre y de mis cuatro hermanas pequeñas. Heredamos la casa del pueblo en la que todavía vive mi familia, pero yo sabía que aquello no serviría para darnos de comer. Así que, tras darle mil vueltas y hablarlo con mi madre cada noche durante más de un año, decidí que vendría a probar suerte a Argentina.

»Hipotecamos la casa y con ese dinero pagamos mi billete, la fianza, el reconocimiento médico, el pasaporte y, en definitiva, todos los trámites necesarios para que yo pudiera emprender el viaje. Recuerdo que mi madre lloró muchísimo. Decía que se quedaba sin su único hijo, pero era tan consciente como yo de que, si no me dejaba ir, nos acabaría perdiendo a todos.

Eduardo se sirvió otra copa de vino. La visita de su suegra le había traído muchos recuerdos de los que se deseaba liberar. O tal vez fuera simplemente que se estaba haciendo mayor.

—Los días previos a mi partida, todo el mundo quiso pasar por mi casa para despedirse de mí y trasladarme sus mejores deseos. Entonces no éramos tantos como ahora los muchachos que nos decidíamos a cruzar el océano, y menos en aquella zona. Así que, cuando algún joven del pueblo emigraba, suponía un gran acontecimiento que nadie se quería perder; entre otras cosas porque no sabían si el siguiente en partir lo haría desde su propia casa.

»El caso es que, a mediados de octubre, me embarqué en un pesquero rumbo a La Coruña, y desde allí en la primera nave que zarpó hacia el Nuevo Mundo.

»Durante los primeros días todo fue según lo previsto. Recalamos en Lisboa, Málaga y Santa Cruz de Tenerife y, después de siete días de navegación, nos dirigimos hacia Cabo Verde. Allí pasaríamos nuestra última noche en tierra firme antes de enfrentarnos al océano abierto. Todos los pasajeros estábamos deseando pisar la Isla Brava, decididos a disfrutar, cada uno a nuestra manera, de aquella última noche en ese lado del mundo.

»Sin embargo, las condiciones climatológicas empeoraron súbitamente, haciendo retrasar las previsiones hasta el punto de que la tripulación anunció que no alcanzaríamos la costa hasta el amanecer. Por lo que, algo decepcionados, nos fuimos a dormir al sollado del barco, como acostumbrábamos a hacer.

»A media noche nos despertó un golpe muy violento, seguido de los gritos de la guardia que nos ordenaba subir a cubierta: el barco había embarrancado.

»Poco a poco, el agua fue invadiéndolo todo hasta hacer escorar la nave. Los ciento cincuenta pasajeros que viajábamos en la embarcación nos agrupamos sobre el costado que seguía a flote y allí aguantamos, sin que nadie viniera a nuestro rescate, hasta que el sol estuvo de nuevo en lo más alto del cielo.

»Fue entonces, al mediodía, cuando la gente comenzó a ponerse nerviosa y a decir que el barco terminaría de hundirse en cualquier momento, arrastrándonos a todos con él. Desde donde estábamos, alcanzábamos a ver una peña no muy lejana, y varios de nosotros nos planteamos el ir nadando hasta ella.

»Finalmente, nos lanzamos a la mar dieciocho hombres. No teníamos más ropa que la que llevábamos al acostarnos; una camisa y unos calzones en mi caso. Nos la quitamos y la anudamos a nuestra cintura, para nadar con más facilidad. Un chico de Ortiguera con el que había hecho amistad a bordo, me sugirió que amarráramos un cabo al barco y lleváramos el otro extremo con nosotros hasta la peña, de modo que pudiéramos ayudar a llegar hasta allí a los pasajeros que no supieran nadar. Y allá que nos lanzamos, desnudos y con la ropa y el cabo atados a nuestro cuerpo.

»De los dieciocho hombres que saltamos al mar, solo cinco logramos llegar con vida a la peña.

Eduardo hizo una pausa para dar un buen trago a su copa de vino y Teresa lo imitó. Manuel y ella seguían el relato deslumbrados.

—Aquel día se ahogaron cincuenta y seis personas, entre ellos el capitán del barco. Nunca, jamás, se debe subestimar al mar.

»El agua tenía tanta fuerza que nos arrancó la ropa que llevábamos atada al cuerpo, pero, afortunadamente, el cabo que también portábamos resistió, y gracias a él mucha gente se logró salvar.

»Después de eso permanecimos tres días encaramados a la peña, sin nada para comer, ni agua que beber, ni siquiera una tela que nos protegiera del sol. Nada hacía presagiar un buen final y, aunque nadie decía nada, nos aterrorizaba la durísima muerte que nos parecía aguardar. En ese momento, muchos llegamos a envidiar a los que se habían quedado por el camino.

»Pero, entonces, sucedió un milagro. Una corriente empujó hacia nosotros un bote de remos, uno de los esquifes que había en el barco, y lo dejó encaramado a una roca, balanceándose, como si nos llamara a ir a buscarlo.

»Los cuatro marineros que se encontraban con más fuerzas nadaron hasta él y, tras recomponerlo, partieron en busca de ayuda. A la mañana siguiente, por fin, varios barcos acudieron a nuestro rescate.

»Pasamos un par de semanas en la Isla de Fuego, recuperándonos del naufragio, y después nos trasladaron a la Isla de Santiago, desde donde un vapor nos llevó de vuelta a la península.

»Imaginaos la agridulce sensación que supuso volver a casa después de aquello. Todo el dinero que había gastado en el billete, en los documentos, en el pasaporte... Todo, se había perdido. Pero yo estaba vivo, algo que no podían decir muchos de mis compañeros. Y también sobrevivió conmigo mi voluntad de sacar a mi familia adelante. No estaba dispuesto a dejar que, después de haber superado aquello, me matara el hambre; eso lo tenía claro. Así que durante los dos años siguientes trabajé más duro que nunca y en el año sesenta y siete me volví a embarcar.

»Ya hace casi veinte años que llegué a Argentina. Llevo viviendo en Buenos Aires más tiempo del que viví en España y hoy puedo decir que he conseguido cumplir el propósito que me trajo hasta aquí.

Eduardo levantó su copa y los tres brindaron con entusiasmo.

Manuel estaba maravillado. No se podía imaginar a sí mismo comportándose con la valentía que había demostrado Eduardo a su edad. Si ya antes de conocer aquella historia había sentido admiración por su cuñado, aquel día Eduardo se convirtió en su héroe.

Teresa estaba también asombrada. No conocía con ese detalle aquel episodio de la vida de su esposo. Apuró su copa y, en vista de que su hermano seguía acribillando a Eduardo a preguntas, dejó el comedor con la intención de comprobar que Eduardito estuviera bien. Desde la terrible muerte de Teresita, aquel era un gesto que con frecuencia sentía la necesidad de hacer.

Mientras atravesaba la casa, se le ocurrió que todos ellos, Eduardo, Manuel, Diego, Juanjo y hasta ella misma, eran, en cierto modo, unos supervivientes. Y le vino a la mente su parecido con las jacarandas, esos nudosos árboles que tanto habían llamado su atención cuando los vio florecer por primera vez, nada más quedarse embarazada de Eduardito. Según le explicó Rafael Estrada en una de las visitas que le hizo por aquel entonces, las jacarandas eran unos árboles indígenas procedentes de las selvas de montaña del noroeste de Argentina. Su nombre significaba fragante, y florecían dos veces al año. Pero, curiosamente, cuando comenzaron a cultivarlos en Buenos Aires, se dieron cuenta de que, antes de florecer en primavera, se desprendían de todas sus hojas, algo que no les ocurría en su hábitat natural y que los expertos achacaron al mayor esfuerzo que les exigían las temperaturas más bajas de la capital. Aun así, su néctar seguía sirviendo de alimento para aves y colibríes, y sus ramas hospedaban a muchas especies de mariposas.

Teresa pensó que, como las jacarandas, todos ellos habían tenido que renunciar a una parte importante de sí mismos para adaptarse a su nueva vida y poder florecer una y otra vez. Y que, con el tiempo, se habían acabado convirtiendo también en una suerte de refugio los unos para los otros.

Iba distraída pensando en ello cuando, al pasar frente a la sala, llegaron hasta ella unos susurros que ya había oído antes. En esta ocasión, Diego parecía enfadado.

—Te advertí de que debías ser tú la que pusiera fin a esta relación, Valentina. ¿No ves que eres quien tiene más que perder? A los hombres nos cuesta mucho rechazar a una mujer bonita, casi tanto como, a la hora de la verdad, asumir las consecuencias de nuestra debilidad. Yo ya te lo he avisado, no vengas luego en busca de mi ayuda cuando te quedes embarazada, o cuando alguien más descubra lo que está pasando.

Después, se produjo un silencio, al que siguió el ruido que hacía uno de los sillones al ser arrastrado por el suelo, como si alguien se hubiera sentado bruscamente sobre él. Teresa se imaginó a Diego besando a Valentina y, olvidándose de su propósito de no intervenir en aquella relación, empujó la puerta que tenía frente a ella.

La escena con la que se encontró cuando la puerta se abrió no era exactamente la que había esperado. Valentina estaba, efectivamente, aferrada a Diego, pero se encontraba llorando y él parecía tratar de consolarla.

En cuanto advirtieron la presencia de Teresa, ambos se pusieron de pie con rapidez y la muchacha trató de ocultar su rostro entre sus manos, avergonzada.

—Recoge tus cosas y abandona la casa de inmediato —le ordenó Teresa, sin dudar.

—Esto no es lo que parece, Teresa —intervino Diego, haciéndole a un tiempo una señal a la niñera para que los dejara solos.

—¿Cómo has podido? —le reprochó Teresa en cuanto Valentina se fue.

Diego avanzó hacia ella con los brazos extendidos y una dolorosa expresión en el rostro.

Teresa se sentía terriblemente traicionada. Sabía que no podía recriminarle nada más allá de que se hubiese enredado con una muchacha de su casa y, lo que podía ser peor, de su escuela, pero, aun así, tenía un profundo sentimiento de pérdida. Y no se veía capaz de soportarlo; no después de todo lo que había sufrido ya.

—Teresa, te juro que no es lo que parece. Entre Valentina y yo no ha pasado nada —le aseguró Diego, tratando de tomarla de los brazos.

—No me toques, Diego —lo rechazó ella—. No puedo con esto; no ahora. No podría soportar perderte a ti también.

Los ojos se le llenaron de lágrimas y Diego la ayudó a sentarse en el sofá, tal y como había hecho con Valentina minutos antes.

—A mí no me vas a perder nunca, Teresa —le prometió y, tras

un instante de duda, añadió—: Se trata de Manuel.

Ella no lograba entender lo que Diego estaba tratando de decirle, hasta que él tomó su rostro entre sus fuertes manos y repitió:

—Es Manuel. Es tu hermano quien está teniendo una aventura con Valentina.

Teresa le miró confundida y él le limpió las lágrimas, esforzándose por no decir nada más.

—Teresa —susurró, antes de abrazarla.

Y, de pronto, Teresa recordó una escena muy similar a aquella que su mente parecía haber tratado de silenciar. Se encontraban en otro sofá, en el silloncito verde que ocupaba el mirador de su habitación, y los labios de Diego estaban unidos a los suyos.

Desconcertada, se apartó de él y, tras mirarle un instante a los ojos, comprendió que algo entre ellos dos acababa de cambiar para siempre.

13

Cuando se despertó a la mañana siguiente, un mal presentimiento empujó a Teresa hasta la habitación de su hermano con el fin de comprobar si estaba en casa. Tal y como se temía, a pesar de lo temprano de la hora, el cuarto estaba ya arreglado y no había rastro de Manuel.

Tiró de la campanilla que utilizaban para llamar al servicio y, mientras esperaba a que alguien hiciera su aparición, recordó el momento en el que la tarde anterior Diego le había dicho que su hermano estaba teniendo una relación con Valentina. Se avergonzó por el inmenso alivio que había sentido entonces al escucharlo; no se había parado a pensar que su hermano no era más que un crío al que aquella muchacha de aspecto inocente había podido manejar a su antojo.

—¿Ha llamado, señora? —preguntó Justa, entrando en la habitación.

—¿Dónde está Valentina? —quiso saber Teresa.

La mulata se la quedó mirando, como si estuviera valorando su pregunta.

—Se ha marchado —respondió con cautela, sin apartar su mirada de la de Teresa.

—¿Y dijo el motivo que la había llevado a hacerlo?

—Dijo que usted la había invitado a irse.

La barbilla de Teresa se elevó levemente mientras se envolvía una mano con otra.

—¿Y explicó por qué la invité a hacer algo así?

Justa se quedó mirándola de nuevo.

—Si lo que quiere averiguar es si sabía de la relación entre Valentina y el señorito Manuel, la respuesta es que sí, lo sabía.

Teresa se sentó en el borde de la cama.

—Ya le advertí en cierta ocasión de que el servicio se entera de todo, señora —le recordó Justa, apartando sus ojos verdes de ella.

—Al parecer la que no se entera de nada soy yo —respondió Teresa con un hilo de voz.

—A veces es mejor no hacerlo, créame.

Teresa la miró y tuvo la sensación de que aquella mujer valía más por lo que callaba que por lo que decía.

—Debió habérmelo dicho —le reprochó.

—Lo lamento. Creí que no era el momento de darle más preocupaciones.

Teresa asintió. La única culpable de no haberse enterado de lo que sucedía en su casa era ella.

—¿Y sabe dónde está Manuel? —preguntó, resignada.

—Su hermano salió esta mañana temprano. Pero no llevaba más que sus libros con él y he tenido la ocasión de comprobar que todas sus demás pertenencias están en su lugar.

Teresa cerró los ojos, aliviada.

—Gracias. Por favor, dígale a alguna de las muchachas que se ocupe de Eduardito hasta que encontremos una sustituta para Valentina.

Justa asintió y se marchó.

Teresa pasó el resto del día nerviosa. El asunto de Valentina le había dejado mal sabor de boca, sabía que le esperaba una conversación complicada con su hermano y, para colmo de males, temía haber descubierto que sus sentimientos hacia Diego estaban tomando un carácter inapropiado.

Cuando Manuel regresó a casa a su hora habitual, ella le estaba esperando en la sala de estar. Desde allí, pudo seguir el recorrido que su hermano hacía por Villa Salcedo. Nada más entrar, se fue directo al cuarto de juegos. Desde ahí, deshizo sus pasos para asomarse al jardín y, tras una breve visita a la cocina, se personó en la salita donde se encontraba ella.

—¿Sabes dónde está Valentina? —le preguntó, con una asombrosa naturalidad.

—Le he pedido que se marchara.

Teresa supo el momento exacto en el que su hermano se dio cuenta de que lo había descubierto todo. No dijo nada, ni le pidió a ella ninguna explicación. Sin embargo, Teresa sí aprovechó para decirle que la relación que había mantenido con la niñera no era en absoluto apropiada, que Valentina y él no estaban en igualdad de condiciones y que, además, él era todavía muy joven para comprometerse con nadie.

Manuel no protestó, y Teresa quiso creer que los sentimientos que albergaba por la niñera no eran excesivamente sólidos. También esperaba que su hermano valorara lo suficiente la vida que tenía como para arriesgarse a ponerla en juego.

Tras acordar que mantendrían aquel asunto en secreto, Manuel se marchó de la sala cabizbajo y Teresa se quedó sola pensando en él, en Valentina, en Diego y en cómo podían enredar las cosas a veces los afectos.

En ello seguía cuando Eduardo se presentó en la habitación.

—Llegas muy temprano —observó, sorprendida.

—Sí. Fui a casa de Diego para despedirme de él y se me hizo un poco tarde para regresar a los almacenes.

Teresa sintió que el corazón le daba un vuelco mientras observaba cómo su marido dejaba sus cosas sobre la mesa.

—¿Diego se ha ido?

Eduardo asintió.

—A la finca de Juárez. Dijo que ya iba siendo hora de poner un poco de orden allí. Me comentó que se había despedido de ti anoche —añadió, extrañado.

Teresa se dio la vuelta para que su esposo no advirtiera su desconcierto.

—No creí que se fuera a marchar tan rápido —se justificó.

—¡Así es Diego! Cuando menos se lo espera uno, desaparece del mapa.

Teresa continuó dándole la espalda a su marido y, con los ojos cerrados, recordó lo que había sentido la noche anterior cuando se había encontrado entre los brazos del socio de su esposo.

—¿Y te dijo cuándo volverá? —preguntó, tratando de mantener firme la voz.

—No —respondió Eduardo, mientras revisaba su correo, ajeno a la conmoción que estaba sufriendo su esposa—. Pero dijo que no lo haría hasta que todo esté arreglado por allí, por lo que es probable que pasen varios meses antes de que volvamos a verlo.

SEGUNDA PARTE
1887-1891

14

Partido de Benito Juárez, 3 de diciembre de 1887.

Mi muy estimado amigo Eduardo:
En primer lugar, te ruego que aceptes mis disculpas por no haberte escrito nada más llegar a la hacienda, tal y como acordamos que haría el día anterior a mi partida. Pero lo cierto es que lo fui dejando pasar y, como verás a continuación, por aquí las cosas se han ido complicando bastante. Permíteme que, antes de introducirte a mi buen amigo Luis María Gamboa, el hombre que te habrá hecho entrega de esta carta, y que te adelanto que goza de mi total confianza, te ponga en antecedentes acerca de lo que aquí está sucediendo.

Al contrario de lo que había sentido en viajes anteriores, aquel desplazamiento entre Buenos Aires y el partido de Benito Juárez se le hizo a Diego interminable. A pesar de su belleza, no llamaron su atención los infinitos valles verdes salpicados de ombúes, las manadas de venados que se dejaban ver al atardecer, ni siquiera los simpáticos y espigados guanacos, esos primos de las llamas que estiraban las orejas cuando oían acercarse el carruaje para mirarlo pasar después con gesto altivo.

Tampoco se interesó por las gentes con las que se cruzaba, por sus costumbres y preocupaciones, ni trató de entablar conversación con ellos para obtener información acerca de su destino, como habría hecho si las circunstancias hubieran sido otras. Es más, todo el que le hubiera visto a lo largo de aquellas jornadas habría creído que era, como casi todos los que venían de la capital, un caballero arrogante y poco amigable.

Pero si hubieran sabido la batalla que estaba librando en su interior, no habrían sido tan duros al juzgarle.

Diego había tomado la decisión de marcharse de Buenos Aires en cuanto dejó Villa Salcedo la noche de su acercamiento con Teresa. Aquellos minutos o, acaso, segundos en los que había tenido a aquella mujer entre sus brazos, le habían convencido de la necesidad de alejarse de ella.

Sus sentimientos hacia Teresa habían ido creciendo con el tiempo de una manera inexplicable. Había llegado a disfrutar de su compañía más que de ninguna otra y sentía un instinto casi animal por protegerla y ayudarla. Las primeras veces en las que estos pensamientos le sorprendieron, había querido creer que se trataba de un sentimiento de tinte fraternal, o paternal, como el que un día le llevó a tomar a Juanjo bajo su protección. Pero aquella última noche, su teoría se había desmoronado de una manera estrepitosa. Y, lo que era aún peor, había creído ver en los ojos de Teresa el reflejo de su mismo sentimiento.

Cuando por fin llegó al partido de Benito Juárez, hizo un alto en la población que llevaba el mismo nombre, un próspero asentamiento constituido por cuatro amplias avenidas cruzadas que se habían dibujado a partir de la vía del tren que desde hacía dos años circulaba entre Tandil y Tres Arroyos. El ferrocarril, ese entramado de hierro que se iba extendiendo de manera imparable por el terreno conquistado a los indios, marcando con sus rieles la tierra civilizada y ayudando a sacar el máximo provecho de ella, llegaría algún día hasta la costa, hasta la población de Bahía Blanca, abriendo de ese modo una salida al mar para toda la producción agrícola y ganadera de la pampa bonaerense.

Por el momento, sin embargo, no había pasado de aquel prometedor poblado que había sido bautizado con el nombre del expresidente mexicano Benito Juárez García como símbolo de la amistad entre ambas naciones. Erigido principalmente en paja y adobe, había en el pueblo tres edificios cuya calidad destacaba sobre la de los demás: la iglesia, la casa municipal y una construcción que hacía las veces de alojamiento, almacén, barbería y alguna que otra cosa más. Los tres establecimientos se encontraban en el corazón del poblado, frente a una plaza que algún día se convertiría en el centro de reunión de los juarenses.

Dejando de lado los otros edificios, Diego continuó hasta el hotel, agotado como estaba del viaje, con el fin de alquilar una habitación. No sabía lo que se iba a encontrar en su hacienda, por lo que había considerado oportuno asegurarse al menos un colchón donde descansar por las noches y una tina donde asearse cada día.

El edificio, que hacía esquina, tenía dos alturas y la entrada en el chaflán. Según anunciaba su fachada, su nombre era El Jardín del Edén. Diego no pudo evitar una sonrisa ante la que consideró una denominación visiblemente pretenciosa.

Sin dejar de vigilar los negros nubarrones que avanzaban imparables hacia el pueblo, ató su caballo a una de las argollas de forja que había en la fachada del edificio y, golpeando suavemente la grupa del animal, le prometió al oído que regresaría lo más pronto que le fuera posible para llevarlo a algún lugar donde él también pudiera descansar.

Mientras hablaba con el caballo, echó un último vistazo a su alrededor. A esa hora había bastantes hombres en la calle, más de los que hubiera cabido esperar en un pueblo de esas dimensiones. Algunos tiraban de carros cargados de grava y arena, otros portaban sus herramientas de trabajo echadas al hombro. Los que percibían su presencia, le evaluaban también a él con cierta desconfianza, como si quisieran dejarle claro que su elegante traje capitalino no le iba a ayudar a hacer amigos allí. Diego supuso que aquellos hombres serían los trabajadores del ferrocarril y, mirando hacia el lugar del que venían, logró distinguir la estación.

Tras sacudir el polvo que se había acumulado en su sombrero durante el trayecto, empujó por fin la puerta de acceso al hotel.

Se encontró frente a un salón de grandes dimensiones y bien iluminado gracias a la doble orientación de sus ventanales. A su izquierda había una larga barra de madera, tras la cual se exhibía una cantidad asombrosa de botellas de licor. Al lado de esta, una puerta daba acceso a la cocina, y a continuación había una pequeña tienda de conservas y fiambres. A la derecha de la puerta de entrada, frente a la barra, se distribuían media docena de mesas redondas con tres o cuatro sillas cada una y, al fondo de la sala, dos robustas mesas de billar. En el centro de la estancia, pasadas la barra y las mesas, una escalera daba el acceso al piso superior, donde estaban las habitaciones del Jardín del Edén.

Pensando de nuevo en lo singular de aquel paraíso, Diego se dirigió a la barra y, mientras posaba su sombrero sobre ella, se encontró con su reflejo en el enorme espejo que pendía de la pared. Tenía un aspecto francamente malo.

—¿Puedo ayudarle en algo? —preguntó un hombre, al tiempo que asomaba por la puerta de la cocina.

Llevaba en sus manos un vaso que iba secando con un trapo. Cuando terminó su trabajo, se echó el trapo al hombro y colocó el vaso en algún lugar debajo de la barra.

—Quiero una habitación —pidió Diego.

El posadero le preguntó algunos datos, que anotó en el libro de visitas, y le hizo pagar el alojamiento por adelantado. Después, como si le supusiera un enorme esfuerzo, le invitó a que le siguiera escaleras arriba.

En el descansillo del piso superior Diego contó seis puertas. Su guía se detuvo un instante para recorrerle con la mirada.

—Le ofrecería la habitación del balcón, que es la más amplia, pero está ocupada.

Diego imaginó que se refería al pequeño saliente que había visto en el chaflán, sobre la entrada del hotel, y le pidió al posadero que no se preocupara por ello, más como mera formalidad que porque creyera que al hombre le importaba lo más mínimo su satisfacción.

Este se dirigió entonces a una de las otras puertas y la abrió. Daba a un dormitorio no muy grande, pero sorprendentemente bien equipado con un pequeño armario, un aguamanil con espejo y una cama de madera que parecía llamar a Diego a gritos. Sin embargo, este se obligó a no escucharla. Tenía que dejar arreglado el alojamiento de su caballo y comer algo antes de echarse a descansar; de lo contrario, corría el riesgo de quedarse dormido hasta el día siguiente.

Llevó al animal a unas cuadras cercanas y, tras asegurarse de que alguien se haría cargo de él, volvió a la posada para ocupar una de las pequeñas mesas del comedor. Cenó lo único que había: una sopa de verduras y carne bastante sabrosa, aunque difícil de masticar, y varios vasos de whisky. Después, con el estómago lleno y el sueño apoderándose de él, se dirigió a su habitación donde, por fin, se tumbó.

Sin embargo, la que esperaba que fuera una noche de reparador descanso tras tantas jornadas de viaje, se convirtió en una auténtica pesadilla por culpa de las chinches que habían invadido el colchón del hotel. Tanto fue así, que Diego acabó durmiendo sobre el duro suelo, tumbado sobre su capa de viaje, y se sorprendió echando de menos las comodidades de su bonita casa de Balvanera. Él, que había dormido en lugares mucho peores que aquel.

Cuando por fin vislumbró la tenue luz del amanecer, con la espalda todavía más dolorida que el día anterior, rogó entre murmullos porque aquella no hubiera sido una muestra de lo que iba a ser su estancia en la pampa.

Una vez aseado y afeitado, bajó al salón dispuesto a desayunar. Ya en la escalera le invadió el cálido aroma del café de olla, reconciliándole con el mundo e infundiéndole ánimos para encarar el día.

Ocupó la misma mesa en la que había tomado la sopa la noche anterior y miró a su alrededor en busca de algo con lo que entretenerse. No había nada sobre el mostrador, ni en las mesas más cercanas a la suya. El único periódico que parecía haber en el hotel se encontraba en las manos de un individuo que estaba sentado en el otro extremo del salón, junto a los billares. Debía de tratarse del inquilino de la habitación del chaflán.

—Para desayunar tenemos huevos con cecina y arroz —dijo el hombre que le había atendido el día anterior, apareciendo de pronto en la sala.

—Está bien —respondió Diego, sin molestarse tampoco en desearle a él un buen día.

Comió con apetito, evitando cruzar su mirada con la del joven del periódico, no fuera a intentar entablar una conversación con él, y no tardó mucho en pedirle al posadero que le rellenara la taza de café.

—¿Habría forma de conseguir un colchón nuevo para mi habitación? —le preguntó mientras le servía.

El hombre le miró con recelo y Diego sacó de su bolsillo un fajo de billetes que dejó sobre la mesa.

—No sé si nuevo —dijo el posadero tomando el dinero—, pero algo más actualizado podremos conseguir.

Diego rio para sus adentros. Le daba igual que el colchón fuera de otro siglo, siempre que no tuviera vida propia.

Se volvió para ver al camarero marcharse, un pequeño descuido que el hombre del periódico aprovechó para sentarse frente a él.

—¿Le importa que le acompañe? —le preguntó, cuando ya era demasiado tarde para que Diego le respondiera que no.

Así que se limitó a hacerle al intruso un gesto difícil de interpretar.

—Es usted nuevo por aquí —afirmó su acompañante sin dejarse amilanar—. Soy Luis María Gamboa.

Diego estrechó la mano que le ofrecía el joven al tiempo que reconocía su rostro, desprovisto ahora de aquella barba dorada que se había convertido en todo un símbolo.

—¿Luis Gamboa? ¿El explorador?

El joven rio. Diego había oído hablar de él; era un aventurero que se había propuesto pintar el mapa más fiel de las tierras argentinas. El gobierno de la República sufragaba sus viajes, ya que aquellos planos podían llegar a ser de gran utilidad a la hora de reclamar a los países vecinos ciertos territorios, y un gran número de admiradores seguía cada semana las crónicas que de sus hazañas publicaban los diarios. Las gestas de Gamboa causaban admiración entre los hombres y levantaban pasiones en las enamoradizas mujeres.

—El mismo, supongo —respondió el joven con cierta presunción—. Se preguntará qué diablos puedo estar investigando en estas latitudes.

—Entiendo por sus palabras que le han asignado una habitación mucho menos interesante que la mía —bromeó Diego.

El aventurero emitió otra sonora carcajada.

—No sabe lo que se echa de menos en mi solitario oficio tratar con hombres con ingenio.

Diego no contestó, pero se reafirmó en su opinión de que aquel ídolo de masas era un cretino. Y, encima, parecía decidido a retrasar sus planes para ese día con un pormenorizado relato del accidente que había tenido en la cercana sierra de Ventania y que le había dejado una rodilla magullada.

—El doctor que me atendió me dijo que debería esperar un poco antes de retomar mi viaje, hasta que la rodilla esté menos inflamada —dijo, terminando por fin su historia, al tiempo que se acariciaba la articulación—. Como puede ver, me encuentro varado en este lugar inmundo como un bote sin remos…

«Más bien como un botarate», se dijo Diego para sus adentros.

—Es una lástima, sin duda —convino en cambio, aprovechando la pausa que había hecho el explorador para tomar el plano de la hacienda y ponerse de pie—. Y, ahora, si me disculpa, debo dejarle. Tengo que ir a reclamar unas tierras que me pertenecen y tratar de sacarlas a flote.

Los ojos de Gamboa se iluminaron al ver el mapa.

—Para mí sería un verdadero honor que me dejara acompañarle —y, anticipándose a la respuesta de Diego, añadió—: Por favor, no puede decirme que no. Llevo encerrado en este lugar más tiempo del que mi salud mental es capaz de soportar.

Le prometió que se mantendría callado en todo momento y que no resultaría un incordio, y el bueno de Diego no vio la forma de rechazarlo, por lo que, unos minutos después, abandonaban juntos El Jardín del Edén.

Les llevó casi una hora dar con lo que consideraron que sería el inicio de los terrenos de Eduardo y de Diego, para lo que la capacidad para interpretar los mapas de Gamboa resultó crucial. Y, una vez en la propiedad, todavía tuvieron que cabalgar largo rato por un inmenso valle hasta alcanzar una laguna rodeada de algarrobos y espinillos.

—No sabía que hubiera una laguna en nuestras tierras. Tal vez algún día podamos pescar en ella —se animó Diego.

—No está dibujada en el mapa —respondió Gamboa extrañado, estudiando detenidamente el plano—. Deberíamos marcarla. Lo haré en cuanto regresemos al hotel.

Poco después de sobrepasar la laguna divisaron al primer hombre, que al verlos acercarse empuñó su arma, apuntándolos con ella.

Diego le hizo una señal a Gamboa para que se situara detrás de él. No creía justo que aquella celebridad fuera objeto de la bala del gaucho, por más que con su verborrea le hubiera hecho desear durante todo el camino que sucediera algo así.

—¡Tranquilo, amigo! —gritó cuando creyó que podría ser escuchado por el hombre del rifle—. Venimos en son de paz. Soy Diego Álvarez, el propietario de estas tierras.

Tras bajar el arma, el gaucho los guio hasta una cabaña de adobe en cuya puerta había un cráneo de vaca como el que años atrás había utilizado para sentarse el primer patrón que tuvo Diego en el campo argentino, aquel diablo escocés. Los recuerdos le revolvieron las entrañas, y tuvo que hacer un gran esfuerzo para disimular su agitación cuando el capataz por fin se dignó a salir a su encuentro. Este, en cambio, no se molestó en ocultar el disgusto que le producía verlos.

El hombre tenía el rostro desfigurado por la viruela y, a decir por el extraño gesto que tuvo que hacer para leer el título de propiedad de las tierras que Diego le mostró con el fin de probar su identidad, también tenía un ojo ciego.

—Me gustaría que nos acompañara a recorrer la hacienda.

—Pues me hubiera avisado antes de venir —protestó el capataz—. No sé si estaremos preparados para enseñársela ahora.

—¿Preparados? —se extrañó Diego—. No hace falta que preparen nada, el objetivo de mi visita es ver las cosas tal y como están.

El hombre siguió mostrándose reacio a acompañarlos, hasta que finalmente Diego se vio obligado a insinuar que su negativa podría tener consecuencias. Aquello sirvió para que el rencor del capataz aumentara, pero también para que, de una vez, diera la orden de ensillar a su caballo.

Mientras los gauchos se preparaban para salir, Diego observó la media docena de chamizos hechos de cañas que había alrededor de la cabaña del patrón y supuso que serían las viviendas de los peones. A cierta distancia de allí, descubrió otro cobertizo de madera, también similar al que tiempo atrás Eduardo y él habían construido para el escocés.

—¿Qué es aquello? —preguntó.

—Un galpón de almacenaje, nada más —respondió el capataz con un gruñido, sin echarle siquiera una mirada al edificio al que se refería Diego.

Cabalgaron toda la mañana. Vieron los campos labrados y estudiaron a los animales. Gamboa apenas prestaba atención a las explicaciones que les iban dando. Parecía más interesado en mirar hacia el horizonte, como si pudiera ver algo que estaba vedado a los ojos de los demás. Diego tampoco hizo muchas preguntas; lo que veía le bastaba para saber que el terreno aprovechado era insuficiente, las cosechas de mala calidad y los animales enfermizos. Pero no quería que el capataz adivinara sus impresiones; no hasta que hubiera decidido cómo actuar al respecto.

Cerca del mediodía sintió su estómago rugir de hambre y, al buscar con la mirada a su nuevo amigo, pudo ver cómo este se masajeaba la rodilla mala con disimulo. Aquella mañana, Gamboa le había prometido a Diego que su mal estado físico no le retrasaría en su visita y, a decir por aquel gesto, estaba dispuesto a cumplir con su palabra hasta el final. Diego sintió compasión por él, y una inesperada simpatía.

—Creo que hemos visto suficiente por hoy —anunció—. Y usted, don Luis, debería descansar esa pierna.

El capataz suspiró con alivio al escucharle, pero Gamboa se revolvió sobre su montura.

—No lo haga por mí, buen amigo. Esta rodilla ha recorrido mucho mundo y le garantizo que está preparada para recorrer un poco más.

—Pues no será hoy —insistió Diego—. Y mañana, tampoco. No quisiera que dejara usted alguna cordillera sin descubrir por haber tenido que recorrer mis humildes terrenos.

Gamboa, sin captar la ironía del comentario, se hinchó en respuesta a sus palabras como un pavo real.

—Me halaga, don Diego. Pero ya verá como mañana mi rodilla estará repuesta y me permitirá regresar aquí con usted.

De vuelta en el hotel se asearon y descansaron un poco de la cabalgada antes de encontrarse de nuevo a la hora de la cena frente a una generosa olla de carne guisada.

Compartieron sus impresiones sobre la visita a la hacienda y Gamboa se mostró de acuerdo con Diego tanto en que la explotación estaba mal gestionada como en que el capataz no era un hombre de fiar.

—Si no lo considera un abuso de confianza, me gustaría quedarme con los planos esta noche, para estudiarlos con más tranquilidad —le pidió el explorador a Diego—. Creo que podría ayudarle a delimitar con mayor precisión el territorio que ocupa la hacienda.

A este le pareció buena idea. Y pensó que, con la excusa de mejorar el plano, podrían seguir frecuentando las tierras sin provocar susceptibilidades en el capataz.

Iniciaron de ese modo una rutina que los llevaría a pasar todo el día en la estancia; Gamboa plano en mano haciendo anotaciones y él averiguando más cosas sobre su explotación. Por las noches, tras tomar un baño y despegarse el polvo de la piel, compartían la cena, regándola generalmente con una botella del mediocre vino que el posadero guardaba en el almacén.

Diego se fue acostumbrando a la petulante forma de ser de su acompañante, o tal vez fuera que la confianza que había ido asentándose entre ellos la fue haciendo desaparecer. Y Gamboa siempre se mostró de lo más amable con él, a veces incluso en exceso.

Aparte de compartir sus preocupaciones sobre la hacienda, sus conversaciones durante esas veladas acabaron tomando un cariz más personal. Así, Gamboa le habló a Diego de la mala relación que le unía a su padre, o de los viajes que tenía pensado hacer una vez que se hubiera recuperado del todo, y este a cambio le contó anécdotas de su vida en Buenos Aires o acerca del pequeño Juanjo.

—¿Y qué fue lo que te trajo aquí, mi amigo terrateniente? —le preguntó el explorador a Diego una noche, cuando ya habían dado buena cuenta de la botella de vino.

Este lo miró confundido.

—Recuperar mi hacienda —respondió, como si fuera algo obvio.

Gamboa le dirigió la misma mirada que utilizaba cuando trataba de vislumbrar qué podía esconderse detrás de alguna colina.

—La gente como tú no se traslada hasta aquí a pasar miserias para reflotar unas tierras, Diego. Si su rendimiento no les satisface, las venden. Algo te ha empujado a dejar Buenos Aires y, puesto que no tienes pinta de estar huido de la justicia, me preguntaba qué sería lo que te ha arrastrado tan lejos de allí.

La intensidad de la mirada de Gamboa le hizo a Diego sentirse incómodo. Para haber estado tanto tiempo alejado de la civilización, aquel hombre parecía saber mucho acerca de las profundidades del ser humano. Pero él no estaba preparado para recordar el motivo que le había hecho dejar atrás su vida; no cuando por fin estaba empezando a olvidarlo. Así que se limitó a insistir:

—Vine por las tierras, nada más.

En una de las visitas que hicieron a la propiedad, Diego descubrió que había varios aborígenes entre los peones que trabajaban en ella.

—No sabía que trabajaban indios aquí —comentó.

El capataz, en un gesto que parecía ser habitual en él, escupió al suelo antes de hablar.

—Nos los manda la corporación, para reforzar la mano de obra. Aunque lo de trabajar es mucho decir… Esos hombres son tan salvajes que, para lo poco que hacen, no sé si el esfuerzo de domesticarlos merece la pena.

Gamboa fue a reprocharle al tuerto la falta de humanidad de su comentario, pero Diego le hizo un gesto para que se contuviera. No quería poner a aquellos hombres aún más en su contra, ya se ocuparían de restablecer la dignidad de los indios cuando llegara el momento.

Diego se quedó un rato observando a los aborígenes. Eran notablemente más altos que los demás trabajadores y, aunque vestían igual que ellos, mantenían el cabello largo, sujeto con una cinta.

—¿La corporación los consigue a través del ejército? —preguntó, haciendo uso del mismo término con el que aquel hombre se había referido a la empresa contratada por Eduardo para gestionar las tierras.

—Sí —contestó el gaucho, antes de gargajear de nuevo.

Quedó claro que aquel era un tema que el capataz no quería tocar, uno de tantos. Pero una alarma se encendió en el interior de Diego. Sabía de las malas condiciones en las que los estancieros solían tener a los cautivos y, debido al mal carácter de aquel repugnante hombre, sospechaba que su hacienda no debía de ser una excepción. Tendría que tener muy en cuenta la posible reacción de aquellos pampas cuando decidiera entrar en acción para recuperar lo que era suyo. Estos eran grandes guerreros, y no le gustaría tenerlos en su contra.

Esa noche, durante la cena, Luis Gamboa confirmó sus peores sospechas.

—Tienen a varios hombres encerrados en ese galpón —le dijo, nervioso, sin esperar siquiera a que les sirvieran el vino.

—¿En qué galpón? —preguntó Diego confundido.

—En el que está en el campamento de la hacienda, el que nos habían dicho que era un almacén. Estoy seguro de que hay hombres ahí dentro.

—¿Y qué te hace pensar eso?

—Mientras cabalgabas con el capataz esta mañana, hice un descanso en el campamento. Uno de sus hombres había hecho café y me ofreció que me sentara a compartirlo con él. En un momento dado, entró en la cabaña a por una olla y yo aproveché para ir a orinar. Al acercarme al almacén oí lamentos, y hasta juraría que vi un ojo asomándose entre los tablones. Una vez de vuelta con mi anfitrión, le pregunté qué había en el galpón y él respondió lo mismo que te había dicho a ti el capataz, que solo se utilizaba para almacenar. Pero te podría jurar que no es cierto.

Diego tomó un trago largo de su copa de vino, dándose tiempo para pensar.

—Y hay algo más… —siguió diciendo Luis—. Los planos que me diste no coinciden con los terrenos que nos están mostrando.

Desde el principio tenía esa sospecha, pero, después de tantos días, ya no me queda ninguna duda.

Luis desplegó los planos sobre la mesa y Diego pudo apreciar que su amigo había hecho con ellos un trabajo concienzudo.

—Según los papeles del registro, tus tierras están atravesadas por el arroyo Cristiano Muerto, este de aquí —dijo, señalando una fina línea que estaba dibujada en el mapa—. Y estarás de acuerdo conmigo en que no hemos visto este río por ninguna parte. Es más, esos hombres no nos han mostrado más que esta zona de aquí, que no es ni la mitad del total.

Diego se quedó pensando mientras el dedo de Gamboa dibujaba un círculo en la zona que sí les habían enseñado. ¿Era posible que los estuvieran engañando? ¿Acaso había en sus tierras algo más que aquellos hombres no querían que vieran? Eso daría respuesta a la pregunta que llevaba tiempo rondando su cabeza: ¿por qué la corporación seguía interesada en sus tierras si apenas obtenían beneficio con ellas?

—¿Tú sabrías llegar hasta ese arroyo? —preguntó, mientras un plan se iba formando en su mente.

—Con los ojos vendados —respondió Gamboa, como si la sola duda le ofendiera—. El problema es cómo evitar que el tuerto envíe con nosotros a alguno de sus hombres si decidimos ir hasta allí.

El explorador se había inclinado sobre la mesa, excitado ante la posibilidad de vivir una nueva aventura. Cuánto había echado de menos sentir aquella emoción fluir por sus venas...

Diego valoró la posibilidad de ir a la hacienda aprovechando la oscuridad de la noche, pero si alguien los descubría en aquellas circunstancias, no había duda de que dispararía antes de preguntar.

—Sería muy peligroso hacerlo de noche —dijo.

—Pues si ha de ser de día, lo mejor será que solamente vaya uno de nosotros dos.

Diego se mostró de acuerdo y Luis apartó impaciente los platos que había en la mesa, cuyo contenido apenas habían probado a causa de tanta emoción. Con un rápido gesto, extendió frente a ellos otro mapa y empezó a explicarle a Diego el camino hasta el arroyo. Pero Diego se perdió entre líneas y coordenadas, y tuvo la certeza de que él tardaría demasiado tiempo en llegar hasta allí, si es que acaso era capaz de hacerlo.

Luis vio la preocupación en sus ojos y, tras volver a revisar el plano, sentenció:

—Iré yo.

Diego se incorporó en la silla y se frotó el cabello.

—Puede ser peligroso —observó.

—Pero es la mejor opción. Tú te quedas cerca del tuerto, de forma que no sospeche nada, y justificaremos mi ausencia gracias a esta —dijo, golpeándose la rodilla herida.

Tras pensarlo durante un buen rato y llegar a la conclusión de que no había otra opción, Diego cedió.

—Pero buscaré un par de pistoleros para que te acompañen. No quiero que vayas solo.

Luis sonrió satisfecho, tanto por haber conseguido su propósito, como por la preocupación que su amigo había mostrado por él.

Al día siguiente, después de desayunar, Diego se dirigió al cuartel, una pequeña casa de barro cercana al hotel. Se le había ocurrido que tal vez allí pudiera encontrar la escolta que necesitaban para Gamboa. Desde que el gobierno argentino había dado por finalizada la campaña del desierto, los soldados de la República no tenían mucho que hacer, por lo que esperaba encontrarlos deseosos de entrar en acción.

Le recibió en el cuartel un muchacho muy joven, casi imberbe, que al verlo entrar se puso de pie de un salto mientras trataba de abrocharse a toda prisa los dorados botones de su uniforme.

—¿Puedo ayudarle en algo, señor?

Diego revisó la pequeña habitación. Tras la mesa que ocupaba el joven soldado había una celda vacía y a su izquierda un gran tablero sobre el que reposaba un silencioso telégrafo. Al lado de este se encontraba un armario cerrado con llave que probablemente custodiaba las armas de aquel pequeño destacamento. Tal y como Diego esperaba, aquello estaba excesivamente tranquilo.

—¿Señor? —repitió el joven soldado, empezando a ponerse nervioso.

—Disculpe, me temo que me he equivocado de edificio —disimuló Diego, pensando que aquel crío no le sería de mucha utilidad—. Buscaba la casa municipal.

El joven se relajó y le explicó a Diego cómo llegar a su destino, y este, tras agradecerle sus indicaciones, se marchó.

Decidió dar una vuelta por el pueblo, en busca de algún militar más aguerrido que aquel. Sus pasos le llevaron hasta la estación de tren. Aquel día había llegado un convoy de carga y una docena de hombres se arremolinaban alrededor de él. Mientras la mitad de los presentes introducían unos pesados sacos de cereal en los vagones, los demás se dedicaban a observarlos y a darles indicaciones acerca de cuál era el mejor modo de hacerlo. Entre estos últimos, Diego distinguió a dos hombres uniformados, y decidió probar suerte con ellos.

Se mantuvo a una distancia prudencial hasta que los soldados percibieron su presencia y, entonces, les hizo una señal para que se acercaran a él. Estos lo hicieron con disimulo y Diego, tras rogarles que trataran el asunto del que les iba a hablar con la mayor discreción, les contó que estaba trabajando en un proyecto para el gobierno de la República cuyo fin era determinar si el arroyo Cristiano Muerto era navegable y, en caso afirmativo, si podría utilizarse como vía de salida al mar.

—Necesitamos hacer una incursión en unas tierras cuyos ocupantes no son muy amistosos, por lo que estamos buscando hombres valientes que quieran unirse a la causa —les dijo—. Por supuesto, además de con el orgullo de haber servido a su patria, se les compensaría con una generosa paga.

El asunto llamó la atención de los militares, pero lo que les hizo decidirse a participar fue saber que la persona a la que habrían de escoltar era el famoso explorador Luis María Gamboa. Poder contar que habían participado en una de las gestas de aquel aventurero convertido en héroe nacional era más de lo que podían desear.

Los tres hombres acordaron que la expedición tendría lugar el lunes siguiente. Antes de separarse de ellos, Diego tuvo una iluminación.

—Si pudieran conseguirle a Gamboa uno de sus uniformes sería fantástico —sugirió, entregándoles algunos billetes de más—. De ese modo, si en algún momento se vieran comprometidos, podría hacerse pasar por uno de los suyos. Al fin y al cabo, él también está trabajando por el bien del país...

El día anterior a la incursión al arroyo, Gamboa logró establecer contacto con los hombres que estaban encerrados en el almacén. Sus expediciones a tierras de indios le habían permitido aprender algunas nociones de tehuelche, y gracias a ello pudo averiguar que los hombres que estaban allí encerrados pertenecían a dicha etnia y que, tal y como sospechaban Diego y él, llevaban años siendo maltratados por los capataces. Según pudo saber Luis, quince miembros de su tribu habían perecido en los últimos años en manos de aquellos bárbaros.

Gamboa les habló a los indios de Diego y de sus planes para recuperar la hacienda y echar a aquellos hombres de allí para siempre y, tras una segunda aproximación al almacén con la excusa de aliviar de nuevo su vejiga, logró arrancarles el compromiso de que no intervendrían en contra de Diego cuando este acudiera a tomar sus tierras.

La expedición al arroyo del día siguiente fue todo un éxito. Por la mañana, Gamboa, que parecía encantado de lucir el uniforme militar, se despidió de Diego como si realmente se dirigiera a la guerra.

—Cuídate —le pidió este dándole un abrazo, sintiéndose culpable por el riesgo que iba a correr su amigo por él.

Pasó todo el día nervioso, pendiente de las reacciones del tuerto y de sus hombres, preocupado porque en cualquier momento descubrieran que algo extraño estaba sucediendo. Pero, por fortuna para todos, no fue así.

Al caer la tarde, Diego regresó al hotel y encontró allí a Gamboa, todavía uniformado, celebrando su éxito. Sintió tal alivio al verlo, que le pidió al hostelero que sacara su mejor botella de whisky, y esa noche cambiaron el vino habitual por aquel licor.

Gracias a la incursión de Gamboa, adquirieron una visión mucho más clara de la situación a la que se enfrentaban. Tal y como habían sospechado desde el inicio, lo que habían visto hasta entonces no era más que una ínfima parte de las tierras que habían adquirido Diego y Eduardo. Según las averiguaciones de Luis, la propiedad contaba hacia el este con pastos que, gracias a la proximidad del agua del arroyo, eran generosamente fértiles. En palabras del explorador, mares dorados de maíz se perdían allí en el horizonte.

Por supuesto, nada de todo aquello se reflejaba en los planos ni en las cuentas de la corporación; Eduardo y Diego estaban siendo estafados.

—Debo enviar aviso inmediatamente a Buenos Aires —concluyó Diego, excitado por el descubrimiento que acababan de hacer, mientras rellenaba sus vasos con torpeza por enésima vez.

Luis asintió, también algo perjudicado por el alcohol.

—Pero yo no esperaría a recibir la respuesta de tu socio para tomar vuestras tierras, Diego. Ese capataz odioso sería capaz de quemarlo todo si cree que sospechas de él.

Diego se mostró de acuerdo con su amigo; debía actuar lo antes posible. Además, estaban los indios. Si los hombres de la corporación descubrían sus planes y se llevaban a aquellos pobres infelices con ellos, su conciencia no le permitiría dormir nunca más.

—Yo estoy listo para proseguir mi viaje, mi momento ha llegado —anunció Gamboa con gran ceremonia—. Si quieres, puedo hacerle una visita a tu socio en Buenos Aires y trasladarle personalmente lo que está sucediendo aquí. A él y a quién sea menester. También puedo llevarle una carta tuya, llegará antes conmigo que con el correo postal. Y, así, tú te quedarías tranquilo por ese lado, y podrías centrarte en organizar el asalto a tus tierras. Tendrás que reclutar a más hombres y conseguirles armas… La verdad, mi querido amigo, es que no me gustaría nada encontrarme en tu pellejo.

15

Eduardo terminó de leer la carta de su socio y dirigió una asombrada mirada al hombre que llevaba diez minutos sentado frente a él. Este tenía la espalda muy erguida, y cada vez que Eduardo había logrado despegar la vista de las líneas escritas por Diego, había asentido amablemente para corroborar el relato.

Para consternación de Gamboa, cuando por fin Eduardo terminó de leer la carta, en lugar de dirigirse a él se fue directo a abrir la puerta del despacho.

—¡Eh, tú! —le dijo al primer empleado que pasaba por allí—. Tráenos una botella de brandy y dos vasos. ¡Rápido!

El dependiente corrió a cumplir el encargo de su patrón. Jamás, en los diecisiete años que llevaba en marcha el almacén, había Eduardo pedido algo de aquella manera, y mucho menos una botella de licor.

Eduardo volvió a sentarse en su sillón y tomó de nuevo la carta, dispuesto a releer algunos fragmentos. Gamboa, suspirando, se dejó caer en la silla, y se recordó que si estaba haciendo todo aquello era por Diego.

Cuando llegó el brandy, Eduardo llenó los dos vasos y vació el suyo de un trago antes de volverlo a llenar. Gamboa pensaba que iba a vaciarlo de golpe de nuevo, pero no fue así; Eduardo podía perder los papeles, pero solo hasta cierto punto.

—Así que usted es Luis María Gamboa —dijo al fin.

Este asintió, esperando que el socio de Diego hiciera alguna alusión a su fama como descubridor, como hacían todos. Pero el siguiente comentario de Eduardo no fue exactamente en esa dirección.

—Y ha averiguado que me están estafando.

—Absolutamente —respondió Gamboa, asintiendo.

Y, dando por perdido su minuto de gloria, procedió a contarle a Eduardo su versión de la historia que, aunque estaba ligeramente más adornada que la de Diego, coincidía con ella en lo esencial. Cuando finalizó su relato, Gamboa comprendió la preocupación que Eduardo sentía por su socio y trató de tranquilizarlo.

—Diego estará bien. Es un hombre extraordinario y no me cabe ninguna duda de que sabrá gestionar este asunto.

—Quizás debería ir con él y llevar refuerzos conmigo —pensó Eduardo en voz alta—. Pero el viaje es largo y alguien debe atender nuestros negocios aquí.

—No creo que sea necesario que se traslade hasta allí —opinó Gamboa—. De hecho, es probable que a estas alturas Diego ya haya recuperado la hacienda. Convenimos en que lo mejor sería intervenir cuanto antes, no fueran los hombres de la corporación a sospechar algo y a echarlo todo a perder antes de que ustedes tuvieran opción de actuar. Cuando me fui, su socio ya estaba reclutando a los hombres que le iban a ayudar en la causa.

Eduardo pareció dubitativo.

—Además, no le vendrá mal un poco de acción para olvidar sus penas —añadió el explorador, para convencerle.

—¿Qué penas? —se extrañó Eduardo.

Gamboa se encogió de hombros y Eduardo, sin saber a qué se podía estar refiriendo, dio por hecho que el comentario no era más que otra excentricidad de aquel hombre tan peculiar.

Cuando Gamboa terminó su copa, Eduardo le agradeció enormemente su ayuda y se ofreció para compensarle con cualquier cosa que pudiera necesitar.

—Para mí significa mucho todo lo que ha hecho y, por lo que dice Diego en su carta, para él también.

—No tienen que agradecerme nada —aseguró este—. No sabe

el tedio del que me salvó nuestro querido Diego en la pampa. Su compañía durante esos días tuvo para mí un valor incalculable. Cuando uno se encuentra en situaciones límite, como me he encontrado yo muchas veces por mi trabajo, aprende a valorar las cosas esenciales de la vida. Y la amistad está, sin duda, entre las cinco más importantes. Siempre que Diego lo necesite, encontrará en mí a un amigo fiel.

Después de decir aquellas palabras grandilocuentes, Gamboa se despidió de Eduardo con un abrazo emocionado, y este pudo regresar a su mesa para dar cuenta de su segundo vaso de brandy y reflexionar sobre la situación en la que se había visto inmerso Diego.

En ello estaba cuando Ferran, el encargado de los almacenes, llamó a su puerta.

—Señor —le dijo—, si tiene un momento, quisiera hablar con usted.

Tenía el gesto muy serio y los hombros hundidos, y Eduardo supo que las noticias que traía no eran buenas.

—¿Qué ocurre, Ferran?

—Verá, don Eduardo. Necesito de su consejo —dijo el buen hombre, mientras trataba de manera evidente de controlar sus nervios—. Se trata de mi primo, Josep. Estuvo trabajando en el almacén hace unos años, no sé si lo recordará.

Eduardo negó; era imposible que se acordara de todos los hombres que habían trabajado para él.

—Llegó hace diez años de España, pero habría sido mejor que se hubiera quedado allí. Es una calamidad, don Eduardo, una auténtica calamidad. Le pierden el vino y las mujeres, y sus ansias parecen no tener fin —los ojos de Ferran se humedecieron, provocándole a Eduardo una gran incomodidad—. Yo se lo llevo diciendo muchos años: que se centre, que busque una buena mujer y se olvide de las perdidas con las que se pasea; pero no ha habido nada que hacer. También le he ayudado económicamente en la medida en la que he podido porque, como usted bien sabe, yo sí tengo una familia por la que mirar.

—¿Y qué puedo hacer yo por usted y su primo, Ferran? —lo interrumpió Eduardo, queriendo dar por terminada cuanto antes aquella reunión tan desagradable.

—Ayer volvió a pedirme dinero para saldar algunas deudas de juego. Yo le respondí que le ayudaría a pagarlo todo, pero con la condición de que se volviera a España.

A Eduardo le pareció una solución acertada.

—Pero no tiene dinero ni para el pasaje, don Eduardo. Por eso, me preguntaba si usted podría adelantarme la paga de medio año. Ya sé que apenas estamos en diciembre y que, precisamente, acabamos de recibir la de Navidad, pero llevo muchos años trabajando con usted y…

—Y nunca me ha pedido nada —completó Eduardo.

—No, no es eso. ¿Cómo iba yo a pedirle algo, con todo lo que me ha dado usted, don Eduardo? —respondió Ferran negando—. Me refiero a que me conoce bien y que espero que sepa que, si me adelanta ese dinero, nunca me marcharé de aquí sin haber saldado la deuda.

—Claro que lo sé, Ferran, claro que lo sé. De hecho, mi confianza en usted es tal que pagaré el pasaje de su primo de mi propio bolsillo si eso sirve para que de verdad le deje en paz —le dijo Eduardo en un arranque de generosidad. Se diría que el desinteresado gesto que Gamboa había tenido con él minutos antes le había resultado inspirador—. Y tráigame un informe detallado con las deudas de su primo, para ver si podemos ayudarle con eso también.

Escuchar aquello hizo que el bueno de Ferran no pudiera contener más su emoción. Eduardo se acercó a él y le dio varias palmadas en la espalda, tratando de tranquilizarlo.

—Vamos, Ferran, que no decaiga ese ánimo. Usted es un buen hombre y Dios sabe que ha hecho todo lo que ha podido por ese desagradecido primo suyo.

—Gracias, don Eduardo —logró decir Ferran entre lágrimas—. No sabe lo que su apoyo significa para mí.

—No, Ferran, gracias a usted. Sin su honradez y saber hacer, Salcedo y Cía. nunca hubiera llegado a ser lo que es —exageró Eduardo para reconfortarlo—. Primero, vamos a solucionar este asunto, y después le subiremos la paga como agradecimiento por todos estos años de entrega.

Mientras decía esto último, Eduardo fue empujando al hombre fuera de su despacho, y pensó en que tendría que replantearse el volver a trabajar desde Villa Salcedo para no tener que vivir tardes tan agitadas como esa.

Una vez en casa, durante la cena, puso al día a Teresa respecto a las noticias de Diego.

—Y esa incursión de la que hablas, ¿no será peligrosa? —se preocupó ella.

—No lo hará solo. Diego no es tan tonto como para dejarse matar —respondió Eduardo en un tono un poco brusco.

Se sentía culpable de que su socio se tuviera que enfrentar a todo aquello sin su ayuda.

Teresa dejó los cubiertos sobre su plato.

—¿Y no hay nada que nosotros podamos hacer por él?

—Mañana me reuniré con nuestros abogados y enviaremos una notificación a la empresa que gestiona la hacienda dando por finalizado el contrato con ellos. Le mandaré una copia enseguida a Diego para que pueda demostrar que no está solo en esto y que los jueces están al tanto de la situación. Esperemos que si los hombres de la corporación están pensando en plantarle cara, eso les haga echarse atrás.

A Teresa la medida le pareció insuficiente, pero no se le ocurría qué más se podía hacer, y menos aún de qué manera podía ella ayudar.

Esa noche, cuando Eduardo se encontró ya solo en su despacho y mientras se servía la tercera copa del día, algo nada habitual en él, le vino de nuevo a la mente la historia del primo de Ferran.

Aquel era un ejemplo más de los muchos inmigrantes que, bien por falta de voluntad o por simple mala suerte, no habían logrado triunfar en el Nuevo Mundo, echando por tierra todos los planes y esperanzas que los habían llevado un día hasta él, y con ellas las de todos sus familiares también. Ese era el único consuelo que le había quedado a Eduardo cuando, unos meses atrás, había recibido la triste noticia de la muerte de su madre. Al menos sabía que había logrado que ella se sintiera muy orgullosa de él.

Salcedo se preguntó cuál sería la clave del éxito. Sin duda, él había sido un afortunado. Generalmente, sus compatriotas salían adelante, e incluso juntaban ciertos ahorros que les permitían volver a sus casas y empezar allí una nueva vida, poniendo en marcha algún negocio en el que emplear a los suyos. Pero él había acabado triunfando de verdad. Si quisiera, podría regresar ya a España, y no para montar otra fábrica o un comercio, sino para vivir de las rentas que había acumulado a lo largo de esos años en Argentina. Poco más le faltaba por conseguir allí.

Mientras agitaba su copa, recordó el día en el que, diecisiete años atrás, el renqueante carromato en el que viajaba con unos jovencísimos Guido, Diego y Justa hizo su entrada en Buenos Aires procedente de La Favorita.

Hacía cuatro años que Diego y él habían abandonado la ciudad, y jamás pensó que al regresar la encontrarían en aquel desolador estado.

Las calles estaban desiertas y las casas que habían alojado enfermos de la fiebre se encontraban tapiadas y marcadas con cal.

Se cruzaron con varios carros que transportaban cadáveres amortajados y, siguiendo el consejo del cochero, sacaron de sus hatillos pañuelos con los que cubrirse el rostro.

También pudieron ver familias completas cargando con todos sus enseres a cuestas.

—¿A dónde va la gente? —preguntó Diego.

—Los pobres al campo, y los ricos al norte de la ciudad, hacia los barrios de Retiro, la Recoleta… hasta Belgrano —respondió el cochero—. Lo más lejos que pueden de Barracas.

Ninguno de sus tres compañeros dijo nada, pero Eduardo sabía que todos estaban pensando que regresar a Buenos Aires había sido un error.

En ese instante les adelantó un carro del ejército que iba con dirección al río.

—Esos van a repartir comida —aclaró el conductor antes de que le preguntaran—. Los comerciantes no quieren acercarse a las zonas más afectadas por la enfermedad, así que el ejército ha tenido que intervenir. Son los únicos que se atreven a viajar más allá de este punto.

Tras decir aquello, hizo la carreta a un lado de la calle y, deteniendo a los caballos, los miró con cara de circunstancias.

—Si quieren seguir hacia el río, tendrán que hacerlo a pie, aunque yo no se lo recomiendo.

Los cuatro amigos bajaron del carro con sus escasas pertenencias y Eduardo pagó al cochero por sus servicios. Cuando este se hubo marchado, se quedaron completamente solos.

—Vamos —dijo Eduardo, tomando su hatillo y echando a andar.

Pasaron por delante de varios comercios, todos cerrados a cal y canto, y muchos de ellos con aspecto de haber sido saqueados. Tras más de media hora caminando sin rumbo divisaron un hostal. La puerta estaba cerrada, pero una de las ventanas que daban a la calle tenía ropa tendida al sol, lo que le hizo pensar a Eduardo que había alguien en su interior. Junto a la entrada había un letrero en el que ponía «Hostal Piedras». Eduardo se acercó hasta allí y golpeó con fuerza la aldaba de la puerta sin obtener respuesta.

Diego, Justa y Guido lo miraban expectantes, esperando a ver cómo solucionaba aquel nuevo contratiempo. Un perro con las costillas marcadas por la falta de alimento, decidió atravesar la calle en ese momento, y Eduardo, como si hubiera visto su futuro reflejado en aquel chucho, volvió a llamar a la puerta del hostal con más ahínco, aunque con idéntico resultado.

Dejó entonces caer su hatillo en el escalón que había bajo la puerta y se dispuso a esperar hasta que algún huésped, si acaso los había, entrara o saliera del edificio. Transcurridos varios minutos, y en vista de que su amigo no parecía tener intención de moverse de allí, Guido y Diego cruzaron la calle para acomodarse en el suelo, con sus espaldas apoyadas en el muro de un edificio que tenía aspecto de estar abandonado. Tras vacilar un instante, Justa fue a sentarse con ellos.

Debió de transcurrir una hora antes de que la puerta del hostal se abriera y un argentino gordo y maloliente se asomara por ella.

—¿Es que no piensan irse? —gruñó.

Eduardo negó y el hombre, viendo su determinación, les hizo un gesto para que entraran.

Alquilaron una habitación para los cuatro. Al principio el dueño no parecía dispuesto a dejar que Justa se alojara con los tres hombres, pero Diego le juró y perjuró que era su esposa, y se ofreció a pagar un poco más de dinero de lo habitual para que la dejara dormir con él. Finalmente, el argentino aceptó. Apenas quedaba gente ya en aquel barrio, y él tampoco podía andarse con demasiados remilgos.

Se acomodaron como pudieron en el pequeño cuarto y al día siguiente, tras sopesar las opciones que tenían, decidieron ir al muelle de las Catalinas a buscar trabajo. El sur de la ciudad, donde se concentraban los enfermos, estaba descartado, y pensaron que la falta de trabajadores tenía que notarse a la fuerza en los muelles. Por su parte, Justa dijo que los acompañaría hasta allí y que después continuaría su camino para tratar de encontrar colocación en alguna residencia de aquella zona.

Tal y como habían esperado, los tres muchachos, jóvenes y fuertes, fueron recibidos entre los estibadores del puerto con los brazos abiertos. Sin embargo, la paga que les ofrecieron, aunque en aquellos días era más elevada debido a la falta de personal, apenas les daba para cubrir sus gastos.

Tras un par de semanas dejándose el lomo cargando mercancías, Guido sugirió que se trasladaran a una residencia más económica que la de la calle Piedras. Propuso ocupar un cuarto en algún conventillo, algo a lo que Eduardo se negó en redondo.

—¿No ves que ese gordo argentino se está llevando casi todo lo que ganamos en el cargadero?

—Aun así, yo no arriesgaré mi vida metiéndome en un lugar de esos —insistió Eduardo.

Diego escuchaba la discusión cabizbajo, reacio a tomar parte por ninguno de sus dos amigos.

—Pues si vamos a quedarnos aquí, Justa tendrá que empezar a pagar su parte del alquiler —murmuró finalmente el italiano, esquivando la mirada de Eduardo.

Todos sabían que la mulata no tenía forma alguna de pagar. Todavía no había encontrado empleo y, si lo que les había dicho era cierto, todo lo que había ganado durante los años que había trabajado en La Favorita se lo había tenido que ir entregando a su antiguo novio.

—Si lo que te preocupa es la parte de Justa, yo la asumiré —respondió Eduardo con voz firme.

Ella lo miró sin saber qué decir. Por más que su orgullo se lo estuviera pidiendo a gritos, no podía rechazar la oferta de Eduardo. De hacerlo se vería obligada a marcharse de allí, y era consciente de que sin la protección de aquellos hombres estaría perdida.

—Yo pagaré la mitad —se ofreció entonces Diego, y Eduardo asintió, aceptándolo.

Guido se puso en pie, lleno de cólera, y salió de la habitación.

—Hablaré con él —anunció Diego, saliendo tras él.

Cuando se quedaron solos, Justa acercó lentamente su mano a la de Eduardo y este la tomó entre las suyas, admirado por su color tostado como el de las castañas. La mujer comenzó a aproximarse más a él.

—No tienes que hacer esto, Justa —le dijo Eduardo.

—Lo sé —respondió ella.

Eduardo la miró un instante a sus ojos verdes y tuvo que hacer uso de toda su fuerza de voluntad para abandonar la habitación él también.

Durante varias semanas los tres amigos acudieron puntualmente a los muelles en una nueva rutina que parecían haber adoptado con resignación. Sin embargo, la mente de Eduardo no paraba de trabajar, convencido de que en aquella excepcional situación tenía que encontrarse la clave para triunfar. Solo debía entender cómo la enfermedad había cambiado las rutinas de aquella ciudad y descubrir qué era lo que él podía hacer para mejorar la vida de la gente. Y, una tarde, en el muelle, dio con la clave que estaba buscando.

La noche anterior había llegado un barco procedente de Paraguay cargado de harina y cereales. Los tres amigos se habían pasado toda la mañana trasladando los pesados sacos desde la bodega de la nave hasta los depósitos del puerto. A última hora de la mañana, como era habitual, el muelle comenzó a llenarse con los empleados de las grandes casas de Buenos Aires, que iban en busca de algo con lo que llenar las deslustradas despensas de sus patrones. Aquello suponía que, cuando terminaran su faena, Guido, Diego y Eduardo podrían ganarse algunas monedas extra ayudándolos a cargar sus carros.

A las doce del mediodía, con el sol quemándole la piel, Eduardo dejó caer el último saco de harina en una de aquellas carretas. Se quitó la gorra y se masajeó los brazos, doloridos por el esfuerzo de aquel duro día de trabajo. Mientras el chófer buscaba su propina en una bolsita que llevaba atada al cinto, Eduardo comentó:

—Con esto tendrán harina para todo el año.

El chófer hizo un gesto de hastío.

—Nos salen las empanadas por las orejas. Ya podía llegar un barco como este cargado de fruta y verdura, que es lo que de verdad nos hace falta.

—¿Tienen problemas para conseguir productos frescos? —preguntó Eduardo.

—Tenemos problemas para conseguir cualquier cosa. Los pocos comerciantes que se han quedado en la ciudad están cerrando sus negocios; entre los saqueos que sufren y que nadie quiere salir de su casa por miedo a caer enfermo, ya no tienen quien les compre. Y las autoridades tienen la ciudad abandonada. ¡Si hasta dicen que el presidente de la República ha huido a Mercedes!

Eduardo había oído que varios periódicos habían tenido que cerrar también por falta de personal y de compradores. Tal y como decía aquel cochero, nadie quería salir de sus casas, ni siquiera para informarse de si ya podían hacerlo.

Pensó en toda esa gente, prisionera en sus propias viviendas, y en lo que estarían dispuestos a pagar para que alguien les llevara todas aquellas mercancías hasta las puertas de sus casas.

Por otro lado, la situación de los productores tampoco era nada halagüeña. Ahora que la ciudad estaba prácticamente sitiada y los comercios cerrados, no tenían dónde vender sus productos, y veían con tristeza cómo muchos de ellos se echaban a perder en sus casas.

—Dígame dónde vive y mañana les llenaré la despensa de hortalizas —le prometió Eduardo al cochero.

Esa misma tarde, cuando volvían al hostal, Eduardo se separó de sus amigos y se dirigió a comprar una carreta. De vuelta en la calle Piedras, les contó a sus compañeros sus planes. Guido no se lo podía creer hasta que, animado por Eduardo, se asomó a la ventana y vio un destartalado carro atado a un todavía más viejo jamelgo.

—Partiré ahora mismo hacia el oeste y me detendré en todas las granjas que encuentre en el camino. Mañana por la mañana estaré de vuelta en Buenos Aires para vender lo que haya adquirido.

Diego, que sí creía a Eduardo capaz de hacer aquella locura, no pudo más que reír.

—No tienes que venir si no quieres —le dijo este, enojado.

—Vamos, Eduardo, no te enfades —respondió Diego—. Claro que iré contigo. Sabes que no me perdería esto por nada del mundo.

Durante toda la noche que siguió a aquel día, Eduardo y Diego se fueron turnando para manejar la carreta, que hacían avanzar de forma imparable. Por primera vez, los dos amigos agradecieron que el duro trabajo en el muelle los dejara tan exhaustos como para ser capaces de conciliar el sueño en prácticamente cualquier lugar.

Recorrieron muchos kilómetros y despertaron a los habitantes de varias granjas a su paso. Estos al principio los recibían con desconfianza, pero cuando veían que aquellos dos españoles chiflados estaban dispuestos a comprarles casi toda la cosecha, sus rostros se llenaban de felicidad. Alguno incluso hizo salir a su mujer de la cama para que les preparara un café caliente y algo para comer.

Al mediodía siguiente, casi a la misma hora a la que Eduardo había formulado su promesa el día anterior, los dos amigos entraron triunfantes en el barrio de Belgrano con la carreta cargada de frutas, verduras y huevos todavía tibios que las gallinas acababan de poner. A pesar del cansancio y de despedir una terrible peste a humanidad, las sonrisas de satisfacción de los muchachos eran radiantes.

Les bastó con llamar a cuatro casas para agotar sus existencias y, mientras ajustaban cuentas con sus compradores, varias cocineras salieron de las residencias vecinas para pedirles alimentos. Al ver que se les habían terminado, les rogaron que visitaran sus casas primero la próxima vez, e incluso trataron de pagarles por adelantado.

—Nos haremos con otra carreta —anunció Eduardo mientras

regresaban al hostal, al tiempo que contaba mentalmente los beneficios que habían obtenido aquel día.

Esta vez Diego no se lo tomó a broma.

A partir de entonces la rutina de los amigos cambió. Se acostaban muy temprano para salir de madrugada al campo y regresaban con la mercancía justo a tiempo de que en las casas la pudieran cocinar. Se convirtieron en los muchachos más populares de los buenos barrios, y sus hortalizas devolvieron a la gente la esperanza y una pequeña dosis de normalidad.

El negocio creció rápidamente y su clientela comenzó a encargarles todo tipo de productos: ropa, útiles de cocina, recados de escribir… En cuanto oían los carromatos llegar a sus barrios, hasta las señoras más ilustres salían a la calle para presenciar el espectáculo que suponía ver a aquellos dos jóvenes recitar su lista de productos al tiempo que las cocineras y las amas de llaves se peleaban por hacerse con ellos.

—Han traído ustedes la alegría de vuelta al barrio —les dijo un día un ilustre médico que se había negado a abandonar la ciudad.

A Eduardo le emocionó el reconocimiento que vio en aquellos ojos que cada día miraban cara a cara a la muerte.

Una de esas mañanas, Eduardo oyó a una de las cocineras decir que necesitaba contratar una ayudante y, sin pensárselo dos veces, le habló de Justa. La mujer aceptó entrevistar a la muchacha al día siguiente; si le gustaba, se quedaría con ella. De vuelta en el hostal le dio la noticia a la mulata, quien la recibió con gran ilusión.

Un poco más tarde, Diego anunció que se iba a buscar a Guido al muelle para estirar un poco las piernas antes de echarse a dormir. Eduardo en cambio prefirió quedarse; estaba demasiado cansado para acompañarle.

Se acomodó en una de las camas del hostal, cruzando las manos bajo su cabeza, y cerró los ojos. Unos segundos después, sintió cómo el colchón se hundía a su lado. Las anchas manos de Justa comenzaron a acariciarle el brazo, para continuar después por su torso, y aquella vez Eduardo fue incapaz de decirle que no.

A las pocas semanas de comenzar su aventura comercial, Diego y Eduardo ya habían ganado más de lo que hubiesen juntado trabajando en el muelle todo el año.

—Siento no haberte tomado en serio al principio —se disculpó una tarde Diego mientras repartían sus ganancias en el hostal.

Eduardo hizo un gesto con la mano para acallarlo.

—No te preocupes. De vez en cuando me viene bien que me hagas reflexionar un poco las cosas.

—Como si eso sirviera para algo —bromeó su amigo.

Eduardo rio.

—Sirve para que me ratifique en mis ideas.

Diego se abalanzó sobre él y, agarrándole del cuello, le revolvió el cabello. Eduardo se lo quitó de encima como buenamente pudo. Cuando ambos hubieron recuperado el aliento, Diego volvió a hablar.

—Necesitaríamos un almacén —sugirió.

—De hecho, ahora que lo mencionas, tengo una idea mejor —respondió Eduardo, haciéndole un gesto a Diego para que lo siguiera fuera del hostal.

Nada más salir, se quedó parado en mitad de la calle Piedras. Entonces, lentamente, en un gesto casi místico, comenzó a alzar los brazos en dirección al edificio que tenían enfrente, aquel en el que Diego y Guido se había apoyado mientras esperaban a que les abrieran el hostal el día de su regreso a Buenos Aires.

—Está en venta —anunció, triunfante.

Diego observó la casa, con su pintura descascarillada, las maderas podridas y los cristales rotos. Se acercó a ella y se asomó a una de las ventanas, poniendo cuidado para no cortarse con un filo.

—Yo me refería a un local más pequeño, Eduardo. Esto debe de costar un dineral.

—Los precios han bajado mucho; hoy en día nadie quiere vivir en esta zona —rebatió su amigo.

—Pues menudo consuelo...

—Vamos, Diego, piénsalo. La fiebre desaparecerá en pocas semanas, y con el tiempo la casa se revalorizará. Estamos en pleno centro de Buenos Aires, a un paso del cabildo y de los edificios administrativos. Comprar el edificio sería una magnífica inversión.

Diego comenzó a recorrer aquella manzana de la calle Piedras arriba y abajo. En su segunda vuelta, Eduardo se unió a él.

—Cuando la situación se recupere, todos esos ricachones a cuyas casas vamos ahora a vender vendrán aquí a comprar nuestros productos. Y, si no, siempre podemos alquilar las habitaciones —dijo, medio en broma.

Unas semanas después de aquella conversación, Eduardo y Diego firmaron el contrato de compra del edificio que algún día albergaría uno de los almacenes más prósperos de la ciudad.

Guido, por algún motivo que entonces a los españoles se les escapó, no quiso entrar a formar parte del negocio. Pero el día en que sus amigos formalizaron la compra del local, los sorprendió llevando consigo a un fotógrafo para que inmortalizara el momento.

Aquella foto, con los dos jovencísimos socios cogiéndose de los hombros, llenos de ilusión y de vida, todavía se podía ver colgada en el pequeño despacho de los almacenes.

Con los ojos empañados por la emoción de aquel recuerdo, Eduardo apuró su vaso de brandy, deseando fervientemente que Diego saliera indemne de aquel lío en el que se había visto envuelto por salvar los malditos terrenos de Juárez.

16

Pocos días después de la marcha de su amigo Gamboa, Diego recibió de parte de Eduardo una copia de la notificación que sus abogados habían enviado a la corporación encargada de explotar la hacienda de Juárez mediante la cual Eduardo y él daban por rotas las relaciones con ellos y anunciaban la interposición de una querella para reclamar lo que durante años les había sido usurpado.

Para entonces, Diego había logrado reclutar a un grupo de hombres de la peor calaña: fugitivos, mercenarios y cazarrecompensas, con el fin de formar el pequeño batallón que le permitiría recuperar sus tierras.

Como era de esperar, cuando llegó el momento del asalto, la reacción de los capataces de la hacienda, encabezados por el tuerto, no fue amistosa, y Diego y sus hombres prácticamente tuvieron que empujarlos a punta de rifle hasta el camino que marcaba el inicio de su propiedad.

—Volveremos —amenazó el tuerto, lanzando un último escupitajo a los pies del caballo de Diego.

El problema llegó cuando, detrás de los capataces, se marcharon también todos los peones.

—Don Diego, usted comprenderá... —fue toda la explicación que le dio uno de ellos, cabizbajo, mientras pasaba por delante de él.

Y Diego comprendió. Comprendió que aquellos hombres no querían verse envueltos en una guerra, ni enemistarse con la poderosa corporación, que seguía gestionando muchas hectáreas de tierra en aquella zona. Y, si lo pensaba bien, empezar de cero tendría también sus ventajas para él. Claro que entonces aún no sabía lo difícil que le iba a resultar encontrar hombres que sustituyeran a aquellos que se estaban marchando.

Por lo menos los trabajadores dieron la cara al irse; no así los indios, que desaparecieron de su campamento una buena mañana sin decir nada ni dejar rastro, aunque habiendo cumplido, eso sí, su promesa de no oponerse al asalto de Diego.

Cuando finalmente se vio solo en sus inmensos dominios, Diego decidió mantener a su temible ejército a sueldo unos meses más, por si el tuerto y sus hombres volvían a acercarse por allí, y se dedicó con poco éxito a tratar de reclutar trabajadores en la población de Benito Juárez.

En esa época escribió su segunda carta a Eduardo, al que suponía preocupado por él, relatándole el éxito de la toma de control de la hacienda y el fracaso a la hora de nutrirla de personal que la hiciera funcionar. Un mes y medio después de enviarla, aparecieron en la hacienda dos carros cargados con una veintena de hombres.

Uno de los matones de Diego le alertó de aquella extraña visita, y él se apresuró a llegar al lugar haciéndose acompañar de varios de sus escoltas, a los que ordenó mantenerse alerta por si tenían que enfrentar a posibles enemigos.

Encontró los carromatos junto a la que había sido la residencia del tuerto. Uno de los hombres que había llegado en ellos, el que parecía de más edad, había descendido al suelo. Los demás miraban a Diego expectantes desde las alturas de los carromatos.

—¿Don Diego Álvarez? —preguntó el hombre que estaba en tierra, estirando sus extremidades, entumecidas por todo el tiempo que habían pasado en la misma postura—. Soy Francisco Jiménez, su nuevo capataz. Me envía doña Teresa.

Diego observó a aquel extraño y a los otros diecinueve que seguían en las carretas, incapaz de asimilar aquel milagro.

—Doña Teresa Salcedo —insistió el hombre, interpretando por el silencio de Diego que este no sabía de quién le estaba hablando.

Francisco Jiménez comenzó entonces a buscar algo en el bolsillo de su chaqueta, consciente de que los ojos de los guardaespaldas de Diego seguían con atención todos sus movimientos. Finalmente, extrajo un sobre arrugado y se lo tendió a Diego.

Este leyó su nombre en la carta, escrito con una suave caligrafía de mujer, y se sorprendió al ver que los dedos le temblaban al tratar de abrirla.

Como había imaginado, era de Teresa. En ella la esposa de Eduardo le explicaba que había sabido por este de las dificultades por las que estaba pasando para encontrar trabajadores para la hacienda, y que se había tomado la libertad de utilizar sus contactos en el Hotel de Inmigrantes con el fin de reclutar a algunos hombres que estuvieran dispuestos a trasladarse hasta ella. Según decía, había entrevistado a casi cien candidatos, dando prioridad a los que tuvieran familia, para beneficiar al máximo número de personas posible; a los que se habían inscrito en el curso de la Escuela de Inmigrantes, ya que eso denotaba que tenían inquietud; y a los que tuvieran nacionalidad española, por aquello de su compromiso con la Sociedad de Beneficencia. Respecto a esto último, sin embargo, reconocía que no había sido demasiado escrupulosa y había incluido en el lote a cuatro italianos y un polaco que parecían tener mucha necesidad de trabajar.

Diego sonrió. Se imaginó a Teresa, menuda como era, pero llena de determinación, entrevistando a aquellos hombres y pensando en él y en su bienestar. Y necesitó apartar un instante su mirada de la carta y llenarse los pulmones de aire para evitar que la emoción que estaba comenzando a sentir se apoderase de él. Porque con su gesto, Teresa le había hecho sentir que no estaba tan solo como creía en aquel territorio inhóspito y salvaje.

La esposa de Eduardo cerraba la nota introduciéndole a Francisco. Al parecer era un antiguo estudiante de su escuela con el que había entablado buena relación durante su paso por ella. Decía de él que era muy aplicado y que, al tener cierta edad, había creído que le sería de ayuda a la hora de organizar las tareas y controlar a los demás hombres. En varios puntos de la nota insistía en su deseo de que así fuera y en las ventajas de que se tratara de un hombre maduro.

Diego sonrió de nuevo, esta vez con cierta ironía, y le dirigió una mirada a Francisco. Sin duda, por su edad, aquel hombre hubiera estado mucho mejor trabajando en los almacenes que en medio de la pampa. El candidato a capataz, que ignoraba los pensamientos de Diego, le devolvió la sonrisa, y este procedió a leer la última frase de la carta de Teresa con resignación. Era una despedida formal, «un saludo cordial». Pero el solo hecho de que le hubiera enviado a esos hombres le había dicho a Diego mucho más.

A pesar de su reserva inicial, Diego no tardó en comprender por qué Francisco se había ganado la confianza de Teresa.

El día de su llegada a la hacienda, tras ubicar a los futuros trabajadores en las chozas de cañas que habían usado hasta entonces los peones de la corporación, Diego invitó al capataz a la vivienda del tuerto para que compartiera un café con él.

Mientras calentaba el agua calculó que el hombre tendría unos quince años más que él, es decir, que rondaría los cincuenta, y aquella tarde pudo saber que esa era la segunda vez que viajaba a Argentina.

La primera había sido en 1873. En aquella época, antes de cruzar el charco, Francisco trabajaba cuidando el rebaño que tenía su suegro en la sierra de Montilla, de donde provenía. Durante años se había dedicado al pastoreo y a formar una bonita familia con su mujer, a la que parecía tener gran aprecio. Llevaba una vida tranquila y feliz, hasta que el hermano pequeño de su esposa decidió meterse en el negocio familiar.

Según Francisco, el único objetivo de su cuñado era heredar los animales, para lo que trató de ganarse el favor de su suegro al tiempo que destruía la buena imagen que este tenía de él. Lo menospreciaba en público, le ponía en evidencia en cuanto veía la ocasión e, incluso, más de una vez, le echó la culpa de errores que no habían sido suyos.

Harto de la situación y preocupado porque aquellas rencillas acabaran afectando a su matrimonio, Francisco optó por buscarse otro trabajo. Fue entonces cuando le hablaron de América. Varios vecinos de los pueblos cercanos habían emigrado a Brasil y, tentado por la posibilidad de juntar unos ahorros con los que ofrecer un futuro mejor a sus hijos y a su mujer, Francisco decidió probar suerte él también.

La mañana en la que fue a Córdoba dispuesto a comprar su pasaje a São Paulo, un reclutador que trabajaba para el gobierno argentino le habló maravillas de su país y le ofreció tanto un cómodo empleo en el campo como la financiación íntegra del viaje. Y él, a quien en el fondo le daba igual ir a un lugar que a otro, aceptó la oferta del enganchador con la intención de regresar a Andalucía transcurridos cinco años.

Estos se convirtieron finalmente en más de diez, pero Francisco logró reunir en ese tiempo el dinero suficiente para, a su vuelta, adquirir un viñedo en su tierra. Sin embargo, toda la ilusión que su mujer y él pusieron en ese proyecto, se vio truncada demasiado pronto, cuando descubrieron que las raíces de las cepas que habían comprado estaban completamente invadidas por el parásito de la filoxera.

Dos años después, todas las plantas que salpicaban su viña se secaron y Francisco no tuvo más remedio que volver a emigrar.

—Todo ha sido mucho más difícil esta vez. Separarme de mis hijos, que ya son adultos; dejar de nuevo a mi mujer, que se obsesionó con que ya no íbamos a volver a vernos nunca más… Y, luego, está la edad, que no perdona. Uno ya no tiene la misma fuerza que tenía hace quince años, y eso lo saben los empleadores mejor que yo. Durante los dos meses que llevo en Buenos Aires he tenido que ver cómo todo el mundo encontraba un empleo menos yo. Ni siquiera después de hacer el curso de la Escuela de Inmigrantes logré una ocupación; y mire que doña Elvira y doña Teresa hicieron todo lo que pudieron por mí. Por eso, el día que doña Teresa vino a buscarme y me habló de su hacienda, no lo podía creer. Por supuesto, no tardé ni un segundo en aceptar su propuesta. Y le prometí, igual que ahora lo hago con usted, que jamás se arrepentiría de haberme dado esta oportunidad.

Diego asintió, aunque todavía no las tenía todas consigo, y le ofreció al hombre otra taza de café.

—Si quiere, puede ocupar esta casa —le dijo, señalando a su alrededor—. Yo, de momento, seguiré alojándome en el pueblo, en El Jardín del Edén.

Francisco negó.

—Dormiré con los muchachos —respondió—. Prefiero no dejarlos solos los primeros días, y así también le daré a usted tiempo para que pueda valorar si de verdad quiere que yo sea su capataz.

A Diego aquel gesto le pareció muy honorable, y tras él vinieron muchos más que le terminaron de convencer de que Francisco era un hombre más que adecuado para controlar el funcionamiento diario de la hacienda. Tenía experiencia cuidando animales y explotando la tierra y, aunque al trabajar con su suegro no había tenido la ocasión de tomar muchas decisiones por sí mismo, poseía cierta claridad para analizar los problemas y tratar de darles solución. Además, los demás hombres parecían haber asumido su autoridad de una manera natural, por lo que Diego dejó de dudar si sería bueno apoyarse en él.

Lo primero que hicieron juntos fue un inventario de todo lo que había en la hacienda. Contaron casi doscientos caballos criollos que, aparte de para arar, no tenían mucha más utilidad; mil doscientas ovejas merinas y otras tantas criollas, cuya lana era de escasa calidad; y cinco mil seiscientas cabezas de ganado bovino, también criollo, cuyo único fin posible sería abastecer de carne al mercado saladerista. Sin lugar a dudas, iba a ser necesario invertir en la compra de animales de raza para mejorar aquella calamidad.

En cuanto a las tierras, la situación era más halagüeña, principalmente gracias a los campos de maíz que Gamboa había descubierto cerca del arroyo y que ocupaban casi un tercio del total del terreno, lo que aún les dejaba otras ocho mil hectáreas libres para sembrar o arrendar.

Cuando hubieron recopilado toda la información sobre el estado de la hacienda, Diego le envió un escrupuloso análisis de la misma a Eduardo junto a los presupuestos para la construcción de una nueva vivienda y la compra de una partida de animales con la que ir, poco a poco, mejorando el ganado. Adjuntó a la carta una pequeña nota para Teresa en la que le agradecía su inestimable ayuda con el personal y le rogaba que le enviara un contable. Allí había mucho por hacer y, llevar además los números, le quitaría a él demasiado tiempo.

La respuesta de Eduardo no se hizo esperar: le daba carta blanca para hacer cuanto considerase necesario con el fin de sacar adelante la hacienda.

Diego tuvo la sospecha de que su socio se sentía culpable por haberle metido en aquel desastroso negocio cinco años atrás, pero ahora era él el que confiaba en que podía volverlo rentable y, además, presentía que iba a divertirse mucho en el camino hasta lograrlo.

En cuanto al hombre de finanzas que Diego había solicitado, Eduardo le anunciaba que llegaría a la hacienda en los siguientes días. Y así fue; cuatro días más tarde arribó a la pampa el licenciado Samuel Levi, un muchacho cuyo título de contabilidad tenía todavía la tinta húmeda cuando lo colocó pulcramente en la maleta junto al resto de sus pertenencias.

Diego determinó que Levi se alojara como él en el hotel de Benito Juárez. De ese modo, el joven tendría más espacio para trabajar y ambos podrían despachar los asuntos pendientes cuando él regresara de la hacienda cada día. Además, durante las siguientes semanas, Diego tenía la intención de visitar las ferias de ganado que se celebraban en la zona y quería que el muchacho le acompañara para ir elaborando un registro con los ejemplares que fueran adquiriendo en ellas. Así podrían saber a qué ganadería pertenecía cada animal y llevar un mejor control de los gastos.

Empezaban aquellas jornadas mucho antes del amanecer con el fin de ser los primeros en llegar a las ferias, donde a Diego le gustaba hacer un primer recorrido por todos los puestos limitándose a observar. Después, se acercaban a los dos o tres que más le habían gustado, dando inicio a unas transacciones que podía alargarse un día entero. Diego se tomaba su tiempo para conocer a los ganaderos y trabajarse su confianza y, cuando estos se acostumbraban a su presencia, les hacía cientos de preguntas acerca de los animales, de las características de cada raza, de sus fortalezas y debilidades, y de los posibles cruces que se podían dar entre ellas. Mientras hablaban, Diego iba seleccionando los animales que se quería llevar y, al finalizar el día, cerraba la compra brindando con el vendedor, que a esas alturas ya se había convertido en su amigo, con una buena jarra de cerveza.

En aquella época, tanto Diego como el contable aprendieron a reconocer a los mejores ejemplares de cada especie echando un simple vistazo al brillo de sus ojos, la humedad de sus hocicos y la fuerza de sus extremidades.

Levi le confesó a Diego que había aprendido a su lado en esas semanas más que en todos los años que había asistido a la universidad. Diego rio.

—No hay mejor escuela que la vida, muchacho —le dijo—. Y para mí es muy importante que aprendas bien el negocio. Porque los números no lo son todo; lo que va a hacer que tu trabajo realmente sirva para algo es que comprendas en qué partidas vale la pena gastar más y en cuáles no pasa nada si se recorta.

Al finalizar ese año, la hacienda tenía ya dos mil hectáreas más sembradas con maíz, otras dos mil nuevas de trigo y Diego le había arrendado una porción de terreno a un ganadero holandés, más por la amistad que había llegado a entablar con él que porque tuviera ningún interés en compartir de nuevo sus tierras con extraños.

En cuanto a los animales, habían adquirido cinco mil ovejas merinas, cuyo valor de venta triplicaba el de las criollas, y dos mil vacas de pedigrí, casi todas de la raza Durham.

La obra de la vivienda principal estaba ya próxima a finalizar y los hombres de la hacienda habían cercado gran parte de los límites de la misma, además de ciertas áreas de cultivos con el fin de evitar que los animales los tomaran por pasto.

Diego estaba muy satisfecho con sus logros y, con la ayuda de Samuel Levi, elaboró una nueva propuesta para Eduardo. Su objetivo para el nuevo año era duplicar las cabezas de ganado e introducir caballos de raza. Esto último le tenía espacialmente ilusionado; si no lo había hecho antes era porque el retorno de la inversión con las ovejas y las vacas era más rápido y el mercado mayor. Lo de los caballos era casi una apuesta personal.

Lo que Diego no había esperado era que, cuando los caballos llegaron a la finca, no lo hicieron solos.

17

Manuel observaba admirado al pequeño hombre que, encaramado a un cubo de basura al que había dado la vuelta con ese fin, recitaba el que se convertiría en uno de los mejores discursos que escucharía nunca.

—Compañeros: todavía tenemos fresca en nuestras retinas la imagen que nos han mostrado los periódicos del acorazado Almirante Brown amarrado en la dársena sur del nuevo puerto. Con esa estampa, nuestros gobernadores han querido dar por inaugurada la primera etapa de las obras del ambicioso proyecto del ingeniero Madero, al que se está destinando gran parte de los fondos de las arcas públicas.

Algunos de los presentes dirigieron una mirada curiosa al orador, mientras que la mayoría se resistían a interrumpir sus animadas conversaciones o continuaban su camino hacia la barra para pedir otra jarra de cerveza.

—Dentro de unos días —continuó Leandro con retintín y subiendo el tono de su voz—, nuestros patrones podrán disfrutar del estreno de la ópera «Lucrecia Borgia» en el recién remodelado Teatro de la Ópera de la calle Corrientes, el primero en América latina iluminado con energía eléctrica. A lo mejor debería telefonear a mis primos de Rosario para invitarlos a la función, algo que ya es posible gracias a la nueva línea telefónica que comunica nuestras dos ciudades.

—¡Mejor vete a Rosario a verlos en persona y déjanos beber en paz! —se oyó desde algún rincón del local.

Todos los parroquianos rieron la broma y se volvieron hacia Leandro con curiosidad, para ver cómo respondía a aquella provocación. Sin embargo, él, lejos de amilanarse, replicó sonriendo:

—Por si no lo sabes, antes de que acabe el año los porteños tendremos también el orgullo de que nos una a Montevideo el primer cable telefónico subacuático del mundo. ¡Del mundo! Tal vez prefieras que me vaya hasta allí para no tener que escucharme más.

Los hombres, cuya atención estaba ya toda en él, rieron de nuevo, apoyando la moción.

—¡Entiendo por vuestras risas que os parece bien que esas sean las grandes preocupaciones de nuestros empresarios y dirigentes, y los proyectos a los que se destina el dinero de la República! —gritó Leandro, ya más serio, provocando que las burlas se silenciaran—. Mientras que nosotros tenemos que ver cómo nuestros hijos comienzan a trabajar en sus sucias fábricas cuando todavía deberían estar en el colegio, cómo nuestras mujeres se exponen a execrables peligros porque se ven obligadas a abandonar los talleres tras la puesta de sol, o cómo la falta de un seguro hace que cada día nos enfrentemos a una trampa mortal para poder comer.

Manuel recorrió con su mirada los rostros de los presentes, ahora tomados por la vergüenza y la preocupación.

—Trabajamos y vivimos como animales. Y encima, con la diabólica modalidad del trabajo por subasta, nos humillan y nos enfrentan los unos a los otros, ¡cuando lo que deberíamos hacer es permanecer unidos frente a ellos y luchar por nuestros derechos!

Se comenzaron a escuchar tímidas voces de aprobación.

—Trabajadores —siguió Leandro, más calmado pero con la misma pasión asomando en sus palabras—. Hace tres años, cuatro compañeros fueron ejecutados en Chicago, colgados con una soga al cuello, por haberse atrevido a reclamar una jornada de trabajo digna. Hoy, en su honor, todos los obreros del mundo hemos sido convocados a levantar nuestra voz a un solo tiempo, el próximo primero de mayo, en favor de la jornada laboral de ocho horas. En armonía, formando una fraternidad internacional, ¡celebraremos la primera fiesta universal de los trabajadores!

Algunos de los asistentes aplaudieron animados.

—Utilizarán toda su fuerza para acallarnos. La prensa nos denigrará, tratarán de desmoralizarnos con sus mentiras y nuestros patrones nos amenazarán con despedirnos. Pero, si permanecemos unidos, no nos podrán vencer. ¡Nuestra lucha no ha hecho más que empezar!

Nuevos aplausos resonaron en la cervecería.

—Nos vemos el primero de mayo en el Prado Español. ¡Viva la República Argentina, y viva la libertad!

Muchas voces se levantaron entonces para acompañar los «vivas» de Leandro, entre ellas la de un entregado Manuel, que no entendía cómo no se había dado cuenta de todas las injusticias que había en el mundo antes de escuchar a su amigo hablar la primera vez. Tenía diecinueve años.

Después de dejarse invitar a varias rondas de cerveza, los dos jóvenes dejaron atrás el local con el ambiente convulsionado; una vez más habían logrado prender la llama de la revolución.

Nada más salir de allí, Manuel encendió dos cigarrillos y le tendió uno de ellos al pequeño Leandro.

—Has estado extraordinario —lo felicitó.

Leandro removió el suelo con el pie, como si pretendiera excavar un hoyo en él.

—Tenemos que conseguir movilizar a esta gente. Mañana comenzaremos con la pega de carteles. ¿Vendrás?

Manuel se humedeció los labios antes de dar otra calada mientras asentía.

—Me uniré a vosotros después de clase.

Su amigo rio y alargó una mano para palmearle la espalda.

—Eso, tú estudia, Manuel, que tienes que hacer grandes cosas por la causa.

Manuel sonrió de medio lado.

A lo lejos se acercaba un grupo de muchachas jóvenes. Una de ellas reconoció a Leandro, que empezaba a hacerse popular en los talleres, y les dijo algo a sus amigas, provocando en ellas unas risas nerviosas.

Al llegar a su altura, las jóvenes saludaron a los mozos con coquetería, y la más bonita de todas le dirigió una apreciativa mirada a Manuel.

Mientras se dirigía a la casa de Diego, Teresa se dijo que el día no podía ser más agradable. A esa hora hacía hasta calor, y los ciudadanos de Buenos Aires se habían echado a la calle ante la posibilidad de que aquel fuera el último día bueno antes de que llegara el invierno. Hasta los pájaros parecían piar con más alborozo.

Hacía ya casi un año y medio desde que el dueño de la casa a la que se dirigía había abandonado la ciudad, y ella no había dejado de preguntarse si volvería algún día. Al principio, Eduardo había dado a entender que la ausencia de Diego sería cuestión de unos meses, pero, según las últimas noticias que habían tenido de él, aunque el negocio de Juárez se estaba consolidando gracias a su buen hacer, su amigo no mostraba ni la menor intención de regresar.

Desde su marcha, Teresa había tomado la costumbre de ir de vez en cuando a su casa de Balvanera para asegurarse de que Juanjo estuviera bien. El muchacho seguía residiendo allí, y Diego le había dejado establecida una asignación para que pudiera continuar con sus estudios.

Una criada se dispuso a acompañarla hasta el salón, pero Teresa le dijo que prefería esperar a Juanjo en el patio. Sentada en uno de los bancos de hierro, observó las frondosas palmeras, las grandes hojas de las manos de león y las despeinadas patas de elefante que formaban aquel pequeño vergel.

Poco tiempo después de su llegada, Juanjo irrumpió en el patio con el ímpetu de la juventud. Llevaba las mangas de la camisa remangadas y las manos manchadas de tinta, lo que indicaba que había estado estudiando. Se las mostró a Teresa, excusándose por no poderla saludar adecuadamente.

—No te preocupes, Juanjo. Entre nosotros esas ceremonias están de más.

Las palabras de Teresa eran sinceras. Aparte de haber sido un gran amigo de su hermano, conocía a Juanjo desde niño y le había visto convertirse en el joven responsable que ahora era. Siempre había sentido un cariño especial por él. Y Juanjo la apreciaba igualmente; para él Teresa era como la hermana que nunca había tenido, y era consciente de todo lo que a lo largo de su vida había hecho para ayudarlo. Además, desde que Diego no estaba, ambos parecían haber hallado cierto amparo en la compañía del otro.

—¿Cómo va todo? —le preguntó Teresa, aceptando el brazo que le ofrecía el chiquillo para acceder al salón, donde estarían más frescos.

—Muy bien. Estoy preparando el último examen y mi maestro me ha dicho que él ya no puede enseñarme nada más.

Teresa asintió mientras se sentaba en la gran mesa de palisandro que había compartido años atrás con Diego y su querida amiga común Elvira Gayol. En esta ocasión no había mantel de hilo ni alfajores en ella, pero Teresa se sintió reconfortada al ver que por lo menos alguien se había tomado la molestia de llenar un jarrón de flores para Juanjo.

—¿Y qué vas a hacer? ¿Quieres seguir estudiando? —preguntó.

Juanjo negó.

—Ya he estudiado más de lo que me correspondía —sonrió—. Ahora me toca trabajar.

—¿En los almacenes?

Juanjo desvió su mirada.

—Había pensado intentarlo en algún otro negocio, para aprender otras formas de hacer.

—Me parece muy bien —consideró Teresa, haciendo que Juanjo volviera a mirarla.

—¿De verdad lo crees? Me preocupa que a Diego y a Eduardo no les siente bien que haga algo así.

Teresa sonrió.

—Sabrán apreciar lo valiente de tu decisión, estoy segura.

—No es que no quiera trabajar con ellos —insistió el chico—. Simplemente necesito demostrarme a mí mismo que soy capaz de salir adelante solo.

—Lo sé, Juanjo. Y estoy convencida de que ellos lo entenderán también.

Juanjo se la quedó mirando a los ojos.

—¿Me ayudarás a decírselo a Eduardo?

Teresa asintió. El escollo más difícil de enfrentar siempre había sido Eduardo.

—Bueno, ¿y qué tal va el asunto con Montse? —preguntó Teresa.

Juanjo se sonrojó. Después de mucho tiempo parecía que por fin había conseguido que la hija de Ferran se diera cuenta de que estaban hechos el uno para el otro.

—Bien. Hoy ha hecho unas pruebas para empezar a trabajar en una *boutique*. Está muy contenta de poder dejar el taller de costura.

Ambos se miraron, conscientes de que aquello no respondía a la pregunta de Teresa. Pero la confiada sonrisa de Juanjo le hizo ver a esta que entre él y Montse todo iba bien, y pensó que tal vez aquel fuera el motivo por el que el chiquillo quería empezar a ganarse la vida por sí mismo.

—Y Manuel, ¿qué tal está? —preguntó él.

—Eso esperaba que me lo dijeras tú…

Juanjo vio la preocupación en la mirada de Teresa. Hacía tiempo que Manuel frecuentaba malas compañías y acudía a reuniones clandestinas en las que solo se hablaba de política y de revolución. En un primer momento, todos habían achacado su obsesión por aquellos temas a su duelo por la marcha de Valentina, y habían querido creer que se le pasaría en cuanto otra muchacha despertara su interés. Pero Manuel se mostraba cada vez más implicado en la lucha por los derechos del pueblo y más esquivo con su familia.

Al principio de todo, cuando Manuel comenzó a asistir a aquellas reuniones, Juanjo lo había hecho en alguna ocasión con él, pero no tardó en darse cuenta de que no le interesaba involucrarse en ese tipo de asuntos. Aquello provocó que tuviera una monumental pelea con Manuel. En ella, su amigo le echó en cara su falta de responsabilidad para con su país, le recordó que estaban luchando para que la gente no tuviera que depender de la misericordia de otros, como le había sucedido a él, y hasta culpó a Montse de ser la responsable de aquello.

Unos días después, Manuel se presentó en la casa de Diego muy arrepentido por todo lo que le había dicho, pero, a pesar de sus disculpas, su relación no había vuelto a ser igual.

—Esta mañana Diego recibió una visita —dijo Juanjo, cambiando de asunto—. Se trataba de una mujer, Amalia Ribelles. Al principio no caí en quién era, hasta que ella me recordó que nos habíamos conocido hace unos años en el viaje que hicimos a San Nicolás.

Teresa se acordó entonces también de aquella mujer. Se trataba de la propietaria del hotel en el que se habían alojado Diego y los chicos cuando fueron a San Nicolás de los Arroyos cuatro años atrás, y a la que Diego ya conocía de alguna estancia previa en la ciudad. Teresa también recordaba que, al regresar de aquel viaje, Manuel le había hablado con admiración de Amalia, lo que la había llevado a preguntase qué tipo de relación la uniría realmente con Diego.

—¿Y qué quería? —preguntó, tratando de no mostrar excesivo interés.

—Hablar con Diego. Me dijo que había ido a buscarle a los almacenes y que allí le habían dado esta dirección.

—¿Y tú qué le dijiste?

—Pues que hace mucho tiempo que Diego se fue a vivir a la pampa —respondió Juanjo, que pareció dudar antes de seguir—. Y entonces ella quiso saber si lo había hecho solo o si le había acompañado alguna mujer.

Teresa lo miró desconcertada.

—¿Crees que va a ir a buscarle? —presintió de repente.

Juanjo se encogió de hombros, aunque lo último que le había pedido Amalia era la dirección exacta de la hacienda de Benito Juárez.

Eduardo había ido a los almacenes para recoger unos documentos antes de asistir a la celebración del segundo aniversario de la constitución de la Cámara de Comercio de España en Argentina. Mientras rebuscaba en su maletín la llave del despacho, Ferran se acercó hasta él.

—Señor, si dispone de un momento, me gustaría hablar con usted.

Eduardo estuvo tentado de rechazarlo, pero el encargado insistió en que no le robaría mucho tiempo, así que, tras entrar en el despacho, invitó a Ferran a que pasara con él.

—Dígame, Ferran —apremió al encargado, mientras trataba de localizar los papeles que había ido a buscar.

—Se trata de mi primo, señor.

Hacía ocho meses que aquel desgraciado había embarcado de vuelta a su tierra. Eduardo lo sabía con seguridad; había hecho que uno de sus empleados se apostara en el puerto y no se moviera de allí hasta ver zarpar su barco. No había actuado así porque dudara de la honradez de Ferran, que también había ido al muelle a escoltar a su primo, sino porque el muy miserable de este ya los había engañado antes.

Después de la primera conversación que tuvieron Ferran y Eduardo acerca de ese asunto, necesitaron varias semanas para reunir toda la información acerca de las deudas de aquel hombre, negociar el pago con sus acreedores y poner al día toda su documentación. Pero, tan pronto como firmaron el último papel, Eduardo le entregó al primo de Ferran su pasaporte y junto a él el pasaje que lo devolvería a su Tarragona natal.

El hombre se mostró muy agradecido, y el día en el que estaba previsto que se marchara, Ferran lo acompañó al muelle y esperó hasta que lo vio subir a bordo del barco. Sin embargo, en cuanto este se dio media vuelta para volver con su familia, su primo volvió a cruzar la pasarela y se apresuró a devolver el pasaje con el fin de quedarse con el dinero que Eduardo había pagado por él.

Semanas más tarde, el encargado de los almacenes Salcedo estuvo a punto de morir de un infarto cuando se cruzó por la calle con el primo al que hacía tan lejos de allí. Por fortuna, Ferran iba bien acompañado aquel día, y pudo atrapar a su pariente y encerrarlo en su casa antes de acudir a Villa Salcedo para informar a Eduardo de su descubrimiento. El pobre hombre era la viva imagen del desconsuelo.

Después de aquello, Eduardo le dio dinero a Ferran para que comprara un nuevo pasaje para su primo y habló con otro de sus empleados para que se asegurara de que esa vez el indeseable dejaba el país para siempre. Se cobró además una pequeña venganza, puesto que en esa segunda ocasión el primo de Ferran tendría que desembarcar en Cádiz, desde donde debería buscarse la vida para llegar hasta su hogar.

—¿Qué le pasa ahora a su primo, Ferran? ¿No se tiraría del barco para volver a nado a Argentina? —aventuró Eduardo.

—Pues algo así, señor.

Eduardo levantó la mirada hacia el rostro de su encargado y se percató de que este había perdido el color.

—Me temo que ha fallecido, señor. Al parecer se tiró del barco a mitad de camino. —Eduardo lo miró con estupefacción—. Supongo que le faltó valor para enfrentarse a sus hermanos.

Eduardo continuó mirando a Ferran sin salir de su asombro, espantado por el comentario que había hecho antes de saber lo que el encargado le tenía que decir. No sabía ni por dónde empezar a disculparse.

Ferran se frotaba las manos con inquietud. Unas manos temblorosas y coloradas, destrozadas por tantos años de trabajo a sus órdenes. Eduardo no podía apartar la vista de ellas. Finalmente, se obligó a hablar.

—También hay que tener valor para tomar una decisión así —dijo, sin saber muy bien a lo que se refería—. Lo siento mucho, Ferran. Tanto la muerte de su primo como mi lamentable comentario de hace un momento.

Ferran se apresuró a justificarle y le agradeció sus palabras con sinceridad.

—¿Y cómo ha tardado tanto tiempo en saber la noticia?

El encargado de los almacenes suspiró.

—Porque el muy desdichado se había jugado el pasaporte a las cartas en el barco y otra persona entró en España haciendo uso de su documentación. A mis primos les ha llevado varios meses atar cabos y encontrar a alguien que les contara lo que sucedió en realidad.

Eduardo negó con la cabeza y volvió a concentrarse en meter sus papeles en la cartera.

—Márchese a casa, Ferran —ordenó—. Tómese la tarde libre. Vaya a la iglesia, o a la taberna, o a donde quiera que vaya uno en estas circunstancias.

—Muchas gracias, señor —respondió el encargado, ayudándole a ordenar los documentos.

Cuando terminó, Eduardo se digirió hacia la puerta y, antes de salir, preguntó:

—Ferrán, ¿piensa usted volver a España algún día?

—No lo creo, señor —respondió este—. Llevo más de treinta años en Argentina. Mis hijos han nacido aquí y ni siquiera conocen España. Como sabe, el mayor se casó hace un año, y los otros no tardarán mucho tiempo en seguir sus pasos. Ellos son de aquí, así que supongo que este es ahora nuestro hogar.

Eduardo llegó a la convención con el tiempo justo para repartir algunos saludos entre los asistentes y ocupar su lugar en la mesa que los organizadores habían colocado sobre una tarima. Unos minutos después de que lo hiciera, el ministro embajador comenzó a hablar.

—Estimados todos: hoy, 21 de abril de 1889, es un gran día para la Cámara de Comercio Española. Hace exactamente dos años nos encontrábamos aquí mismo, en esta sala que de nuevo nos ha cedido tan amablemente el Club Español, celebrando nuestra primera Asamblea General Constituyente. Estas paredes aún atesoran el eco de los entusiastas aplausos de aquellos que tuvimos el honor de participar en un acto que ya forma parte de la historia de nuestra patria.

Los más de seiscientos asistentes a aquella junta extraordinaria rompieron en una nueva ovación. Eran ya casi el triple de hombres respecto a los que estuvieron presentes tan solo dos años atrás.

El ministro se puso en pie y se sumó a los aplausos, para poco después pedir el silencio que le permitiera continuar.

—Es justo agradecer especialmente a los doscientos sesenta empresarios que respondieron a la primera convocatoria, así como hacer una mención especial al comité organizador, compuesto por un servidor, don José García, don Nicolás Jáuregui…

Al oír el nombre de Nicolás, Eduardo lo buscó entre los asistentes para felicitarlo. Cuando lo encontró, algo en su aspecto le alarmó.

El abogado tenía la piel cetrina, la mirada perdida y una extraña mueca en el rostro. Eduardo trató de llamar su atención para asegurarse de que se encontraba bien, pero entre tantos aplausos le fue imposible hacerse oír.

Escuchó entonces su propio nombre en boca del ministro, y cómo los compañeros que tenía más cerca le dirigían cariñosas felicitaciones, pero fue incapaz de apartar su atención de Nicolás, que se había llevado una mano al cuello. Sin dudarlo, Eduardo se levantó y echó a correr hacia el abogado, cuyo lugar alcanzó un segundo después de que este se desplomara en el suelo.

Cuando la gente comenzó a asimilar lo que estaba sucediendo, se apoderó de la sala un gran revuelo.

—¡Rápido, traigan un médico! —les pidió Eduardo a los muchachos del club que estaban a cargo del evento.

Nicolás fijó su angustiada mirada en él, incapaz de articular palabra.

—Tranquilo, amigo, te pondrás bien —trató de tranquilizarlo Eduardo.

Sin embargo, cuando el médico llegó hasta donde se encontraban, no pudo hacer más que certificar el fallecimiento del abogado.

Eduardo llegó a Villa Salcedo cuando la luz anaranjada del alba comenzaba a reflejarse en las ventanas. Tenía el cabello revuelto y la mirada enrojecida por el cansancio y la pena. Teresa lo esperaba medio recostada en un sofá del salón. Había permanecido allí desde que la noche anterior recibió la nota de Eduardo en la que le relataba lo sucedido en el Club Español. Cuando su marido llegó, Teresa le sirvió una copa de brandy.

—Vengo de su casa. Isabel está destrozada —dijo él, tras probar el ardiente líquido.

—Me lo puedo imaginar —respondió Teresa—. Ha sido tan inesperado…

Posó una mano sobre la de su marido, tratando de transmitirle su calor. Sabía que no lloraría, no lo hacía desde la noche en la que perdieron a su hija.

—¿Lo enterrarán hoy?

—Esta tarde —confirmó Eduardo.

—Deberías descansar un poco, será un día largo para ti.

Para su sorpresa, Eduardo negó.

—Solo he venido a verte y a darme un baño. Isabel me pidió que volviera lo antes posible, y así lo haré.

Teresa asintió.

Subieron la escalera juntos y, al llegar a la puerta de su dormitorio, Eduardo se volvió hacia ella.

—¿Irás más tarde a verla?

—En cuanto desayune algo —le confirmó Teresa.

Su marido hizo un gesto de aprobación y entró en su habitación para tomar un baño.

Cuando más tarde se sumergió en la tina, Eduardo trató de imaginarse que lo estaba haciendo en el frío mar de su infancia. Sin embargo, en cuanto cerró los ojos, su agotada mente le devolvió una imagen del primo de Ferran hundiéndose en el océano. Aquella visión le hizo emerger de la bañera de golpe, provocando un oleaje que encharcó las baldosas del suelo del cuarto de baño.

Eduardo casi había olvidado la otra trágica noticia de aquel día: la del suicidio de aquel pobre diablo que no había sabido asumir su fracaso.

Después de la conversación que había mantenido con Ferran esa tarde, Eduardo se había planteado si no habría llegado la hora de volver a su pueblo. Pero, tras la muerte de Nicolás, sentía que no podía hacerlo. Tenía que asegurarse de que su viuda, Isabel, quedaba en buena situación, y ayudarla a organizarse para afrontar la crisis económica en la que, según los expertos, se vería sumido el país durante los siguientes años. También tendría que reunirse con Juan Durán, el ministro embajador, para organizar el homenaje póstumo del que había sido uno de los hombres más notables de la sociedad española en Argentina. Y había que poner en marcha la elección de un nuevo presidente para la Cámara de Comercio. Definitivamente, todavía no era el momento de regresar.

18

Partido de Benito Juárez, 11 de julio de 1889.

Estimada Teresa:
Mis manos todavía sostienen la última carta de Eduardo, pero no he podido esperar a terminar de leerla para trasladarte el hondo pesar que me ha causado la noticia de la muerte de tu madre.

Mientras hundía de nuevo su pluma en el tintero, Diego calculó cuánto tiempo había pasado desde aquella tarde en la que fueron todos juntos al muelle a despedir a doña Mariana, la madre de Teresa y Manuel. Él se había trasladado a Benito Juárez un par de meses después de aquello, por lo que debían de haber transcurrido ya algo más de dos años.

Cuando terminó la carta, cerró el sobre y lo dejó junto a los otros que esperaban a ser llevados a Benito Juárez, entre los que asomaba uno dirigido a Miguel Prieto, su socio en la fábrica de conservas. Después, se dirigió a las cuadras dispuesto a regalarse una buena cabalgada que sosegara su mente. En cuanto los indios vieron su aspecto, procedieron a ensillar al semental, y Diego pensó que aquellos aborígenes captaban su estado de ánimo casi mejor que el de los equinos. Estaba muy agradecido porque hubieran vuelto a la hacienda, aunque el día que lo hicieron se llevó uno de los mayores sustos de su vida.

Fue una mañana en la que, como tantas otras, antes de que los empleados comenzaran su jornada laboral, Diego se había dirigido a las cuadras para comprobar que los caballos estuvieran bien. Al aproximarse a la edificación de madera nada le hizo pensar que aquel día estaba sucediendo allí algo diferente, pero en cuanto puso un pie en los establos, tres indios salieron de entre las sombras.

Diego se quedó paralizado, sin saber qué esperar de aquellos hombres que lo observaban levemente agazapados, como si se dispusieran a saltar sobre él en cualquier momento. Tampoco lograba decidir a cuál de los tres mirar, cuando uno de ellos tomó la palabra.

—Tienes buen ojo para los caballos.

Diego lo miró de reojo, devolviendo su vista rápidamente a los otros dos hombres.

—Podéis llevaros los tres mejores —les ofreció, levantando lentamente las manos hacia ellos—. Estoy desarmado y solo.

Los tres indios hablaron entre ellos en su idioma.

—Pero si lo hacéis, tiene que ser ya. Mis hombres están a punto de llegar y no dudarán en disparar contra vosotros en cuanto os vean —los apremió Diego.

—¿Nos dejarías irnos con los caballos? —preguntó de nuevo el mismo hombre que había hablado al principio.

Diego dirigió una mirada fugaz a las boleadoras que colgaban de los ropajes de los indios y recordó con horror el ataque del malón que habían sufrido en La Favorita.

—Me parece que no tengo mucha opción, ¿no?

Se oyeron entonces voces en la lejanía y Diego susurró angustiado:

—Marchaos ya u os matarán. Si cabalgáis hacia el arroyo encontraréis una pequeña ciénaga que os ayudará a ocultaros.

—¿Por qué nos ayudas a huir? —insistió el indio.

—Porque no quiero que nadie muera en mis tierras. ¡Marchaos! —respondió Diego.

No tenía tiempo de explicarle a aquel hombre que no tenía ningún deseo de que murieran, que él no los consideraba inferiores y que no compartía el modo en el que los demás trataban a los de su raza.

Sin embargo, los indios parecieron comprenderlo todo, ya que, para su sorpresa, en lugar de irse, le dijeron:

—Queremos quedarnos y trabajar para ti.

En ese instante, varios de los hombres empleados por Diego, entre ellos algunos miembros de su pequeño ejército, hicieron su entrada en las cuadras. Cuando vieron a su patrón rodeado de indios se originó un gran revuelo. Todos los presentes echaron mano a las armas que portaban: machetes, cuchillos, boleadoras y revólveres, y comenzaron a gritarse entre ellos.

Diego se giró con las manos en alto, tratando de hacerse oír por encima de todos, ordenando a los que empuñaban armas de fuego que no dispararan. Por un momento estuvo seguro de que la tensión haría que alguno de aquellos hombres apretara el gatillo, iniciando con ello una terrible oleada de muerte. Pero los indios levantaron también sus manos en señal de rendición y entre todos lograron evitar la masacre.

Cuando los ánimos se hubieron calmado un poco, Diego, escoltado por dos de sus hombres, les pidió a los aborígenes que se explicaran.

Estos le contaron que, tras marcharse de la hacienda, habían regresado al lugar donde antiguamente se ubicaba su poblado, lo que solamente les sirvió para comprobar que allí ya no quedaba nada. Durante días habían vagado por la pampa, cazando para comer y tratando de evitar a los hombres blancos. Sin embargo, pronto corrió la voz de su clandestina presencia en aquellas tierras, y se fueron uniendo a ellos indios de otras tribus, fugitivos también, algunos de los cuales eran mayores y estaban enfermos, lo que los había acabado convirtiendo en un grupo demasiado numeroso y débil para sobrevivir.

—Tarde o temprano nos encontrarán y, si no nos matan a todos en el acto, nos dispersarán por todo el país para que no podamos sublevarnos nunca más.

Diego sabía que el hombre tenía razón, solo que, al contrario que aquellos desgraciados, él no creía que tuvieran ninguna posibilidad de salir con vida si eran apresados.

—Los hombres que trabajaban para ti tenían nuestra propiedad.

Hemos pensado que podrías reclamarnos como tuyos junto a las tierras.

—¿Y qué ganaría yo con eso? —preguntó Diego, viendo cómo sus palabras encendían un brillo de indignación en los ojos negros de su interlocutor.

Salvarles la vida era suficiente motivo para él, pero quería arrancarle un compromiso a aquel guerrero y asegurarse de que no desaparecerían de allí con todos sus animales el día menos pensado.

—Trabajaremos para ti como unos peones más.

Diego sabía que los indios jamás eran tratados como unos trabajadores cualesquiera. Los estancieros los consideraba esclavos, animales a los que la República les había encargado domesticar. Se separaba a las familias para que perdieran todo arraigo, a los hijos de sus padres, a las mujeres de sus hombres. Se les castigaba físicamente sin ningún pudor, se les dejaba morir de hambre. Se quemaban las tolderías en las que vivían, se les arrancaban sus ropas y se les bautizaba con nombres cristianos. Nunca, jamás, se les trataba como a los demás trabajadores, y aquel valiente joven lo sabía igual de bien que él, aunque lo siguiera taladrando con una mirada cargada de orgullo.

—Está bien —aceptó Diego de todos modos, tendiendo su mano hacia él.

Hacía ya seis meses que los indios habían levantado sus tiendas junto a un brazo del arroyo. Eran alrededor de treinta y, aunque el joven con el que Diego había negociado aquella agitada mañana en las cuadras se lo estaba tratando de ocultar, él sabía que entre ellos se contaban algunas mujeres y niños. Probablemente ese había sido el verdadero motivo por el que la tribu se había querido asentar. Diego debía tratar el asunto con ellos y asegurarse de que no salía de allí, o de lo contrario tendrían serios problemas con el gobierno local. Pero antes quería ganarse su confianza.

Una hora después de su impetuosa estampida, Diego regresó a las cuadras con el semental, ambos agotados y empapados en sudor. El sol estaba cayendo y la temperatura era más fresca, lo que le hizo temer que el animal cogiera frío.

—Cepíllalo bien y échale una manta por encima —le pidió a uno de los indios, entregándole las riendas del caballo.

Él se encaminó hacia la nueva residencia de la hacienda dispuesto a tomar un buen baño en la tina que se había hecho traer de Buenos Aires. Una vez más, agradeció enormemente el haber podido abandonar el Jardín del Edén y no tener que viajar hasta el poblado al finalizar cada jornada.

Entró llamando a voces a las sirvientas y, al pasar por delante del salón, captó un movimiento inusual en él. Frenó en seco. Creía haber visto unas faldas, unas demasiado elegantes para tratarse de las de una de las criadas. Desanduvo sus pasos y se asomó a la sala.

—Diego, querido… Tienes un aspecto horroroso.

A pesar de sus palabras, la sonrisa de Amalia Ribelles no podía ser más afectuosa.

Diego se apoyó en la jamba de la puerta y, cruzando los brazos, recorrió el cuerpo de Amalia con sus ojos negros. Le pareció que estaba más delgada, y podía ser que todavía más pálida que la última vez que la vio, pero la sola imagen de sus rizos rojizos bastó para despertar sus instintos. Llevaba mucho tiempo sin estar con una mujer.

Ella pareció leerle la mente y emitió una risa fresca y transparente. Después de todos sus temores, parecía que Diego no la iba a rechazar.

A la mañana siguiente, Diego se despertó con un rizo de Amalia atravesándole el rostro. Lo tomó con cuidado de no sacar de su sueño a la mujer que yacía abrazada a él. Se alegraba de tenerla allí. Movió entre sus dedos el mechón de cabello, viendo cómo los rayos de sol le arrancaban brillos carmesí. Sonrió al darse cuenta de que la noche anterior no se había acordado de cerrar las contraventanas, y por los asuntos más urgentes que le habían llevado a olvidarse de ello. Acarició el brazo de la mujer, tan blanco que dejaba entrever sus venas azuladas.

Amalia comenzó a revolverse y se separó de él hasta quedar tendida a su lado, tan larga como era, haciendo que Diego sintiera el frío de la mañana en su torso desnudo.

—¿Has viajado sin equipaje? —no pudo esperar a preguntarle.

Ella se desperezó como un gato.

—No —admitió—. Lo dejé en el hotel de Benito Juárez.

Diego comprendió que Amalia no había sabido cómo iba a responder él a su visita y había sido lo suficientemente previsora como para no llevar sus pertenencias con ella hasta la hacienda.

—Mandaremos a buscarlo esta misma mañana —resolvió, acercándola de nuevo hacia él.

—Tendrás que enviar varias carretas —le advirtió ella, conteniendo una carcajada.

Diego se preguntó qué querría decir Amalia con eso.

—¿Piensas quedarte mucho tiempo?

Ella lo miró escrutadora.

—Todo el que me dejes.

—¿Y el Balcón del Paraná?

Amalia se incorporó en la cama.

—Lo he vendido. Daba muchos beneficios y pocos problemas, y había empezado a aburrirme. Me ofrecieron un buen dinero por él, tanto como para mantenerme el resto de mi vida sin tener que volver a madrugar nunca más.

Diego pensó en San Nicolás de los Arroyos. Era una villa floreciente y, sin duda, un hotel allí, en su calle más céntrica, debía haberse revalorizado en esos años.

—¿Y cómo supiste que yo estaba aquí? —preguntó de nuevo.

—No me resultó difícil. Te busqué en los almacenes Salcedo y después en tu casa. Un chico me dijo que te habías trasladado aquí.

—¿El pequeño Juanjo?

—Supongo que sí, aunque de pequeño tenía poco. —Amalia lo miró con suspicacia—. No se parece nada a ti.

Diego rio.

—El chico no es hijo mío.

Amalia suspiró y volvió a los brazos de Diego. En los últimos tiempos se había planteado a menudo cómo habría sido su vida de haber tenido hijos. Y, más concretamente, de haberlos tenido con el hombre en cuyos brazos se encontraba en aquel momento. Pero Diego nunca había querido hacerla su esposa, eso le había quedado claro tiempo atrás. Y ella lo había asumido con serenidad. Y, en cualquier caso, ya era demasiado tarde para todo eso.

Ese mismo día, el equipaje de Amalia llegó y sus pertenencias inundaron la habitación de Diego. Tuvieron que hacer varios armarios nuevos para dar cabida a todos sus enseres. Diego protestó hasta la extenuación, especialmente cuando vio que entre los cientos de vestidos había también algunos pequeños muebles, pero ella se limitó a ignorarlo con dignidad y a evitar decirle que, junto con el hotel, había vendido también su casa de San Nicolás. Le contaría todo a su debido tiempo.

Quitando el cuidado aspecto que siempre le gustaba mantener, Amalia se adaptó muy bien a la vida en el campo. Por las mañanas acompañaba a Diego en su paseo matutino a caballo y admiraba con él el paisaje y la paz que reinaba en la estancia. Después, le dejaba despachar con el capataz y el contable, asistir a las ferias de ganado, negociar con los propietarios de los almacenes de la zona y hacer lo que su trabajo requiriera.

Por la noche cenaban juntos y, tras hacerlo, pasaban horas charlando en la sala de estar mientras él revisaba su correspondencia. Si Diego tenía que trabajar, Amalia tomaba una silla y se sentaba a su lado para ayudarle a hacer planes y cuentas o a redactar documentos. La amante de Diego era una mujer con una gran visión para los negocios. Había sabido reflotar sin ninguna ayuda el ruinoso hotel que le había dejado en herencia su esposo y estaba acostumbrada a atajar los problemas desde la raíz y sin dar muchos rodeos. A Diego esas habilidades le gustaban, y compartir con ella su rutina también.

Después, cuando el sueño los vencía, se retiraban a la habitación de Diego, que seguían compartiendo con naturalidad. En aquel rincón del mundo no había apariencias que guardar.

Así fueron pasando los meses. A veces Diego sorprendía a Amalia pensativa, con la mirada perdida, y creía que estaba echando de menos su vida anterior. Aún no había entendido que el mayor lujo con el que ella podía haber soñado jamás era que él la dejara pasar los días a su lado.

A pesar de la crítica situación económica por la que estaba atravesando el resto del país, la hacienda siguió prosperando. Construyeron casas nuevas para los empleados y varios galpones; contrataron peones, un carpintero y un herrero; duplicaron las ventas de ganado y, un año después de la llegada de los caballos, vieron nacer a los primeros potros de la finca.

—Tendrías que ponerle un nombre —dijo Amalia, cuando Diego la llevó a las cuadras para enseñarle al último en nacer.

—Siempre lo hacen los indios —contestó él, mientras observaba al animal empujar con el hocico las ubres de su madre—. Este se llamará *Shotel*, que significa flecha en tehuelche. Le pusieron ese nombre por la mancha blanca que tiene en el testuz.

—Me refiero a la estancia —aclaró Amalia, sonriendo—. Digo que tendrías que ponerle un nombre a la estancia.

Diego nunca se lo había planteado, pero pensó que Amalia tenía razón. La hacienda necesitaba un nombre; todas las cosas relevantes merecían tener uno.

19

El 25 de julio de 1890, Manuel se arregló como si fuera a asistir a una fiesta y se dispuso a bajar silenciosamente las escaleras de Villa Salcedo.

—¿No irás a salir? —le preguntó Teresa al descubrirlo en el recibidor.

—Esta noche hay una gran fiesta en casa de los Rivero, no puedo faltar —respondió él con una inusitada amabilidad.

—Manuel, no deberías ir. Sabes bien que la situación estos días es muy tensa. Los militares acaban de intentar dar un golpe de estado y el ambiente en Buenos Aires está muy caldeado. Esto no es un juego, tengo miedo de que te pase algo malo.

La situación en Argentina era realmente grave. La crisis económica, la corrupción del gobierno y la dura represión a la que era sometido cualquier intento de oposición habían conducido a la gente al hartazgo. Un año atrás, se había producido lo que muchos consideraron un punto de inflexión en esa coyuntura, cuando un grupo parapolicial abrió fuego contra los asistentes a un acto de la Unión Cívica, el partido político que habían formado distintas facciones ideológicas en un intento de aunar sus fuerzas para luchar contra el poder.

Precisamente fue aquel suceso el que hizo que Teresa y Eduardo descubrieran que Manuel formaba parte de aquella agrupación, y que había estado presente en el teatro donde se produjo el tiroteo.

Esa misma madrugada, los dos hablaron muy seriamente con él y le prohibieron terminantemente participar en nada que tuviera que ver con aquello.

Durante los siguientes meses Manuel llevó una vida modélica. Ni siquiera tomó parte en la marcha hacia la Plaza de Mayo, que acabó con la dimisión de todos los ministros del presidente Juárez Celman.

—Quiero que me prometas que no vas a volver a involucrarte en asuntos políticos —insistió Teresa aquella noche, presa de un mal presentimiento.

—Tranquila, Teresita, estaré bien. Solo voy a divertirme un poco —respondió su hermano antes de desparecer por la puerta principal.

A Teresa se le encogió el corazón. Hacía años que Manuel no utilizaba con ella aquel apelativo, y la intensidad que había visto en su mirada no le gustaba en absoluto. Pero ¿qué más podía hacer? Solo Eduardo habría sido capaz de detener a su hermano, y todavía no había regresado a casa.

Cargada de impotencia, Teresa se dirigió al piso superior, al cuarto de juegos donde Eduardito, que ya tenía seis años, se entretenía haciendo luchar a sus soldados de plomo. Tomó asiento en una de las sillas que había en la habitación y miró distraídamente a su hijo mientras su mente volvía a inundarse de preocupación por su hermano y por esas otras batallas que no eran ningún juego de niños. No pasó mucho tiempo antes de que Justa irrumpiera en la habitación.

—Las calles se están llenando de militares, señora —anunció, nerviosa.

Teresa se llevó una mano al pecho.

—Y Manuel acaba de salir —dijo en un hilo de voz.

La mulata se la quedó mirando.

—¿Sabe dónde está mi marido, Justa? —preguntó Teresa.

—No, señora —respondió la negra, angustiada.

Eduardo siempre había pasado mucho tiempo fuera de casa, pero en los últimos tiempos apenas se dejaba ver por allí. Su involucración en la Cámara de Comercio había ido aumentando con el tiempo, y con Diego en Benito Juárez desde hacía tres años debía gestionar él solo los almacenes y los nuevos negocios en los que había ido invirtiendo. Y luego estaba Isabel… Por algún motivo, Eduardo parecía sentirse responsable del bienestar de la viuda de su amigo Nicolás Jáuregui, a la que visitaba a menudo para comprobar su estado y ayudarla con sus finanzas. Con todas aquellas responsabilidades sobre los hombros de su esposo, Teresa apenas podía contar con él.

Manuel se aseguró de que no hubiera nadie en la calle antes de golpear la puerta de la casa de su amigo Leandro. Cuando le pidieron el santo y seña desde el interior, lo formuló con orgullo, y sintió un revoloteo en su estómago. Una vez dentro de la vivienda, saludó a los otros jóvenes que ya habían llegado a la cita y, tras tener que soportar diversas bromas acerca de su elegante aspecto, logró que le dieran la muda que había llevado hasta allí un par de días atrás.

Una vez que todos los muchachos estuvieron listos, enfilaron sus pasos hacia el Parque de Artillería. La niebla cubría la plaza, acentuando el frío del invierno porteño. Aunque todavía era temprano, muchos milicianos se encontraban ya congregados allí.

—¿Nos ponemos ya las boinas? —le preguntó Manuel a Leandro, haciendo asomar de su bolsillo el gorro de tela blanca que alguien le había entregado al llegar.

—Todavía no, esperemos órdenes —contestó su amigo con decisión.

Era ya bien entrada la madrugada cuando Leandro se separó de ellos para hablar con un grupo de militares que acababan de llegar al parque. Temblando por el frío y los nervios, Manuel estudió a su amigo desde la lejanía. Viéndolo así, rodeado por aquellos soldados, volvió a llamarle la atención la fuerte presencia que tenía Leandro a pesar de su corta estatura. «Pequeñito pero bravucón», recordó que solía decir él. Sonriendo, aprovechó la brasa del cigarrillo que ya se estaba extinguiendo entre sus dedos para encenderse uno nuevo con ella.

—Venid —dijo su amigo a su regreso, congregando a su grupo en un corro—. Se van a construir barricadas y vamos a ocupar los edificios que hay en cada esquina del parque, para defenderlo. En aquel rincón están repartiendo armas; id a coger una y poneos las boinas blancas, no vaya a ser que os llevéis un balazo equivocado. Manuel, tú te vienes conmigo a la escuela Avellaneda, iremos con el grupo del coronel Campos, el hermano del General.

El general Campos era el jefe de los revolucionarios y a la esquina de la escuela Avellaneda se la conocería a partir de aquel día como la esquina de la muerte.

Los enfrentamientos entre ambos bandos comenzaron a primera hora de la mañana, pero no fue hasta última hora de esa tarde cuando las tropas leales al gobierno lograron llegar a la escuela, para desde allí tratar de acceder al parque. La lucha que se desató en aquel lugar fue mucho peor que el infierno.

Cuando el ataque por fin cesó, Manuel tardó un buen rato en darse cuenta de ello y, al hacerlo, cayó sin fuerzas al suelo. Sus piernas temblaban de tal manera que no eran capaces de sostenerle en pie.

Comenzó entonces a gritar y a llorar desconsolado y, al ver la carnicería que la batalla había dejado a su alrededor, devolvió todo lo que tenía en sus entrañas, hasta sentir el estómago vacío y dolorido. Con el rostro congestionado y cubierto de lágrimas, sangre y vómito, no podía dejar de repetir, angustiado, el nombre de su hermana.

Al caer la noche el fuego cesó en toda la ciudad y las tropas rebeldes aprovecharon el alto para tratar de reorganizarse. Manuel, por su parte, logró reunir el valor para ponerse de pie e ir a buscar a Leandro.

Encontró el pequeño cuerpo de su amigo tirado en el suelo, retorcido de una forma que parecía imposible. Con una mueca de desesperación en el rostro, Manuel se agachó a su lado y le acercó una mano al cuello. Todavía tenía pulso. Alentado por haber encontrado algo útil que hacer, se sentó junto a su amigo y trató de acomodar su cuerpo sobre su regazo. Sin embargo, al voltearlo, descubrió horrorizado que en su vientre había un enorme agujero por el que asomaban sus intestinos.

Conteniendo una nueva arcada, buscó la mano de su amigo para apretarla con fuerza. Este debió de sentir su contacto ya que, en ese instante, su pequeño y maltrecho cuerpo comenzó a sacudirse de forma descontrolada. La angustia volvió a apoderarse de Manuel, que se abrazó al cuerpo de Leandro al tiempo que chillaba enloquecido. Cuando por fin las convulsiones se detuvieron, Manuel supo que su amigo había fallecido.

Con el día volvieron los enfrentamientos a las calles hasta que, a media mañana, los militares que estaban al mando de aquella barbarie declararon una tregua de veinticuatro horas. En ese tiempo, y a pesar de la oposición de la mayoría de los rebeldes, comenzaron a negociar las condiciones de su rendición. Al cuarto día, se firmó la paz.

A Manuel lo trasladaron junto a algunos heridos al Hospital Rivadavia. Aunque en el campo de batalla no habían apreciado en él heridas de gravedad, el joven era incapaz de articular palabra y su aspecto no hacía presagiar nada bueno, por lo que los sanitarios no quisieron arriesgarse a dejarlo allí.

El hospital era un tremendo caos. En él, los médicos trataban desesperados de arrancar a algún muchacho más de los brazos de la muerte. Amputaban miembros en las escalinatas que daban acceso al edificio, operaban en los pasillos y priorizaban sus atenciones echando un solo vistazo a los heridos.

Manuel no fue consciente de que una mujer regordeta se agachaba junto a él y le dirigía unas palabras. Tampoco sintió cómo le levantaba los párpados, palpaba su cuerpo y acariciaba un segundo su mejilla para, después, volver a desaparecer por donde había llegado.

Eduardo salió hacia Villa Salcedo en cuanto las noticias sobre el armisticio llegaron a los almacenes. Los disturbios le habían sorprendido allí y no había considerado prudente regresar hasta que se declarara el alto el fuego definitivo.

Las escenas que encontró al atravesar con su carruaje las familiares calles de Buenos Aires eran desoladoras. Cientos de personas se afanaban en buscar supervivientes entre los cuerpos que habían quedado tendidos en las calles, los vecinos repartían comida, agua y sábanas entre los heridos, los sanitarios no daban abasto y hasta los caballos de los carros que se habían atrevido a circular se agitaban enloquecidos por el olor de la sangre.

En cuanto Eduardo abrió la puerta de Villa Salcedo, Teresa se precipitó a su encuentro y se abrazó a él desconsolada. Él trató de tranquilizarla.

—¿Estáis todos bien?

Teresa se separó de él y negó.

—Manuel no ha regresado —acertó a decir.

Eduardo asintió, haciéndose cargo de la situación.

—Corre a vestirte, iremos a buscarlo.

Deshicieron el recorrido que había hecho Eduardo minutos antes. Cada cierto tiempo, Teresa hacía detener el carruaje y se echaba a la calle, tratando de encontrar el rostro de su hermano entre los grupos de heridos. Eduardo intentaba seguirle el ritmo, la tomaba del brazo cuando parecía que se iba desmoronar y apretaba los dientes con impotencia al ver cómo los bajos de su vestido se iban cubriendo del barro y la sangre que inundaban las calles. En un ataque de rabia, se dijo a sí mismo que si encontraban a Manuel con vida, lo mataría con sus propias manos.

Entonces, a Teresa se le ocurrió acercarse a uno de los carreteros.

—¿A dónde llevan a los heridos? —preguntó, desesperada.

—Estos van para el Rivadavia —contestó el hombre, que parecía tan impresionado como ella.

Se dirigieron al hospital tan rápido como pudieron y Teresa apenas logró refrenar el impulso de abrirse paso a codazos hasta su interior. Pero allí estaban trabajando para salvar vidas; vidas como las de su hermano. Al ver todos aquellos rostros tan jóvenes y magullados, sintió sus ojos llenarse de lágrimas.

En ese momento, alguien tiró de su brazo para llamar su atención. Se trataba de una mujer vestida con el uniforme del hospital. Estaba arrodillada en el suelo, tratando de contener la hemorragia de la pierna de un hombre.

—Manuel está dentro; está bien —dijo apresuradamente, para devolver después la atención a su paciente.

Teresa dudó si había imaginado aquella escena, pero Eduardo, que lo había escuchado también, la agarró del brazo y la guio hacia el interior del hospital.

Estuvieron más de una hora recorriendo los atestados pasillos hasta dar con Manuel, a quien encontraron acurrucado en una esquina, ajeno a todo lo que sucedía alrededor de él.

—¡Manuel! —gritó Teresa, abalanzándose sobre él y abandonándose por fin al llanto.

Eduardo, también emocionado, concedió a los hermanos unos instantes de privacidad antes de ayudarlos a levantarse y llevárselos con él de vuelta a casa.

Durante los meses que siguieron a la revuelta, una tensa calma se instaló en Villa Salcedo. Teresa estaba muy preocupada por el estado de ánimo de su hermano, que desde aquel fatídico día no había querido salir de casa. Ella trataba de imaginar el infierno que habría vivido Manuel, y una y otra vez volvía a su mente la imagen de su hermano acurrucado en aquella fría esquina del hospital.

Aquello le había llevado a preguntarse quién sería la mujer que los había reconocido ese día. Recordaba que llevaba el uniforme del hospital, y eso le extrañaba todavía más. No sabía que hubiera mujeres ejerciendo la medicina en el país, aparte de Cecilia Grierson, célebre por la lucha que había tenido que mantener para poder recibirse de médica, y que había tenido que elevar hasta la Corte Suprema de Justicia.

—Manuel, soy yo, Teresa. Abre la puerta, por favor —dijo, mientras llamaba a la habitación de su hermano.

Un buen rato después, la puerta se abrió y Teresa la atravesó tratando de ignorar el desorden en el que vivía Manuel. Ella mejor que nadie entendía lo que era querer abandonarse de ese modo.

—He decidido ir al Hospital Rivadavia para tratar de localizar a la mujer que me llevó hasta ti y me gustaría que me acompañaras.

Un gesto de dolor se dibujó en el joven rostro de Manuel, y Teresa estuvo a punto de olvidar el discurso que había preparado para tratar de sacarlo de allí. Sin embargo, tomó aire para serenarse y se obligó a continuar:

—Quiero ir a trasladarle nuestro agradecimiento y a ver cómo podemos colaborar con el hospital. He tenido conocimiento de que aquel día —en ese punto, Teresa tuvo que detenerse para tomar aire—. El día que te atendieron en el hospital había heridos de los dos bandos, ¿lo sabías? A nadie allí le importó quién apoyaba al gobierno y quién a la revolución. Esos hombres solo veían en vosotros a seres humanos que necesitaban ayuda. Como ves, hay formas de cambiar el mundo que no implican jugarse la vida, ni quitársela a nadie más.

Los ojos de Manuel se llenaron de lágrimas.

—Además —continuó Teresa—, me gustaría averiguar de qué nos conocía esa mujer.

La expresión de Manuel se suavizó. Dentro de la nebulosa que invadía su mente cuando pensaba en aquellos días, había visto el rostro de una mujer que le resultaba muy familiar, y él también se había preguntado quién sería. Así que, aunque aquello era lo último que deseaba hacer, finalmente aceptó ir.

Al día siguiente los dos hermanos salieron temprano hacia el hospital. Manuel estaba bien vestido y aseado y, en el instante en que dejó su cuarto, varios miembros del servicio entraron en él para poner orden. Teresa no podía estar más esperanzada. Durante el trayecto, tomó la mano de su hermano entre las suyas, igual que había hecho el día que Eduardo y ella lo acompañaron al colegio de El Salvador por primera vez. Cuántas cosas habían sucedido desde entonces...

Cuando llegaron al hospital preguntaron por una doctora que no fuera la célebre señora Grierson.

—Aquí no hay más doctoras que ella —respondió una recepcionista malhumorada.

Teresa, haciendo caso omiso de su antipatía, le describió a la mujer que se había dirigido a ella en el hospital.

—Como no se trate de la señorita Müller...

Manuel hizo un gesto de reconocimiento.

—¿Dónde podemos encontrarla? —preguntó Teresa.

Se dirigieron hasta la última planta del hospital, donde se impartían las clases de medicina, y esperaron a que los alumnos salieran de las aulas. Cuando el pasillo se llenó de gente, no les costó localizar a la señorita Müller: era la única mujer entre más de cien hombres.

Ella también los reconoció y se apresuró a acercarse a saludarlos.

—Me alegro de que estés bien, Manuel —dijo sonriendo.

—Nos conocemos, ¿verdad? —se interesó él.

—Sí, de los mítines de la Unión.

Las mejillas de la señorita Müller se colorearon y Manuel por fin la ubicó. Solía estar en el grupo que luchaba por los derechos de las mujeres.

Teresa dio un paso al frente.

—Soy Teresa Salcedo, la hermana de Manuel.

Müller la saludó.

—La conozco. Sé de la labor que realiza con los inmigrantes españoles; es muy loable.

Teresa frunció el ceño.

—Soy alumna del doctor Estrada —aclaró la joven, haciendo que Teresa lo entendiera todo.

—A mi esposo y a mí nos gustaría mucho agradecer su atención del otro día —dijo.

—No tienen que agradecerme nada, no hice nada extraordinario —replicó la señorita Müller.

—Para mí sí. Usted me devolvió a mi hermano.

Junto a la emoción que translucían los ojos de Teresa, la joven pudo ver una gran determinación, y decidió dejarla hablar antes de insistir en su rechazo.

—Queremos hacer un donativo al hospital —explicó Teresa—. Un donativo importante. A la sección que usted decida.

La señorita Müller valoró la propuesta. El dinero no sería para ella, sino para ayudarla a hacer el bien.

—Mi especialidad será la obstetricia —dijo al fin, y Teresa hizo un gesto de asentimiento.

Tras determinar los siguientes pasos para hacer efectiva su colaboración con el hospital, Teresa y Manuel regresaron a su carruaje e iniciaron el camino de vuelta a Villa Salcedo en silencio. A mitad de este, Teresa dijo, con gran emoción:

—Me gusta el destino que tendrá el dinero.

Esta vez fue Manuel quien tomó la mano de su hermana. Colaborar para que mejorara la atención médica que recibían las mujeres cuando daban a luz debía suponer una gran satisfacción para ella, dada su propia experiencia.

—Es bonita, la señorita Müller, ¿no crees? —dijo, para distraer a su hermana de los difíciles sentimientos que de seguro la embargaban.

—Ni se te ocurra acercarte a ella, Manuel —respondió Teresa con rapidez—. Esa mujer pertenece a la Unión Cívica y, además, es feminista. No quiero que vuelvas a involucrarte en ninguna de esas cosas, ¿entendido?

Manuel sonrió y besó la mano de su hermana, pensando que nunca le había agradecido a Teresa todo lo que había hecho por él.

Esa noche, Teresa puso a Eduardo al día sobre su visita al hospital y él también se mostró conforme con el destino que tendría su donativo. Dijo que le parecía muy esperanzador, en medio de tanta atrocidad.

—Aguarda un momento, Teresa —le pidió a su mujer cuando esta se disponía a marcharse—. Quería hablar contigo de Manuel.

Teresa empalideció, preguntándose si su hermano habría logrado colmar finalmente la paciencia de su esposo.

—Estaba pensando que tal vez sería bueno enviarle a España una temporada.

Eduardo estaba verdaderamente preocupado por Manuel. La situación política en Argentina seguía siendo muy tensa y, lo que era aún más inquietante, en los últimos días habían fallecido en extrañas circunstancias varios participantes de lo que los diarios habían terminado llamando «la Revolución del Parque».

—Serían solo unos meses, hasta que se calmen los ánimos por aquí. Después, podría regresar para terminar sus estudios de leyes.

Teresa lo seguía mirando con desconfianza.

—Sabes que yo quiero a Manuel como si fuera mi hijo, Teresa. Y estoy sinceramente preocupado por él.

Tras unos segundos más, Teresa aceptó.

—Supongo que le vendrá bien un cambio de aires.

Eduardo asintió.

—Escribiré ahora mismo a Diego y a Miguel Prieto, para que le vayan buscando una ocupación en la fábrica de conservas, y mañana se lo comunicaremos a él.

20

El Remanso, 13 de diciembre de 1890.

Querido Eduardo:
Antes de nada me gustaría pedirte que, si no estás sentado, por favor, lo hagas, ya que intuyo que lo que tengo que anunciarte va a provocar en ti una gran conmoción. Y es que, mi buen amigo, esta mañana me he convertido, por fin, en un hombre felizmente casado.

Diego estaba un poco achispado por el alcohol. Después de una sencilla ceremonia en la iglesia de Benito Juárez, había celebrado sus nupcias con Amalia en el jardín de El Remanso, que era como finalmente habían decidido bautizar a la estancia de Benito Juárez.

La fiesta había sido muy agradable; una comida campestre en la que habían reunido a todos los empleados de la hacienda. El sol había brillado, el asado había quedado jugoso y no habían escaseado el vino ni la cerveza. Los gauchos habían hecho sonar sus guitarras, y todo el mundo había reído y bailado hasta el anochecer. Hasta el jefe de los indios había acudido a presentar sus respetos a los novios y había permanecido con ellos durante casi toda la celebración.

Pero, sin duda, la reina de la fiesta había sido Amalia. Estaba bellísima con un vestido verde que realzaba el color de su cabello, que había trenzado y adornado con diminutas flores silvestres para la ocasión. Y, aunque había terminado la tarde muy cansada, Diego no la había visto dejar de sonreír ni un solo instante.

Él también había hecho todo lo posible por ocultar su preocupación, sobre todo a ella.

Todo se desencadenó una mañana, pocas semanas antes, cuando el calor había comenzado a hacerse notar y los campos amanecían ya libres de escarcha. La noche anterior, Amalia se había mostrado más ansiosa de lo normal, y se habían entretenido en la cama más de la cuenta, por lo que Diego iba ya con el tiempo justo si quería salir a dar su cabalgada habitual. Y de verdad que había llegado a necesitar aquellos paseos que lo ayudaban a ordenar sus ideas y a planificar el día.

Las prisas hicieron que al afeitarse presionara la navaja contra su mejilla un poco más de lo necesario, provocando que la fina hoja penetrara en su piel. Dejó escapar un exabrupto mientras veía la primera gota de sangre brotar, tan perfectamente redonda, y su humor empeoró aún más al tantear el lavabo y descubrir que el paño de hilo que solía utilizar para secarse no estaba en su lugar. Lanzó entonces de malos modos la cuchilla junto a la palangana y empezó a abrir los cientos de cajas con las que Amalia había colonizado el tocador, tratando de encontrar un pedazo de algodón con el que presionar su herida. En el camino, tiró sin querer varios de aquellos infernales estuches al suelo y volvió a blasfemar, maldiciendo a Amalia y, con ella, a todo su género y su absurda necesidad de acumular tantas cosas que no servían para nada. Y, entonces, abrió la caja que no hubiera debido abrir jamás.

Estaba repleta de pequeños frascos de cristal, todos escrupulosamente ordenados. Sacó uno de ellos y leyó la etiqueta que había en él: «morfina». ¿Para qué diablos necesitaba morfina aquella mujer? Entonces, se dio cuenta de que uno de los botes estaba medio vacío y, extrañado, lo tomó en su mano y volvió a guardar todos los demás. Encontró un pañuelo con el que curar su maltrecha mejilla y, con el frasco todavía en su poder, se fue a buscar a Amalia.

Como cada mañana, la encontró esperándolo en el jardín, haciéndoles carantoñas a los dos pequeños cachorros que él le había traído de la última feria de ganado que había visitado con su contable. Al verlo aparecer, le dirigió una deslumbrante sonrisa desde el suelo antes de ponerse en pie con cierta dificultad. En ese momento, Diego volvió a ser consciente de algo que ya había visto el día que Amalia llegó a la hacienda: su amante estaba cada vez más delgada, y más pálida. Con un mal presentimiento, se guardó disimuladamente el frasco de morfina en el bolsillo y trató de responder con una sonrisa al interrogante que se había dibujado en el rostro de la mujer.

Esa mañana, después del paseo, Diego volvió a guardar cuidadosamente el frasco de morfina en la caja de la que lo había sacado y esta debajo de todas las demás.

Durante varias semanas se dedicó a observar a Amalia, y cada mañana comprobaba con desasosiego cómo el contenido de los frascos iba desapareciendo. Sin embargo, no lograba reunir el valor suficiente para enfrentarse a ella y preguntarle qué estaba sucediendo. Hasta que un día, a la vuelta de su cabalgada, Amalia se desmayó.

Habían tomado la costumbre de desayunar después de montar a caballo. Antes de ello solamente tomaban un poco de café y, si había, una o dos de las deliciosas rosquillas que preparaba la cocinera. Pero no era hasta que regresaban, hambrientos y activados por el ejercicio, que llenaban sus estómagos de verdad.

Pero aquel día Amalia desmontó con una torpeza inusual y no fue capaz de llegar hasta el comedor. Diego, que se había adelantado unos pasos a ella, oyó el ruido que hizo su cuerpo al caer, y se precipitó al pasillo, donde la encontró derrumbada.

A sus gritos acudió todo el personal de la casa con paños mojados y sales que la hicieron revivir.

—Seguro que ha sido por hacer ejercicio con el estómago vacío —se justificó ella cuando se despertó en uno de los sillones de la sala—. La próxima vez me aseguraré de comer algo más.

Sonrió a Diego con ternura, pero él solo podía ver las sombras moradas que tenía bajo los ojos; sus pómulos, más prominentes de lo habitual, y sus labios, esos labios que lo adoraban, pálidos y agrietados.

—Amalia, ¿qué te ocurre? —logró preguntar.

Una sombra de sospecha atravesó la mirada de ella.

—No es nada —se apresuró a contestar, rezando para que lo que veía en los ojos de Diego no fuese lo que se temía: que la había descubierto—. Debí desayunar algo más esta mañana. Ya me sentí algo mareada al despertar, probablemente a causa del tiempo, o de lo poco que me dejaste dormir anoche.

Le dirigió una insinuante mirada a Diego, buscando su complicidad, pero él sabía que algo andaba mal y no se quiso dejar engañar. Tomó una mano de la mujer y acarició con la otra su mejilla. Estaba tan fría...

—Amalia, ¿qué te pasa? —Amalia cerró los ojos—. ¿Por qué guardas morfina en nuestra habitación?

Tras unos segundos, Amalia volvió a mirarlo y suspiró. La máscara que siempre mantenía en su rostro se había venido abajo, y el corazón de Diego comenzó a acelerarse asustado.

—¿Estás enferma? —preguntó.

Ella liberó su mano y se cubrió el rostro.

—¿Cómo de enferma? —insistió Diego—. Amalia, por Dios, háblame.

—Me estoy muriendo.

Diego le apartó las manos de la cara y la obligó a mirarle.

—¿Qué tienes? ¿Te ha visto un médico?

—Sí, me han reconocido varios médicos, y no saben decirme lo que tengo. Pero yo ya he visto esto antes, Diego. En mi padre.

—¿Qué síntomas tienes?

Amalia negó con la cabeza. Sabía lo que pretendía hacer Diego: dar con la solución a su problema. Y sabía también que eso era imposible.

—Cansancio, pinchazos en las manos, dificultad para moverme —dijo de todos modos para no contrariarlo.

Diego se levantó y, revolviéndose el pelo, comenzó a caminar por la habitación.

—¡Dios! —exclamó desesperado—. ¿Y cómo no he visto yo nada de todo eso hasta ahora?

Ella sonrió con tristeza.

—En San Nicolás había días en los que no podía salir de la cama.

Cuando llegué aquí, mejoré mucho. De hecho, no he tenido que hacer uso de la morfina durante meses. Debe de ser tu presencia, que calma mis males.

Diego fue incapaz de devolverle la sonrisa. Sin duda, Amalia había estado disimulando delante de él todo ese tiempo.

—Mi padre no vivió un año completo desde que aparecieron los primeros síntomas, y su muerte fue muy dolorosa —continuó Amalia, en vista de que no iba a conseguir distraer a Diego de aquel asunto—. En mi caso, el avance de la enfermedad parece más lento, puede que debido a mi juventud. Y, en cualquier caso, tengo pensado marcharme de aquí antes de que la situación se vuelva insostenible.

—Ni hablar, no te irás a ningún lado. No permitiré que pases por esto sola.

—Ya has hecho mucho por mí, Diego. Mucho más de lo que me hubiera atrevido a pedirte jamás.

Diego volvió a tomar asiento a su lado.

—Tengo un buen amigo en Buenos Aires, Rafael Estrada —comenzó a decir—. Es un médico excelente.

—Diego...

—Podríamos hacer el viaje en tren, para que estuvieras más cómoda.

—Diego, no —insistió ella—. Me han visto muchos médicos. Incluso, cuando fui a buscarte a Buenos Aires, aproveché para visitar a un científico que está estudiando casos como el mío. Espera dar algún día con la causa de mi mal, pero me reconoció que, aunque encontrara la solución mañana mismo, conmigo ya no llegaríamos a tiempo.

Amalia pudo ver en los ojos de su amado cómo se rebelaba contra lo que le acababa de decir. Sin embargo, no insistió. Así era Diego, un hombre acostumbrado a lidiar con sus demonios él solo.

—Necesito salir a cabalgar —dijo, y ella supo que realmente precisaba salir a desahogarse y pensar en lo que le acababa de decir—. ¿Estarás bien?

Ella asintió y él besó su cabello con ternura.

—Volveré pronto —prometió, sin volverse a mirarla.

Diego trató de no pensar en nada hasta llegar al río. Sin embargo, tampoco fue capaz de disfrutar como solía del golpeteo de los cascos del caballo contra el suelo, de los cambios que se producían en las tonalidades del paisaje cuando las nubes ocultaban el sol, ni del suave movimiento de los maizales, cuyas espigas, ya florecidas, se exhibían listas para la polinización. Podría haber advertido que aquel año la cosecha también sería buena, si no hubiera estado tan absorto en tratar de ponerle nombre a sus sentimientos por Amalia.

Sin duda apreciaba mucho a aquella mujer. Hacía años que se conocían y la relación entre ellos siempre había sido tremendamente fácil. La vida se había empeñado en empujarlos el uno hacia el otro una y otra vez, en un suave vaivén igual al de las olas del mar, y aquellos reencuentros siempre habían resultado cálidos y ausentes de reproches.

Se llevaban bien, se comprendían, se divertían juntos.

A Diego le gustaba mucho estar con Amalia. Le gustaba cabalgar con ella por las mañanas, sentarla en sus rodillas para leer el periódico juntos, y hasta que bebiera de la copa de whisky que él acostumbraba a servirse al caer la tarde, en lugar de pedirle que le preparara otra a ella.

Adoraba su cuerpo, grande y fuerte, su inteligencia y su saber estar siempre en su lugar. Le gustaba que lo conociera tan bien y que lo quisiera tanto. Después de todo lo que le había tocado vivir, encontrar a alguien que lo amara con aquella generosidad era como si por fin hubiera encontrado el calmante adecuado para sus heridas.

Amalia era su sosiego, su remanso.

Pero se moría... Ahora sabía que estaba destinado a perderla. Acababa de decirle que su padre no vivió mucho tiempo desde que empezaron los síntomas de su enfermedad. Y, aunque ella fuera más joven, y muy fuerte, su deteriorado aspecto y el desmayo de esa mañana eran un cruel recordatorio de que su mal estaba ahí, avanzando en silencio. Y, en el fondo, Diego sabía que no hubiera podido ser de otro modo. Él no se merecía otra cosa; no tenía derecho a ser feliz.

Maldijo su suerte y se maldijo a sí mismo, y gritó hasta que su caballo se agitó asustado. Entonces, tomó una decisión.

Regresó a casa a galope tendido y ni siquiera se detuvo para dejar el caballo en las cuadras. Amalia, que en aquel instante se encontraba trabajando en los parterres que rodeaban la casa, se giró asombrada al oírlo llegar.

Diego se acercó hasta ella, la levantó del suelo y la tomó entre sus brazos y, antes de que ella tuviera tiempo de protestar porque iba a mancharle de tierra, exigió:

—Cásate conmigo.

Amalia intentó tomar cierta distancia para ver mejor el rostro de Diego, pero él se lo impidió.

—Diego, no...

—Por favor, Amalia, cásate conmigo.

Entonces Diego se separó de ella lo justo para poder envolver su rostro con sus grandes manos y llenarlo de besos.

Amalia se olvidó de la suciedad que la cubría y tomó a su vez las manos de él.

—No puedo hacerte eso.

—¿Hacerme qué? ¿El hombre más feliz del mundo? —sonrió él, abrazándola contra sí, desesperado por tenerla más cerca.

Ella comenzó a llorar y a reír al mismo tiempo, contagiada por la energía de él.

—Diego, tú no...

—Amalia, déjame hacer lo que debí haber hecho hace años —la interrumpió él, decidido a doblegarla—. Permíteme que te haga feliz y que te adore como te mereces.

—¿Y cuánto tiempo podrías hacerlo? —preguntó ella con tristeza.

—Todo el que me dejes —respondió Diego, utilizando las mismas palabras que había usado ella la mañana siguiente a su llegada a Benito Juárez.

A partir de aquel día, la relación entre ellos adquirió una profundidad mayor. Diego se preguntó en repetidas ocasiones si aquello se debería a que la enfermedad de Amalia se había instalado entre ellos como una presencia más o a que su compromiso los había unido de una manera más íntima. Y se alegró de que no hubiera forma de averiguarlo; sobre todo por Amalia, que parecía más alegre según avanzaban los días y progresaban con los preparativos para el enlace.

En algún momento, Diego le sugirió que hicieran un viaje de novios a la capital. Allí encontrarían más entretenimientos y, aunque a ella no le dijo nada de eso, podrían visitar al doctor Estrada. Sin embargo, Amalia le dijo que no quería viajar. Prefería quedarse en la casa, con sus caballos y sus perros, y con él. Y Diego no tuvo más remedio que aceptar su voluntad.

Un mes después de la boda, y de que Diego le hiciera llegar a Eduardo una carta informándole sobre ella, recibieron en el campo la inesperada visita de Juanjo. Llegó un mediodía, en un carruaje que le había dejado Eduardo. Diego se encontraba en los establos cuando oyó el ruido del coche y salió a recibirlo con curiosidad.

Al principio le costó reconocer al joven que se apeó de él. Con el cabello más largo y despeinado tras el viaje, y vestido con un traje que seguía la última moda de la capital, Juanjo no tenía nada que ver con el adolescente que había despedido a Diego en su casa tres años y medio atrás. Pero la mirada entregada que le dedicó al encontrarse con él era inconfundible.

Se dirigieron el uno hacia el otro dando grandes zancadas y se fundieron en un largo abrazo lleno de risas, palmadas en la espalda y miradas de reconocimiento.

—Muchacho, sí que has crecido —le dijo al fin Diego, besándolo sin pudor como si fuera su hijo o, mejor dicho, como su hijo que era.

Juanjo se asombró por aquella muestra de afecto y se preguntó si el matrimonio habría suavizado a su querido padrino.

—¡Mira qué brazos! —exclamó Diego, mientras le apretaba los músculos haciéndole reír—. ¡Pero si cuando me vine eras un enclenque que no valía ni para partir una nuez!

Y volvieron a fundirse en otro abrazo.

A una distancia prudencial, Amalia, que había salido de la casa al escuchar el bullicio, observaba a los dos hombres con los ojos inundados de lágrimas por la emoción que destilaba su reencuentro.

Juanjo logró a duras penas contener las suyas; no quería dar al traste con la imagen de hombre adulto que Diego se estaba formando de él, aunque lo cierto era que su recibimiento le estaba haciendo sentirse tan querido que se encontraba abrumado.

—Vamos —dijo Diego en un momento dado, tomándolo de los hombros y guiándolo hacia la llorosa Amalia—. Te presentaré a mi mujer.

Durante los siguientes días, Diego dejó sus responsabilidades en manos de sus trabajadores y se dedicó a recuperar el tiempo que había perdido al lado de Juanjo.

Aunque ya lo sabía por las cartas que habían intercambiado durante esos años, le obligó a relatarle de nuevo todo lo que había sucedido en su vida durante el tiempo que él se había ausentado de ella, y Juanjo le volvió a explicar cómo había finalizado los estudios, que trabajaba desde hacía tiempo en uno de los principales bancos de la ciudad y los planes que tenía de casarse con Montse, la hija de Ferran que desde niño le había robado el corazón.

—Tú no me avisaste de tu boda —le reprochó entonces a Diego—. ¿Acaso no querías que viniera?

Diego removió su vaso de whisky. Amalia ya se había retirado a su habitación, y pensó que era el momento de contarle a Juanjo la verdad.

Le habló de la enfermedad de su mujer, de que esta no tenía cura y de cómo él tenía que verla marchitarse cada día. Le dijo que por eso no habían querido esperar para casarse y les había informado del enlace cuando este ya había tenido lugar.

—Claro que me hubiese gustado tenerte aquí —confesó, dedicándole una sonrisa triste.

Juanjo se mostró muy afectado y, desde aquel día, trató a Amalia todavía con mayor consideración.

Tras pasar un par de semanas recorriendo la finca, ayudando a marcar a los animales, bañándose en el arroyo y, en definitiva, admirando lo que Diego había logado hacer con aquel pedazo de tierra, Juanjo comenzó a preparar su equipaje para volver a la capital. Estaba deseando contarle a Montse en persona todo lo que allí había vivido, y quería proponerle que visitaran de nuevo El Remanso juntos, cuando ya fueran marido y mujer. Estaba convencido de que a su novia le encantarían aquellos paisajes y de que disfrutaría de la compañía de Amalia.

El día que debía regresar, se despertó temprano y supervisó cómo cargaban su equipaje en el carruaje mientras esperaba a que Diego y Amalia volvieran de su paseo habitual. Él había preferido no unirse a ellos para no retrasar mucho su partida.

Cuando ya casi estaba listo, oyó los cascos de un solo caballo aproximarse.

—¿Ya estás preparado? —preguntó Diego, acercándose hasta él. Juanjo asintió.

—¿Y dónde está Amalia? —inquirió de nuevo su padrino.

—No lo sé, creía que había ido a cabalgar contigo —respondió Juanjo.

Diego desmontó y le dio las riendas de su caballo a un mozo.

—Esta mañana me dijo que no se encontraba muy bien y que prefería quedarse en casa. Iré a buscarla para que pueda despedirse de ti.

Diego desapareció en el interior del edificio y, un par de minutos después, Juanjo escuchó un grito desgarrador.

Corrió hacia dentro y se precipitó escaleras arriba. La puerta de la habitación de Diego se encontraba abierta, por lo que se fue directo hacia ella.

Encontró a Diego sentado en su cama, acunando a Amalia entre sus brazos. Ella parecía dormida, pero la desesperación en la mirada de él le hizo sospechar que sucedía algo más.

El horror se abrió paso en su mente junto a un extraño tintineo que parecía acompañar a los movimientos de Diego. Buscó el origen de este, confundido, y, al bajar la mirada hacia el regazo de Amalia, descubrió en él un montoncito formado por pequeños frascos de cristal.

Unas horas después de que Diego encontrara el cuerpo sin vida de su mujer, el equipaje de Juanjo estaba de vuelta en la habitación que había ocupado durante su estancia y no quedaba rastro de la morfina en toda la casa.

—El médico y el cura están ya en camino —les había explicado Diego a Juanjo y a los miembros del servicio que habían visto la droga—. No deben sospechar que Amalia se ha quitado la vida, o se negarán a bendecir su tumba.

A pesar de los temores de Diego, la visita de las autoridades fue rápida y cordial, y enseguida les dejaron continuar con las exequias. Amalia se había asegurado de que la mañana de su muerte todos los que estaban en la casa tuvieran una coartada. Se dejó ver por el servicio una vez que Diego hubo salido a cabalgar, se aseguró de que aquel día todos los empleados trabajaran de dos en dos, y hasta le pidió a uno de los mozos que ayudara a Juanjo con el equipaje para que no estuviera solo. De ese modo, el médico no dudó al certificar que su muerte había sido natural.

—Ella sabía que te quedarías —le dijo Diego a Juanjo al día siguiente, tras el entierro, mientras descansaban de la larga y aciaga jornada—. Lo hizo antes de que te fueras para que no tuviera que pasar por esto solo.

Sus ojos estaban enrojecidos por el alcohol y el llanto. Juanjo guardó silencio para dejarle hablar.

—Me amaba tanto... —continuó Diego—. Me siento terriblemente culpable por no haber sido capaz de corresponderla.

—No digas eso, Diego —intervino el muchacho—. Te casaste con ella, ¿qué más podías haber hecho?

—Pero ¿la habría desposado si ella no hubiera estado enferma? —Diego formuló la pregunta que llevaba torturándolo dos meses.

Y conocía la respuesta de sobra, como también la había sabido la pobre Amalia.

—No te atormentes con eso ahora. ¿Acaso habría venido ella aquí de no saber que se moría? —respondió Juanjo—. No tiene sentido pensar en lo que hubiera sido de nuestras vidas en otras circunstancias. Las cosas son como son, y podrían haber sido de mil maneras diferentes.

Diego admitió que Juanjo podía tener razón, y le agradeció una vez más su compañía y su cariño. Pero no logró quitarse de encima ese punzante sentimiento de culpa.

Unos días después de la muerte de Amalia, Juanjo emprendió el camino de vuelta a Buenos Aires y Diego trató de retomar su vida, esforzándose por recordar lo que acostumbraba a hacer antes de que su mujer apareciera por sorpresa en Benito Juárez aquella fría mañana de hacía ya un año y medio.

Reanudó sus paseos matutinos, que siempre acababan llevándolo hasta el lugar donde habían enterrado a Amalia, un cerro que se encontraba de camino al arroyo Cristiano Muerto. Amalia y él solían detenerse en aquel montículo para deleitarse con el paisaje cuando salían a cabalgar juntos, y ese fue el motivo por el que Diego creyó que a ella le gustaría descansar para siempre en él.

Construyó con sus propias manos un cercado alrededor de la tumba de su mujer para que los animales no merodearan por allí, y marcó el lugar con una sencilla cruz con el nombre de Amalia, la fecha de su muerte y el dibujo de un caballo al galope.

Una mañana, al acercarse a la tumba como hacía cada día, Diego descubrió sobre ella un túmulo de piedras del tamaño de un puño pintadas de rojo. Le llamó la atención que no estuvieran centradas, sino agrupadas en el lateral que miraba hacia el este.

—Están orientadas hacia la salida del sol —le explicó el jefe de los indios, apareciendo sigilosamente a su espalda—. Quería dejarle también esto, si te parece bien.

Diego se dio la vuelta y vio que el indio sostenía entre sus manos unas figuras de madera: un caballo y dos perros.

—Puede que los necesite allá donde va —explicó el joven con solemnidad—. Cuando uno de los nuestros fallece, tenemos por costumbre sacrificar a su caballo y a sus perros para que hagan el viaje con él. Pero, en el caso de tu esposa, pensé que lo preferirías así.

El indio levantó las estatuillas en el aire y Diego asintió, aliviado y agradecido por el gesto que había tenido con Amalia.

—Las piedras están pintadas —observó, señalando con la cabeza el túmulo.

—A los dioses les gusta el color de la sangre. Así ella estará protegida frente a los espíritus. Puedes quedarte tranquilo, tu esposa va a estar bien.

La mirada de Diego, que reflejaba todo su sufrimiento, se quedó atrapada en la del indio, profunda y misteriosa, y la convicción que esta desprendía fue calando poco a poco en él y sosegando su alma.

Diego no supo cuánto tiempo pasaron así, mirándose el uno al otro, pero en un momento dado el indio dio un paso hacia él y le colocó una pequeña bolsa de cuero en la mano.

—Y esto es para ti, te ayudará a curarte y a renacer.

Diego observó el pequeño saco, que estaba atado con un cordel, y pasó suavemente sus dedos sobre él. Se apreciaban al tacto distintos bultos: piedras, plumas, tierra, y solo Dios sabía qué otras cosas más.

—Gracias —dijo, y el indio asintió.

21

Diego cerró tras de sí la maciza puerta de madera que daba acceso a su residencia de Balvanera y se dejó caer sobre ella. Permaneció inmóvil durante unos instantes, tratando de reconstruir su ánimo. Visto así, solo, en medio de aquel oscuro recibidor de aspecto castellano, con los ojos cerrados y el cansancio reflejado en su rostro, parecía que acababa de escapar de una persecución a vida o muerte. Y en cierto modo así era, si se podía considerar a su propio destino como el adversario que pretendía darle alcance.

Había llegado a Buenos Aires el día anterior, justo a tiempo de compartir con Juanjo la cena y algunas confidencias vespertinas. Había sido precisamente el anuncio de la boda de este, un año después de la muerte de Amalia, lo que le había hecho tomar la decisión de volver. Cuando le confirmó a Juanjo que asistiría a la ceremonia, le pidió también que no le desvelara su regreso a nadie más; no tenía ganas de que le hicieran un recibimiento para el que no se sentía preparado.

Esa primera noche, cuando se retiró a la alcoba de la que llevaba casi cuatro años ausente, Diego dejó sobre su mesita de noche el vaso de whisky que se había llevado con él y abrió su cajón en busca de la pequeña llave que escondía. Tras apurar el licor de un trago, se dirigió al *secretaire* que había frente a su cama y utilizó la llave para abrir las elegantes puertas de marquetería que lo custodiaban. Una vez que lo hubo hecho, su mirada se quedó anclada en la pequeña gaveta que escondía su secreto.

La hizo deslizar con suavidad hacia fuera y, tras expulsar el aire que contenía en sus pulmones, palpó su interior con sus largos dedos, que apenas cabían en aquel espacio. Se sorprendió al toparse con un papel, y lo extrajo con curiosidad. Se trataba de la fotografía que Miguel Prieto le había hecho llegar años atrás cuando inauguró la fábrica de conservas. No recordaba haberla guardado ahí. Repasó el rostro de su joven socio con el pulgar y después lo apartó con delicadeza, dejándolo en uno de los múltiples recovecos del mueble.

Volvió a introducir su mano en el pequeño cajón para, esta vez sí, dar con el familiar cordón y el aro que sujetaba. Tras extraerlos con sumo cuidado, los mantuvo en el aire unos instantes, atento a cómo el anillo oscilaba frente a él.

Una vez que el péndulo se hubo detenido, deshizo el nudo que lo sujetaba y, tras extraer de su bolsillo el anillo de bodas de Amalia, lo introdujo cuidadosamente en el cordón para volverlo a atar otra vez.

Cuando los dos aros estuvieron por fin juntos, Diego los recogió en la palma de su mano y se los llevó a los labios.

A la mañana siguiente, había ido dando un paseo hasta el almacén, como había hecho tantas otras veces. Sin embargo, en esa ocasión, todo le había parecido extrañamente diferente. Era como si en sus recuerdos todo hubiera adquirido una dimensión distinta a la real y, aunque sus ojos reconocían lo que veían a su paso, aquello no terminaba de encajar con la imagen de la ciudad que él tenía en su mente. Los comercios se habían transformado, en todas partes se erigían edificios nuevos y hasta las calles parecían tener un aroma diferente. Por tercera vez en su vida, se sentía en aquella ciudad como si fuera un completo extraño.

Las cosas no mejoraron mucho una vez que llegó a Salcedo y Cía. Los empleados, a los que había visto casi cada día durante tantos años, se le antojaron desconocidos. Sus rostros, aunque le resultaban familiares, estaban distorsionados por el por el surco de las arrugas y el paso de los años; unos más entrados en carnes que antes, otros más delgados, y todos con cicatrices en la mirada que reflejaban lo que les había tocado vivir.

Cuando más tarde pudo cerrar por fin a su espalda la puerta de su refugio de Balvanera y descansar su cuerpo contra ella, Diego se cuestionó amargamente cómo el paso del tiempo le habría cambiado también a él.

Después de comer, salió de nuevo en busca de Eduardo. Suponía que si no había encontrado a su amigo en los almacenes era porque, por fin, este había decidido hacer uso del despacho que tenía en su elegante casa del barrio de Retiro.

Sonrió al pensar en lo bien que conocía las costumbres de su socio, y sintió un grato alivio al darse cuenta de que a Eduardo sí lo reconocería incluso en el improbable caso de que se hubiera afeitado el bigote.

Ese pensamiento lo animó a subir las escaleras que conducían a la puerta de Villa Salcedo. Una vez en lo alto de estas, golpeó la aldaba, se quitó el sombrero y, tras ser invitado a entrar por una criada a la que no conocía, avanzó hacia el vestíbulo.

Antes de que sus ojos pudieran adaptarse a la nueva luz, Diego escuchó una voz pronunciar su nombre. Elevó su mirada hacia la gran escalera de mármol de la casa y, en lo alto de ella, vestida como si se dispusiera a salir de paseo y con un sombrero cubriendo en parte sus inolvidables ojos grises, descubrió a Teresa.

TERCERA PARTE
1891-1898

22

La Navidad de 1891 llegó cuando los argentinos estaban a punto de perder la esperanza. El año había sido catastrófico; los precios de los productos que exportaba la República se habían desplomado, el país no podía pagar sus deudas y los periódicos denunciaban cada día las injerencias de los funcionarios gubernamentales en todas las instituciones públicas. El Banco Nacional había terminado declarándose en quiebra, y cientos de familias se habían visto abocadas a la ruina.

Por fortuna, los negocios de Salcedo y Cía. estaban para entonces tan diversificados que, aparte de la devaluación que habían sufrido algunas acciones que poseía la empresa, Eduardo estaba bastante confiado en que podrían afrontar con holgura los duros meses que, en su opinión, todavía estaban por llegar. En los últimos tiempos, el hombre se había dedicado a tratar de ayudar a algunos miembros de la Cámara de Comercio a los que les estaba resultando más difícil adaptarse a la nueva situación, e incluso Carlos Pellegrini, que entonces era ya presidente de la República, había acudido a ellos en busca de la ayuda económica de los empresarios españoles más favorecidos. En aquellos últimos días del año, Eduardo estaba más activo y solicitado que nunca.

Por su parte, Teresa tampoco encontraba un momento de descanso. Aunque en menor número, debido a las noticias que de la crisis argentina habían llegado a su país, los inmigrantes procedentes de España seguían desembarcando cada día a cientos en los puertos de Buenos Aires, con el mal añadido de que cada vez era más difícil encontrar un trabajo para ellos. Al menos podían contar todavía con la construcción del ferrocarril que, a pesar de las duras críticas que el gobierno recibía por ello, seguía expandiéndose por el terreno conquistado a los indios, y la pampa no había dejado de explotar sus fértiles tierras y de criar ganado.

Por si buscar ocupación a todas aquellas personas no fuera suficiente trabajo, tras el éxito de la puesta en marcha de la residencia para mujeres inmigrantes, que jamás tenía una cama libre, y la posterior apertura de una guardería que pretendía frenar el espeluznante y cada vez más elevado número de niños que eran abandonados por sus madres en las puertas de las iglesias y los hospicios de Buenos Aires, Teresa y su socia, Elvira Gayol, se habían aventurado en aquellos días a abrir una escuela nocturna.

A raíz de los cursos que impartían en la Escuela de Inmigrantes, algunos de los cuales se habían ido especializando en oficios como ebanistería, costura o jardinería, habían constatado que una parte importante de los españoles que llegaban a Argentina apenas sabían leer ni escribir. Y aunque, a decir verdad, aquello tampoco formaba parte de las mayores preocupaciones de aquellas gentes, Elvira se había levantado un buen día con la convicción de que era necesario alfabetizarlos.

—Casi todas las cosas relevantes comienzan a gestarse en un papel: desde el libreto de una obra de teatro hasta la estrategia para invadir un país. No se puede vivir ignorando todo lo que sucede en el mundo de las letras.

Cuando escuchó el argumento de Elvira, Teresa no se lo rebatió. No tanto porque creyera que todos aquellos hombres y mujeres humildes estuvieran destinados a participar en asuntos de elevada trascendencia, sino porque confiaba en que entender la palabra escrita les ayudaría a acceder a trabajos de mayor cualificación y en que, en cualquier caso, les facilitaría mucho la vida. Además, como tanto le gustaba repetir a su maestro del pueblo, el saber nunca ocupaba lugar.

Aparte de buscar trabajo a los inmigrantes y poner en marcha el curso de la noche, cuya logística había supuesto un verdadero reto para todos los colaboradores de la escuela, Teresa se había propuesto también organizarle una sorpresa a su esposo. El año entrante, 1892, haría veinticinco años de la llegada de Eduardo a Argentina, y Teresa había creído que sería un bonito detalle hacer con ese motivo algo especial.

Para ello pretendía reunir ciertos recuerdos que tuvieran algún valor sentimental para Eduardo. Ya había encargado a un reconocido acuarelista argentino un cuadro del vapor Nuestra Señora de la Lanzada, el barco que había llevado a su esposo hasta Buenos Aires, y había aprovechado una de sus habituales visitas a la Dirección General de Inmigración para tratar de localizar el registro de la entrada de Eduardo al país.

—Mil ochocientos sesenta y siete —había dicho el hombre que solía atender sus peticiones en migración, hasta aquel día relacionadas siempre con asuntos de la escuela—. Veamos...

Teresa estiró el cuello para tratar de leer el libro que el funcionario había extraído de un estante y comenzado a manipular con destreza frente a ella.

—Mil ochocientos sesenta y siete —repitió el hombre.

—Llegó a Argentina en el mes de febrero —añadió Teresa, con una amable sonrisa que su interlocutor no llegó a ver.

—En el mes de febrero —volvió a decir este, descartando varias hojas de golpe.

—Salcedo —insistió Teresa, algo nerviosa—. Eduardo Salcedo.

El hombre detuvo su búsqueda para dirigirle una sonrisa fugaz.

—Ya sé, ya sé, doña Teresa. No se preocupe que lo encontraremos. De hecho —se interrumpió, acercando su dedo índice a un punto del libro—, aquí está.

Teresa dio un respingo y ayudó al funcionario a girar el libro hacia ella.

—Fantástico —exclamó, revisando la hoja con la información del viaje de su esposo.

Trató de imaginarse el momento en el que se había hecho aquella anotación. Visualizó a un jovencísimo Eduardo, que estaría agotado tras la larga travesía que acabaría de finalizar y con la incertidumbre de lo que le esperaba en aquel país reflejada en el semblante, y al funcionario que lo habría atendido, seguramente sin prestarle apenas atención, harto de ver desfilar ante él un rostro tras otro.

—Entenderá que no puedo dejar que saque el libro de aquí —le advirtió el funcionario.

—Lo comprendo —lo tranquilizó Teresa—. Mi idea era, si no es mucha molestia, traer a un fotógrafo para que tome una imagen de la página en la que aparece la documentación de mi esposo, y a un copista para que haga una reproducción del listado completo del pasaje.

—No creo que sea ninguna molestia, tratándose de usted —le aseguró el hombre con amabilidad—. Si le parece bien, vuelva la próxima semana con el fotógrafo y así yo tendré tiempo de localizar el listado del pasaje y de hablar de este asunto con el director.

Un mes después de aquella escena, Teresa tenía en su poder la imagen que había tomado el fotógrafo envuelta en un bonito marco de plata. Además, el copista acababa de informarle de que en pocos días habría finalizado su labor él también.

Pero el buen ánimo de Teresa aquella mañana no se debía solamente al éxito de su misión, sino sobre todo al hecho de saber que en pocas horas podría volver a abrazar a su hermano. Medio año después de su marcha, Manuel estaba recorriendo por fin el camino de vuelta a casa.

Teresa no había sido consciente de la necesidad que sentía de tener a su hermano cerca hasta que Eduardo le anunció que había recibido una carta suya; la primera que le dirigía solo a él. En ella, tras una larga reflexión en la que Manuel le agradecía todo lo que había hecho por él a lo largo de su vida, le pedía también a su cuñado su autorización para volver. Aseguraba que la estancia en el pueblo le había sosegado y que allí había tenido tiempo para meditar acerca de todo lo que había sucedido durante sus últimos meses en Argentina. Decía que quería terminar sus estudios y retomar su trabajo en Salcedo y Cía. y, aunque en su sinceridad reconocía que seguía teniendo ciertas inquietudes políticas, también afirmaba estar convencido de que el camino que había tomado hasta entonces no era el adecuado y de que había otras maneras de contribuir a cambiar el orden de las cosas.

A Teresa aquel discurso le resultó familiar, y se alegró infinitamente de que su hermano hubiera entrado finalmente en razón. Y tanto ella como Eduardo coincidieron en que Manuel parecía sincero y decidieron apostar por que aquella madurez que se apreciaba entre las líneas de su escrito fuera real.

Mientras se arreglaba para acudir al muelle a recibirlo, a Teresa le temblaban tanto las manos que a duras penas lograba introducir los pasadores en su peinado. Estaba deseando volver a ver a Manuel; no en vano, su hermano era lo único que se había mantenido estable a lo largo de toda su vida. Por eso había insistido tanto en irlo a buscar personalmente. Al principio, Eduardo se había mostrado reticente a que lo hiciera; Buenos Aires no era un lugar seguro, y menos aún los embarcaderos, donde tanta gente estaba de paso. Pero cuando ella le prometió que no saldría del carruaje bajo ningún concepto lo logró convencer.

Ya casi había terminado de colocarse el sombrero cuando unos golpes en la puerta principal la sobresaltaron.

—¡No es posible! —exclamó, sorprendida, dirigiendo una mirada fugaz al reloj que reposaba sobre un mueble de su habitación.

Temía haberse equivocado al calcular la hora en la que la marea permitiría al barco de Manuel acerarse a puerto.

Rápidamente, tomó su sombrilla y se precipitó hacia las escaleras, justo a tiempo de ver cómo una criada abría la puerta.

Al verle entrar en la casa, se le cortó la respiración. Estaba más delgado que antes y, desde la distancia, a Teresa le pareció entrever unas hebras plateadas en su cabello. Sin embargo, sus labios no dudaron a la hora de pronunciar su nombre.

—Diego.

Diego se quedó mirando a Teresa, pero no pudo distinguir si se alegraba de verlo o no. Parecía realmente sorprendida y lo miraba a su vez a él como si no terminara de reconocerlo. Debía de encontrarlo muy cambiado. Ella, sin embargo, estaba exactamente igual a como la recordaba, lo que le produjo un intenso alivio.

Teresa bajó las escaleras muy despacio. Cuando llegó hasta donde se encontraba el socio de su marido, levantó una mano hacia su rostro, como si se propusiera tocarlo para comprobar que fuera realmente él. Sin embargo, no lo llegó a hacer.

Se dijo que Diego estaba muy diferente. Parecía mayor, y el halo de tristeza que tenía en su mirada se había hecho todavía más profundo. Aquello le hizo recordar que aquel hombre había perdido a su mujer, a la mujer que había elegido para compartir su vida. Tenía que sentirse profundamente perdido y solo. A pesar de lo extraña que se sentía, se esforzó por ofrecerle una sonrisa, al mismo tiempo que le escuchaba a él también decir su nombre:

—Teresa.

—Diego, no sabía que estabas en Buenos Aires —comenzó a excusarse ella—. Me encuentro a punto de salir hacia el puerto a buscar a Manuel, que llega hoy de España.

—Lo sé —contestó él—. No creí que todavía estarías en casa.

Teresa entendió que Diego no había esperado encontrarse con ella, y se sintió más insegura que la primera vez que lo vio, en el despacho de Eduardo, hacía toda una vida.

—Eduardo no ha llegado todavía, pero no tardará en hacerlo —dijo, recomponiéndose—. Me prometió que estaría aquí cuando llegara Manuel. Si quieres puedes esperarle en el salón, o en el jardín, que en esta época del año está más bonito que nunca.

Él asintió y ella dio un paso atrás, dispuesta a marcharse.

—Si necesitas cualquier cosa, puedes llamar a Justa.

Al oír el nombre de la doncella, Diego sonrió, y Teresa sintió no haber merecido esa misma sonrisa ella también.

Tratando de ocultar todas las emociones que bullían en su interior, Teresa pasó por su lado, rozándole las piernas con la falda, y se dirigió a su carruaje.

Una vez en el puerto Teresa no fue capaz de cumplir la promesa que le había hecho a Eduardo y, en cuanto el coche se detuvo, se precipitó hacia el exterior. No podía seguir encerrada ahí dentro; sentía que se ahogaba.

El ambiente en el muelle era el mismo de siempre, con las bandas de música tocando animadas, los jóvenes vendedores anunciando su mercancía a gritos y los cientos de personas que, por un motivo u otro, habían ido a recibir el barco, tratando de hacerse un hueco y hablando entre sí.

—¡Señora, tenga cuidado, que por aquí hay muchos delincuentes!

Teresa respondió a la advertencia del cochero con un gesto tranquilizador y se adentró entre la muchedumbre, sintiéndose en absoluta sintonía con aquel bullicio.

La llegada de su hermano había puesto a prueba sus nervios, pero la visión de Diego en el recibidor de su casa casi había acabado con ellos.

No sabría expresar con palabras cómo se sentía. El vínculo que un día había creído tener con aquel hombre ya no estaba allí, e incluso, por un momento, había tenido la impresión de encontrarse ante un perfecto desconocido. Sin embargo, sentía un apretado nudo en su estómago y, a pesar de la distancia que había puesto con Diego, aún le costaba llenar del todo sus pulmones.

Tratando de concentrarse en la llegada de su hermano, se acercó a la pasarela del barco tanto como le permitieron los miles de personas que había allí congregadas e intentó localizar a Manuel entre los viajeros que había en la cubierta del trasatlántico. Por un instante se imaginó a sí misma allí arriba, años atrás, cuando apenas era una niña. Entonces había escrutado los rostros que había en tierra y no había encontrado el que buscaba. Se preguntó si las cosas habrían sido diferentes de haber ido aquel día Eduardo al muelle a recibirlos, y ella misma se respondió que no.

De pronto, divisó a Manuel justo al inicio de la pasarela. Alzó la mano para saludarlo, pero en ese instante su hermano se volvió para despedirse de alguien más. Ella trató de ganar alguna posición a la muchedumbre mientras él volvía a girarse para afrontar la bajada a tierra.

—¡Manuel! —gritó Teresa, feliz de volverlo a ver—. ¡Manuel!

Sabía que era imposible que su voz llegara hasta los oídos de aquel muchacho, en su opinión guapo a rabiar, en que se había convertido su hermano. Pero, aun así, no podía dejar de repetir su nombre.

—¡Aquí, Manuel! ¡Manuel!

Tratando de no perderlo de vista, fue avanzando hacia él, que también parecía buscarla entre el gentío. En un momento dado, él por fin la vio y comenzó a apartar a la muchedumbre con sus manos para abrirse paso hasta ella.

Cuando pudo lanzarse a los brazos de su hermano, Teresa se olvidó de todo lo demás. Manuel la apretó contra su pecho durante un buen rato, para finalmente alzarla del suelo. Teresa rio como una niña y protestó hasta que su hermano volvió a dejarla en su lugar.

—¿Has adelgazado, Teresita? —preguntó el joven levantando la voz para hacerse oír y limpiando con su mano las lágrimas de su hermana.

—Puede ser. Tú en cambio estás espléndido, Manuel —observó ella con orgullo.

—Y así me siento, hermanita. El viaje me ha sentado francamente bien. Tengo que reconocer que fue una gran idea enviarme a España por un tiempo.

Ella alzó una de las manos de Manuel para besarla con reverencia, y él la abrazó de nuevo para sacarla de allí.

Manuel estaba feliz de volver a aquella efervescente ciudad y a la que consideraba su casa, Villa Salcedo, tan diferente de la que había dejado atrás. En ella los esperaba Eduardo para recibirlos, tal y como le había prometido a Teresa. Los dos hombres se saludaron con profundo afecto al verse, y Manuel aprovechó para volverles a agradecer, a Eduardo y a Teresa, que le hubieran enviado a España durante aquellos meses, y reiteró sus planes de retomar sus estudios de leyes y de trabajar para su cuñado. Cuando la situación se fue sosegando, Teresa paseó su mirada por el salón y preguntó:

—¿Y Diego?

—¿Diego ha vuelto? —se interesó Manuel, que se había mantenido al día de todo lo que había sucedido en su ausencia gracias a las cartas de su hermana.

—Ayer mismo —confirmó Eduardo—. Pero ya se ha marchado a su casa. Dijo que estaba algo cansado por el viaje. Me pidió que le excusara con vosotros y que te dijera que esperaba que fueras a visitarlo pronto, Manuel.

Su cuñado asintió, pero no tuvo tiempo de responder ya que, en ese preciso instante, Eduardito irrumpió en la sala y se abalanzó sobre él con todo su ímpetu.

—Pero ¡Dios mío! ¿Quién es este muchacho tan grande? ¡Juro que no le conozco!

Todos rieron al tiempo que el niño protestaba gritando que era él, su sobrino. Manuel lo cogió en brazos, a pesar de todo lo que había crecido el crío, que pronto cumpliría ocho años.

Teresa se quedó mirándolos, sintiéndose desbordada de afecto, y se alegró de que Diego no estuviera allí y poder disfrutar de ese modo plenamente de aquel instante.

23

Pocos días después del regreso de los viajeros a Buenos Aires, Teresa hizo una parada en su camino a la escuela para recoger la copia del pasaje del Virgen de la Lanzada que había encargado para Eduardo. De vuelta en el coche, estudió con curiosidad el documento y, cuando llegó al despacho que compartía con Elvira, en lugar de dirigirse a su mesa, se fue directa a la de su amiga y lo dejó caer sobre ella sin pronunciar palabra. Elvira la miró por encima de sus pequeñas gafas con asombro antes de bajar de nuevo la vista para leer el título del librito que Teresa había lanzado con tan poco cuidado encima de su escritorio: «Virgen de la Lanzada. La Coruña - Buenos Aires, febrero de 1867. Relación del pasaje».

Elvira volvió a mirar a su amiga, esperando la explicación que suponía estaba por llegar.

Torciendo el gesto, Teresa comenzó a pasar las páginas del cuaderno hasta dar con un nombre.

—Diego Álvarez Fernández —leyó Elvira, antes de quitarse las lentes con cuidado—. ¿Qué es esto, Teresa?

—Es la lista de los pasajeros que viajaban en el vapor que trajo a Eduardo a Buenos Aires.

—A Eduardo y a Diego, por lo que se ve —observó Elvira, sin darle mayor importancia.

—¡Vinieron juntos, Elvira! —estalló Teresa.

Una pareja que pasaba por delante del despacho les dirigió una mirada curiosa. Elvira se levantó y, tras saludarlos amablemente, cerró la puerta.

—La verdad, no veo dónde está el problema, Teresa —dijo, volviendo a su lugar.

—Hace años, cuando encontramos la partida de nacimiento incompleta de Diego, Eduardo me aseguró que se habían conocido estando ya en Argentina, en una residencia o algún lugar similar.

—Bueno, es posible que viajaran en el mismo barco y no llegaran a conocerse. Tú sabes bien que esas naves trasladan a cientos de personas y, si iban en diferentes clases, no tuvieron ni que cruzarse.

—Lee el nombre que le sigue inmediatamente en el listado, por favor —fue la respuesta de Teresa.

Y Elvira leyó en voz alta el nombre de Eduardo.

—¿De dónde has sacado el libro?

—De la Dirección General de Inmigración. Pertenece al registro de entrada del barco en Argentina. Mandé hacer una copia para regalársela a Eduardo por su aniversario.

—¿Y le has dicho ya algo a tu esposo?

—No, todavía no.

Elvira asintió.

—Pues no le digas nada por ahora. Hablaré con mis contactos en la Compañía Trasatlántica, a ver si puedo averiguar algo más. Tal vez cuenten con más información acerca de Diego. En función de lo que averigüe, le enviaremos una carta a Benito Juárez exigiéndole una explicación.

Teresa se la quedó mirando un instante.

—No hará falta escribirle nada; Diego ha vuelto.

Cuando el día de la boda de Juanjo llegó, Elvira todavía no había podido hacer sus pesquisas en la Compañía Trasatlántica, por lo que Teresa tomó la decisión de rehuir a Diego tanto como pudiera durante la fiesta. En un principio, esto no le supuso un gran esfuerzo; la celebración, a sugerencia suya, tuvo lugar en Villa Salcedo, lo que le brindó sobradas excusas para mantenerse alejada del socio de su esposo.

Esa mañana, Teresa había ordenado disponer varias mesas en el jardín y las había cubierto con unos elegantes manteles de damasco. En el centro de cada mesa, había colocado un jarrón con flores que ella misma se había encargado de cortar a primera hora del día, cuando todavía estaban húmedas de rocío. Posteriormente, mientras los invitados asistían a la ceremonia que uniría a los dos jóvenes para siempre, los empleados de Villa Salcedo se habían encargado de surtir las mesas con una variedad de alimentos argentinos y españoles, exquisitos todos, que hicieron las delicias de los invitados.

—No hubiésemos podido imaginar una celebración mejor —le agradeció Montse a Teresa en un momento de la fiesta, sin poder ocultar su emoción.

—No merecíais otra cosa —respondió esta con afecto.

Cuando la mañana estaba ya bien avanzada, Eduardo llamó a su mujer. Estaba con Diego, sentados ambos en unas sillas de forja blanca cuyas formas parecían querer imitar las plantas del jardín.

Mientras Teresa se acercaba a los dos hombres, podía sentir la mirada de Diego fija en ella, pero hizo lo posible por ignorarla.

—Estaba hablando con Diego de construir una fuente en el pueblo —le explicó Eduardo, mientras ella ocupaba una silla libre que había a su lado—, aprovechando los caños que hay en la bajada al puerto.

Teresa asintió, recordando los regueros a los que se estaba refiriendo su esposo, así como los lodazales que se formaban en torno a ellos cuando los vecinos iban a recoger agua, por no haber allí pila ni desagüe. Fueron muchas las veces en las que, de pequeña, se vio obligada a hundir sus pequeños pies en aquel frío fango.

—Aprovecharemos la obra para instalar un lavadero —añadió Diego.

Teresa revivió la alegre estampa que formaban las mujeres del pueblo cuando partían hacia el río, entonando los cantos que habían aprendido de sus madres y estas de sus abuelas, mientras cargaban sobre sus cabezas los cestos repletos de ropa previamente enjabonada y colada con agua caliente y cenizas. Sonrió al pensar en lo que una fuente les facilitaría la vida a aquellas mujeres.

—Me gustaría verla cuando esté terminada —deseó.

—Le podemos pedir a Miguel que nos envíe una fotografía cuando así sea —sugirió Eduardo, y Diego asintió.

Cuando los invitados se fueron marchando, Teresa los acompañó hasta la puerta. Ferran cargaba a uno de sus nietos en brazos; el niño se había quedado dormido. Cuando pasaron por su lado, Teresa acarició su pequeña cabeza y sonrió a Ferran, quien le agradeció cálidamente la organización de aquel día.

Teresa se quedó observando desde la puerta cómo se alejaba la familia del encargado de los almacenes, con el paso cansado pero satisfecho, y volvió a entrar en la casa cerrando la puerta con cuidado tras ella. Al volverse descubrió que Diego estaba en el vestíbulo.

—¿Ya te vas? —preguntó, sobresaltada.

Él asintió, acercándose a ella.

—¿Está todo bien, Teresa?

Teresa se esforzó por sonreír.

—Claro, ¿qué iba a estar mal?

Diego escrutó su rostro durante unos segundos antes de continuar avanzando hacia la puerta. Tuvo que aproximarse mucho a Teresa para alcanzar el pomo.

—Diego —lo interrumpió ella antes de que lo girara, teniendo que aclararse la garganta para continuar—. En febrero se cumplirán veinticinco años de la llegada de Eduardo a Argentina y le estoy preparando una pequeña sorpresa. Será una celebración sencilla, pero estoy segura de que a él le gustaría mucho que estuvieras presente.

Diego sonrió.

—Claro, cuenta conmigo.

—No sabía si… —empezó a decir ella—. No sabía si tenías pensado regresar pronto a Benito Juárez.

Teresa sintió que se le aceleraba el pulso mientras esperaba su respuesta.

—No, no pretendo regresar, al menos de momento —dijo.

Ella lo miró fijamente a los ojos.

—¿Tú cuándo llegaste a Argentina, Diego?

Él le sostuvo la mirada y sonrió.

—Hace mucho tiempo.

Teresa sonrió con él.

—¿Tanto como Eduardo?

—Más o menos —respondió Diego, y se marchó con la sensación de que la esposa de su socio volvía a dudar de él.

Esa noche, Teresa no lograba conciliar el sueño, por lo que bajó al despacho de Eduardo para anotar los gastos de la boda de Juanjo en los libros de cuentas. Normalmente era su esposo el encargado de realizar esas labores, pero, en esa ocasión, Teresa había insistido en hacerlo ella para poder camuflar entre ellos los costes de los preparativos de la celebración de aniversario que le estaba organizando.

Mientras abría el cajón del escritorio de su esposo, Teresa no lograba deshacerse del sentimiento de frustración que le había provocado su conversación con Diego. Estaba segura de que el hombre no había querido mentirle acerca de la fecha en la que llegó a Buenos Aires, tanto como de que tampoco le había dicho la verdad. Es más, por un momento había llegado a pensar que Diego quería que ella descubriera lo que fuera que estaba ocultando. Porque, sin duda, estaba ocultando algo.

Extrajo el libro de cuentas del cajón y comenzó a pasar las hojas con tanto ímpetu que estuvo a punto de rasgar una de ellas. Eso le hizo prestar más atención mientras buscaba la que contenía las últimas anotaciones. Cuando la encontró, leyó lo que había en ella. Tras la última compra de flores para el jardín, el coste del arreglo de uno de los balcones del piso superior de la casa y la instalación del nuevo teléfono había un último pago que Teresa no reconoció. Estaba registrado como «B.A.». Reflexionó un instante acerca de a qué podrían responder aquellas iniciales, pero no fue capaz de descubrirlo. La cifra que las acompañaba no era nada desdeñable.

—Bueno, acabemos con esto —se dijo a sí misma en voz alta, antes de seleccionar una nueva fila del cuaderno y comenzar a anotar con cuidado los gastos de los últimos días en ella.

Finalmente, la cena por el aniversario de Eduardo se aplazó hasta el mes de marzo. Teresa convocó en su casa a un pequeño grupo de amigos de su marido, entre los que se encontraban varios empresarios españoles, Diego y Guido Napolitano, el italiano con el que Eduardo y su socio habían compartido aventuras durante su primera etapa en Argentina.

Cuando Salcedo vio las molestias que se había tomado su esposa por él, no pudo más que mostrarse agradecido e, incluso, algo conmovido. Y en el instante en el que, tras una breve ceremonia, Teresa descubrió el cuadro del Virgen de la Lanzada, el vapor en el que había llegado a Argentina, a su marido se le empañó la mirada. Aquello provocó que sus amigos bromearan sobre lo impresionados que estaban por haber descubierto, después de tanto tiempo de conocerle, que Eduardo era tan humano como los demás.

Diego participó de la velada guardando una prudencial distancia con Eduardo. Acompañó con sus aplausos los de sus amigos, rio las bromas que le hicieron y tuvo el detalle de felicitar a Teresa en un aparte por el éxito de la celebración. Hubiera parecido que todo aquello no le tocaba demasiado de cerca, de no ser por la sentida expresión con la que Teresa lo sorprendió justo antes de marcharse mientras estudiaba el cuadro del trasatlántico.

Sin embargo, no le dijo nada al respecto, como tampoco le había entregado a su esposo finalmente la copia del pasaje del barco en el que figuraba el nombre de Diego junto al suyo. No era su deseo poner a los dos hombres en evidencia y, además, para su sorpresa, Elvira no había logrado averiguar nada más sobre el asunto.

—Pregúntale directamente a Diego —le había sugerido que hiciera, con poco interés, cuando Teresa le preguntó por ello la última vez—. No veo qué problema puede tener en aclarar todo esto.

Pero Teresa seguía con el pálpito de que a aquel puzle le faltaba una pieza.

24

Desde que regresó de la pampa, Diego estaba encontrando muy difícil hallar de nuevo su lugar en aquel mundo que tanto había cambiado desde su marcha. Hizo todo lo posible por formar parte de la nueva vida de Juanjo, quien pronto anunció que esperaba, junto a Montse, su primer hijo. La noticia de la paternidad de los chicos le provocó un inesperado anhelo, y se volcó en ayudarlos a instalarse a tiempo para el alumbramiento en la bonita vivienda que les había regalado con motivo de su casamiento.

Al principio, Juanjo había rechazado el presente de Diego por considerarlo excesivo, aunque nada más verla se había enamorado de aquella casa nueva y acogedora ubicada tan cerca del banco en el que ya llevaba años trabajando. Diego sospechaba que había sido la intervención de Teresa la que había hecho al joven cambiar finalmente de opinión, y no se equivocaba. En cuanto la esposa de Eduardo supo de las reticencias de Juanjo para aceptar la casa, fue a verse con él y le explicó que Diego le quería como habría querido a su propio hijo, y que si le hacía sentir que no lo era, le rompería de nuevo el corazón.

Con Teresa no tuvo, sin embargo, ningún acercamiento. Se veían de tanto en tanto, como no podía ser de otra manera, pero ninguno de los dos hizo nada por alcanzar una intimidad mayor. Diego tenía la sensación de que Teresa había decidido establecer cierta distancia entre ellos, y su intuición le decía que aquello era lo mejor.

A la que sí procuraba ver siempre que esta se encontraba en la ciudad era a su querida Elvira Gayol, que con los años se había convertido en una vieja malhumorada, pero que seguía resultándole una compañía de lo más estimulante.

Y, en el mes de junio, justo antes de que llegara el invierno, se reencontró con otro querido amigo al que había echado sinceramente de menos durante los últimos cinco años.

«El aguerrido explorador Luis María Gamboa regresa a Buenos Aires tras dos años viviendo en Tierra del Fuego», decía el periódico por el que Diego descubrió que su amigo estaba en la ciudad. El artículo informaba también de que esa misma tarde Gamboa daría una charla en el Museo Histórico Nacional para compartir su experiencia en la Patagonia. Así que, sin dudarlo, Diego decidió presentarse allí.

Ocupó uno de los asientos de la última fila, para no distraer a Gamboa durante su exposición, y disfrutó soberanamente escuchándole relatar sus aventuras en el gélido territorio austral. Mientras lo hacía, trataba de adivinar qué parte de lo que decía sería cierta o, mejor dicho, cuál sería la verdadera dimensión de las anécdotas que estaba relatando. Gamboa estaba algo más flaco de lo que Diego recordaba, y la tupida barba que en otro tiempo le había caracterizado volvía a cubrir su rostro, pero seguía siendo el mismo petulante envanecido al que tanto había llegado a apreciar.

Cuando la charla terminó, Diego esperó un tiempo prudencial para que los seguidores de su amigo pudieran saludarlo, y cuando creyó que ya no lo haría nadie más, salió a su encuentro.

Los ojos de Gamboa se agrandaron al reconocerlo. Sin dudarlo un segundo, bajó de un salto del estrado desde el que había hecho su presentación y se dirigió hacia él con los brazos abiertos.

—¡Diego, amigo!

Diego le devolvió el abrazo.

—Dios mío, Gamboa, ¿es que esos malditos patagones no te daban de comer?

—No me daban de nada, querido. Nunca estuve en una tierra más inhóspita, ni tampoco más apasionante de recorrer. Excepto en tu hacienda, claro está —bromeó el explorador, antes de tomar cierta distancia con Diego para estudiarlo mejor—. Tú, en cambio, has envejecido rápido en estos años. No sabes cuántas veces me he preguntado cómo te estaría tratando la vida.

Diego dirigió una mirada a los hombres que habían acompañado a Gamboa durante su exposición.

—¿Crees que nos dejarían comer juntos, para que pueda ponerte al día?

Gamboa asintió y, tras excusarse con los hombres del museo, se marchó junto a Diego en su berlina.

Durante la comida se pusieron al día de todo lo que había acontecido en sus vidas desde que se vieron la última vez en El Remanso.

—No sé si el nombre que has elegido para tu hacienda me parece el más adecuado, teniendo en cuenta cómo comenzó todo —bromeó Gamboa al descubrir cómo había bautizado Diego a la finca que él le había ayudado a delimitar.

Diego le contó lo próspera que era ya esta, y le habló del sistema de regadío que estaba pensando instalar en ella.

—Con ese arroyo que atraviesa vuestras tierras, no os hará ninguna falta el riego, pero si necesitas una nueva excusa para dejar Buenos Aires…

Diego rio. Su amigo siempre había recelado de los motivos que le habían hecho marcharse un buen día a la pampa. Y aprovechó aquel momento para hablarle a Gamboa de Amalia, ahora que era capaz de volverla a nombrar.

—Vaya, así que al final te atraparon —se regocijó el explorador—. Debe de tratarse de una gran mujer.

—Sí que lo era —respondió Diego—. No tuvimos mucho tiempo, sin embargo.

A continuación, le contó a su amigo acerca de la enfermedad y el fallecimiento de su mujer.

Gamboa fue clemente y, al ver que la tristeza amenazaba con apoderarse de Diego, cambió con rapidez el tema de la conversación.

—Pues si tan bien te está yendo en la hacienda, tal vez tengas que emplearme a mí en ella. Con esta maldita crisis que nos asola y tanta inestabilidad política, nadie quiere oír hablar de financiar mi nueva expedición.

Diego sonrió. Sabía que su amigo exageraba de nuevo, aunque probablemente en sus apuros económicos hubiera también parte de verdad.

—Tal vez yo pueda ayudarte con eso. Los almacenes Salcedo podrían patrocinarte —sugirió.

La expresión de Gamboa se tornó muy seria.

—Diego, si lo haces por lo que pasó en Juárez, quiero que sepas que no me debes nada —le dijo.

Diego lo detuvo con un gesto.

—Por supuesto que me siento en deuda contigo por aquello, siempre lo estaré. Pero la mía no sería una ayuda del todo desinteresada. Si mencionaras nuestra colaboración en estas charlas que das y en las entrevistas que te hacen los periódicos, darías una gran notoriedad a los almacenes, y todos saldríamos ganando.

Gamboa se quedó reflexionando un instante.

—Te lo agradezco en el alma, Diego. Pero eso solo me ayudaría en una pequeña parte; mis expediciones requieren una inversión descomunal.

Diego pensó en aquello.

—En estos últimos años he hecho muy buenos amigos en el Jockey Club, amigos que tienen mucho dinero. Estoy seguro de que si les contara tus planes alguno de ellos estaría interesado en apoyarlos.

El explorador comenzó a negar, pero Diego lo detuvo.

—Déjame que lo intente al menos. No pierdes nada con ello, y ya verás como, antes de lo que crees, estarás cerrando tus baúles para poner rumbo a esa nueva aventura.

Durante el camino de vuelta a casa, Diego se dedicó a planificar las visitas que comenzaría a hacer al día siguiente con el fin de reunir el dinero que necesitaba su amigo. Esperaba que no le costara demasiado conseguir los fondos, y se alegraba enormemente de poder compensar en parte todo lo que Gamboa había hecho por él.

El primer hombre al que visitó a la mañana siguiente, como no podía ser de otro modo, fue a Eduardo, quien, tras contarle Diego su intención de respaldar al explorador, se mostró completamente de acuerdo con él. No solo se lo debían, dijo, sino que le parecía una forma muy original de dar publicidad a los almacenes.

Cuando Diego ya se disponía a marcharse, Eduardo lo detuvo.

—Diego, ayer fue a verme a casa Bernardo Álvarez.

La inquietud se apoderó de Diego, como hacía siempre que aquel cretino reaparecía en su vida. Igual que le sucedió cuando se topó con él en el carnaval muchos años atrás, mientras iba acompañado de Teresa, y en los almacenes, todas las veces que había acudido a ellos para encontrarse con él, después. Sin embargo, hasta entonces nunca se había atrevido a presentarse en su hogar o en el de su socio.

—¿A Villa Salcedo? —preguntó.

Eduardo asintió.

—No quiero que vuelva a acercarse a mi familia. Además, parecía muy nervioso. Debe de andar metido en algún nuevo lío. Temo que pueda resultar peligroso para Teresa o para Eduardo.

Diego comprendió.

—Iré a hablar con él y solucionaré este asunto de una vez por todas.

—Creo que es lo mejor. Cada vez pide dinero más a menudo y tengo la impresión de que en esta ocasión está verdaderamente desesperado.

—No volverá a molestarte, Eduardo, te lo prometo. No permitiré que vuelva a acercarse a ti o a tu familia.

Eduardo asintió, y Diego abandonó el despacho de los almacenes sin la menor idea de cómo iba a cumplir su promesa.

Días más tarde, Diego seguía sin saber cómo podría pararle los pies a Bernardo Álvarez. Tenía la certeza de que aquel hombre no era trigo limpio, e incluso veía muy probable que fuera un criminal. Por ello, mientras encontraba la mejor manera de abordar el asunto, decidió hacer que alguien lo vigilara. Contrató a un policía jubilado que ofrecía sus servicios como detective privado, y le encargó investigar su pasado, así como custodiar todos sus movimientos.

—Si trata de acercarse a Eduardo Salcedo o a cualquier miembro de su familia, avísame de inmediato —le ordenó.

Mientras tanto, continuó con la búsqueda de fondos para la expedición de Gamboa. Tal y como esperaba, no le costó mucho encontrar en el Jockey Club caballeros dispuestos a patrocinar a su amigo, aunque estos lo terminaron haciendo por motivos bien distintos a los que él había pensado en un inicio.

Durante días le había estado dando vueltas, con la ayuda de Eduardo, al beneficio que patrocinar el descubrimiento de lagos, volcanes y montañas podría aportar a esos hombres que lo tenían casi todo. Sin embargo, le bastó una sola visita al Jockey Club para que cinco de los oligarcas que formaban parte de él se embarcaran en el proyecto por una causa muy superior a la monetaria: la prosperidad de la nación argentina.

Después de que Diego les hablara de las aspiraciones de Gamboa y de sus necesidades económicas sin llegar a pedirles explícitamente su colaboración, los hombres con los que lo hizo guardaron silencio.

—Es admirable que nuestros jóvenes dediquen su vida a explorar el alcance y la riqueza de nuestra patria —dijo al fin uno de ellos.

—Admirable —refrendó otro, mientras los demás asentían.

—En estos tiempos, parece que los extranjeros estén más interesados en nuestras tierras que nosotros mismos —añadió el tercero, mereciendo también la aprobación general—. Si no hacemos algo pronto, acabaremos perdiendo hasta nuestra identidad.

Tras escuchar esto último, se sumieron todos en un meditativo silencio, que fue interrumpido al poco tiempo por el único hombre que todavía no se había pronunciado acerca del asunto.

—¿Y si ayudásemos a Gamboa? Sería nuestra forma de contribuir a la construcción de la nación que todos soñamos. Y, por el camino, nos divertiríamos viendo si ese muchacho consigue llegar más lejos que el perito Moreno o que Carlos Moyano.

De ese modo, sin apenas tener que decir nada, Diego logró de esos hombres el patrocinio que había ido a buscar.

Cuando, unos días más tarde, tras materializarse la ayuda de los miembros del Jockey Club en una cuenta bancaria que habían abierto para tal fin, el socio de Eduardo corrió a darle la noticia a Gamboa, este no cabía en sí de alegría.

—¿La Argentina que todos soñamos? ¡Me encanta! —exclamaba, excitado, recorriendo de un extremo a otro el salón de Diego—. Utilizaré esa misma expresión cuando le presente a la prensa mi expedición.

Diego lo seguía con la mirada, sonriendo.

—Empiezo a pensar que eres mi ángel de la guarda, Diego. Siempre apareces para salvarme cuando estoy a punto de sucumbir.

Diego negó, consciente de lo lejos que se encontraba de ser tal figura celestial.

—Ya te dije que lo conseguiría —le recordó a su amigo.

—Ahora soy yo el que está de nuevo en deuda contigo, querido. Pide y se te concederá. ¿En qué puedo ayudarte?

Diego no dijo nada, pero a Gamboa no le pasó desapercibida la tristeza que atravesó en ese momento su rostro.

—¿Acaso te preocupa algo?

Diego se apresuró a negar.

—Vamos, Diego. Somos amigos, ¿no? Sabes que puedes contarme lo que sea.

Ante su insistencia, Diego acabó mencionando, con mucho tiento, el asunto de Bernardo Álvarez.

—Y ahora dice que si no le damos lo que pide irá al consulado con el cuento de que firmó mi partida de nacimiento bajo coacción —concluyó.

—¿Y eso os perjudicaría mucho?

—Acabaría con nuestra credibilidad. La mía me da igual, pero no me perdonaría que este asunto ensuciara la imagen de Eduardo.

Gamboa se quedó pensativo.

—¿Y por qué no pediste un nuevo certificado de nacimiento a España en su momento?

—Porque el proceso habría sido demasiado largo.

—¿Tanto como para no haberlo hecho en veinte años?

Gamboa se lo quedó mirando. Sin duda, aquella historia no terminaba de encajar. El documento que habían falsificado Eduardo y Diego años atrás no debía de servir prácticamente para nada. Estaba seguro de que Diego no podría, por ejemplo, obtener con ello algo tan básico como un pasaporte, y no acababa de entender que en ningún momento lo hubiera tratado de solucionar.

—Nunca he necesitado hacerlo —zanjó el asunto Diego.

Los dos hombres mantuvieron un pequeño pulso con sus miradas, pero al final el explorador claudicó. Tenía claro que Diego le estaba ocultando algo, pero a veces la amistad consistía precisamente en no preguntar. Él también le escondía cosas a Diego, así que no sería quien lo juzgara.

—Bueno, entonces, ¿qué vamos a hacer con ese maldito chantajista? —preguntó.

Diego no pudo evitar sonreír.

—Tú nada.

—¿Cómo que no? ¿Y qué crees que vas a poder hacer tú solo con él?

—Pues, si te soy sincero, tampoco lo sé muy bien.

—¿No? —le respondió Gamboa, mientras tomaba asiento a su lado, olvidando ya todo recelo—. Entonces, yo te lo diré.

25

Eduardo no sabía qué había hecho Diego para silenciar a su falso primo, pero cinco meses después de la última conversación que habían mantenido acerca de él, seguían sin tener noticias suyas. Naturalmente, le había preguntado a su socio por el asunto en varias ocasiones, pero este evitó darle una respuesta concreta y se limitó a prometerle que le contaría todo en cuanto lo tuviera definitivamente solucionado. Lo que sí le adelantó Diego con el fin de tranquilizarlo fue que nunca más tendría que preocuparse de que aquel chantajista los volviera a molestar.

La visita que esperaba Eduardo aquel día en su despacho de Villa Salcedo era bien diferente. Se trataba de la viuda de Nicolás Jáuregui, la hermosa Isabel. Desde la muerte del abogado, Eduardo se había convertido en una especie de hombre de confianza para su viuda. Lo hacía principalmente en honor a la memoria de su buen amigo, aunque el poder disfrutar de aquellos pequeños momentos junto a ella se habían convertido también en una recompensa para él.

Cuando Isabel por fin se presentó en su despacho, avanzó presurosa hacia él, sin prestar por una vez atención a si sus andares resultaban lo suficientemente elegantes o a si estaba ofreciéndole a Eduardo su mejor sonrisa. Tampoco esperó a que Salcedo le preguntara qué la había llevado hasta allí antes de empezar a hablar.

—Han venido a verme —declaró, nerviosa.

Aquello descolocó a Eduardo, que no pudo más que lamentar el haber perdido la oportunidad de besar su mano.

—Los italianos —aclaró Isabel, antes de dejarse caer en una de las sillas del despacho, como si de pronto se le hubieran acabado las fuerzas que la habían llevado hasta allí.

Eduardo se acercó al pequeño mueble bar y le sirvió a su visita un vaso de agua. Ella se lo agradeció con un gesto.

—¿Tu abogado volvió a hablar con ellos? —le preguntó a la mujer.

Un par de semanas atrás, un grupo de hombres de negocios que hablaban con acento del sur de Italia se había presentado en el despacho del abogado de Isabel. Querían darle a conocer su interés por adquirir una vieja casa que la viuda poseía en la que estaba llamada a ser la distinguida Avenida de Mayo. Cientos de pequeñas viviendas estaban siendo derruidas en el centro de Buenos Aires para levantar en su lugar elegantes edificios que albergarían hoteles, centros de negocios y residencias destinadas a alojar a los miembros más vanguardistas de la clase alta porteña.

Los italianos habían ofrecido una interesante suma de dinero por la casa de Isabel, pero ella había preferido consultar la operación con Eduardo antes de firmar un acuerdo, como acostumbraba a hacer con todos los asuntos de cierta envergadura desde el fallecimiento de su esposo. Salcedo, tras estudiar junto al abogado de la viuda la ubicación del edificio, los planos de la municipalidad e, incluso, visitar personalmente el inmueble, le aconsejó a Isabel que, en el caso de que finalmente decidiera deshacerse de la casa, hablase primero con alguna constructora o le ofreciese el terreno a algún banco que pudiera estar interesado en establecer su sede allí. Por supuesto, se ofreció a mover él mismo algunos hilos, como siempre hacía cuando se trataba de Isabel, pero ella declinó su oferta.

—Después de hablar contigo decidí ir a ver a mi viejo amigo Mauricio Schulz, el hijo del fundador del Banco Ciudad de la Plata, quien no dudó en doblar la oferta que me habían hecho los italianos —le explicó Isabel, antes de tomar otro sorbo de agua y juntar después con delicadeza sus labios para secarlos—. Así que le di instrucciones a mi abogado para que, cuando los italianos volvieran, les comunicara que no estaba interesada en vender. Pero, al decírselo, estos triplicaron la oferta que me habían hecho inicialmente y exigieron una respuesta firme por mi parte cuanto antes. Tan pronto lo supe, me dirigí a contarle las novedades a Mauricio, quien tuvo la amabilidad de atenderme mientras me invitaba a comer. Al mencionarle la contraoferta que me habían hecho los italianos, le pidió una servilleta al *maître* y me instó a escribir yo misma en ella el precio por el que estaría dispuesta a venderle la casa a él.

A Eduardo no se le escapó la complacida expresión de Isabel mientras le relataba aquella anécdota. Desde la muerte de Nicolás, su viuda siempre había tenido un gesto desvalido, pero en ese instante un brillo diferente había asomado a su mirada. Isabel, consciente de lo que estaba viendo Eduardo, desvió el rostro hacia sus manos y no lo volvió a levantar hasta asegurarse de que este reflejaba la misma tristeza de siempre.

—No le pude decir que no —se justificó.

—Volviste a rechazar a los italianos y estos han ido a verte directamente a ti —concluyó Eduardo.

El miedo se apoderó de nuevo de Isabel, y Eduardo pudo ver cómo le temblaban las manos.

—Me ha dado la impresión de que esos hombres no me estaban dando opción.

Eduardo se reclinó en su sillón. Desde el principio de aquella historia había sospechado que los italianos podían formar parte de un grupo organizado, y las palabras de la viuda de Jáuregui no estaban haciendo más que reforzar su idea.

—Y probablemente así sea —pensó en voz alta.

—¿Y ahora, qué vamos a hacer?

Eduardo miró distraídamente hacia su ventana y vio cómo se movían las frondosas ramas de los plataneros de su jardín.

—Tendrás que venderles el edificio —concluyó.

—Pero yo no quiero vendérselo a ellos, quiero vendérselo a Mauricio —protestó Isabel, como si fuera una niña pequeña.

Eduardo trató de pensar en el asunto objetivamente, sin dejarse llevar por el rechazo que le estaban provocando la situación, el banquero y aquella frívola versión de su hasta entonces adorada Isabel.

—Puedo hablar con alguien —sugirió, e Isabel cerró los ojos en señal de alivio—. No te prometo nada, pero haré lo que esté en mi mano por averiguar quién es esa gente y si tienes alguna alternativa.

En los veinte minutos que le llevó a Eduardo recorrer el camino que iba desde su casa hasta la de Guido Napolitano, el cielo, que se había ido cubriendo de nubes durante la visita de la viuda de Jáuregui a su despacho, decidió descargar todo el agua que acumulaba. Cualquier otro hombre se habría dado la vuelta al sentir la furia con la que las gotas golpeaban la capota del carruaje, pero Salcedo no había llegado hasta donde estaba amilanándose con facilidad. El cielo tronó y él aproximó su rostro a la ventana. Una cortina húmeda le impedía ver el exterior y lo único que logró al acercarse fue que su aliento empañara aún más el cristal.

Trató entonces de relajarse en el duro asiento de capitoné del coche mientras pensaba en Guido y en la relación que le unía a él. Sin duda, habían vivido muchas cosas juntos y habían sido testigos de excepción de cómo se desarrollaba la vida del otro. Sin embargo, aunque Eduardo le guardaba gran estima, siempre había tenido la sensación de que el italiano trataba de mantener las distancias con él.

Durante los primeros años tras su regreso de La Favorita, en las vidas de Diego y Eduardo no hubo tiempo para nada que no fuera el incipiente negocio de los almacenes. A lo largo de varios meses, siguieron recorriendo la provincia de Buenos Aires en sus destartalados carros para surtir a la capital de productos frescos e, incluso, cuando la ciudad dejó atrás la fiebre y los vecinos comenzaron a salir de sus casas, continuaron visitándolos en sus residencias durante varias semanas más. El miedo era más difícil de superar que la peste, y Eduardo y Diego temían que, si se retiraban demasiado pronto, algún otro vendedor avispado pudiera ocupar su lugar.

Aprovecharon ese tiempo para remodelar el local que habían adquirido en la calle Piedras. Eduardo quería hacer de aquel un lugar en el que las señoras de los buenos barrios no se avergonzaran de entrar.

El arreglo del tejado se llevó casi todo su presupuesto. Tras ello, el mismo albañil que lo había realizado se encargó de sanear la fachada, mientras que un cristalero catalán reparaba la madera de las ventanas y sustituía los vidrios rotos. Aquello terminó de agotar sus ahorros, y a partir de ese punto tuvieron que ser los propios Diego y Eduardo los que, una vez finalizada su jornada como vendedores ambulantes, acudieran al local cada día para pintar las paredes, lijar los estantes y colocar las baldosas del suelo; un trabajo en el que tuvieron que prestar especial atención con el fin de no romper la secuencia de los dibujos que las formaban. A pesar de su esfuerzo, varias piezas se colocaron mal y, con los años, la discusión entre ambos socios acerca de quién había sido el culpable de aquellas asimetrías se acabó convirtiendo en una broma recurrente.

En cuanto el edificio estuvo mínimamente habitable, Eduardo y Diego abandonaron la pensión y se trasladaron a vivir en él. Los empleados que años más tarde dormirían en el duro mostrador desde el que se despachaban las mercancías no lo sabían, pero los primeros en descansar allí habían sido los mismísimos dueños del negocio.

Como no podía ser de otro modo, el día que dejaron la pensión de la calle Piedras le ofrecieron a Guido que se fuera a vivir con ellos, pero el italiano prefirió trasladarse con sus compañeros de la estiba a un cuartucho más cercano al muelle.

Les llevó casi un año poder abrir el local al público. Hasta asegurarse de que el negocio era rentable, decidieron contratar un encargado para que se ocupara de la tienda, mientras ellos continuaban recorriendo Buenos Aires con sus carretas. El elegido para tal menester fue el primo del que había sido su cristalero, también catalán y con experiencia en el colmado que su familia tenía en la parte alta de Tarragona. Se trataba de Ferran, que fue su primer empleado, y con cuya ayuda dos jóvenes e ilusionados Eduardo y Diego pudieron, por fin, colgar sobre la puerta de los almacenes el primer cartel que rezaba «Salcedo y Cía.».

A partir de la apertura, los socios comenzaron a invitar a sus clientes a que visitaran el local, tentándolos con la promesa de mercancías exclusivas que no podían ser trasladadas en sus viejos carros. Poco a poco, la gente se fue acostumbrando a acudir a la tienda para hacer sus compras y las ventas de los productos de alimentación fueron perdiendo peso frente a las demás.

A los seis meses de abrir el almacén de la calle Piedras, Diego y

Eduardo dejaron las calles y Salcedo y Cía. dejó de servir a domicilio para centrar su negocio en su próspero local. Conservaron, sin embargo, los carros, y se los ofrecían a los clientes para que pudieran transportar en ellos sus compras más voluminosas. Aquella medida fue todo un éxito y creó en sus adinerados compradores la impresión de que en los almacenes Salcedo se preocupaban realmente por su bienestar.

Mientras Diego y Eduardo comenzaban a saldar algunas de las múltiples deudas que habían ido adquiriendo con el paso del tiempo, Guido continuó trabajando en los muelles, descargando barcos y ayudando a trasladar sus mercancías hasta su destino final. En muchas ocasiones, estas eran maderas llamadas a ser transformadas en las diversas carpinterías y aserraderos que había en la ciudad. Algunos días, tras haber hecho más de cien viajes cargando con cuarenta o cincuenta kilos en la espalda cada vez, Guido se demoraba charlando con los ebanistas y los torneros a los que había servido la madera mientras intentaba relajar sus doloridos miembros. Le serenaba ver cómo aquellos hombres moldeaban las patas curvas de los muebles finos, ensamblaban las piezas de los carruajes o cubrían con tapetes las brillantes mesas de billar.

Impulsado por la rápida expansión de la ciudad, el sector maderero movía en aquel momento mucho dinero y empleaba a miles de trabajadores en todo el país. De ellos, la gran mayoría eran italianos y prácticamente la totalidad varones, con alguna contada excepción. La situación de dichos trabajadores variaba mucho según su grado de especialización, siendo los ebanistas los mejor pagados y los estibadores, como el propio Guido, los que soportaban peores condiciones. Aquellos recios ambientes se habían convertido en caldo de cultivo de radicales y anarquistas, que iban contagiando sus ideas a cuantos obreros los quisieran escuchar.

Guido no era uno de ellos. A él la política nunca le interesó. Siempre había creído que la mejor forma de prosperar en la vida era haciéndose valer, no importaba el modo, pero nunca exigiéndole a alguien lo que no estuviera dispuesto a dar. Y, precisamente, el saber moverse en aquellos ambientes manteniéndose al margen de las guerras de poder que se libraban en ellos fue lo que hizo que algunos grupos de italianos dedicados a negocios de dudosa legalidad se fijaran en él.

Comenzó a ejercer de intermediario entre aquellas organizaciones clandestinas y las carpinterías, consiguiéndoles toneles para sus negocios de estraperlo y mesas de billar para las salas de juego que estaban abriendo por toda la ciudad.

De la noche a la mañana, Guido Napolitano se convirtió en el mayor vendedor a comisión de una de las principales carpinterías de Buenos Aires. Sus dueños, al analizar las cuentas del negocio, quisieron conocerlo personalmente y lo acabaron contratando como comercial. En aquella época, Guido tuvo mucho contacto con la municipalidad, con quienes consiguió cerrar varios importantes contratos. Entre los sicilianos y la obra pública, el italiano parecía haber encontrado por fin su lugar.

También en aquellos tiempos, Guido conoció a un importante constructor con grandes inversiones en la pampa con cuya hija terminó contrayendo matrimonio algunos meses después. Tras hacerlo, dejó su trabajo en la carpintería, pero procuró mantener todos sus contactos, incluidos a los sicilianos, para beneficio de los negocios de su nueva familia. Y ese era el motivo por el que Eduardo se había acordado de él al ver el lío en el que se había metido su querida Isabel.

Guido no le hizo esperar mucho aquel día. Cuando lo vio aparecer, Eduardo pensó que seguía teniendo el aspecto de un jornalero de la región de Campania recién llegado de trabajar sus cultivos, aunque aquello distaba mucho de la realidad. Guido, como tanto le gustaba decir a Diego, no había vuelto a pisar un huerto desde hacía más de veinte años.

—¿En qué puedo ayudarte, Eduardo? —preguntó sonriente el italiano tras darle un caluroso abrazo, al tiempo que lo invitaba a sentarse con él en un saloncito que había en su despacho.

—Necesitaba tu consejo para un asunto de negocios. —Eduardo fue directo a tratar el tema que le había llevado hasta allí. Tenía confianza con Guido, y este no hubiera esperado otra cosa de él—. Una amiga mía posee un terreno en la calle Salta, en la zona de influencia de la Avenida de Mayo, y recientemente ha recibido una oferta de compra por parte de un grupo de italianos.

Guido asintió, comprendiendo lo que aquello implicaba, y tuvo la prudencia de no preguntarle a Eduardo quién era la mujer.

—Me gustaría saber si mi amiga puede valorar otras opciones, o si crees que es más aconsejable que se lo venda sin más.

—Esa es la zona de interés de los Lombardi —reflexionó Guido—. Tengo entendido que, entre otras cosas, quieren levantar una gran tienda departamental allí, como las que hay en Europa y en Estados Unidos. Y si para eso necesitan el terreno de tu amiga, sería recomendable que ella no se interpusiera en sus planes.

Eduardo supo interpretar la respuesta de su amigo; ahora solo le quedaba convencer a Isabel.

—Esa gente paga los favores bien. Tal vez tu amiga pueda pedirles un apartamento en el edificio que vayan a construir. Según tengo entendido, la gente se los está rifando —sugirió Guido.

Eduardo asintió agradecido. Sabía que no se equivocaba yéndolo a visitar. Una vez resuelta su duda, se sintió más tranquilo.

—Oye, Guido, ¿tú por qué nunca quisiste asociarte con Diego y conmigo?

Guido rio al tiempo que abría los brazos, como si llevara toda la vida esperando a que Eduardo le hiciera esa pregunta.

—Por Justa —respondió triunfante, provocando un gesto de sorpresa en Eduardo—. En aquella época yo soñaba cada maldita noche que el cabrón de su novio aparecía para despedazarme. Aquel día, en La Favorita, te juro que pude ver al diablo en la mirada de ese hombre.

—Pero, entonces, ¿no crees que Briolini acabara con él esa noche?

Guido se encogió de hombros; eso no había forma de saberlo.

—¿Y Justa qué tenía que ver con eso? —preguntó Eduardo.

—Yo creía que si ese hombre estaba vivo no pararía hasta encontrarla. Bueno, eso algunas veces; otras directamente me convencía de que ella seguía teniendo contacto con él.

Eduardo lo miró con incredulidad.

—Justa nunca nos habría traicionado de esa manera —la defendió.

—Bueno, digamos que yo no lo tenía tan claro como tú por aquel entonces. Y sabía que tú no renunciarías a ella.

Durante varios años desde su regreso a Buenos Aires, Eduardo y Justa mantuvieron una relación intermitente. Al principio se veían de forma exclusiva, hasta que la mulata comprendió que Eduardo no se comprometería nunca con ella y comenzó a buscarle solo cuando no había otro hombre en su vida. Justa no estaba enamorada de Eduardo, ni mucho menos, y sabía que él de ella tampoco. De hecho, la mulata tenía serias dudas de que Eduardo pudiera llegar a querer a nadie jamás. Y tal vez fuera por eso que siempre terminaba volviendo a su lado; porque con él sabía a qué atenerse y, además, tenía la seguridad de que nunca la dejaría atrás.

En cuanto a Eduardo, tampoco le daba demasiada importancia a aquellos encuentros, hasta que un día, en una de sus visitas, Justa le anunció que se había quedado en estado. Y, aunque también le confesó que no tenía forma de saber quién era el padre del niño, Eduardo la acogió en su casa y le prometió que se haría cargo del bebé.

Pocas semanas más tarde, la mulata perdió a la criatura, liberando a Eduardo de su compromiso. Sin embargo, Eduardo le ofreció que se quedara en su casa durante todo el tiempo que necesitara para poner en orden su vida. Y también le dijo que su relación ya nunca sería la misma. Aquel embarazo frustrado le había enseñado una cruda lección, y se prometió que no cometería el mismo error dos veces. Así que le aseguró a Justa que nunca más la volvería a tocar.

Dieciocho años más tarde, Eduardo todavía se mantenía fiel a su promesa y Justa seguía viviendo con él.

26

Cerca de medio año les había llevado a Diego y a Gamboa cazar a Bernardo Álvarez quien, tal y como siempre habían sospechado, resultó ser un delincuente incorregible. Según concluía el informe que había elaborado el detective contratado por Diego para seguirlo, en su ficha constaban diversos robos y asaltos, pero todo apuntaba a que estaba involucrado en mucho más: estafas, violaciones e, incluso, algún asesinato. Diego le encargó al inspector que buscara las pruebas que demostraran esto último. Mientras las encontraba, Gamboa y él tratarían de acercarse al chantajista.

Al parecer, en los últimos tiempos aquella escoria humana se estaba dedicando a estafar a los inmigrantes recién llegados al país. En función del dinero que necesitara en cada momento, del aspecto de inocente que tuviera su potencial víctima y del tiempo del que dispusiera para el engaño, Bernardo Álvarez timaba a aquellos incautos vendiéndoles joyas falsas, prometiéndoles herencias lejanas o aprovechando su desconocimiento para cambiarles reales brasileños por pesos fuertes, que tenían mucho más valor.

La policía llevaba tiempo siguiéndole la pista, pero no habían logrado probar su involucración en ningún asunto de envergadura. Y ahí era donde pretendían intervenir Diego y Gamboa.

—No sería ético imputarle un delito que no haya cometido, y ningún juez le impondría una pena demasiado alta por los que acostumbra a perpetrar —reflexionó Diego.

—A no ser —el rostro de Gamboa se iluminó— que para ese juez, el asunto se convierta en algo personal.

—¿En qué estás pensando?

—Estoy pensando en que un hombre como, por ejemplo, mi padre, se volvería loco si alguien osara estafar, digamos, a su mujer.

Diego le miró sorprendido.

—¿Tu padre es juez?

—Peor, es juez militar. Por eso nunca comprendió que no me alistara en el ejército yo también, más aún siendo mi afán por viajar tan fuerte. Pero yo sabía que aquello no era para mí. Quería descubrir mundo, pero a mi aire. Creo que nunca he logrado estar a la altura de sus expectativas —confesó el explorador con resignación.

—¿Y ese es el motivo de que no tengáis buena relación?

—Bueno, uno de ellos —respondió Gamboa, misterioso.

—Y la mujer de tu padre, entiendo que no es tu madre —dedujo Diego, recordando la frase de su amigo.

—No. Mi madre murió hace años. Olivia es la tercera esposa de mi padre, y es cinco años menor que yo. —Gamboa hizo un gesto de disgusto.

—¿Y estás sugiriendo que la utilicemos como cebo para pescar a Álvarez?

Una sonrisa de asombro se abrió paso en el rostro de Diego.

—Bueno, no pensaba involucrarla directamente a ella, pero, ahora que lo dices, podría funcionar. Las joyas siempre han sido su debilidad.

—Pero tu padre es juez militar, no civil. Y Bernardo, que yo sepa, nunca ha pasado por el ejército.

—Entonces habrá que hacer que lo haga. Tenemos que conseguir que solicite el ingreso.

Diego miró fijamente a Gamboa.

—Tal vez pueda ofrecerle un último pago por su colaboración a cambio de que firme un documento en el que se comprometa a dejarnos en paz —sugirió.

—Y, en lugar de eso, le haremos rubricar su propia carta de alistamiento. ¡Diego, eres un genio! —aplaudió Gamboa.

—Lo que no sé es cómo haré para empujarle hacia la mujer de

tu padre.

—De la mujer de mi padre me encargo yo. Bernardo te conoce a ti demasiado bien; si le sugirieras algo así, sospecharía en el acto.

—No voy a permitir que vuelvas a ponerte en peligro por mí —respondió Diego, tajante.

Gamboa le dirigió una mirada intensa.

—Sabes que haría cualquier cosa por ti, Diego —dijo, antes de suavizar su expresión—. Para eso están los amigos, ¿no?

Pocos días después de aquella conversación, Diego cumplió su parte del plan. Se presentó en la dirección que le había facilitado el detective, una casucha escondida en un callejón inmundo al sur del barrio de San Telmo, y llamó con decisión a su puerta. Cuando Bernardo Álvarez la abrió, reconoció a Diego de inmediato, y se volvió rápidamente en busca de algo con lo que defenderse de él.

—Vengo en son de paz —aclaró este, sujetando la puerta con el pie, de forma que Bernardo no la pudiera cerrar—. De hecho, vengo para proponerte una solución definitiva a nuestro negocio.

Agitó frente a los ojos de Bernardo una botella de licor que había llevado con él y el rostro de este dibujó una sonrisa retorcida que le hizo a Diego plantearse dejar a un lado el plan que tenía y acabar con aquel cretino en la misma entrada de su casa. Afortunadamente, logró contener su impulso a tiempo y, en lugar de agredirlo, se impuso en el interior de la vivienda.

Se trataba de una habitación amplia con una pequeña mesa, una cama cubierta por una manta raída y un brasero apagado que aún conservaba una olla de barro apoyada en él. Contra una de las paredes se apilaban varias cajas llenas de periódicos y de otra colgaban un traje de calidad bastante aceptable y un manoseado maletín de cuero. Diego se dijo que aquellos debían de ser los instrumentos de su trabajo como estafador.

Decidió entonces ponerse manos a la obra. Se había propuesto empezar por emborrachar a Bernardo. No quería arriesgarse a que el hombre reconociera el formulario del ejército que había llevado con él, o todo el plan se echaría a perder. Así que pensó en aturdirlo un poco antes de entrar en materia, para lo que tendría que beber con él.

Buscando a su alrededor localizó un par de tazas de hojalata flotando en el agua turbia de un cubo. Las sacó de él y, sin poder evitar un gesto de desagrado, las sacudió en el aire. Después, las posó sobre la mesa, las llenó hasta el filo y, tras levantar una de ellas hacia Bernardo, la vació de varios tragos. Antes de que el pecho dejara de arderle por el paso del licor, volvió a llenar su taza y, al primer descuido de Bernardo, añadió a la de este unas gotas de opio como mayor precaución.

Afortunadamente, todo salió según lo planeado. Al finalizar la tarde, Bernardo tenía en su poder el último pago que recibiría por parte de Diego y este se había marchado de la casa de su falso primo tambaleante, pero con la carta de enrolamiento en el ejército de Álvarez firmada bajo el brazo.

La parte de la misión que le tocaba a Gamboa llevó un poco más de tiempo. Tenía que ganarse la confianza de Bernardo primero, por lo que se presentó a él como un ladrón de hoteles, uno de los muchos timadores que se alojaban en dichos establecimientos y aprovechaban los descuidos de los clientes para desvalijar sus habitaciones. Por supuesto, lo hizo disfrazado, para que el delincuente no reconociera en él al famoso explorador. Durante varios meses, forzó encuentros con él, hasta que por fin llegó el día en el que pensó que las condiciones eran favorables para dar un paso más.

—Estoy preparando un golpe diferente a lo que acostumbro, con joyas falsas —le dejó caer a Bernardo—. Algo de mayor envergadura de lo habitual.

Bernardo le miraba interesado, atento a si podría sacar algún beneficio de aquello.

—Hay una mujer alojada en uno de los hoteles que frecuento; una mujer joven a la que su marido, que bebe los vientos por ella, ha autorizado a retirar cierta cantidad de dinero del banco cada mes para sus gastos. La muchacha no tiene muchas luces y le pierden las alhajas. Creo que si alguien la abordara mientras tiene el dinero en su poder, no le resultaría difícil darle gato por liebre y quedarse con él.

La avaricia brillaba en los ojos de Bernardo.

—He llegado a entablar una buena relación con ella —continuó

Gamboa—. Ya sabes: unos piropos por aquí, unas flores por allá… La tengo con la guardia baja. Había pensado ofrecerme para acompañarla en su próxima visita a la sucursal, pero necesito un cómplice que le ofrezca las joyas falsas.

—Puedo hacerlo yo —se apresuró a ofrecerse Bernardo, provocando el secreto regocijo del explorador.

Unos días más tarde, Gamboa se presentó voluntario para acompañar a su joven madrastra al banco. Tenía que retirar una importante cantidad de dinero para pagarle unos trabajos a su modista y el viejo juez no disponía del tiempo ni de la voluntad para acompañarla.

—Yo puedo ir con ella —se ofreció Gamboa, amablemente—. Además, también tengo que hacer unas gestiones en el banco. Si quieres, fírmale una autorización y yo me encargaré de lo demás.

En la sucursal fueron atendidos por el director, que los conocía bien a ambos, y mantuvieron con él una animada conversación mientras este les facilitaba los trámites que habían ido a hacer. Y, en cuanto pusieron de nuevo un pie en la calle, Bernardo Álvarez los abordó ataviado con el traje que Diego había visto colgado en su cuarto.

—Disculpen que los moleste —les dijo, forzando un marcado acento portugués—. Soy representante de un fabricante de joyas de Brasil. Acabo de llegar de São Paulo y me preguntaba si ustedes sabrían decirme cuál es la mejor joyería de Buenos Aires para presentar mi género.

Con la mediación de Gamboa, iniciaron una conversación en la cual el falso joyero acabó mostrándoles parte de la mercancía que llevaba y diciéndoles el precio que había fijado para algunas de las joyas, que era casi la mitad de lo que hubieran costado de haber sido auténticas.

—El precio del oro está muy bajo en mi país, y el margen que se llevan las joyerías de aquí es muy elevado —les explicó Bernardo, cuando Gamboa fingió sorprenderse por ello.

Llegados a ese punto, la mujer del juez le hizo un gesto a su hijastro con la mirada y este asintió con complicidad.

Cuando Bernardo regresó a su oscuro escondite de San Telmo

con todo el dinero de la mujer del padre de Gamboa en su poder, se encontró con la desagradable sorpresa de que el detective contratado por Diego lo estaba esperando allí junto a cuatro agentes de la policía y un inspector. Los guardias le requisaron de inmediato el dinero y las joyas y, casualmente, encontraron en su casa las pruebas que lo involucraban en varios de los crímenes que tenían por resolver.

A la mañana siguiente, un hombre que rehusó darse a conocer entregó un sobre en la residencia del padre de Gamboa. Al abrirlo, el juez encontró en su interior la ficha policial de un tal Bernardo Álvarez, una nota que decía que su mujer había sido engañada por él y una carta de alistamiento en el ejército a nombre del acusado.

27

—Disculpe, ¿de dónde me ha dicho que venía usted?

Teresa apartó la mirada de la hoja de registro para el curso de noche. Estaba un poco distraída aquella mañana, pensando en todo lo que le quedaba por organizar de cara a la comida de Navidad.

—De León, señora.

Elvira los miró desde su mesa por encima de sus gafas. Se encontraba de muy mal humor aquel día y, por una vez, no era de extrañar. Parecía que alguien estuviera orquestando una campaña para degradar a las mujeres a las que atendían en la escuela. Casi cada día, podían leerse en los periódicos artículos de tinte sensacionalista que hablaban de los peligros de la emigración femenina y del riesgo de despoblación en el que aquellas mujeres dejaban a España. Y todo, según los autores de aquellos panfletos, para que las egoístas féminas terminaran dedicándose en ultramar a actividades de dudosa moral. Alguno de esos periodistas se había atrevido incluso a calificar la marcha de las féminas como «una sangría para la patria».

Eso, aparte de ser tremendamente injusto, estaba dificultando mucho la labor benéfica que realizaban Teresa y Elvira. Solo en ese día, dos de sus mejores valedores les habían dado la espalda.

—Cada vez cuesta más trabajo que nos ayuden —se había lamentado la periodista esa misma mañana—. Al parecer, hay quien no entiende que estas mujeres quieran ofrecer un futuro mejor a sus hijos y que, si abandonan sus pueblos, es por pura necesidad. Esos periodistas desconsiderados preferirían que se quedaran todas en sus casas, muriéndose de hambre, mientras esperan a que los hombres, quienes sí parecen tener derecho a buscarse la vida, vuelvan algún día a reclamarlas. Lo que al final van a conseguir estos indeseables es que nadie ofrezca trabajos honrados a nuestras mujeres y se acaben convirtiendo en las disolutas que ahora quieren ver.

Después de pronunciar aquel ácido discurso, Elvira no había vuelto a abrir la boca en lo que llevaban de mañana. Teresa estaba casi segura de que estaba tramando algún contraataque para el que utilizaría la misma arma que sus enemigos: su despiadada pluma.

—¿De León capital? —siguió preguntando al hombre que estaba frente a ella, obligándose a bajar el tono de su voz para no contrariar aún más a la periodista.

—No, de Valderrueda —aclaró él, dándole vueltas a una gorra que sostenía entre sus manos.

A Teresa le dio un vuelco el corazón. Así se llamaba el pueblo del que una vez Eduardo le había dicho que procedía Diego.

—¿De casualidad, no conocerá usted a Diego Álvarez? —preguntó casi en un susurro, pero mirando a su interlocutor con avidez.

Elvira volvió a levantar su mirada hacia ellos.

—¿Diego Álvarez? —repitió el hombre, temeroso de no estar entendiendo lo que se esperaba de él.

—Sí —respondió Teresa, tratando de no mostrar demasiada emoción—. Álvarez Fernández, también es de Valderrueda.

El hombre negó con un gesto.

—No me suena. ¿Es posible que sea un trabajador del carbón? La mina atrae a mucha gente a esa zona, aunque la mayoría se va por donde llegó en cuanto se dan cuenta de lo duro que es el trabajo en los yacimientos.

En esta ocasión, fue Teresa la que negó.

—No creo que trabajara en la mina. Llegó a Argentina hará veinticinco años y debía de ser muy joven entonces, casi un niño.

—Pues yo no conozco a ningún Álvarez, y el pueblo es muy pequeño. Pero el municipio también tiene ese nombre, tal vez la persona a la que usted se refiere proceda de algún otro lugar de por allí —aventuró el hombre, queriendo ayudar.

—Es posible —dudó Teresa—. Creo que la iglesia de su pueblo sufrió un incendio al poco tiempo de su marcha; esto sería en torno a 1870.

Teresa miró de reojo a Elvira, que permanecía callada pero sin perder detalle de la conversación. El hombre negó, algo cansado.

—Lo siento, señora. No creo que se quemara ninguna iglesia por aquel entonces en Valderrueda. De haber sido así, no tengo ninguna duda de que me habría enterado.

Teresa volvió a mirar a la periodista, que había devuelto su vista al papel que llevaba horas garabateando. Mantuvo sus ojos fijos en ella durante unos breves segundos mientras meditaba acerca de lo que el hombre que estaba con ella acababa de decir; el tiempo suficiente para advertir que Elvira trataba de observarla por el rabillo del ojo.

Ese día, Teresa regresó a su casa dándole vueltas al asunto de Diego y decidida a no dejarlo pasar más. Con su actitud de aquella mañana, Elvira le había dado a entender que no pensaba involucrarse más en el asunto, por lo que tendría que seguir adelante ella sola.

No entendía por qué Eduardo la había mentido acerca del lugar de procedencia de Diego, ni cuál era la razón por la que este no quería reconocer que había llegado a Argentina con su marido. Y tampoco podía quitarse de la cabeza la extraña partida de nacimiento de Diego. Comenzaron a ocurrírsele todo tipo de explicaciones para aquellos misterios, ninguna de las cuales parecía encajar con los caracteres de su esposo y del socio de este. Los conocía a ambos desde hacía casi diez años y, de no ser por aquel turbio asunto de la identidad de Diego, habría puesto la mano en el fuego por cualquiera de los dos.

Llegó a Villa Salcedo con el estómago hecho un nudo y la firme decisión de tratar el asunto directamente con el socio de su esposo; con Eduardo ya lo había intentado una vez y no había servido para nada. En cambio, tenía la impresión de que si le preguntaba a Diego por el asunto, era posible que este le dijera la verdad.

Entró en su casa, distraída, y se dirigió a su habitación. Ni siquiera se quitó el sombrero; sabía que Diego estaba en la ciudad y que si iba a buscarle en ese momento era probable que lo encontrara en su casa. Acabar con aquello cuanto antes sería lo mejor, pero lo que pudiera llegar a descubrir en el camino le daba pavor.

Sin ser apenas consciente de lo que hacía, tomó una carta que había en su escritorio y procedió a rasgar su envoltura. Al abrirla, una fotografía se deslizó de su interior y voló hasta el suelo. Cuando se agachó para tomarla, Teresa pudo distinguir en ella una fuente de piedra y a varios hombres y mujeres posando delante de ella, muy sonrientes todos. Sin duda, se trataba de la nueva fuente de su pueblo, y entre las personas que la rodeaban pudo distinguir a algunos de sus familiares y vecinos. Regresando la mirada al sobre que todavía tenía en su mano, comprobó que, efectivamente, la carta se la había enviado a ella personalmente Miguel Prieto, el hombre con el que Diego y Eduardo habían puesto en marcha la fábrica de conservas en su pueblo.

Olvidándose de todo lo demás, Teresa volvió a pasear su mirada por las personas de la foto, devolviéndoles la sonrisa con sus propios labios. Hacía casi diez años que no veía a aquellas gentes y a algunos casi no los reconocía. Entonces, reparó en el hombre que presidía el evento, y que suponía sería el propio Miguel Prieto, y la alegría se esfumó de su rostro, al tiempo que este perdía todo el color. Llevándose lentamente una mano a los labios, dejó caer la fotografía de nuevo al suelo, sin poder apartar su espantada mirada de aquellos ojos negros que conocía tan bien.

Diego no pudo evitar que una sonrisa de satisfacción asomara a su rostro mientras atravesaba el oasis en el que había convertido el patio de su casa. Venía de verse con Gamboa, quien le había confirmado que Bernardo Álvarez estaba cumpliendo una condena por asesinato y varias más por robo en el lejano correccional militar de Puerto Deseado. Por fin aquel indeseable había recibido su merecido, y Eduardo y él podrían descansar tranquilos.

Al pasar por delante de su salón, vio en él a Teresa, lo que no hizo más que acrecentar su buen humor.

—Teresa —la saludó, animado, hasta que detectó la alarma en

los ojos de la mujer—. ¿Qué ha pasado? ¿Es Eduardo?

Teresa negó y, sin poder apartar su helada mirada de Diego, extrajo de su bolso la fotografía y se la tendió.

Diego la tomó entre sus manos y se quedó observándola durante un tiempo demasiado largo como para poder negarle nada a Teresa después.

—Déjame explicarte —rogó, levantando su mirada hacia ella.

—Sí, hazlo, Diego, porque yo ya no sé qué pensar.

La invitó a sentarse en uno de los sillones de la sala. Él ocupó otro frente a ella, y volvió a fijar su mirada en aquel rostro de la fotografía tan parecido al suyo.

—Miguel Prieto es mi hermano —confesó.

Teresa dejó escapar un sollozo y Diego hizo una pausa, tratando de decidir por dónde debería empezar su explicación.

—Mi padre, nuestro padre, era un malnacido. Durante años trató a mi madre peor que a los cerdos que teníamos en la porqueriza, hasta que un mal día la terminó matando. Y hubiera acabado con mi hermano también esa noche si yo no se lo hubiera impedido. Miguel era entonces demasiado pequeño para soportar sus palizas; cuando sucedió todo, tenía solo cuatro años.

La mirada de Diego estaba perdida en algún punto de su pasado y Teresa no podía apartar la suya de él.

—Ese día, mi padre regresó a casa tras varias jornadas faenando en el mar, y yo no me enteré a tiempo. Se pasó la tarde en la taberna, que era lo primero que hacía siempre que llegaba a puerto, sin importar el tiempo que llevara sin vernos, y, después de emborracharse como una cuba, se dirigió a casa. Yo estaba atendiendo a los animales, así que solo encontró allí al pequeño Miguel.

»Mi padre no necesitaba una excusa para pegarnos. No sé qué era lo que veía en nosotros que lo enfurecía tanto, pero, cuando entraba en casa, parecía no poder soportar lo que encontraba allí. Mientras mi madre vivió, centraba su ira en ella: porque tenía la ropa sucia, porque hacía ruido cuando él dormía, porque la comida que tanto se esmeraba en cocinar para él no era de su agrado... Después, cuando la mató, procuraba ser yo quien se llevara los golpes. Llegaba incluso a provocarle para ello y que de ese modo mi hermano se librara de su ira, pero aquel día no llegué a tiempo.

Diego contrajo el rostro en un gesto de dolor antes de continuar.

—No puedes imaginarte el horror que sentí cuando vi su barco amarrado en el puerto aquella tarde. Eché a correr hacia casa con desesperación, hasta sentir que mis pulmones ardían. Cuando llegué, el muy cabrón sostenía en el aire al pobre Miguel. Lo tenía agarrado del pescuezo, y este boqueaba como si fuera un pececillo fuera del agua.

»Recuerdo sus piernas flacuchas pataleando en el aire, tratando inútilmente de alejarlo de allí, y su pequeño rostro, completamente cubierto de sangre.

»No lo dudé ni un segundo; agarré un mortero de piedra que había en la cocina y le abrí a mi padre la cabeza con él.

Las lágrimas resbalaban por el rostro de Teresa, y Diego necesitó varios segundos antes de poder retomar su historia.

—Me llevé a mi hermano de allí. Le lavé la cara y le cambié la ropa, que estaba manchada de sangre y de orina, y lo dejé durmiendo en la cama que compartíamos todas las noches.

»Todavía tengo grabada en mi mente esa imagen de él, hecho un ovillo en su mitad del colchón. Era un niño muy tierno, y ya entonces muy parecido a mí. Y me adoraba; no te puedes ni imaginar de qué modo. No en vano, yo era la única persona que le había dado algo de amor en su corta vida.

Diego hizo una pequeña pausa para estudiar sus grandes manos, como si tuviera su historia escrita en ellas.

—Me costó un esfuerzo inconmensurable dejarlo atrás. Pero no podía hacer otra cosa... Cada día ruego porque mi hermano me haya sabido perdonar.

»Cuando, antes de abandonar la casa, regresé a la cocina, temí que el golpe que le había dado a mi padre no hubiera terminado con su vida y que en cualquier momento fuera a levantarse para terminar lo que había empezado con mi hermano. Así que le clavé un cuchillo en medio del pecho con el fin de rematarlo y me marché. Al parecer, aquel último gesto fue el que hizo que la gente creyera que mi padre se había suicidado. Eso lo supe más tarde, gracias a ti.

Diego sonrió con tristeza y Teresa le intentó corresponder sin éxito.

—Ya era noche cerrada cuando atravesé el pueblo. No esperaba encontrarme con nadie a esas horas, pero el destino quiso que esa misma madrugada Eduardo partiera hacia La Coruña para tomar el barco que lo trajo hasta aquí. En cuanto me vio, supo que había ocurrido algo grave, y me apremió para que me escondiera bajo una manta que llevaba siempre en el carro. Lo hice un segundo antes de que su madre saliera de su casa para despedirse de él.

»Cuando nos hubimos alejado lo suficiente del pueblo, Eduardo me hizo salir de mi escondite y me invitó a contarle lo que había sucedido. Se lo confesé todo. Ni siquiera pensé en que me podría delatar, o asustarse por lo terrible de mis actos y tratar de hacer algo en mi contra. Solo necesitaba compartir con alguien lo que había hecho, y vomité todo lo que había callado durante años.

»Desde ese momento, Eduardo lo ha sido todo para mí. Él me tranquilizó como nadie más podía haberlo hecho en el peor momento de mi vida y me convenció de que me viniera con él a Buenos Aires. Pagó los sobornos que hicieron falta para que el capitán del barco me dejara viajar sin papeles y durante todo el tiempo que duró la travesía pintó para mí un futuro nuevo, haciéndome creer que aquí tendría otra oportunidad.

»Una vez en tierra, me ayudó a pasar los controles de entrada al país y no ha dejado de apoyarme hasta el día de hoy. Ni de quererme, a pesar de saber quién soy en realidad.

Diego se quedó en silencio y Teresa aprovechó aquella tregua para sacar un pañuelo de su bolso y limpiarse con él el rostro.

—Así que tú eres Julián Prieto —logró decir en un momento dado.

—No —respondió Diego, tajante—. Julián murió esa noche en España.

Diego no se atrevía a mirar a Teresa. Temía que lo viera como el asesino que era, y sabía que no podría afrontar su rechazo.

—Has dicho que tu padre mató a tu madre —comenzó a decir ella con mucho tiento—, pero yo tenía entendido que no había sobrevivido al parto de Miguel.

Diego resopló y negó con la cabeza.

—Pudo con el parto, con quien no pudo fue con el bestia de mi padre. En cuanto Miguel llegó al mundo, la obligó a ponerse a trabajar. Decía que era una vaga, que jamás se tenía que haber casado con ella. Que todas las mujeres del mundo parían y no les pasaba nada; que el problema era ella, que era una floja. El mismo día que dio a luz, la tuvo fregando el suelo durante horas. Yo traté de intervenir, pero ella me rogó que no lo hiciera, jurándome que se encontraba bien. Esa noche una fuerte hemorragia se la llevó.

Teresa abandonó su butaca y fue a sentarse junto a Diego. Tomándolo de los hombros, lo atrajo hacia ella y lo abrazó. Diego cerró los ojos con fuerza y, devolviéndole el gesto, apretó el pequeño cuerpo de la mujer contra él.

—Lo siento mucho, Diego —consiguió decir ella, y él asintió.

Un buen rato más tarde, cuando los ánimos se hubieron sosegado un poco, Teresa se ausentó para recomponerse y Diego fue a buscar agua fresca para Teresa y una botella de whisky para él. Se sentía como si una yeguada hubiera pasado por encima suyo, pero también tenía la impresión de haber cerrado por fin la puerta que le había mantenido vinculado a su pasado todos esos años.

Cuando Teresa regresó, Diego vio que tenía sus ojos grises hinchados y enrojecidos y, aun con eso, le pareció que estaba más hermosa que nunca. Ella tomó el vaso que le ofreció, agradecida, y volvió a ocupar su butaca, lejos de él.

—Debiste decírmelo antes —le reprochó.

Diego negó.

—No podía.

—¿Acaso creías que iba a delatarte?

—No —le aseguró él—. Pero no quería que vieras en mí al asesino que soy.

—Oh, Diego —protestó ella, cerrando los ojos un instante—. Tú no eres ningún asesino.

Al oír las palabras que tanto había necesitado escuchar a lo largo de su vida, Diego apuró su primer vaso de whisky y se sirvió otro.

—¿Solamente lo sabe Eduardo? —preguntó entonces Teresa.

—No, Elvira también.

Diego vio la sorpresa en la expresión de ella.

—Vino a verme hace años, cuando le hablaste de mi partida de nacimiento por primera vez. Al parecer, en aquel momento hizo algunas averiguaciones por su cuenta y supo que era falsa. Yo no quería mentiros, Teresa. Pero tampoco podía ir pregonando por ahí algo así. Entiéndelo, toda mi vida se vería en riesgo si se supiera mi historia. Y no solo mi vida, la de todos los que compartís mi secreto también.

Teresa lo miró mientras seguía atando cabos.

—Aquel hombre, en la fiesta de carnaval, el día que perdimos a Teresita...

—Bernardo Álvarez —asintió Diego—. Era compañero nuestro cuando trabajábamos en la estiba. Necesitábamos un segundo testigo que firmara mis documentos. Le pagamos para que se hiciera pasar por mi primo, no lo es.

Bernardo Álvarez, B.A. Aquellas eran las iniciales que Teresa había encontrado escritas en el libro de cuentas de Eduardo.

—Y te está chantajeando —adivinó.

Diego se asombró de que Teresa hubiera llegado a esa conclusión, y se preguntó cómo había sido capaz de engañar a aquella mujer durante tanto tiempo.

—Lo hizo durante muchos años, pero creo que por fin he dado con la solución.

Teresa prefirió no saber más del asunto. Ya había recibido demasiada información aquella tarde, y tenía más claro que nunca que Diego era un hombre bueno.

—Estoy agotada —confesó entonces, sonriendo. Y Diego la creyó. Se sentía igual de cansado que ella—. Creo que me voy a ir a casa, a digerir toda esta historia.

—¿Quieres que te acompañe? —se ofreció.

Pronto sería de noche.

—No es necesario —respondió ella.

Aun así, Diego la siguió hasta la puerta de su casa. Una vez allí, la sorprendió abrazándola de nuevo.

—Gracias, Teresa —susurró contra su cabello.

Ella inhaló profundamente antes de hablar.

—Yo te aprecio mucho, Diego —dijo, con un temblor en la voz—. Muchísimo. Tu secreto estará siempre a salvo conmigo.

—Lo sé —respondió él cerrando los ojos—. Lo sé.

Cuando Teresa se hubo marchado, Diego subió a su habitación y se dirigió a por la llave que siempre guardaba en su mesita de noche. La utilizó para abrir el gran bufete de madera de su habitación, y de uno de sus cajones extrajo las alianzas de las dos mujeres más importantes de su vida: Amalia y su madre, que se encontraban unidas por un mismo cordón. Comparó los dos anillos: el primero de oro, más fino y elegante, con su propio nombre grabado en su interior, y el segundo de cobre, en el que no constaba nombre alguno. De tamaño eran más o menos iguales, a pesar de que Amalia había sido mucho más alta que su madre.

Pensó en esta, en cómo era cuando su padre estaba lejos de casa, tan risueña y cariñosa con él. Recordó los besos que daban aquellos labios gruesos y amorosos, y lo pálidos que se volvieron estos cuando su padre se la arrebató.

—Hice cuanto estuvo en mi mano, madre —dijo en voz alta, rozando el anillo de su madre con sus labios—. Traté de mantenerlo a salvo y procuré que no le faltara nada después, aunque yo no pudiera estar con él. Espero que estés tan orgullosa de él como lo estoy yo, y que pudieras perdonarme a mí lo que hice ese día, desde donde quiera que estés.

28

A pesar de lo agitado que había sido el final de 1892, el año siguiente se inició con una pequeña tregua. A los pocos días de que arrancara, llegó al mundo el primer bebé de Juanjo, haciendo crecer a aquella extraña familia en la que se habían convertido todos y llevando un soplo de esperanza a sus vidas.

Poco después, las revueltas contra el gobierno volvieron a repetirse. La Unión Cívica Radical, uno de los brazos en los que había quedado dividida la Unión Cívica, el partido que nació como oposición al gobierno tres años atrás, cuando Manuel se vio envuelto en las revueltas, se levantó en armas en la provincia de San Luis, y a esta la siguieron Santa Fe y, en última instancia, Buenos Aires. En agosto, los radicales se hicieron con el mando de la capital para perderlo de nuevo poco tiempo después, y la situación continuó inestable hasta el mes de noviembre, cuando el conflicto se dio por finalizado.

Antes de que ese momento llegara, un evento de otra índole diferente sacudió la frágil tranquilidad de la familia Salcedo: el anuncio de Diego de que regresaba a la pampa. Adujo que quería instalar un sistema de regadío en El Remanso, de modo que las sequías que asolaban cíclicamente aquellas tierras no llegaran a afectar a sus cultivos, pero lo que le sucedía en realidad era que no acababa de encontrar su lugar en Buenos Aires. Así como en la hacienda de Benito Juárez el día parecía no tener suficientes horas para todo lo que tenía que hacer, en la capital sentía que estaba de más, que estaba allí como espectador de la vida de los demás; una vida que, en parte, hubiera deseado para él. Y eso le mortificaba.

—Si irte te hará más feliz, vete —sentenció Eduardo, que no entendía la inquietud de su socio—. Pero no dejes pasar tanto tiempo como la otra vez antes de volver.

Y Diego se fue.

A final de año, el matrimonio Salcedo, su hijo Eduardito y Manuel acudieron a celebrar las bodas de plata del colegio de El Salvador. Ocuparon una de las mesas de honor, las reservadas a los mayores benefactores de la institución. Solo dos Salcedo habían estudiado en las aulas del colegio, pero la familia se había ganado aquel lugar preferente gracias a la cantidad de ocasiones en las que Eduardo había tenido que librar en sus tiempos a Manuel de la expulsión a golpe de talonario.

Unos días después de la fiesta de aniversario del colegio, Teresa encontró una noticia acerca de la misma en la prensa. Estaba acompañada por una fotografía en la que, casualmente, aparecían su hermano y su hijo. Teresa la observó con detenimiento. A sus veintidós años, Manuel lucía magnífico. Con un elegante traje que le sentaba como un guante y el aire de aplomo que se había traído de España, solo parecía tener una cosa en común con el muchacho de pantalón corto y rodillas magulladas que durante años había recorrido los pasillos de El Salvador: su imperturbable encanto. De hecho, a pesar de que todos en aquel colegio de tinte conservador conocían de su involucración en la Revolución del Parque, eso no había sido impedimento para que sus antiguos compañeros y profesores le mostraran durante la celebración un sincero afecto.

Teresa agradeció que, desde su regreso, Manuel no hubiera dado más problemas. Su hermano se había centrado en terminar sus estudios y en seguir trabajando con Eduardo, a quien le llevaba ya todos los asuntos legales. Se había trasladado a vivir solo en un apartamento cerca del almacén de la calle Piedras y de su época rebelde solo le quedaba ya un leve poso de tristeza en la mirada.

En la fotografía del periódico, al lado de Manuel se erguía un orgulloso Eduardito, queriéndose parecer en todo, como siempre, a su tío. Y eso que el hijo de Teresa no podía ser más diferente a Manuel. Camino de cumplir los diez años, el pequeño Salcedo había heredado la fría determinación de su padre, un rasgo que se había visto intensificado por la permisiva educación que le habían dado. Eduardito era un niño que tenía muy claro lo que quería y que, cuando se encaprichaba con algo, lo conseguía.

Tras leer la noticia sobre el aniversario del colegio, otro artículo que había en la misma página captó la atención de Teresa. Se trataba de un obituario. Al parecer, el día anterior a la fiesta había fallecido en Buenos Aires a los treinta y siete años el ingeniero Guillermo Casado del Val. Teresa recordó que aquel era el nombre del padre de Justa aunque, por la edad que indicaba el diario, el finado debía de ser el hijo de este. Efectivamente, en el artículo se indicaba que aquel hombre, que había dedicado su vida a la modernización de los ferrocarriles, canales y puertos de Argentina, era nieto del honorable Juan Diego Casado del Val, valedor del desarrollo económico de la provincia de Catamarca, e hijo del menor de sus vástagos, Guillermo.

En ese instante, la mulata hizo una providencial aparición en la habitación de Teresa.

—Justa —la llamó esta—. Acérquese un momento, ¿quiere?

Justa salió al mirador que asomaba al jardín, en cuyo sofá verde le gustaba descansar a Teresa.

—Siéntese conmigo un instante —le pidió su patrona, dando unos livianos golpes en la mitad del sillón que quedaba libre.

Justa hizo lo que Teresa le solicitaba, aunque sin poder ocultar su extrañeza.

—Usted nunca llegó a conocer a su padre, ¿no es cierto?

—No, señora.

—Ni a nadie de su familia —insistió Teresa.

—A nadie.

—Y de su madre, ¿tampoco volvió a saber nada, desde que se separó de ella cuando era joven?

En ese punto, la expresión de Justa se ensombreció, y se limitó a negar con la cabeza.

Entonces, Teresa le mostró el periódico, aunque era consciente de que Justa no sabía leer.

—El diario trae hoy el anuncio del fallecimiento de un hijo de Guillermo Casado del Val —le explicó, haciendo una pausa para darle tiempo a Justa de entender lo que acababa de decir—. Si no me equivoco, se trataría de su hermano.

Justa se removió, nerviosa. Nunca le había pesado la falta de contacto con su familia paterna, pero, hasta aquel momento, tampoco había tenido jamás noticia alguna de ellos.

—Según el obituario, su hermano tenía treinta y siete años, estaba casado y deja en el mundo siete hijos. Y trabajó en construcciones muy importantes, entre ellas la de Puerto Madero —le resumió Teresa—. Tanto su padre, Guillermo, como su abuelo, Juan Diego, fallecieron mucho tiempo atrás.

Justa asintió, agradeciéndole la información, incapaz de hacerlo con palabras.

—Lo enterrarán mañana a las doce en el cementerio de la Recoleta —continuó Teresa—. Tiene el día libre.

Justa tardó un momento en comprender que su patrona la estaba animando a ir al entierro de su hermano. Su hermano…

Tras agradecerle a Teresa el gesto que había tenido con ella, abandonó la habitación y se fue directa a su cuarto para tratar de recomponerse.

Nunca hubiera pensado que tener noticias de su familia le fuera a afectar tanto. Se había preguntado en miles de ocasiones si su padre se habría casado después de lo sucedido con su madre, y si ella tendría hermanos. Ahora ya sabía que sí, que por lo menos había tenido uno, y que este le había dado al menos siete sobrinos. Calculó la edad que tendrían los muchachos, e imaginó que serían más o menos como el hijo de Eduardo y Teresa. La cuestión era, ¿quería ella ir al día siguiente al cementerio y tratar de dar respuesta a algunas de sus preguntas?

Por un momento, trató de imaginarse lo que su madre le hubiera aconsejado que hiciera. Seguro que la buena de Nelva la habría empujado a ir al cementerio. Invadida por el remordimiento de haber abandonado a su madre, Justa se echó a llorar. Y pensó que si su padre había muerto tiempo atrás, lo más probable era que su madre lo hubiera hecho también. ¿Qué tendría si no, cincuenta y cinco años? ¿Sesenta, tal vez? No lo sabía con certeza; nunca había sido capaz de echar cuentas bien. Pero, en cualquier caso, aquellos parecían demasiados años para una mujer que había llevado la dura vida de su madre.

Se levantó entonces en busca del espejo que guardaba en su armario. Hacía mucho tiempo que no lo usaba, tanto que tuvo que limpiar el polvo que había acumulado antes de buscar su imagen en él. Cuando lo hizo, dudó si el reflejo que veía era realmente el suyo. Aquel rostro tenía la piel arrugada, los labios demasiado finos y sus rasgados ojos verdes, antaño tan hermosos, se veían ahora más pequeños y apagados.

—Se te fue la vida, Guillermina —se dijo con tristeza, antes de encontrar las fuerzas necesarias para ponerse a buscar el atuendo adecuado para un funeral.

Al día siguiente, Justa partió temprano rumbo al cementerio. Llevaba el vestido que había teñido de negro tras la muerte de Teresita, y doña Teresa le había prestado un sombrero y un chal del mismo color. La mujer de Eduardo también la había invitado a utilizar uno de los carruajes de Villa Salcedo para desplazarse hasta la Recoleta.

Llegó al cementerio con mucha antelación y, tras preguntarle al guarda que custodiaba la entrada por el panteón de la familia Casado del Val, este la acompañó hasta una pequeña construcción de piedra con una puerta enrejada, adornada con volutas y hojas de hierro. La puerta estaba entreabierta, lo que le permitió a Justa ver su interior, en el que una escalinata de mármol descendía hacia donde ella imaginó que estarían las tumbas de la familia.

—¿Sabe si hay muchos miembros de los Casado del Val enterrados aquí? —le preguntó Justa al guarda en un intento por averiguar si el cuerpo de su padre descansaría también allí.

—No, solo hay unos pocos. Esta familia no es de Buenos Aires. Son del norte, de… ¿Cómo se llama?

El hombre desvió su mirada, tratando de recordar.

—¿De Catamarca? —lo ayudó Justa, y el solo hecho de pronunciar ese nombre la hizo estremecer.

—Sí, eso es, de Catamarca. Aquí solo yacen un par de mujeres y un bebé.

Tras decir aquello, el hombre se despidió de Justa para regresar a su garita y ella aprovechó para buscar un lugar desde el que poder observar el sepelio de su hermano sin ser vista.

Se apostó en una tumba cercana al panteón de su familia y fingió que estaba rezando sus oraciones en ella. No creía que ningún Casado del Val supiera de su existencia, pero prefería mantener ciertas precauciones. Aunque el sombrero que le había dejado Teresa le cubría el rostro por completo.

La comitiva fúnebre, que transportaba un lujoso féretro a cuestas, no tardó mucho en hacer su aparición. La encabezaba una mujer a la que rodeaban siete niños, algunos de ellos todavía de muy corta edad. Sin duda eran los siete hijos de su hermano que había mencionado Teresa. Entre ellos había hembras y varones, todos rubios y de piel blanca, y algunos compartían los mismos ojos verdes de Justa.

Les acompañaban también varios adultos con cierto parecido entre sí, pero Justa no fue capaz de discernir si serían sus medio hermanos, sus primos, o si no guardarían con ella parentesco alguno. Entre ellos destacaba una mujer. Vestía como todos de riguroso luto, pero algo en su actitud la hacía sobresalir frente a los demás. Justa se dijo que exactamente así debía de haber sido su abuela, la mujer cuya sola voluntad bastó para arrancar a Nelva de la vida de su hijo y desterrarla para siempre de la plantación de quebrachos colorados.

Como si la hubiera invocado con sus pensamientos, una sombra negra atrajo su atención. Se trataba de otra mujer que, al igual que ella, observaba la escena desde cierta distancia. Su cuerpo encorvado hacía ver lo avanzado de su edad. Una joven de piel morena, con aspecto de no sentirse muy cómoda allí, la asía del brazo, como si la anciana no pudiera sostenerse en pie por sí misma. Y, aunque un velo negro igual al de ella ocultaba su rostro, Justa tuvo una fuerte premonición.

Devolvió su atención un instante al grupo de los Casado del Val, en medio del cual un sacerdote estaba terminando de recitar una oración al tiempo que rociaba el féretro con agua bendita. Cuando finalizó, los portadores del ataúd emprendieron su descenso hacia las entrañas del panteón.

Unos minutos más tarde, la viuda de Guillermo Casado del Val abandonó la cripta, abrazada fuertemente a uno de sus hijos. Aquello hizo temer a Justa que la anciana del velo negro se fuera sin haber tenido ella la oportunidad de verle el rostro, por lo que buscó con urgencia la forma de acercarse a ella. Comenzó a serpentear entre las tumbas y, cuando logró desembocar en el pasillo en el que se encontraban las dos mujeres, avanzó lentamente hacia ellas.

Desde allí pudo ver cómo el guarda cerraba la verja del panteón de los Casado del Val. La familia o, al menos, la oficial, se había marchado.

—Vamos, abuela. Ya no queda nada que hacer aquí —le dijo entonces la joven morena a la anciana, haciendo que esta se volviera por fin hacia Justa.

Desde esa distancia, su velo ya no se veía tan opaco, y Justa pudo distinguir tras él con claridad los ojos de su madre.

Al verla a su vez, la anciana levantó una mano temblorosa hacia ella, y la señaló con su dedo índice, incapaz de pronunciar palabra. Justa temió que la impresión acabara con ella antes de haber tenido tiempo de disculparse.

—¡Madre! —exclamó, echándose a sus pies.

Nelva emitió un grito antes de dejarse caer al suelo con ella.

—¡Abuela! —la llamó su nieta, preocupada, tratando de volverla a levantar—. Abuela, ¿qué te pasa? ¿Estás bien?

En el suelo, las otras dos mujeres lloraban, abrazadas la una a la otra.

—Lo siento, madre, lo siento tanto —decía Justa—. Por favor, perdóneme. Nunca debí abandonarla. Usted era todo lo que tenía, y yo todo con lo que contaba usted. Nunca me debí marchar de su lado de ese modo.

—Mi pequeña Guillermina, mi hija preciosa, por fin te he encontrado —decía a su vez su madre ante la asombrada mirada de su nieta, que parecía empezar a comprender la situación—. Oh, Dios mío, cuántas veces te rogué para que sucediera esto, para que me devolvieras a mi niña. He debido de morir yo también, puesto que al fin estoy con ella. Pero no me importa, ya no me importa nada más.

—No está muerta, madre —le dijo Justa—. Gracias a Dios, está viva, y yo también. Lo siento, madre querida. Por Dios, perdóneme.

Madre e hija siguieron llorando todos aquellos años de separación, hasta que Justa recordó la presencia de la joven a su lado y levantó su mirada hacia ella.

—Soy Guillermina —dijo, con esos ojos verdes de los que la joven tantas veces había oído hablar llenos de lágrimas—. La hija de Nelva.

—Yo soy su nieta —respondió esta—. Mi nombre también es Nelva.

Justa alargó su mano, invitando a la joven a que se uniera al abrazo.

Pasó un buen rato hasta que Justa logró serenarse un poco. Cuando lo hizo, sugirió a su madre y a su sobrina que fueran con ella al landó de los Salcedo, para poder hablar con más tranquilidad. Una vez allí, su madre permaneció en silencio.

—Está muy nerviosa —quiso disculparla la joven Nelva—. Normalmente tiene una gran lucidez.

Justa comprendía que aquella emoción que ella apenas era capaz de soportar tenía que ser excesiva para una anciana de la edad de su madre. Tomó su mano áspera y llena de surcos, tan diferente a la que la había acariciado de niña, y la apretó tratando de transmitirle su fortaleza.

—¿Dónde vivís? —le preguntó mientras tanto a la joven.

—En Luján. Mi padre tiene una granja allí —respondió esta e, intuyendo lo que se estaría preguntando su recién encontrada tía, añadió—: Mi madre era hija de Nelva; ella era tu hermana.

Justa asintió, emocionada.

—¿Murió?

—Hace ocho años.

El silencio volvió a instalarse en el carruaje mientras las tres mujeres se observaban y se excusaban, avergonzadas, cuando el llanto las volvía a desbordar.

—La abuela siempre ha vivido con nosotros —explicó la joven—. Su marido, mi abuelo, ya había fallecido cuando mis padres se casaron, y mi madre logró convencerla entonces de que se instalara con ellos. Durante muchos años, la abuela se había negado a dejar la hacienda en la que vivía por si tú regresabas a ella algún día, pero, finalmente, terminó cediendo.

La muchacha le dirigió a Justa una mirada que podría haber sido de reproche, pero esta no se trató de justificar. Tampoco hubiera sabido cómo hacerlo.

—¿Nelva tuvo más hijos, aparte de tu madre? —preguntó, en cambio.

—No, ninguno más.

—Y tú, ¿tienes hermanos?

—Dos —respondió la muchacha sonriendo—. Una niña y un niño, ambos menores que yo. La abuela ayudó a mi padre a criarnos a los tres cuando mi madre murió.

Justa sintió cómo su madre apretaba su mano. La había envuelto entre las suyas, como si estuviera sosteniendo a un pajarillo que no quisiera dejar escapar.

—Ahora debo separarme de vosotras —explicó, dirigiéndose especialmente a ella—. Pero me gustaría mucho iros a visitar a Luján.

La joven Nelva asintió.

—Siempre serás bien recibida allí, pero no tardes mucho en hacerlo —pidió, mirando a su abuela. No sabía cuánto tiempo más viviría.

Esta vez fue Justa la que envolvió las manos de su madre con las suyas.

—No lo haré, os lo prometo. Solo debo regresar para despedirme de alguien y, tan pronto como lo haga, os iré a buscar.

Justa llegó a Villa Salcedo todavía más alterada que cuando se fue y corrió directa a refugiarse en su cuarto. En cuanto supo de su regreso, Teresa acudió a su encuentro.

—Justa —llamó, golpeando su puerta con los nudillos.

Los demás miembros del servicio la miraban asombrados.

—Justa, soy Teresa. Abra, por favor.

Justa abrió por fin la puerta y dejó a Teresa pasar. Esta ocupó la única silla que había en la habitación mientras la mulata se sentaba en el borde de la cama. Después, Teresa solo esperó a que la mulata se decidiera a hablar.

—Está viva —dijo por fin esta, y Teresa se extrañó de que se refiriera a una mujer—. Mi madre, está viva.

Tras eso, rompió a llorar desconsolada y Teresa fue a sentarse a su lado.

Justa le relató a Teresa lo que había sucedido aquel día y ambas acordaron que se marcharía de Villa Salcedo a la mañana siguiente. La mulata llevaba diez años trabajando con ella y lo había hecho por lo menos otros diez años más con su marido antes de que ella llegara a Argentina. Teresa no sabía cuántos años tendría Justa, pero calculaba que alrededor de cincuenta y, tras haber pasado más de veinte de ellos al servicio de los Salcedo, creía que se había ganado un más que merecido descanso.

Esa noche Teresa puso a Eduardo al corriente de lo sucedido. Le habló de los orígenes de la mulata, de la historia de sus padres en la plantación de quebracho y del entierro de su hermano Guillermo aquel día en La Recoleta. Eduardo la escuchó asombrado.

—Nunca me contó nada de eso —dijo cuando el relato de Teresa finalizó, al tiempo que se preguntaba hasta dónde habrían llegado las confidencias entre aquellas dos mujeres.

Al principio de su matrimonio, Eduardo había pensado muchas veces en hablarle a Teresa de la aventura que había tenido con Justa. Pero se acabó convenciendo de que, si lo hacía, Teresa no la querría tener en Villa Salcedo y, de alguna manera, se le hacía injusto perjudicar de ese modo a la mulata por una debilidad que había tenido él muchos años atrás. Justa era, al igual que todos ellos, una superviviente, y él tenía claro que su relación era un asunto del pasado, por lo que decidió que lo mejor era enterrarla en él.

—He pensado que podíamos pagarle el retiro, de forma que pueda marcharse con su madre y recuperar el tiempo que han perdido.

Eduardo asintió. Sin duda, Justa se había ganado eso y más.

—Me gustaría hablar a solas con ella antes de que se vaya —le pidió a Teresa—. Por favor, cuando te marches, dile que venga a verme.

Justa se presentó en el despacho unos minutos más tarde. Entretanto, Eduardo había movido su silla al otro lado del escritorio, para poderse sentar junto a ella.

—Así que finalmente nos dejas —le dijo al verla.

Justa sonrió. Hacía muchos años que Eduardo no la trataba con esa familiaridad.

—Parece que por fin ha llegado el momento de poner en orden mi vida —respondió, haciendo referencia al acuerdo al que había llegado con ese hombre años atrás.

Eduardo sonrió con ella.

—Supongo que nunca es demasiado tarde para eso.

—Sí que lo es, Eduardo —se lamentó Justa—. Pero tendré que apañarme con lo que tengo.

Eduardo miró los ojos verdes de la mulata y recordó lo hermosa que había sido y lo mucho que él la había deseado tiempo atrás.

—¿Cuándo piensas marcharte?

—Lo antes que pueda —respondió Justa, temiendo por un momento que Eduardo no la dejara ir.

Sin embargo, él asintió.

—Dame unas horas para que vaya al banco mañana por la mañana.

—Eduardo, no me debes nada.

Salcedo tomó una de sus manos.

—Justa, tú eres parte de mí, de lo que yo soy. Y no puedo imaginar un destino mejor para mi dinero. Me aseguraré de que tengas lo suficiente para cuidar bien de tu madre y para vivir lo que te quede de vida. Ese dinero siempre ha estado a tu disposición, para cuando estuvieras lista para tomarlo. No me vengas ahora con remilgos y acepta lo que por derecho te pertenece.

Los ojos de Justa se humedecieron de agradecimiento.

—Aunque no lo creas, tú y yo somos muy parecidos, Justa. Por eso siempre nos hemos entendido y nos hemos guardado lealtad. Permíteme que lo sea contigo hasta el final.

Justa, finalmente, asintió.

Después, se puso pesadamente en pie y se dirigió hacia la puerta. Una vez allí, se volvió y, tras observar a Eduardo fijamente hasta volver a ver en él al muchacho que la había rescatado de La Favorita, dijo:

—Gracias, Eduardo.

Él levantó su mirada hacia ella y se quedó viéndola marchar.

29

Una vez superada la crisis de 1890, Argentina tomó un nuevo impulso para crecer y modernizarse. En las grandes ciudades comenzaban a extenderse los servicios telefónicos, la iluminación eléctrica y el transporte. La inmigración regresó con más fuerza, hasta el punto de que en la capital llegó a haber más extranjeros que argentinos, y los primeros llegaron pronto a constituir el veinticinco por ciento de la población del país. Se los podía ver juntarse en cafés, tabernas, billares, iglesias y en las múltiples sociedades que fueron fundando, como los centros regionales o deportivos. Desde la Sociedad de Beneficencia Española, Teresa y Elvira jugaron también un relevante papel en esto, además de dedicarse a organizar en ese tiempo, en colaboración con el Club Español, una nueva biblioteca y un sistema de becas para los hijos de los inmigrantes españoles.

La prosperidad era visible; en todas partes se levantaban teatros, escuelas, hoteles, bulevares, fábricas y edificios de viviendas. También se inauguraron importantes obras públicas, como el Palacio de las Aguas Corrientes y, en julio de 1894, la célebre Avenida de Mayo, el símbolo del imparable progreso de la ciudad cuyas obras se habían iniciado con la demolición de la Vieja Recova poco después de que Manuel y Teresa la descubrieran en su primer paseo por Buenos Aires once años atrás.

Media ciudad acudió a participar de la fiesta que dio por concluida la obra de aquella calle que había cambiado por completo el diseño de la ciudad.

A lo largo de la avenida, los organizadores instalaron puestos de música, paradas con juegos populares y hasta un pequeño mercadillo. Los bonaerenses disfrutaban de todo ello con la emoción de saber que estaban siendo testigos de un momento histórico para la ciudad, y comentaban con entusiasmo el desfile que había tenido lugar el día anterior, cuando los más de ochocientos obreros que habían trabajado en la construcción de la avenida la habían recorrido iluminándola con cientos de antorchas que parecían irla dotando de vida a su paso.

Atrás quedaban los múltiples pleitos que se habían producido entre la municipalidad y los influyentes propietarios de las trece manzanas que habían tenido que ser expropiadas para hacer realidad el bulevar. Era mucha la gente que se había visto afectada, directa o indirectamente, por la construcción de la nueva arteria, entre otros, la viuda de Nicolás Jáuregui, quien la mañana de la inauguración apareció muy sonriente agarrada del brazo de su amigo el banquero Mauricio Schulz. Por aquel entonces, Eduardo ya sospechaba que la mujer a la que había protegido desde la muerte de su amigo el abogado, y admirado incluso desde antes, tenía algo más que una amistad con el banquero que había pujado contra los italianos por el inmueble que ella poseía en el ensanche. Al parecer, con aquel ambicioso proyecto urbanístico, Isabel había perdido su preciada casa en la Avenida de Mayo, pero había ganado un nuevo compañero de vida.

Como confirmación de las sospechas de Eduardo, a partir del día de la inauguración la viuda fue dejando de buscar su consejo, y aquella falta de atención se le hizo a él cada vez más dolorosa. Hasta que una mañana, algo más de un año y medio más tarde, Eduardo supo a través de la prensa que Isabel y Mauricio se habían casado.

El periódico mostraba una foto de los felices novios y, mientras la observaba, Eduardo comprendió que si aquella mujer hubiera mostrado el más mínimo interés por él cuando la tuvo cerca, habría estado dispuesto a poner su vida patas arriba con tal de ocupar el lugar del banquero a su lado. En ese instante, un fuerte latigazo le atravesó el corazón, y Eduardo se llevó la mano al pecho preguntándose si aquello sería finalmente el amor.

Unos días después de eso, le escribió una carta a Diego para pedirle que regresara a la ciudad a pasar esa Navidad. Había tomado una importante decisión que quería comunicar a su familia en ese momento, y necesitaba que él estuviera también presente.

Más de tres años se había alargado finalmente la estancia de Diego en la pampa. Parte de ese tiempo, lo dedicó a construir un entramado de canalizaciones que facilitara el regadío de sus tierras, en previsión de la sequía que finalmente asoló la pampa durante meses. Las tierras se abrieron entonces en horribles grietas, las reses morían de hambre por la falta de pastos y los ganaderos se vieron obligados a sacrificar a las crías para que, por lo menos, sus debilitadas madres pudieran sobrevivir. Eso cuando no se les adelantaban los depredadores que, en su desesperada búsqueda de comida y agua, cada vez se acercaban más a las zonas habitadas por el hombre.

La hacienda de Benito Juárez, sin embargo, gracias al agua del arroyo Cristiano Muerto y a los cauces que diseñó Diego, no sufrió. Cuando aquello se supo en el Jockey Club de Buenos Aires, varios de los socios que poseían tierras en aquella zona le pidieron a Diego consejo para hacer lo mismo en sus campos y, al final, entre unas cosas y otras, su estadía se fue alargando.

En agosto de 1894, el gobierno de Estados Unidos redujo los aranceles a la importación, por lo que Diego, con la ayuda remota de Eduardo y la más cercana de su fiel contable Samuel Levi, que seguía trabajando para ellos, se volcó en aumentar la ganadería bovina e incrementó la exportación de lana y cereales a dicho país.

También recorrió incansablemente sus tierras en compañía de su nuevo capataz, ya que Francisco Jiménez, el hombre que Teresa le había enviado providencialmente siete años atrás, sí los había dejado para regresar a su añorada Córdoba natal.

Supervisó el arreglo del tejado de la casa principal, hizo ampliar el cercado y las cuadras, que seguían estando primorosamente cuidadas por las hábiles manos de los indios, y, prácticamente cada día, acudió a visitar la tumba de su querida Amalia.

Le gustaba ir allí con la caída del sol y mantenía reconfortantes conversaciones imaginarias con la que había sido su mujer. Le agradó ver que alguien se había encargado de mantener la tumba en su ausencia, probablemente alguna criada de la casa, y también que allí seguían las piedras que habían colocado los indios para guiar a Amalia en el mundo de los espíritus. Con el jefe de los tehuelches, el hombre que en el pasado le había hecho entrega de un amuleto para ayudarle a superar la muerte de su mujer, tuvo también Diego varios encuentros.

—Veo que el amuleto funcionó —le dijo este en una de aquellas ocasiones, muy satisfecho—. Te prepararé otro para que encuentres de nuevo el amor.

Diego lo rechazó riendo.

—Ahora que por fin he encontrado algo de paz en mi vida, solo déjame que la disfrute un poco más.

Cuando en verano de 1896 recibió la carta en la que Eduardo le pedía que regresara a Buenos Aires, tuvo claro que no le podía fallar.

Desde la cabecera de la gran mesa de comedor de Villa Salcedo, que lucía engalanada un año más para la comida de Navidad, Eduardo se tomó un momento para estudiar a su familia.

Manuel estaba en ese momento sirviéndose una copa de vino. Había llegado tarde, para variar, y le había hecho un breve resumen de las gestiones que había ido a hacer para él en el Ministerio de Hacienda al tiempo que besaba a su hermana y a su sobrino. Eduardo estaba muy orgulloso de él. Sentía que, aunque le había llevado un gran esfuerzo, había logrado convertirlo en la mejor versión de sí mismo. Además, lo veía muy parecido a él; salvo por su afán por involucrarse en asuntos políticos, algo que él había evitado a lo largo de toda su vida. Pero Eduardo sabía que Manuel había participado recientemente en la fundación del Partido Socialista Argentino; una colaboración que había mantenido en un plano muy discreto para no disgustar a su hermana. En ese momento, Manuel le gastó una broma a Eduardito, al que quería como si fuera su hermano, y Eduardo no pudo más que sonreír ante su innegable encanto.

El crío sucumbió también a su gracia. Pronto cumpliría ya trece años, y todo el mundo le decía a Eduardo que era igualito a él, no solo en su físico, sino también en su forma de ser. Pero, a pesar de que ambos compartían una gran determinación para lograr sus objetivos, era evidente que a Eduardito nunca le había faltado nada. Carecía de esa astucia que nace de la necesidad y que Eduardo esperaba que no fuera a necesitar nunca. Reparó en que en el labio superior del niño se intuía ya la sombra de su futuro bigote, y recordó cómo hacía pocos días les había reunido a Teresa y a él para pedirles que dejaran de utilizar el diminutivo de su nombre al llamarlo. Eduardo sonrió evocando aquel momento y miró hacia su esposa.

Teresa era ya una mujer hecha y derecha, nada que ver con la niña que cayó en sus brazos casi catorce años atrás. Había luchado por forjarse su propia vida en un mundo muy diferente al que conocía; algo que, aunque a él no le había agradado nunca, ahora le sabía reconocer. Y esperaba que con ello hubiera podido llenar las parcelas de su vida que él no había sabido cubrir. Junto a ella estaba sentado Diego, que apenas hacía un par de días que había regresado de la pampa. Diego era a quien Eduardo consideraba su verdadero compañero de vida, casi su hermano. Seguía más o menos igual que siempre, aunque mucho más viejo y más sabio. Los años parecían haberlo serenado, a pesar de que la vida no había terminado de tratarle del todo bien. Su amigo se hubiera merecido mucho más.

—Atención —dijo al fin, aclarándose la garganta y golpeando el filo de su copa con un cubierto. Su familia lo miró, esperando el habitual brindis que siempre les regalaba en esas fechas—. Tengo algo muy importante que deciros. En estos últimos meses, y tras mucho meditarlo, he llegado a la conclusión de que es el momento de que regresemos a España.

Durante varios segundos el silencio más absoluto reinó en el comedor, al tiempo que las miradas de todos se cruzaban sobre la mesa.

—¿Nos vamos a España de vacaciones? —preguntó por fin Eduardito, con su desafinada voz de adolescente.

Eduardo miró a su esposa y negó.

—¿Qué quieres decir con eso?

Eduardo le dio un trago a su copa de vino y Diego aprovechó para apurar la suya. Manuel, por su parte, le dirigió a su hermana una mirada expectante.

—Dentro de dos años cumpliré cincuenta, y el año que viene hará treinta años que llegué a este país —dijo Eduardo—. Siento que lo que había venido a hacer aquí ya está hecho. Pronto nos adentraremos en un nuevo siglo, las cosas están cambiando muy rápido y yo, la verdad, ya estoy cansado de pelear.

El corazón de Teresa comenzó a palpitar con fuerza. Volver a España... ¿Qué implicaría eso para ella?

—Sabéis que siempre tuve la idea de regresar a nuestro país algún día, y realmente creo que ese momento ha llegado —insistió Eduardo.

Teresa se volvió hacia Diego, quien le dirigió una mirada inescrutable. No había tenido tiempo de hablar con él desde su regreso, y en ese momento se preguntó si aquel era el motivo por el que había vuelto, si sabía lo que Eduardo les iba a anunciar.

—Yo no voy a ningún lado —protestó entonces Eduardito.

—No nos iríamos de inmediato —matizó su padre, tratando de ignorar su arrebato—. Todavía me quedan cosas por atar y tengo que vender también algunos negocios. Pero me gustaría celebrar en España las próximas navidades.

—No me iré a vivir a un país que ni conozco; no lo haré —repitió el niño.

—Tú harás lo que yo te diga que hagas —lo calló finalmente Eduardo—. Nos instalaremos en Bilbao, o en Madrid, para que puedas continuar con tus estudios. Y no se hable más.

Manuel le hizo un gesto a su sobrino para que no siguiera insistiendo. El estado de nervios de Eduardo era visible; ya buscarían juntos una solución a sus inquietudes más adelante.

—Yo no podré acompañaros, mi vida está aquí —le dijo a Eduardo con cierto temor.

—Lo sé —respondió este, asintiendo—. Contaba con eso. De hecho, te necesitaré aquí. Ya hablaremos de ello.

Manuel asintió y Teresa lo miró angustiada. En ese momento, Eduardito, se levantó de la mesa y salió de la habitación sin decir nada. Tras dejar su servilleta sobre la mesa con mano temblorosa, Teresa lo siguió y la comida se dio por finalizada.

Tras tratar de tranquilizar a su hijo con poco éxito, Teresa regresó al piso inferior de la casa y se sentó al final de la escalera a esperar a que la reunión que Diego, Manuel y Eduardo estaban manteniendo en el despacho de este terminara. El primero en salir fue Diego, quien no pareció sorprenderse de encontrarla allí. Mientras cerraba con cuidado la puerta del despacho detrás de él, Teresa se levantó y salió de la casa sin decir nada.

—¿Tú lo sabías? ¿Por eso has vuelto, para despedirte? —le preguntó en cuanto él se reunió con ella en el jardín.

Diego negó.

—¿Y no piensas hacer nada al respecto?

Él la tomó del brazo y se alejó con ella de la casa.

—¿Y qué quieres que haga, Teresa? Es su decisión.

Teresa se revolvió, agitada. Estaba muy enfadada con él. Hubiera querido gritarle que se había pasado la vida huyendo, que nunca había luchado por nada.

—Eduardo es más que mi hermano, Teresa. Ya te lo dije. Antes me mataría que hacerle daño. Me mataría de verdad.

—¿Y no crees que eso te convierte en un cobarde?

—No —respondió él con firmeza y una gran profundidad en su mirada—. Eso me convierte en un amigo. En un amigo suyo, y en un amigo tuyo también.

Llena de impotencia y con los ojos rebosantes de lágrimas, Teresa se dio la vuelta y se alejó de él.

Durante los primeros meses de su último año en Argentina, Eduardo se centró en dejar bien organizados sus negocios. En primer lugar, abandonó todo lo que no estaba directamente relacionado con las empresas, como su labor en la Cámara de Comercio Española. Cuando anunció allí su decisión de marcharse, hubo reacciones de todo tipo, desde socios que trataron de hacerle cambiar de opinión hasta los que aseguraron que los hacía sufrir de envidia. Pero Eduardo sabía que ninguno de estos últimos se hubiera atrevido nunca a tomar una decisión como la suya.

En cuanto a sus empresas, hizo de Manuel su testaferro, tal y como había planeado, y con su ayuda vendió todas sus acciones y cerró la mayor parte de las cuentas con las que operaba con el fin de concentrar sus operaciones en el banco en el que trabajaba Juanjo. Eduardo creía que si iba a trabajar desde la distancia tenía que rodearse de gente de confianza. Le produjo especial satisfacción liquidar el crédito que tenía en el Banco Ciudad de la Plata, el de la familia del nuevo marido de la viuda de Jáuregui, y quiso considerar aquel inocente acto como una pequeña venganza hacia el hombre que le había robado a Isabel. Como contraparte, lo peor de todo ese proceso fue tratar con Diego la disolución de su sociedad.

—Me gustaría vender mi parte de los almacenes y de El Remanso, pero dime tú cómo quieres proceder.

Diego negó.

—Yo no voy a seguir con nada de esto sin ti, Eduardo. Véndelo todo, mi parte también.

Eduardo comprendía la postura de Diego; desde que las cosas empezaron a irles bien, su socio no se había ocupado jamás de los negocios. No por falta de aptitud, sino porque nunca le habían interesado lo más mínimo. Pero lo de El Remanso era distinto.

—Si vendes tu parte de los almacenes, tal vez puedas quedarte con la totalidad del Remanso —sugirió—. De hecho, estoy dispuesto a mantener mi participación en la hacienda por un tiempo si sigues haciéndote cargo tú de ella. Desde que tomaste las riendas, no ha dejado de dar beneficios. Y así podré alardear en España de ser el dueño de un pedazo de Argentina.

Diego sonrió, agradeciéndole a Eduardo el esfuerzo que estaba dispuesto a hacer por él.

—Gracias —dijo.

Eduardo asintió.

—No solo por esto —siguió Diego—, sino por todo lo que has hecho por mí.

—No fastidies, Diego. No te me vayas a poner ahora sentimental

—lo reprendió Eduardo, por puro miedo a echarse a llorar.

Diego era su amigo de toda la vida, su familia en Argentina desde hacía treinta años, y la única que tuvo durante los dieciséis que pasaron hasta la llegada de Teresa y Manuel. Siempre le había sido fiel y había demostrado tener una fe ciega en él. Y no era que a Eduardo le hubiera hecho falta eso para hacer todo lo que había hecho, pero saber que tenía su apoyo le había producido siempre una gran seguridad. Diego era, con Manuel, el único vínculo que le quedaría con Argentina. Y estaba seguro de que Manuel no tardaría en visitarlos al otro lado del Atlántico; a Diego, sin embargo, no creía que fuera a volverlo a ver.

Sintió un nudo en la garganta y supo que no iba a ser capaz de disimular su emoción.

—¿Sonaría muy poco viril si te pidiera que no dejes de escribirme? —preguntó.

Diego se levantó para darle un abrazo, con los sentimientos también a flor de piel.

—Poquísimo —respondió riendo, al tiempo que la garganta se le cerraba también a él.

Los dos amigos se estrecharon con fuerza y, tras un largo rato, se volvieron a separar con el mismo ímpetu.

—No se te ocurra volver a montarme otro numerito como este o me veré obligado a esconderme en Benito Juárez hasta que te vayas —bromeó Diego.

Aunque eso era lo primero que se le había pasado por la cabeza cuando Eduardo les anunció su partida. Porque sabía que los meses que quedaban hasta las siguientes navidades se iban a convertir en una tortura.

Con Manuel también tuvo Eduardo una conversación difícil, aunque en su caso fue porque su cuñado decidió erigirse en defensor de los intereses de su hijo.

—He estado hablando con Eduardito y se me ha ocurrido que tal vez podría terminar el colegio aquí. Por supuesto, yo viviría con él. Y huelga decir que lo cuidaría como si fuera mi propio hijo.

Eduardo negó.

—Ni hablar. Eduardito se viene con nosotros. No tiene aún edad para hacer su vida.

Manuel sabía que aquella sería la primera reacción de su cuñado.

—Cuando os vayáis, el niño tendrá ya casi catorce años. Te recuerdo que tú no eras mucho mayor cuando intentaste venir a Argentina la primera vez.

Manuel nunca había olvidado el relato del heroico comportamiento de Eduardo durante el naufragio que sufrió en su primer intento de cruzar el océano.

—Si vine aquí fue precisamente para que mis hijos no tuvieran la necesidad de hacer algo así —replicó este.

—O tal vez vinieras para que tus hijos tuvieran la oportunidad de elegir su propio futuro —reformuló Manuel, como tan bien se le daba hacer—. Sería algo temporal, Eduardo. Hasta que el niño termine la escuela. Luego podría ir a la universidad en España, como deseas.

Eduardo tenía aspecto de estar terriblemente enfadado, pero no dijo nada.

—Solo te ruego que te lo pienses. Arrancar a Eduardito ahora de su entorno podría ser perjudicial para él. Idos Teresa y tú a España, instalaos allí y te prometo que antes de dos años os lo llevaré para allá. O quizás podáis venir vosotros a buscarlo.

Eduardo se frotó las sienes y tomó unos papeles de su escritorio, haciéndole ver a Manuel que daba la conversación por terminada. Pero que no le respondiera nada le hizo saber a este que reflexionaría sobre lo que habían hablado, y que su sobrino tenía entonces más opciones de quedarse en Argentina que antes de que aquella charla hubiera tenido lugar.

Teresa encaraba el que estaba llamado a ser su último año en Buenos Aires con sentimientos encontrados. Por un lado, ansiaba volver a España, el país que la había visto nacer y al que sentía que pertenecía; pero, por otra parte, en Argentina había construido su vida, una vida que le gustaba. Allí tenía la escuela, que tantas satisfacciones le había dado a pesar de la cantidad de trabajo que había requerido por su parte, allí seguiría viviendo su hermano y permanecería para siempre Diego, que no tenía posibilidad alguna de regresar a España a causa de su pasado, y, por encima de todo, ahí estaría por siempre enterrada su pequeña Teresita. Teresa no sabía cómo iba a afrontar el dejar todo aquello atrás.

Pero como tenía muchas cosas por hacer y muy poco tiempo por delante, procuró distraer su mente poniéndose manos a la obra.

Para empezar, Eduardo le había pedido que organizara una nueva celebración por su trigésimo aniversario en Argentina. En esta ocasión, invitarían a mucha más gente que cinco años atrás, cuando celebraron los veinticinco años de la llegada de Eduardo, y la fiesta tendría como segunda finalidad su despedida.

La celebración tuvo lugar en abril, el mismo día en el que Dalmiro Varela Castex exhibió en Buenos Aires sus automóviles importados: un Daimler de encendido por incandescencia y un Decauville con motor a explosión. Tal coincidencia en fechas hizo que la mayor parte de las conversaciones de la fiesta giraran en torno a aquellos endiablados inventos.

Teresa ejercía de anfitriona, paseándose entre los grupos de invitados, tratando de que todos lo pasaran bien, aunque su mente continuaba dándole vueltas a la conversación que acababa de mantener con su hijo.

Su esposo le había anunciado esa mañana que estaba dispuesto a dejar que el pequeño terminara la escuela en Buenos Aires, lo que significaba que así se haría. Eduardito viviría con Manuel, que regresaría para ello a Villa Salcedo, y aquello había hecho que Teresa viviera su próxima marcha aún con más ansiedad.

—Temo que cuando llegue el momento de que viajes a España para reunirte con nosotros te eches para atrás, y arrepentirme entonces de haber permitido hoy que te quedaras —le había confesado al niño.

—No será así, madre. Te lo prometo.

Eduardito la había mirado con la misma expresión decidida de su padre y ella no tuvo otro remedio más que aceptar su promesa mientras acariciaba su espeso cabello crespo, igual también al de su progenitor.

—Teresa.

La voz de Diego la hizo regresar a la fiesta. Desde su pequeña confrontación en el jardín no habían vuelto a hablar, al menos nada más allá de lo que las normas de cortesía les exigían. Pedo Diego no quería que las cosas se quedaran así entre ellos. Apreciaba demasiado a Teresa como para que se fuera con ese recuerdo.

—¿Ya has encontrado quien te sustituya en la escuela? —le preguntó.

—Sí. Le estoy traspasando todo a una de las estudiantes, que trabajará para la Sociedad, y Ferran también me está ayudando mucho. Y luego está Elvira, claro.

Él asintió.

—Diego, cuando nos vayamos, no volveré a saber de ti, ¿verdad?

Diego se sorprendió por el repentino cambio de tema y no supo qué contestar. Teresa parecía muy triste y eso le encogió el corazón.

—¡Diego! —Luis Gamboa se acercó a ellos con una gran sonrisa en los labios—. Te estaba buscando. Cuando quieras nos marchamos.

La fiesta de los Salcedo había coincidido con una estancia del explorador en Buenos Aires y Eduardo le había pedido a Teresa que lo incluyera en la lista de invitados. Su última expedición había añadido una muesca en su recuento de éxitos, y Gamboa le había propuesto a Diego celebrarlo juntos en una casa de baile después de la fiesta.

Diego no apartó su mirada de Teresa y el explorador tuvo el presentimiento de que su llegada se había producido en un mal momento.

—¿Ha visto usted bailar tango alguna vez? —le preguntó a Teresa, mientras buscaba la manera de arreglar lo que hubiera arruinado.

Ella negó y Gamboa la invitó a acompañarlos.

—No sé si debería —respondió Teresa.

Aquel baile, y el ambiente en el que se desarrollaba, no se consideraban adecuados para una mujer como ella.

—Ven —dijo entonces Diego—. Te hará bien distraerte un poco de todo esto. Vamos.

Teresa comprendió que aquello era una especie de ofrenda de paz y la aceptó.

Acudieron a un local en la calle Paraguay, algo más discreto que los que solían frecuentar Diego y Gamboa en el barrio de San Cristóbal, pero que les pareció más apropiado para ir con Teresa. Aun así, ella se sintió impactada por el ambiente de aquel lugar. La clientela estaba formada exclusivamente por hombres, que bebían y fumaban sin cesar, y entre ellos merodeaban una docena de mujeres que se disputaban su atención sin disimulo con el objetivo de que intercambiaran su dinero por un rato en su compañía en alguna habitación del local.

Diego sugirió a Teresa y a Gamboa que se sentaran. Al poco tiempo de hacerlo, comenzó a sonar la melodía de un piano, que no tardó en ser acompañada por el nostálgico lamento de un bandoneón.

Al oírlo, los hombres comenzaron a formar parejas, entre ellos o con alguna de las escasas mujeres que quedaban en la sala, y empezaron a deslizarse lentamente sobre la pista de baile.

Teresa nunca habría podido imaginar una escena así. A un ritmo embriagante, marcado por los sensuales quiebros de la música, las parejas se fundían como si fueran un solo bailarín. Sus piernas se entrelazaban, sus rostros se tocaban, los torsos y caderas se buscaban a cada paso. Teresa, súbitamente consciente de su propio cuerpo, se descubrió conteniendo la respiración. Cuando la música se detuvo, no pudo ocultar su rubor.

Tampoco cuando, unas horas más tarde, ya frente a la puerta de su casa, Diego le preguntó si le había gustado el baile.

—¿Seguro que aquello era un baile? —bromeó con timidez.

Diego rio. Luego, ella le repitió la pregunta que le había hecho en la fiesta:

—¿Volveré a saber de ti cuando nos vayamos?

Él, que se había estado preparando toda la noche para responderla, no dudó en decir lo que ambos necesitaban escuchar, aunque supiera que no era verdad.

—Claro.

Horas más tarde, sentado con Gamboa en uno de los sillones de cuero del Club Español, Diego le confesó por fin a su amigo el motivo por el que había huido a tierra de indios diez años atrás.

En agosto Teresa se despidió definitivamente de la Escuela de Inmigrantes para poder dedicarse de lleno a organizar los once baúles que trasladarían su vida de lugar.

Su querida Elvira le preparó un pequeño y sentido homenaje en el que hizo énfasis en la cantidad de gente a la que Teresa había ayudado con su trabajo: los miles de estudiantes que habían pasado por las aulas de la escuela, los cientos de mujeres que se habían beneficiado del hotel y todos los niños que, gracias a la guardería que habían abierto poco después en este, habían podido criarse junto a sus familias en lugar de tener que ser dados en adopción.

Teresa se emocionó especialmente al reencontrarse con algunas de las mujeres que habían participado en el primer curso que impartió, aquel que preparaba por las noches en su casa de la calle Piedras y en el que se graduó la bonita niñera que acabó conquistando el adolescente corazón de Manuel.

Cuando la celebración terminó, Teresa se dirigió al que había sido su despacho para recoger la caja en la que había guardado sus objetos personales.

—Aún recuerdo tu primer día, cuando me dijiste que no tenías nada que ofrecer a los alumnos. Y mira todo lo que has logrado. —Elvira la observaba desde la puerta con una mirada cargada de orgullo—. Ha sido un honor hacer esto contigo, Teresa, y ser testigo de la maravillosa mujer en la que te has convertido con el paso de los años.

—Haces que parezca que yo haya hecho algo —respondió Teresa, abochornada.

—Tú lo has hecho todo.

Teresa creía que aquello era un poco exagerado, pero también sabía que había contribuido en buena parte a construir todo aquello, y sentía una gran satisfacción por ello.

—Gracias por haberme dado la oportunidad de ayudarte —le dijo a Elvira—. Me cambiaste la vida.

—Eso deberías agradecérselo a Diego, que fue quien te trajo hasta mí.

Teresa apartó su mirada y Elvira lamentó que aquellos dos no hubieran podido tener una oportunidad.

—Entonces, ¿crees que podrás seguir adelante con todo esto sin mi ayuda? —bromeó Teresa para cambiar de tema.

—No lo creo, querida… Al final, voy a tener que aceptar la propuesta que me han hecho para dirigir un diario en La Habana y disimular de ese modo mi ineptitud.

—¿Te vas a vivir a Cuba? —se sorprendió Teresa.

—Es posible —respondió Elvira, que realmente estaba valorando aquella opción.

Las dos mujeres se quedaron en silencio.

—Nos volveremos a ver. Si no es aquí, será en España —aseveró entonces Elvira.

—Seguro que sí —respondió Teresa, y deseó fervientemente que aquello fuera verdad.

Ese día llegó a Villa Salcedo desbordada por la emoción. Cuando lo hizo, Eduardo se encontraba en casa, y la invitó a sentarse con él en su despacho.

—Ya sé que no te he prestado toda la atención que hubiera debido en estos años, Teresa. Pero necesitaba llegar hasta donde he llegado y, aunque no lo creas, te estoy enormemente agradecido porque hayas estado a mi lado.

Teresa no dijo nada.

—Todo será diferente en España. Allí todo mi tiempo será para ti y para Eduardito. Y he pensado que podríamos fundar un patronato, de forma que puedas seguir dedicando tu tiempo a los demás, si es lo que deseas.

—Puede ser —respondió Teresa, que en ese momento no estaba para pensar en esas cosas.

—Bueno, ya tendremos tiempo de decidirlo más adelante —comprendió Eduardo—. Mucho tiempo.

30

El 30 de septiembre de 1897 se celebró el baile inaugural del nuevo edificio del Jockey Club en la calle Florida. La flor y nata de Buenos Aires asistió al mismo para deslumbrarse con los ricos cortinajes, las tupidas alfombras y las elegantes arañas de cristal traídas de París que iluminaban las diferentes salas del edificio. Los Salcedo, aunque no formaban parte de aquel seleccionado grupo, habían sido invitados, una vez más, a través de Diego. Les quedaba apenas un mes para embarcar; todos los preparativos habían concluido ya.

Teresa lucía un vestido púrpura ribeteado con hilo negro, tan oscuro como su ánimo. Eduardo tampoco se encontraba especialmente jubiloso, menos aún desde que había atisbado entre los asistentes a la fiesta a Isabel junto a su nuevo marido el banquero. En un momento en el que Teresa se separó de él, la viuda de Jáuregui se acercó para hablarle.

—He sabido que os vais. —Eduardo asintió. Isabel estaba deslumbrante, como siempre—. Es una pena. Os echaremos de menos.

—Ya no nos queda nada que hacer aquí —respondió Eduardo.

Se despidieron fríamente y, al verla marchar, Eduardo volvió a sentir cómo el corazón se le encogía en el pecho.

Esa noche le llevó un inusitado esfuerzo asearse y ponerse la ropa de dormir. Le acompañaba una permanente sensación de falta de aire y tenía los brazos entumecidos. Cuando por fin logró tumbarse en la cama, apenas fue capaz de conciliar el sueño.

Al día siguiente, Salcedo no pudo salir de su habitación y Teresa mandó llamar de urgencia al amigo y médico de cabecera de la familia, el doctor Rafael Estrada. Tras auscultar a Eduardo, este dictaminó que había sufrido un ataque al corazón y que tendrían que esperar unos días para determinar su gravedad. Le prescribió una medicación y absoluta tranquilidad y reposo. En cuanto el doctor se fue de Villa Salcedo, Eduardo mandó llamar a Diego.

Estuvieron reunidos varias horas, hasta que el médico regresó para ver cómo evolucionaba Eduardo. En esa ocasión, Rafael dictaminó que su paciente tenía mejor aspecto, pero que no debía salir de la cama en lo que quedaba de día. Por la tarde, Eduardo quiso que lo visitara su hijo, con quien estuvo hablando hasta que lo venció el cansancio. Cuando eso sucedió, Teresa, que había pasado el día muy pendiente de él, sacó al niño de la habitación y ayudó personalmente a su marido a tomarse la frugal cena que le había preparado la cocinera, ahuecó sus almohadas y se despidió de él con un sencillo «hasta mañana».

De nuevo, Eduardo no lograba dormirse y, con los ojos cerrados, trató de relajarse evocando su amado y lejano pueblo.

Se imaginó que se encontraba en el pequeño montículo que había a la salida de este, desde el que se podía disfrutar del atardecer más hermoso que había conocido jamás. El cielo, que con la caída del sol iba adoptando un tono encarnado, se reflejaba en las oscuras aguas de la ría, que en la imaginación de Eduardo se encontraban en calma, y las golondrinas emprendían el que sería su último vuelo del día, aquel que las llevaría al abrigo de sus nidos para pasar la noche.

Eduardo casi pudo sentir cómo una suave brisa alborotaba su cabello, libre del gel que lo había apelmazado durante toda su vida adulta. Y aquel aire le acercó también el profundo aroma del mar.

Inspiró despacio, sin dejar de escuchar el graznido de las aves, ni de ver sol cayendo en el horizonte.

Los siguientes días transcurrieron para Teresa como en una nebulosa. El doctor Estrada volvió a visitarlos en numerosas ocasiones, en varias de las cuales pidió reunirse a solas con Diego en el despacho de Eduardo. También Manuel y Juanjo parecieron hacerse omnipresentes en Villa Salcedo, y se pusieron al servicio de Teresa para ayudarla en todo lo que pudiera necesitar. Ella lo agradeció en el alma; no estaba habituada a que recayera sobre ella la responsabilidad de todo y, con el ánimo tan afligido como lo tenía, se perdía entre los trámites y papeleos de los que habitualmente se hacía cargo su esposo.

Tuvo que retrasar el viaje a España hasta después de Navidad. Cuando el momento se acercó, Teresa determinó que el día de la partida solo acudirían al muelle Eduardito y Manuel. Imaginarse allí en sus últimos momentos rodeada de todos sus conocidos, como hicieron con su madre la última vez que la vieron, se le antojaba demasiado duro. Así que los últimos días en Buenos Aires los dedicó a despedirse de los pocos seres verdaderamente queridos que dejaba allí: de Elvira, de Juanjo y, también, de Diego.

Este la acompañó una mañana a los almacenes, pocos días antes de partir. Allí, Ferran y los empleados más antiguos se acercaron a Teresa y tuvieron unas emotivas palabras para Eduardo antes de trasladarle sus sinceros deseos de que todo saliera bien. Teresa dirigió una última mirada a aquel lugar que hasta hacía poco tiempo había sido de su familia. Acarició los mostradores recién pulidos, comprobó que las mercancías seguían estando tan pulcramente ordenadas como siempre y deslizó su mirada por los escalones que llevaban a la que había sido su primera vivienda en Buenos Aires, y que, durante sus primeros días allí, había recorrido más de una vez casi trotando, como si fuera una niña, cuando sabía que nadie la observaba.

De pronto, recordó algo y le pidió a Diego que consiguiera la llave del que había sido su despacho. Tal y como se imaginaba, allí seguía colgado el retrato de aquellos dos muchachos, igual de morenos y altos, abrazados frente al edificio que acababan de adquirir. Nadie se había acordado de recogerlo tras la apresurada venta de las empresas por parte de Eduardo.

Teresa lo descolgó y, al borde de las lágrimas, se lo entregó a Diego para que lo conservara él.

Emprendieron la vuelta a casa en silencio, ambos con la emoción quemándoles la garganta. Al pasar junto a un pequeño parque, Diego hizo detener el carruaje.

Observó el perfil de Teresa, tratando de retenerlo en su mente, y, con suavidad, la hizo girarse hacia él.

—Teresa —dijo, con una gran emoción.

Y la besó. Y ella le correspondió entre lágrimas. Y ninguno fue capaz de decir nada más.

—Por favor, cuida mucho de Eduardito —le rogó Teresa a su hermano Manuel en el muelle, con el barco a punto de zarpar.

—Lo trataré como si fuera mi propio hijo.

Ella se secó las lágrimas que le corrían por el rostro y volvió a aferrarse a su hijo. Trató de decirle de nuevo que lo amaba y, a pesar del bullicio que reinaba en el puerto, el niño pareció entenderla. Tal vez porque no hacían falta palabras para ello.

Teresa miró por última vez a sus dos muchachos, a su hermano hecho ya un hombre y a Eduardito a pocos años de serlo, y trató de grabar en su mente la imagen de ambos antes de separarse de ellos y emprender la subida al barco.

Una vez en la cubierta, buscó un hueco desde el que asomarse y atisbó el perfil de la ciudad y las gaviotas que se arremolinaban sobre algún lugar del puerto. Habían pasado cerca de quince años desde que desembarcó en América, casi la mitad de su vida. Llegó allí recién casada, con apenas dieciséis años, y sumaba ya treinta y un gran bagaje.

Con lágrimas de emoción en los ojos, volvió a buscar con la mirada a su hermano y a su hijo para despedirse de ellos y dejarlos, por fin, marchar. Tras ello, se adentró en la nave.

Tratando de serenarse, se identificó ante un miembro de la tripulación y lo siguió por un amplio pasillo que le trajo a la mente otro mucho más angosto, tanto que el equipaje de los viajeros iba golpeando las paredes a su paso.

Cuando localizaron su camarote, Teresa, que continuaba muy emocionada, pareció sorprenderse al ver cómo el marinero, en lugar de hacer uso de su llave, golpeaba la puerta con los nudillos y un firme «adelante» resonaba desde el interior.

31

Desembarcaron en La Coruña el 2 de febrero 1898, el día de la Candelaria. La emoción que sintieron al posar sus pies en el muelle fue inconmensurable.

Decidieron pasar dos noches en un hotel de la ciudad, mientras descansaban y daban tiempo a que los hombres de la naviera reunieran todo su equipaje. En cuanto las bodegas del barco estuvieron vacías, contrataron varios carruajes y retomaron la marcha rumbo a Asturias.

Viajaron por la costa para poder ver el mar; ese mar bravo y oscuro, tan diferente del Río de la Plata, al que los escarpados acantilados que tantas veces habían recreado desde la distancia hacían frente con asombrosa dignidad. En varias ocasiones tuvieron que buscar refugio a causa de la lluvia, pero no les importó. Para entonces ya se sabían en casa.

El último día del viaje, como si de un regalo de la naturaleza se tratara, el tiempo se serenó y la primera imagen que vieron de su pueblo, después de tantos años, apareció ante ellos enmarcada por un claro cielo azul.

Con un nudo en la garganta, sus ojos reconocieron aquel grupo de casas humildes amontonadas en torno a la ría, con los botes de pesca amarrados al puerto y las redes meciéndose a merced del viento.

La emoción impedía hablar a Teresa. Él, por su parte, había ido dejando de hacerlo días atrás, embargado por sus recuerdos. Sin embargo, en aquel momento, ambos buscaron la mano del otro y la estrecharon con fuerza.

En la aldea apenas se cruzaron con tres o cuatro personas a su paso. Quizás se conocieran, alguno podría tener incluso su misma edad, pero, después de tantos años como habían pasado fuera, ningún rostro les resultaba del todo familiar. De seguro no eran parientes de Teresa, y a Eduardo ya no le quedaba familia allí. Tras la muerte de su madre, sus hermanas habían ido poco a poco abandonando el pueblo, siguiendo los pasos de sus esposos e hijos.

No tardó en correr la noticia de su llegada entre los vecinos y, aunque todo el mundo se alegró de verlos, Teresa tuvo la sensación de que ya no pertenecían del todo allí. Imaginó que era normal después de tantos años de ausencia, y confió en que el tiempo volvería a cubrirlo todo con su cálida manta de familiaridad.

Algo parecido les sucedió con los paisajes. En la aldea, algunas casas que antes eran viejas ahora lucían remozadas, y otras que ellos recordaban habitadas se veían ahora casi en ruinas. Descubrieron callejones que no recordaban, o tal vez fueran las casas las que antes no estaban allí. Para remediarlo, Teresa se propuso recorrer cada día todas esas callejas hasta que volvieran a quedar fijadas con firmeza en su mente.

Esa misma necesidad de volver a sentirse parte de aquellas tierras los acompañaba en sus paseos, que en ocasiones los llevaban hacia las montañas y, en otras, hasta el mar. No se cansaban de volver a ver los escenarios de su infancia cambiar con las estaciones. Sintieron llegar la primavera, que hizo brotar de nuevo las flores y las hojas de los árboles, y a la que siguió el verano, cuyos días largos y cálidos, con cielos color añil, le trajeron a Teresa lejanos recuerdos de su partida. Los tonos rojizos y pardos se extendieron en octubre, y la naturaleza comenzó a replegarse con la llegada del frío y de la incesante lluvia del invierno, que también parecía de algún modo distinta a la que caía al otro lado del mundo.

Inicialmente se instalaron en una casa que Eduardo había ordenado arreglar en el centro del pueblo, mientras finalizaba la obra de un hermoso chalet desde el que cada día podrían asomarse a la ría.

Una vez que se pudieron trasladar a vivir en este, Teresa tomó por costumbre abrir sus puertas una vez por semana para recibir a todos los vecinos que precisaran de su ayuda. Familias enteras bajaban al pueblo desde los montes cercanos para pedirles que les dejaran hacer uso de algún terreno de su propiedad, le dieran trabajo a alguno de sus hijos o hicieran una aportación para coserle un nuevo manto a la Virgen del Carmen. Además, Teresa construyó un abrevadero a las afueras del pueblo, impulsó el arreglo de la ermita y colaboró en todas las actividades religiosas y deportivas que se organizaron mientras vivió. En agradecimiento, cuando las procesiones pasaban frente a su casa durante las fiestas del pueblo, los porteadores de las imágenes se adentraban con ellas en el jardín y las acercaban hasta la entrada de la vivienda, de modo que la familia Salcedo gozara siempre de la protección de los santos.

En cuanto a él, procuraba mantenerse en un segundo plano, e hizo siempre gala de una gran discreción. A menudo acudía a la fábrica de conservas en busca de su socio, Miguel Prieto, con quien llegó a entablar una relación muy estrecha. Desde allí, partían juntos para estudiar lo que fuera que pudiera despertar su curiosidad: el funcionamiento de algún ingenio hidráulico, la construcción de un barco con alguna condición que lo hiciera especial o, simplemente, algún paraje nuevo que quisieran visitar.

Cuando no estaba con Miguel, le gustaba salir a caballo a recorrer sus campos o ir a pescar a la zona más alejada de la ría, allí donde esta se abría para fundirse con el mar.

* * *

Cada cierto tiempo, al caer la tarde, la pareja dirigía sus pasos hacia el cementerio que había a las afueras del pueblo. Allí, custodiado por dos ángeles alados, se encontraba el panteón que Teresa había ordenado construir cuando todavía se hallaban en Buenos Aires.

Entraban en él por turnos; primero ella, quien leía en voz alta las cartas que su hijo le enviaba desde Argentina y comentaba después los cambios que se iban produciendo día tras día en el pueblo.

Más tarde, pasaba él, y tras repasar brevemente el estado de sus negocios, solía rememorar la última conversación que los dos habían mantenido en Buenos Aires, cuando Eduardo, sabiendo que se moría, le había brindado a Diego la oportunidad de volver a ver a su hermano y de vivir una nueva vida junto a Teresa haciéndose pasar por él.

Nota de la autora

En 1867, Wenceslao García Bustelo, oriundo de Figueras (Asturias), logró, tras un primer intento fallido, llegar a Argentina. Después de emplearse en los oficios más modestos, acabó fundando en Buenos Aires «García, Palacios y Cía.», el que terminaría siendo uno de los establecimientos de ramos generales más prósperos de la ciudad. También se hizo con un terreno de 16.000 hectáreas que nunca llegó a visitar porque, aparte de tener difícil acceso, estaba en tierra de indios. En 1883, Wenceslao se casó por poderes con una sobrina carnal suya, Socorro Sánchez y García, hija de una de sus hermanas, quien, tras la boda, siguió sus pasos hasta Buenos Aires para reunirse con él. Don Wenceslao y doña Socorro eran mis tatarabuelos.

Muchas veces me he preguntado cómo serían aquellos dos jóvenes que tuvieron el valor de aventurarse en busca de una vida mejor. Qué se encontrarían al llegar a un país tan diferente al suyo y cómo se desenvolverían allí. Y reflexioné también acerca de cómo nuestras decisiones nos afectan, no solo a nosotros, sino también a las generaciones que vienen después.

Esta curiosidad se incrementó cuando, hace unos años, yo misma dejé España. No lo hacía sola, sino con mi marido y mis hijas (la pequeña aún creciendo en mi vientre). No nos separaba un viaje de dos meses de nuestra tierra, sino un vuelo de doce horas. No teníamos que esperar a que una carta cruzara el océano para saber de los nuestros, sino que podíamos contactar con ellos casi en cualquier momento gracias a las nuevas tecnologías. Pero sí compartíamos otras cosas: el afán de aventura, el vértigo, la añoranza, el sentirnos extraños en cualquier lugar, el tener que aprender a adaptarnos.

Por eso decidí escribir esta historia, para profundizar en estos sentimientos tan universales. Y, aunque la trama de *Tiempos de Jacarandas* es casi toda pura ficción, he tratado de ser muy fiel a la época y a los distintos escenarios por los que se mueven los personajes para saber más.

No habría podido hacer todo esto sin la paciencia y el apoyo incansable de Jorge, mi marido, que sigue animándome y apoyándome en esto y haciéndome tan feliz en todo lo demás. Sin mis niñas, Martina y Claudia, que ya entienden lo que me entusiasma escribir y comparten esta ilusión conmigo.

Sin mi padre y mis hermanas, Patricia y Marta, que han vivido este proyecto mano a mano conmigo y que dan luz a cada decisión que tomo con tanto amor.

Y, especialmente, sin mi madre, que desde donde está me sigue apoyando fervientemente y que sé que siempre lo hará. Ella creía en mí y en esta historia, que llegó a conocer, y me animaba mucho a publicarla por mi cuenta. Así que si ahora mismo la tienes entre tus manos, ha sido en gran parte gracias a ella. Te quiero, mamá. Ojalá hubieras podido vivir todo esto con nosotros (y todo lo que no es esto, también).

Gracias a toda mi demás familia y amigos que siempre estáis ahí apoyándome con mis historias y ayudándome a darlas a conocer con la misma ilusión que si fueran vuestras. Sin vosotros, esto no sería posible, una vez más.

Facebook: *beatriz.oshea.oficial*
Twitter: *@beatriz_oshea*

Printed by Amazon Italia Logistica S.r.l.
Torrazza Piemonte (TO), Italy

58334593R00193